.

经典照亮前程

苔莉丝的一生

〔奥〕阿图尔·施尼茨勒 著

赵蓉恒 译

华东师范大学出版社

您通过直觉——其实是敏锐的自省的结果——知
晓了我费尽千辛万苦在别人身上发现的一切。

　　　　　　　　　　　　　　　　——弗洛伊德

译 者 序

　　阿图尔·施尼茨勒是十九世纪末叶至二十世纪初叶奥地利出色的剧作家和小说家，在将近半个世纪的创作生涯中，他为德语文学从而也为世界文学贡献了许多内容和形式都具有开拓性的剧作和小说，独树一帜，别开生面，令人耳目一新。特别是他最早把"内心独白"和"意识流"这种新颖的艺术表现手法引入德语文学，开启了尔后风靡欧美文坛的现代主义之先河，使他被公认为这一分支众多、影响深远的重要流派的先驱。然而他不仅是文学家，同时又是一位医术高超的喉科医生和心理医生，他出身于久负盛名的犹太医生家庭，二十三岁在维也纳大学获得医学博士学位后从医，先在父亲的医院任助理医师，几年后便自己独立开诊所行医，在多年的医疗生活中为病人解除疾苦，也曾为不少著名演员和歌唱家成功地治疗了职业病。除诊病外，他还主编医学刊物，发表过数十篇很有分量的医学论文。不过，他对文学的兴趣远胜于医学，幼小时就显露出文学天才：十二岁小试牛刀动笔创作，写出了一首颇有些席勒的气势和韵味的诗，令他的长辈大为惊奇和赞赏。十八岁初露锋芒，在《自由信使》杂志上发表诗作《芭蕾舞女演员的情歌》，一炮打响，之后连续在德国和奥地利多家文学杂志上发表一系列不同凡响的诗歌和小说而引人注目，成了一颗熠熠闪光的文坛新星。综观近现代文学界，弃医或弃理从文后成为大作家者不乏其人，但如施尼茨勒那样同时兼有名作家和名医双重身份而两方面均成就斐然者，可说是十分罕见了。

1890年，施尼茨勒同文学界友人胡果·霍夫曼斯塔尔、赫尔曼·巴尔和理查德·贝尔·霍夫曼一起组成"青年维也纳"文学社，这是"维也纳现代派"的一个社团组织。这批青年文人一反当时西方文学界流行的自然主义，大力倡导探索和表现人的内心世界的创作主张（因而也被归入新兴的印象派文学），成为奥地利现代主义文学的先驱和主要代表。1893年的剧作《阿纳托尔》奠定了施尼茨勒的剧作家地位。同一时期他结识了精神分析学家弗洛伊德并成为好友，将精神分析理论用于文学创作实践大获成功，被认为是弗洛伊德在文学上的影子。弗洛伊德本人对施尼茨勒那些以直观的文学形式印证着精神分析理论的作品非常欣赏，对施尼茨勒仅通过敏锐的观察和自省就能探索到人的内心深层表示十分钦佩："您通过直觉——其实是敏锐的自省的结果——知晓了我费尽千辛万苦在别人身上发现的一切。"

1895年以后，施尼茨勒便主要投身于自己从小就钟爱的文学创作（但医生职业也并未完全放弃）。他曾去挪威拜访过易卜生，受到这位杰出的现实主义剧作家的影响和启发，在自己的作品中努力去关注社会和政治问题，到了世纪交替时期，成为对日薄西山、气息奄奄、行将就木的奥匈帝国社会做出辛辣讽刺和无情批判的、影响巨大的一位作家。如1900年发表讽刺和抨击虚伪的军人荣誉观的中篇小说《古斯特少尉》，在社会上引起了强烈的反响，招致帝国当局严重不满以致剥夺了他的预备役主治医生头衔；另外，他在作品中大胆地表现上流社会假道学先生们虚伪地回避谈论的性问题，被斥为宣扬色情、有伤风化；形式新颖的舞台剧《轮舞》，首演便横遭非议，激起众怒甚至被起诉至法院，在德奥首都柏林和维也纳闹得沸沸扬扬。而实际上他涉及性描写的作品也起到了揭露衰败的上层社会那些外表道貌岸然实则一肚子男盗女娼的"正人君子"真实面目的作用。至于性描写，从文艺复兴时期的薄伽丘到近现代的不少文学家，如英国的D•H•劳伦斯、法国的左拉、我国的茅盾等，都在他们的作品中有这类段落或章节，我们的古典名著《红楼梦》不也是吗？这些作品都有很高的艺术性，能给人审美教育和审美享受，陶冶人的情操，提高人的情趣、素养。拿施尼茨勒和他那激起轩然大波的《轮舞》来说，十个场景都只是五对男女的关于情欲的对话，并无对性交的直接描写，仅通过人物的语言和破折号加以暗示，这同那些粗俗下流、不堪入目、诲淫诲娼，毫无艺术性可言的色情文学是完全不可同日而语的。

施尼茨勒在世时是个饱受争议的作家，人们对他的作品往往褒贬不一。第二次世界大战后的几十年间，他作为现代主义文学先驱和经典作家的地位才逐渐被认定下来。

施尼茨勒的作品中最突出的特点是他对人物心理活动的抒写，采用的是"内心独白"及最初的"意识流"形式，这种创作手法后来被法国的普鲁斯特、英国的伍尔夫和美国的福克纳等作家发挥到极致。所谓"意识流"描写，就是将作品中人物的七情六欲和他们的整个思维活动，包括他们的"潜意识"、下意识以及所谓"半意识"、"梦幻意识"等等之中哪怕最最细微的颤动、流动或波动，跳跃式的、瞬时即逝的、时空倒错的也都包括在内，统统赤裸裸地、活生生地呈现在读者面前。这是一种深入彻底展示人物内心世界的创作方法。而作者在展示人物内心动态的同时，也让读者进一步窥见该人物生活于其中、给他（或她）打上深刻烙印的那个社会的图景。施尼茨勒的许多中短篇小说都运用内心独白和意识流手法表现人物，而《古斯特少尉》和《艾尔泽小姐》可以说是他运用这种艺术手法的出色代表作。

施尼茨勒只写了两部长篇小说：《通向野外的路》（1907）和《苔莉丝的一生》（1928）（以下简称《苔莉丝》）。第一部描写维也纳上流社会一些贵族知识分子、演员、军官的生活，其中也表达了作者对当时甚嚣尘上的反犹太主义的抵制；第二部讲述一个出身家道败落的贵族家庭的女子短促的一生，刻画了奥地利社会笼罩在"世纪末"气氛阴霾中的各色人等，通过主人公的际遇，折射出十九世纪最后十几年至二十世纪初第一次世界大战前奥地利的社会现实。两部作品都让人看到战前奥匈帝国社会的一个横切面。"在读者眼前徐徐展开的，是一幅最广大的各个社会阶层人物那活生生的动态画卷。"（小说问世时期的评论）

《苔莉丝》是施尼茨勒晚年的作品，距他发表第一部长篇小说已有二十年之久。虽然第一次世界大战使他精神上受到重创，但他战时战后都仍然坚持写作，始终笔耕不辍，写出了《艾尔泽小姐》和《梦幻的故事》等中篇小说杰作，之后又完成了

《苔莉丝》这部长篇。

小说讲述主人公从十六岁到三十七八岁的经历，从她还是一个美丽的花季少女时讲起，直到最后——严格说来无论是心态上还是生理上都尚未完全告别芳华岁月——被成年未几的盗窃犯儿子施暴致死为止，一共二十几年的故事。应该说既有社会的原因，也有主人公自身的因素，最终酿成了这一悲剧。

父母家道败落后的苔莉丝离家到首都去，靠当上层社会富裕人家的家庭教师挣得的微薄薪俸苦度时光。她是个普通的平民女子，心地善良、性情直率，追求美好幸福生活和浪漫爱情，厌恶平庸浅薄，坚持自食其力独立谋生，这些是她的长处；但她性格上有不少弱点，如缺乏主见，常常耽于幻想，易于轻信，比较轻率，有时孤芳自赏，有时又自卑自责。她在形形色色的有钱人家做家庭教师，尝够了寄人篱下的滋味，总是被迫不断更换主人。对于私生儿子，她的情感十分复杂，充满了矛盾，从彷徨、恐惧、疼爱、歉疚、憎恶直至痛恨。最后，当儿子对她这个亲生母亲施暴致使她伤重不治时，她于垂死之际将儿子犯罪的罪责完全归于自己，觉得自己才是真正的杀人犯，被儿子"处死"罪有应得。于是她虔心忏悔，要为儿子赎罪，恳请法庭为儿子减刑，在满腹悔恨不能自拔的心境中凄然死去，结束了短暂的一生。

在这部小说中，作家擅长的"内心独白"、"意识流"手法也同样得到充分的运用。如当苔莉丝发现自己未婚先孕而胎儿的父亲、自己一心所属的情人却不辞而别时的种种苦恼；渴望得到幸福浪漫的爱情却总是一再失望时的苦闷和懊丧；做家庭教师时遭遇白眼或被男人骚扰后心中的委屈和气愤；与私生的儿子关系中交织着爱与恨的各种复杂的矛盾心情……等等，都有十分深入细腻的相当直观的表述。请看她刚生下孩子后的心理活动：

……突然，她觉得那孩子的脸似乎微微动了一下，小胳臂和小细腿也都动了起来，但是嘴却撇下来，一副要哭的样子。接着，一阵轻轻的、可怜的呜咽声便传入她的耳中。苔莉丝浑身一震，打了一个冷颤。原来，因为孩子现在已经有了生命的迹象，她便觉得他的存在实在令她感到恐怖，甚至对她是个很大的威胁。这就是我的孩子，她想。这是一个独立的、完全独立存在着的生命，能呼吸，有双小眼睛能看见东西，有一个小小的喉咙会发出声音，会奶声奶气地哇哇哭叫，而这哭叫声是从一个新的、鲜活的灵魂里实实在在地发出来的。这就是她的孩子。可是她并不爱他。既然是她的孩子，为什么她不爱他？这也许是因为她太累了，太疲倦、太疲劳了，疲劳得无法再去爱世界上的任何事物了。此刻她的感觉是，似乎自己永远也不会从这一空前的疲劳状态中完全恢复过来了。"你到这个世界上来做什么哟？！"她从自己心灵深处向这个呜呜咽咽哭泣着的、一脸皱褶的小生命说道，一面说着，一面伸出右臂去够他，试图把他拉到自己身边来。没爹没娘，你在这个世界上干什么？我拿你怎么办？你马上就死掉是件很好的事。我会告诉所有的人，说你根本就没有活过。谁会管这事？你不原来也就是死掉了的吗？我不是去找过三个或者四个女人，找她们不就是为了不让你来到这个世界上吗？现在叫我拿你怎么办？要我带着你在世界上到处流浪吗？我的职责就是照管别人的孩子呀，所以我必须把你送走。其实我根本就没有你。在你出生之前我就已经杀死你三四次了……

施尼茨勒对小说主人公生活于其中的那个社会及其各色人物，以及外部自然环境的描写都逼真生动，不放过每一个细节；在人物的对话方面，则根据人物的身份、阶层、社会地位，什么人说什么话，泾渭分明，颇为传神，令读者如见其人、如闻其声。应该说，在这两点上他也自觉或不自觉地遵循了现实主义的写作原则。虽然，作为一位杰出的文学家，施尼茨勒的成就和贡献主要在中短篇小说和舞台剧方面，那些作品完全达到足以摘取诺贝尔奖桂冠的水平。长篇巨制的大部头小说并不是他的强项，本书怎么说都不是这位优秀作家的巅峰之作；与其他国家的同类以塑造女性形象为主的小说如《简爱》、《包法利夫人》、《安娜·卡列尼娜》等相比，在反映现实的深度和广度上、在人物塑造的厚重饱满方面毕竟逊色些，但无论如何这仍是一部值得一读、可使读者"开卷有益"的书。维也纳现代派最重要的代表人物、杰出的诗人和剧作家胡果·霍夫曼斯塔尔，在读了这部小说之后曾高度称赞它，他在给作者的信中说："这个讲述苔莉丝生平的长篇故事紧紧吸引住了我，令我欲罢不能……你把一个维也纳家庭女教师的一生经历作为素材，在娓娓讲述的同时便已将整整一个世界展现在人们眼前了……而特别值得称道的是：你的特长，即把自己处理的题材写得节奏分明、铿锵有声，从而使之变成文学珍品，这一优点在本书中也表现得非常突出。"意大利的施尼茨勒传记作者法莱士则认为这部小说"让人认识和了解第一次世界大战前的奥地利社会，与此同时它也描绘出一个时代衰亡的景象"。法国历史学家、德语语言文学研究者勒里德说："通过本书，施尼茨勒表现出他是一位维也纳内城的社会学家。读者在此遇不到任何伤感情调，因为作者无情地揭露了苔莉丝的弱点。小说出版后之所以未能得到广大读者的追捧，是因为其中的灰心绝望情绪占据着主导地位。"

概括起来说，施尼茨勒这部长篇小说在反映现实、塑造人物方面还是成功的，只是就其艺术性而言，还不能同他的中短篇小说和剧作媲美。然而不管怎么说，仍是大作家的手笔，值得阅读和欣赏。如果再考虑到第一次世界大战对作者的思想和创作产生的不利影响，那么对他也就不必过于苛求了吧。

赵蓉恒

2018 年 12 月于北京大学

附记：

译者自二十世纪九十年代中期即着手将施尼茨勒的长篇小说《苔莉丝的一生》译成中文，断断续续译出约三分之一后，便因诸多其他事务所阻而搁置多年，直至 2016 年才又继续这一译事，于 2018 年 5 月全书脱稿。之后又将全部译文从头至尾校改了一遍，力求做到用比较畅达的中文将原著忠实地再现给读者。不足之处请专家和广大读者指正！

目 录

第一章

一

　　当胡伯特·法比安尼中校从他最后的驻地维也纳退役，然后并不是像他的多数患难与共的同僚那样迁往格拉茨，而是移居萨尔茨堡时，苔莉丝刚刚满十六岁。其时正值春天，打开他们家住房的窗户，越过一片屋顶，巴伐利亚山脉的层峦叠嶂便跃入眼帘。中校日复一日，从吃早饭起就眉飞色舞地赞美命运对自己的特殊眷顾，即在他还没有完全满六十岁、身子骨还硬朗的年龄，就有幸摆脱公务的约束，离开大城市的烟尘迷雾和碌碌奔忙，得以自由自在、随心所欲地纵情享受自己从年轻时起就一直心向往之的大自然了。他喜欢带上苔莉丝，有时也捎上比她大三岁的哥哥卡尔一起去郊外漫步；孩子们的母亲呢，则待在家里看小说，而且看得比以前更加入迷，很少关心家务事。她这样做的结果，就是早自他们家还在科摩恩、伦贝格和维也纳生活的时候起，家庭内部就时有不睦，而现在，刚到此地不久，她又来个变本加厉，不知怎的竟在自己周围聚集了一批唠里唠叨的长舌妇；这是一批军官和文职人员的妻子或未亡

1

人，她们每周两三次下午来这儿喝咖啡，把流传在这个小城市中的各种闲言碎语带到中校家里来。每逢这样的时候，中校本人如果碰巧在家，就总是躲到自己的房间里不露面，到吃晚饭时则难免针对太太的这些伙伴说上几句刻薄话；夫人呢，也不甘示弱，往往以含沙射影地提起丈夫过去曾有过的某些外出寻欢作乐的事例回敬他。然后，经常发生的情况是：中校默默无言地站起身走出家门，直至深夜才踏着震得楼道嘭嘭响的沉重步子归来。而他不在家时，妻子就常常对孩子们用些莫名其妙的词句讲述人生的种种失望之苦——当然啦，这些痛苦任何人都难以幸免，特别是讲女人们那对一切都只能逆来顺受的命运；偶尔，她或许也从自己刚看过的书中挑一些出来讲讲，然而所有这一切她都讲得那么杂乱无章，使人产生的印象是她把几部长篇小说的内容全搅成了一锅粥。苔莉丝时不时也毫不犹豫地、爽快地当即把她的这个猜测说了出来，这时母亲便责骂她放肆，然后满腹委屈地转向儿子，温柔地抚摩他的头发和脸颊，似乎为了奖励他那样耐心、那样深信不疑地听自己讲述，却没有注意到儿子正在狡狯地冲着他那位失宠的妹妹挤眼呢。在这样的时候，苔莉丝不是拿起她的手工活继续做下去，就是坐到那架永远调不准音的小钢琴前去弹奏几支练习曲——她在伦贝格就已经开始学习，后来在首都又请了一位只要求很低报酬的女钢琴教师指导过的几支曲子。

　　同父亲一起外出散步这项活动，还在秋天来临之前就停止了。对此苔莉丝并不感到十分突然，因为她好久以来就已经觉察到，父亲之所以要继续这些户外散步，实际上不过是为了维持一下面子而已，免得让人觉得他说自己早就向往大自然不过是一句假话。他们总是原路而去原路而归，一路上几乎不说话，至少是已经不再有那些对自然景色的大声赞叹了。而原先，总是他先发出这些赞叹，而后孩子们不得不随声附和他。直至到了家里，当着夫人的面，中校才带着一种迟来的热情，以问答的方式跟孩子们一起对刚才散步途中所见到的各种景物一一进行追忆。然而即使是这种事后的回忆，不久便也终止了。自退役以来中校每天穿在身上的那套旅游装，也被挂到衣柜里去了，取代它的是一套深色的便服。

可是，有一天早上，法比安尼中校突然又穿上了军装来用早餐，而且目光十分严肃、阴沉，结果是连母亲也觉得对他这种突如其来的变化还是不要发表任何意见为妙。没几天后，维也纳方面给中校寄来了一包图书，接着莱比锡又寄来一包，一个萨尔茨堡的旧书商也寄来一包；从此，老军官便每天在他的书桌前度过许多个钟点。对于他在那里所做的事情究竟是什么性质，起初他完全秘而不宣；直到后来有一天他满脸神秘的表情把苔莉丝叫到自己房里，用军官发布命令时那种单调、高亢的声音向她朗读一份书写得整整齐齐、简直就像是书法家作品一样的手稿——一篇对近代史上多次最著名的大战役从战略角度进行比较研究的论文，事情才真相大白。苔莉丝费了好大的劲才能集中注意力去听父亲那枯燥的、令人昏昏欲睡的朗读，甚至连听懂也非常吃力；但是由于最近一段时间她越来越同情父亲，便也试着一边听一边竭力让自己那睡眼惺忪的眼睛发出一丁点犹如凝神细听的微弱光亮；而当父亲这一天终于念完收场时，她便吻吻他的前额，好像被感动得对他表示感谢一样。接下去又过了与此相同的三个晚上，中校才总算读完了他这篇论文；然后他就亲自将手稿送到邮局去了。从此，他便在几家饭馆和咖啡店里度过他的时日。他在城里结识了不少人，大部分是劳碌了一生、已经退职的男人：一批退休的官员、往日的律师，其中还有一位在市立剧院演了一辈子戏的演员——这一位，现在如果运气好能找到一个学生的话，就给人家上上朗诵课。昔日相当沉默寡言的法比安尼中校，这几周内竟摇身一变成了一个十分健谈、甚至往往在餐桌上大声嚷嚷的伙伴；他眉飞色舞、滔滔不绝地谈论当前的政治局势和社会状况，这对一个曾经是军官的人来说，无论如何是有些令人感觉奇怪的。然而，由于他事后往往又改弦易辙，似乎他说的全是些玩笑话，加之连一位职位较高的、有时也加入到他们谈话中来的警官也开心地同大家一齐笑起来，于是人们也就对他的表现听之任之不去细究了。

二

圣诞节之夜，在家中各人互相赠送的、说来相当不起眼的礼品中，圣诞树下同时还放着一个捆扎得结结实实的、寄给父亲的邮包，看上去好像也是件礼品。包中装的是他那份手稿，附上几周前他将稿子寄往的那家军事杂志的退稿信。法比安尼气得满脸通红，一直红到发根；他责骂太太，说她简直就是为了嘲弄他才把显然是几天前就已经收到的邮包偏偏今天摆在圣

4

诞树下面。怒气冲冲的他把太太赠送的香烟盒扔到她脚下，愤然出屋，砰的一声带上房门扬长而去。后来人们才得知：这一夜，他是在彼德墓地附近一所年久失修的破败房子里同一个妓女一起度过的（那一带活动着一批妓女，专门向乳臭未干的小伙子和日薄西山的老头子出卖她们那人老珠黄的肉体）。此后，他连续多日把自己反锁在书房里，不同任何人说一句话，直到有一天下午突然穿着笔挺的军装走进太太屋里，把她吓了一大跳，因为她的午后聚会才刚刚开始。但是，他彬彬有礼的态度、风趣幽默的谈吐，却也令在场者大为惊异。而且，要是他不在快要告辞的时候——已经走到灯光昏暗的门厅里了——莫名其妙地忽然恣意妄为，朝着女士们当中几位做出一些有失体面的亲昵动作的话，那么他就会给人留下一个无可挑剔的翩翩绅士的印象，犹如他从前风华正茂的那些年月一般。

从这个时候起，他不在家的时间更多了。不过在家的时候却表现得亲切随和、与人为善。大家眼见他心情好起来很是高兴，都已经快要如释重负松口气谢天谢地了。但好景不长，有一天晚上，他又突然令人吃惊地问大伙：如果拿维也纳同这个令人厌烦的小城市交换一下，到那儿去生活，大家觉得怎么样？然后又做出种种暗示，说他们家的生活不久就可望发生令人欣喜的巨大变化。苔莉丝听了这话激动得心怦怦乱跳，她这才意识到：虽说大城市为有钱人提供的各种舒适方便她只能享受到很少一部分，可自己是多么渴望回到生活过近三年的那个城市去啊。现在，她最大的愿望就是再次像以前那样在大街上由着性子自由自在地闲逛，如果像她曾经有两三次经历过的那样，走着走着便迷了路才更有意思，每一次她体验到的都是一种令她浑身震颤、然而却是非常美好的感受。此刻，当她的双眼还沉溺在美好的回忆中熠熠闪光时，突然瞥见哥哥颇不满意地从旁边盯着她；这眼神，同几天前她到他房里去时看到的完全一样，那时他正在和他的同学艾弗雷·尼尔海姆一起做数学作业。这会儿她才发觉：每当她像刚才这样兴高采烈、眼里闪烁出喜悦的光时，他也总是露出这种很不满意的神情。她的心不禁一阵紧缩疼痛。从前，在他们的孩提时期——甚至一年前也还是这样，他们真是时时、处处和谐一致，一起戏耍，一起欢笑。为什么现在变了？究竟发生了什么事，以至于现在连母亲——当然，她和母亲的关系一直不很亲密——也总是不耐烦地、恶狠狠地看见她就把头扭开？她不由自主地抬眼向母亲望去，母亲正愤怒地紧紧盯着丈夫，这使她大为吃惊。父亲刚刚用洪钟般的声音宣称：大家得到满足的日子就快要到了，现在他正面临着一次无与伦比的伟大胜利。苔莉丝觉得今天母亲的眼光比以往更凶、更加充满了仇恨，似乎她一直到现在还没有原谅丈夫提前退役，似乎她到现在仍然不能忘怀多年前在斯拉沃尼亚父母田庄里时的她，那么个娇小的男爵小姐，在属于自己家的那片原始森林般茂密的园林里骑着小马欢蹦乱跳、横冲直闯时的美好情景呢。

父亲突然看看表，从桌旁站起身，说他有一个重要的约会，之后便急急忙忙走了出去。

这一夜他没有回家。在一个饭馆里，他发表了一些矛头针对国防部和皇室的言论——这些话一部分谁也听不懂，另一部分充满了粗鲁肮脏的骂人话，于是被人送到了看守所。第二天一早经医生检查后，又被送进了精神病院。后来人们得知：原来他不久前曾给国防部递了一份申请，要求复职并同时擢升为将军。这事发生之后，从维也纳那边便发出了一项指令，安排暗中观察他的行动。所以，即使没有饭馆里那一场令人难堪的戏剧性表演，恐怕也有足够的理由把他送进疯人院去了。

三

最初，他的妻子每星期到那里去看望他一次。苔莉丝则在几个星期以后才得到许可去看望父亲。在一座宽敞的、高墙环绕的花园里，一个身穿褪色的军官外衣、头戴军帽、满脸灰白胡子茬的老人，由一个面色煞白、穿着肮脏的黄布衣服的护理人员搀扶着，穿过一条许多高大栗子树荫蔽的林荫道，朝她这边走了过来。"爸爸！"她十分心疼地叫道，同时也为终于再见到父亲而异常高兴。但父亲却漠然从她身边走了过去，看来并不认识她是谁，嘴里一边咕噜着一些谁也听不懂的话。苔莉丝惊愕得停下了步子，接着便只见那个护理使劲向父亲解释些什么，而父亲起初只是摇头，随后就回转身，放开护理员的手急急忙忙朝她跑过来。他张开双臂拥抱女儿，把她抱起来，好像她还是个孩子，两眼直楞楞地盯着她，伤心地失声痛哭，一会儿就又将她放了下来；最后，他一副羞愧得无地自容的样子，双手蒙住脸，朝着透过树丛隐约可见的那座灰乎乎的房子疾步小跑过去了。护理员也慢吞吞地跟在他后面走去。母亲呢，这段时间一直坐在一条长凳上漠然地冷眼旁观着这一切。当苔莉丝向她走过来时，她这才百无聊赖地站了起来，好像她这一阵只是在等着女儿似的，然后就同她一起离开了这座园子。

她们站在宽阔的、白晃晃的大马路上，沐浴在耀眼的阳光中。在她们的前方，依傍着霍恩萨尔茨堡要塞所在的山岩而建、一刻钟便可以到达却让人感觉无限遥远的，便是他们居住的那个城市。眼前，一座座山峦高高耸入中午时分雾蒙蒙的天空。一辆马拉板车，上面坐着打瞌睡的车夫，从她们身旁轧轧驶过；从田野那边的一座农舍里，一只狗那汪汪的吠声打破了这一片寂静。苔莉丝哭了："我的爸爸！"母亲气呼呼地看着她。"你这是干什么？他这叫自作自受。"母女两人默默无语地沿着阳光普照的马路，继续向城里走去。

吃饭时卡尔说道："听艾弗雷·尼尔海姆说，这种病可能会拖很久的，说不定八年、十年、十二年。"苔莉丝惊愕地睁大了眼睛，而卡尔则撇了撇嘴，把目光从她身上移开看着墙壁。

四

从秋天起，苔莉丝就上女子高中的次高班了。她理解力强，只是勤奋刻苦和专心致志尚嫌不足。女老师对她抱着颇不信任的态度，尽管她在宗教课上的表现不比其他女同学差，并且按规定参加这门课要求的所有在教堂里和学校里完成的练习，却仍然被这位老师怀疑缺乏真正的虔诚。有一天晚上，苔莉丝偶然遇见那个年轻的尼尔海姆，同他说话时被这位老师看见了，于是这位老师便抓住机会含沙射影地攻击她，说什么看起来大城市的某些不良风气现在也开始在省里蔓延开来了，一边说着一边向苔莉丝投来含义十分明确的轻蔑的一瞥。苔莉丝心里觉得委屈，尤其是因为老师明明知道有些女同学做了比她糟糕得多的事——这些事是早已传开了的，却完全不闻不问。

在这段时间里，年轻的尼尔海姆到他们家来得频繁了些，即使不同卡尔一起做作业也来，有那么一两次，甚至卡尔不在家时他也还是来。在这样的时候，他就到苔莉丝房里坐坐，看着她那灵巧的双手将各色各样的花朵图样绣在一块淡紫色的粗帆布上，有时就听她在那架没有调准音的小钢琴上倾全力弹好一首萧邦的夜曲。有一次，他问她是否一直还像她偶尔提到的那样打算将来做一名教师。她不知道该怎么回答这个问题。但有一点是肯定的：那就是她决不会在这些房间里，在这个城市长时间这么待下去。一旦有可能，她就想，不，她就必定要去找个职业做；最好在别处，决不在这个地方。他们一家人的境遇显然在每况愈下，这一点对艾弗雷来说也不可能是什么秘密了；但是母亲却——苔莉丝闭口不谈这一点——一如既往地继续接待她的那帮女友，或者一些她称之为朋友的女人，间或也来几个男的，有时她那午后聚会甚至会一直延续到晚上。这些事苔莉丝也许不怎么在意，然而她和母亲的关系却越来越疏远了。她哥哥则完全规避和她攀谈，也完全躲避和母亲接触。吃饭时各人只讲最最必要的话。有时苔莉丝有这样的感觉：似乎大家认为是她，正是她，应该对他们家的家道中落负完全责任。这让她一点也摸不着头脑，丝毫不知道自己究竟犯了什么过错。

五

　　第二次到精神病院去看父亲，苔莉丝几乎是抱着惧怕心理去的。不过到了那里以后，起头的一段时间她倒觉得情形有点起色，也可以说令她感觉欣慰。父亲像往常一样同她闲聊，谈吐很随和，甚至有些兴高采烈、谈笑风生的模样，领着她在病院那几条宽阔的林荫道上走来走去，犹如对待一个备受欢迎的客人。可是到分手时，他又让苔莉丝的全部希望化为泡影，说什么下一次她再来时，他估计他就会穿着将军大衣出来接待她了云云。

　　第二天她向艾弗雷·尼尔海姆讲述了这次探视的经过，这一位便主动提出下次陪她一道去看望生病的父亲。苔莉丝早就知道他打算学医，想成为一名神经精神科医生。于是，他们几天后便好像幽会一般在城外碰头，然后一起步行到病院去。在那里，中校像接待一位很有好感、盼望已久的客人那样，对艾弗雷表示了热情欢迎。这一天，他大讲特讲自己年轻时的几处驻防地的情况，又讲述他在克罗地亚的田庄的往事——他就是在那儿认识他妻子的，不过在说起妻子时，那神态就像是在谈一个早已不在世的人；对于自己有一个儿子这一点，他似乎忘记得一干二净了。中校又把艾弗雷介绍给值班医生，这位医生对艾弗雷态度异常亲切，简直像对待一个年轻的同事那样。在回家路上，令苔莉丝觉得不可理解、几乎让她感到揪心的，是艾弗雷谈起刚才的这次探视时竟毫无伤心之意，反倒是带着一种兴致勃勃的语气，好像在谈论一件新奇的、对他可以说有着重大意义的经历。他完全没有觉察到，在他侃侃而谈时，泪水已从苔莉丝眼中扑簌簌地流出来了。

六

这些天，苔莉丝注意到女同学们对她的态度有了变化。她们一再地窃窃私议，每当她走近时谈话就戛然中止；女教师则压根就不再同她说一句话，不问她任何一个问题。在从学校回家的路上，也没有哪个姑娘和她一道走，而在克拉拉·特兰富尔特——她是苔莉丝现在唯一可以稍稍接近的人——眼里，她似乎看到一种类乎怜悯的眼神。从她那里，苔莉丝终于知道了那个在人们当中流传着的消息，即母亲发起的那些午后聚会，近来并不完全是茶余饭后的清谈那么无害了。唔，人们甚至说，法比安尼太太新近曾被警方传讯，并在那里受到警告。听了这话，苔莉丝这才也觉察出近两三周以来家里那些午后聚会确实已经停止了。

今天，当她听了克拉拉的信息之后和母亲、哥哥一起坐在餐桌边吃饭时，发觉卡尔既不问母亲任何问题，也不回答她的问话。现在她也恍然意识到，这种情形至少已经持续了一个星期。当卡尔站起身，紧接着母亲也回自己房里去时，她像得到拯救似的松了一口气。但是这会儿她突然独自一人坐在这张杯盘碗盏还没有收走的饭桌旁边——桌上撒满了从敞开的窗户照进来的春日阳光，一时竟变得呆若木鸡，就像在做一个噩梦。

就在这天夜里，前厅里一阵响动突然惊醒了她。她听到有人小心翼翼地打开了屋门，然后又锁上，接着又听见楼梯上响起了脚步声。她从床上起来，走到窗前往下看。几分钟后大门也开了，只见两个人走了出去，一个是男的，穿着军装，衣领翻立着，另一个是女的，带着面纱；两人的身影迅速地在拐角处消失了。苔莉丝决定去问问母亲这究竟是怎么回事。可是当机会出现时，她又没有勇气问了。她再次感到，母亲对自己来说已变得多么难以亲近和陌生啊。唔，最近一段时间，这个中年已过的女人似乎有意识地在放纵她那古怪的脾气，令其发展到让人捉摸不透的程度。她养成了一种奇怪的走路不抬脚的习惯，在家里莫名其妙地胡乱折腾，说话唧唧呱呱谁也听不懂。一吃完饭就把自己关在屋子里好几个钟头不出来，在里面用一支很坏的钢笔在大张大张的纸上书写些什么。起初苔莉丝以为母亲是在起草与那次警方传讯有关的辩护辞或者起诉书，后来她又想，母亲也许是在写她的回忆录吧，她从前曾有几次谈到过这一打算。然而不久后便真相大白了。法比安尼太太有一次吃饭时提起了这事，那神情好像是在说一件尽人皆知的、本来就是理所当然的事情——她正在写一部长篇小说。苔莉丝不由自主地朝她哥哥投去吃惊的一瞥，而她哥哥则避开她的目光，转眼去看那些阳光透过树梢射到墙上构成的小圆圈。

七

七月初，卡尔·法比安尼和艾弗雷·尼尔海姆参加了他们所在高中的毕业考试。艾弗雷的成绩在全体同学中名列第一，卡尔则刚刚及格。考完试第二天，卡尔就动身去徒步旅行，行前只同母亲和妹妹冷冷地道了声再见，好像他打算当晚就回家似的。按照原先的计划，本来艾弗雷应该陪卡尔一起去，现在他以母亲身体不适为借口，暂时留在了城里。他继续几乎每天都到法比安尼家来，起初说是来取书和练习本，有一次说是来问问卡尔的情况。到后来，渐渐地，像是命运的安排，紧接着这些下午的来访便是他和苔莉丝在晴朗的夏天傍晚外出散步，而散步的时间则一次比一次更长了。

一天晚上，在修士山公园的一条长凳上，他再次谈起秋天要到维也纳大学去学医的事，这自然也同他告诉她的多数事情一样，完全不是什么新闻了。接下去他便向她表白说——这一点她也不感到吃惊——他之所以放弃了假期旅行，仅仅是为了能在她身边度过这最后两个月。她听了这话完全无动于衷，更正确些说甚至有点恼火，因为她现在的唯一感觉是：好像这个年轻人、这个毛孩子虽然自知有许多不足，却硬是厚着脸皮交给她一张欠债的账单；而她，她才没有多大兴致去兑现这张账单呢。

这时有两个军官从他们身旁走过，其中一位，如同这里驻扎的团队中大部分军官一样，苔莉丝早就面熟了，然而另外一位她从未见过。这是一个脸刮得干干净净、一头深褐色头发、身材修长的男子，特别引起苔莉丝注意的，是他的军帽拿在手里。

他的目光从苔莉丝身上匆匆掠过，然而当艾弗雷和另外那位军官互相问好时，他也向她和艾弗雷致意，由于没有戴帽子，他便只是殷勤地点了点头，并且用专注的、差不多是充满笑意的目光看了苔莉丝一眼。但是他并没有如她所预料的那样转身面对她，而是很快就同他的伙伴一起，在林荫道的一个拐角处消失不见了。在这次短暂的中断之后，苔莉丝和艾弗雷的谈话便怎么也无法继续下去，于是两人站起身，在薄暮中缓缓地向山下走去。

八

卡尔原说八月初回家，可到时候他并没有回来，而是寄来一封信，说他不打算回萨尔茨堡了，请家里从现在起把答应每月寄给他的那一小笔钱汇到维也纳去，他已经通过报上的一则启事在那里找到了一份工作，是给一个中学生当家庭教师。在这封信的末尾，他只是随随便便地问了一下父亲的病况，向母亲和妹妹问了声好，而对于这很有可能是最终的分别，却没有流露出丝毫惋惜之情。这封信的内容和语气对母亲的情绪没有产生什么特别的影响。但对苔莉丝来说，虽然她和哥哥之间的关系越来越冷漠疏远，但令她自己也吃惊的是，现在她竟觉得自己完全是个孤苦无依的人了。她心里暗暗埋怨艾弗雷，觉得他不能帮助她摆脱这种孤寂感，他那腼腆的举止开始让她感到有些可笑。有一次他们在城外散步，他拉起了她的胳膊轻轻地捏了捏，这时她便没好气地使劲甩脱了他，而且一直到后来他们在她家大门口道别时，她对他都始终保持着拒人于千里之外的冷漠态度。

一天，母亲责怪她，说她现在压根就不关心自己的妈妈，看来她的时间尽花在艾弗雷·尼尔海姆先生身上了。半个多小时后，苔莉丝陪同母亲一起到市内街上去散步，在散步过程中，她发觉有两个以前常到他们家来的女士现在见了法比安尼太太竟连一声招呼也不打了。第二天，她们再次出去散步，这一次走得远些，一直来到了城外。一位留着灰色唇须的中年先生从岩石门外向她们迎面走来，看样子这位先生本来打算从她们两人身旁走过去；可是当走到她们近处时，他突然停步，接着便用听上去有点做作的声调说道："如果我没有弄错的话，您就是中校夫人法比安尼太太吧？"法比安尼太太对这位先生以伯爵相称，向他介绍自己的女儿；这位先生则询问了中校先生的近况，然后未经发问便主动介绍起他的两个儿子来，说他夫人不久前去世后，两个孩子现在都在一所法国人办的天主教寄宿学校学习。这位先生告辞之后，法比安尼太太对苔莉丝说道："他是本克海姆伯爵，从前的省长。你没有认出他来吗？"苔莉丝不由自主地回头看了他一眼。他之异常瘦削、身上穿的那套颇为高雅然而颜色略嫌太浅的西服，还有他那比来时更加迅捷的、像年轻人一样故意弹跳着走路的步履，这一切都给苔莉丝留下了深刻的印象。

九

　　在这次会面之后的第二天，苔莉丝在家里等着艾弗雷·尼尔海姆，他依他们的约定给她送一批书来，并将同她一起去散步。实际上苔莉丝心里对此并不怎么乐意。她宁肯自己单独出去走走，虽说近日来她曾经多次被一些男人跟踪，而且好几次受到陌生男子搭腔骚扰。在这个季节，城里一般总有许多外来游客，眼下也是这样。苔莉丝从来就对那些给她高贵、优雅印象的人挺注意，总是向他们投去好奇的目光。当她还只有十二岁，他们家还住在伦贝格时，她就暗暗迷恋上了在父亲那个团队服役的一个有大公爵位的年轻军人。她有时觉着遗憾的是艾弗雷虽然出身富贵人家，又有着很好的身材和俊秀的脸庞，可是着装竟完全不符合目前流行的时尚，而经常简直穿得土里土气。她此刻正等待艾弗雷时，母亲走进屋来，她奇怪苔莉丝遇上这样好的天气竟待在家里，然后就似乎有一搭没一搭地谈起本克海姆伯爵，她今天又一次偶遇他了。她说，伯爵对父亲的军事科学藏书很感兴趣，想有机会时过来看看，也许可以考虑把这批书买下来。"这不是他的真心话。"苔莉丝说完，也没有和母亲道别一声便走出房间去了。她拿起宽沿帽和上衣跑下楼梯，在门厅里碰上了艾弗雷。"你总算来了。"她大声说。他向她表示歉意，说家里来了客人，所以耽搁了一阵子。这时天色已经暗下来。艾弗雷看她非常激动的样子，便问她到底怎么了。"没什么。"她答道。接着她说，不过她这会儿有一个很可笑的想法要说给他听，要不今晚他们两个去那许多又大又漂亮的宾馆花园中随便哪一家吃晚饭好不好？那样他和她就可以在一大堆完全陌生的人中间活动而不必担心碰上一个熟人啦。他脸红了。啊，那他就太高兴了，太高兴了。但是，很可惜，恰好今天完全不可能。因为，他没带多少钱，要到一个她想去的那种豪华宾馆去共进晚餐，无论如何是不够的。她微笑了，默默注视着他。他脸红得更厉害，这使她有些感动。"下一次吧。"他腼腆地说。于是他们继续在大街上漫步，不久来到城外，又选择了他们喜爱的田间小径走。夜晚相当闷热，城市在他们身后渐次隐退下去，距离他们越来越远，黄昏时分的天空低垂在他们头上，看不到任何一颗星星的踪影。他们在已经长得很高的麦子中间穿行；艾弗雷紧紧拉着苔莉丝的手，问起卡尔的情况。她耸耸肩。"他几乎从不写信来。"她答道。"自从他走后，"艾弗雷说，"我还没听到过他的任何消息呢。"接着他便又谈起他即将离开的事。苔莉丝不说话，目光从他身边掠过望着别处。艾弗雷问她，他到了维也纳以后，她是不是会写信给他。

"让我给您写什么呢？"她急忙回答道，"这里有什么可讲的？每天全是一个样。"

"就是现在不也每天都一样吗，"他回答，"可总还是有点什么可以讲讲的吧。不过要是您时不时给我写句问好的话，我也就很高兴了。"

现在他们又从麦浪起伏的田野里走出，来到大路上。两旁的白杨树高高耸立着；诺恩山上那些灰暗的堡垒高墙，构成他们眼前这幅图画的远景；这幅静物画背景轮廓分明，只是看不清细部。

"您会想家的。"苔莉丝突然温柔地说。

"我只会想你。"他答道。这是他第一次用"你"称呼她，为此苔莉丝对他心怀谢意。"究竟你为什么要和你母亲一起留在萨尔茨堡？这里有什么东西值得你们留恋？"

"可又有什么东西吸引我们去别的地方呢？"

"怎么说也可以把你父亲转到另一个医院去吧，——到维也纳附近的医院。"

"不，不。"她急急忙忙大声回答。

"你不是曾经有过这个打算吗？——你提到过一种职业，一个什么位置。"

"没有那么快。我还有女中最后一年没读完，另外也许我还得通过一次教师资格考试。"她使劲地摇头，因为她有一种感觉，好像有某种神秘的力量把她拴定在这个地方，捆绑在这一带动弹不得。过了一阵，她稍稍平静了一些，又补充道："难道你圣诞节不是反正还要回到这里来的吗？至少你得回家看看吧！"

"要等到那时候，时间太长了，苔莉丝。"

"你根本就不会有时间想我的。上大学学习多紧张啊。你在那儿会新认识一些人，也会认识一些女人，年轻姑娘。"说这些话时她微笑着，没有感到任何妒忌，她现在什么感觉都没有。

突然间他说："再过不到六年时间，我就要成为一名医生了。你会等我到那个时候吗？"她注视着他。起先她不明白他的意思，但过了一会儿之后，她就又不得不微笑了，这一次是受感动的微笑。此刻她觉得自己其实比他成熟得多。现在她心里就已经很清楚：他们两人不过是在说些儿戏话而已，他们间的事看来是永远不会有什么结果的。不过尽管这样，她仍然拉起他的手并且温存地抚摩它。后来，当她在自己的家门口和他告别时，在黑暗中，她久久地、几乎是充满激情地闭着眼睛回答了他的热吻。

十

日复一日，每晚他们两个都到城外人迹罕至的田间小路上去散步，一面随便闲聊着苔莉丝自己并不相信的未来生活。白天在家里她做点刺绣活、念念法语、练练钢琴、翻翻书本，但大部分时间都是懒洋洋的，几乎是心不在焉，常常木然注视窗外出神。不论她是多么急切地盼望着夜晚快些到来，等着艾弗雷出现——可是，差不多每次他们聚会一刻钟后她就已经有了兴味索然的感觉。而到有一天当他们散步时，他再次提起他那日益迫近的行期，她竟吃惊地发现，自己实际上毋宁说是在盼望着这一天快点来临。他也觉出她一想到不久他们就将分离时并没有感到特别难受，就委婉地把自己的这一感觉告诉了她，她的回答躲躲闪闪，还有些烦躁；这样，两人之间的第一次小小的口角就此开始了。在回家的路上，他们默默无言地并排走着，分别时没有接吻。

在自己房里，她感到没着没落的，心情异常沉重。黑暗中她坐在床上，从开着的窗户往外看去，怔怔地注视着闷热、漆黑的夜晚。她知道：在那里，在同一天空下，在那个并不很远的地方，就坐落着那幢令人伤心的楼房，自己精神失常的父亲就在那里苦熬，一天天消磨着时光，坐等那也许还很遥远的末日到来。在她隔壁的屋子里，和自己越来越疏远的母亲也同样陷入了一种癫狂状态：她彻夜不眠，不停地奋笔疾书，一直写

19

到灰蒙蒙的清晨。没有一个女友来探望苔莉丝，克拉拉也早就不再来了。而她对艾弗雷完全没有那种感觉，甚至比没有感觉还差，因为他一点也不了解她。他是一个高尚、纯洁的人，苔莉丝隐约觉着她自己既不高尚又不纯洁，甚至压根不想做一个这样的人。她在心里暗暗笑话他，埋怨他不会装得更乖巧、更大胆些，但她同时又知道，如果他真的试图这样做，那她又一定受不了。她想起了别的一些她并无深交或仅仅是面熟的年轻人，暗自承认比起艾弗雷来，她更喜欢这些人当中的某几个，唔，非常奇怪的是她甚至觉得自己同那几个在一起时比同他更亲密、更贴近、更投缘；于是她意识到，有时候在大街上匆匆交换一次眼色，比起连续几个小时坐在一起亲密地大谈特谈未来计划更能把两个不同性别的人紧紧连结在一起。此刻她情不自禁地回忆起一个夏日夜晚在修士山公园里手拿帽子同战友一块儿从她身旁走过的那个年轻军官，心中充满了甜蜜的悸动。当时他的目光遇上了她的，立时喷射出炽热的光亮，而后便径直往前走去，再也没有回头看她一眼；可是现在苔莉丝却觉得他对她的了解比起那个自以为已经同她订婚、吻过她多次、全心全意地爱着她的艾弗雷要来得更深，唔，还要深许多许多。这里面有点什么东西不对头，这一点她已经感觉出来了；不过，这并不是她的过错。

十一

第二天早上她收到艾弗雷的一封信。他说他一整夜没合眼；如果他昨天冒犯了她，那么请她一定要原谅他；只要她的额头上出现一小片乌云，就能使他最晴朗的日子也立刻阴云密布。整整四页纸全是这一个腔调。她微笑了，有点受感动，机械地将信放到自己的唇边，然后半是有意半是无意地让它滑落到她的缝纫小桌上去。她很庆幸自己不是非回信不可，反正今天晚上要和他在经常约会的地点见面。

将近中午时分，母亲来到她屋里，一脸皮笑肉不笑的表情；她说，本克海姆伯爵来了，他刚才再次——母亲从未提到过他是什么时候第一次来的——十分仔细地参观阅览了父亲的藏书。他表示愿意出相当优厚的价钱买下这批图书，而且还热情地询问了父亲的健康状况，并且也问起了苔莉丝的近况。苔莉丝紧闭嘴唇，默默地继续她的刺绣，于是母亲便走到她跟前轻声说道："来——我们应该谢谢他，你也应该去谢谢人家。不去就太不礼貌了。你一定要跟我去一趟。"苔莉丝站了起来，和母亲一起走进了隔壁房间；在那里，伯爵正打算拿起桌上一大堆书刊中的一本八开画报来翻阅。一见她们进来，他立即站起身，表示他为能再次见到苔莉丝而十分高兴。在他们进行的这次彬彬有礼却也毫无尴尬气氛的谈话中，他问两位女士是否愿意在方便时坐他的车到病院去探视中校先生；即便她们想去赫尔布伦或者任何别的地方游览，他也乐意提供他的车子。但是，说完这话他一看到苔莉丝脸上露出不快和拒绝的神色，便马上把话题岔开，过不多久也就起身告辞了。临别时他又补充说，他将在一次短时间的、然而刻不容缓的外出之后立即再次登门拜访，以便把买书的事情妥善地处理完毕。道别时他吻了母亲的手，也吻了苔莉丝的手。

伯爵走了。门关上以后，屋里先是出现了一阵令人感到压抑的沉默；而当苔莉丝正打算悄然离开房间时，母亲的声音却在她身后响起来："你难道就不能表现得稍微和蔼可亲一些吗？"苔莉丝从门口回转身说道："我已经太过于和蔼可亲了。"说完这话她拔腿就要走。但这时母亲突如其来地开始对苔莉丝横加指责，用的字眼不堪入耳，就像怒气在她胸中已然积压了多日甚至好几个星期，现在才终于有机会发泄出来似的。她骂女儿行为不端，唔，简直就是恣意妄为！难道伯爵同那个叫尼尔海姆的小伙子，那个白天晚上都同我们的大小姐在市区、郊区到处闲逛的年轻人相比，不至少是同样高贵的一位绅士吗？难道在一位可靠、稳重、高尚的先生面前表现得稍稍礼貌一点，不比投入一个只不过是同她搞搞儿戏恋爱的大学生的怀抱要正经一百倍？她越来越明白无误地甩出一大串冷酷无情的话语告诉女儿：她早就已经起疑，觉得苔莉丝是不是完全变了一个人？所以现在她毫无顾忌地说，正因为如此，她作为母亲就更加有理由、有资格向她提出更高的要求和期望。"你以为像这样下去能行吗？我们要挨饿了，苔莉丝。你是不是搞恋爱搞昏了头，对这个情况一点也没有觉察到？而伯爵呢，他是能够照顾你的，能照顾我们大家，也能照顾你的父亲。哼，这不消让任何人知道，连你那位年轻的尼尔海姆先生也用不着知道！"她一边说着一边逼近女儿，苔莉丝已经感觉出脸上有她的气息。她摆脱了她，疾步向门口走去。母亲在她身后大声叫道："别走了，饭已经做好了。""我不需要吃饭，我们家不是在挨饿吗？"苔莉丝讥嘲着，就这样离开了家。

这时正值中午时分，街上空荡荡的几乎看不到一个人。究竟到哪里去呢？苔莉丝自问。到住在父母家的艾弗雷那里去吗？唉，这个人是没有足够的勇气来关照她，保护她免遭危险和免受耻辱的。母亲居然还自作聪明，以为他是她的情人！这简直可笑，真是可笑之至！那么到底上哪儿去呢？要是她有足够的钱就好了，那样她就可以干脆跑到火车站，买张票随便到哪里去，最好是马上去维也纳。在那里有足够的机会正正当当地挣钱糊口，就算女子中学还差一年才毕业也是可以的嘛。比如她一个同学的十六岁的妹妹，就是最近在维也纳一位皇家律师家当上了家庭教师的，这孩子现在日子过得非常好。这种事，只要自己很上心，时时留意着就行。难道这不早也就是她自己的计划吗？这样想着，她立即买了一份维也纳的报纸，在米拉贝尔公园里一张荫凉的长凳上坐下，浏览起那些所占篇幅不大的广告和启事来。她发现有好几条启事都是她可以考虑的。一则启事为一个五岁的小女孩，另一则为两个男孩，第三则为一个轻微弱智的女孩寻找家庭女教师。一家希望应聘者具有一定的法语知识，另一家希望来人有些手工技巧，第三家希望女教师掌握初级的钢琴演奏技能。这些要求对她来说都不成问题。谢天谢地，她还没有到走投无路的地步呢。好，一碰上有机会，她就要马上收拾行装乘车前往。或许，如果能安排妥帖，使她可以和艾弗雷一道去维也纳，那样岂不更好？想到这里她独自微笑起来。干脆来个事前什么也不告诉他，到时候同他上同一辆列车——上同一节车厢，岂不是太有意思了？但是紧接着她又突然发现自己内心深处其实反倒是宁可单独一人，甚至宁可同一个不相识的人一道去领略这次维也纳之行的滋味要更舒坦些，比如说，就同那个潇洒的陌生人一起登程去维也纳吧——那人可能是意大利人，也可能是法国人，是的，就是前些日子在萨尔查赫大桥上厚着脸皮毫无顾忌地紧紧盯着她的脸看的那个陌生男人。她继续漫不经心地一张张翻看着报纸，看到普拉特公园①里举办焰火晚会、某处两列火车相撞、某山区交通事故等几条消息，接着她的眼睛突然被一个标题吸引住了：蓄意谋杀情夫。这则消息报道的是，一个单身母亲向她那变心的情人开枪致其重伤的消息。玛利亚·麦特娜，这就是那个可怜的女人的名字。唉，是呀，一个人也是会走到这步田地的啊……不，她自己是决不会的。任何聪明的女人都是不会这样做的。用不着找情人，用不着生孩子，完全用不着那么轻浮，并且，最主要的是：绝对不要相信任何一个男人！

十二

她缓步走回家去，心情十分平静，此时对母亲的怨恨已经完全烟消云散了。家里，已经替她热好了毫无油水的午饭，母亲把饭菜默默地放在她面前的桌上，然后就拿起苔莉丝先前放在桌上的报纸来翻看。她在这份报纸上找来找去，找到了长篇小说连载，之后便瞪大眼睛津津有味地读起来。苔莉丝吃完饭后拿出自己的刺绣活，在窗户旁坐下，心里仍在想着那位玛利亚·麦特娜小姐——她现在是在坐牢了。她有没有父母呢？她

---

① 维也纳市内著名的大公园。

是不是被家里赶出来的？或许她心灵深处还有几个她比自己的情人更加喜欢的男人吧？她又为什么要怀上孩子呢？从前就有很多很多没有生过孩子的女人，她们不也同样享受生活的乐趣吗？此时，近两三年内从女同学们那里听来的首都和本地的各色各样的新鲜事，全都一股脑涌上了她的心间。现在，不少这类没正经的谈话的内容——她们常常把她与同学间的这类闲聊叫做没正经的谈话——又都清晰地、鲜活地在她耳边回响起来，随即她心里猛地升腾起一股对所有与这类事有关的东西的厌恶感。她记起早在两三年前，即在她差不多还是一个小姑娘的时候，就曾经和两个女友一同决定去修道院当修女；现在呢，她感到好像有一种与当时类似的渴望又在自己心中萌生出来，只是今天的这一渴望有着别的含义，而且多了一些其他成分：一种内心的不安和恐惧——好像无论什么地方都不如置身修道院的院墙之内更安全，可以免除尘世生活给人带来的一切危险似的。

　　然而，随着闷热的空气渐次消散，黑夜的阴影顺着一幢幢房屋的高墙一直爬到五层楼上，她的恐惧和忧伤也就逐渐消失殆尽，现在她怀着比以往任何时候都更加喜悦的心情期待着和艾弗雷相聚。

　　她一如既往同他在城郊见面。艾弗雷两眼闪着柔和的光，额头上隐约焕发出一抹异常高贵的神采，这使她一下子感到十分心疼。她痛苦地觉得自己竟然比艾弗雷高一筹，因为她对生活的了解或者感悟比这个男友要多许多；可是同时她又感到自己不完全配得上他，因为他的生活环境与自己比起来要纯净得多。他的身材和神态很像他父亲，苔莉丝在这个小城市的街上常常碰见这位长辈，而对方却并没有注意到她，或者恐怕根本就不知道她是谁。艾弗雷的母亲——那位高个子金发夫人，还有他的两个妹妹，苔莉丝也都见过；她们可能猜测到一些两人间的交往情况，因为最近有一次她偶然碰上这一对姐妹时，两人都同时好奇地回转身看她。她们一个二十，一个十九，大概不久都要结婚了。这一家人生活富裕、备受尊重。是呀，他们的日子过得很舒坦很舒心。如果设想塞巴斯迪安·尼尔海姆大夫，这位专为市内上层人家看病的医生，有朝一日竟被送到疯人院去，这简直就是一个荒诞无稽的念头。艾弗雷发现苔莉丝心里在想别的，就问她有什么心事；她只摇了摇头，同时亲热地紧紧握住艾弗雷的手。现在白天已经很短了，这会儿天色渐渐暗下来。艾弗雷和苔莉丝并排坐在绿树丛中一张长凳上。四周，平地向远方伸展开去，群山离他们很远，从市里传来一阵低沉的嘈杂声，一列火车悠长的汽笛声隐约可闻；草地那边，时不时有一辆汽车沿公路隆隆驶过，也有一些看不清面孔的行人从他们身旁蹀躞而去。艾弗雷和苔莉丝拥抱着，苔莉丝的心里充满了柔情蜜意。后来，每当她想起这次初恋时，在她的脑海里浮现出的总是这个晚上的情景：她和他坐在一条长凳上，两边是田野和草地，周围是一片广阔的平原，头顶上是渐次向远处的座座山峦扩展开去的夜空，从遥远的地方飘来声声汽笛，从近处一个看不见的池塘中传来阵阵蛙鸣。

十三

有时他们也谈到未来。艾弗雷称苔莉丝为他最亲爱的人，他的未婚妻。他说，至迟六年后他就会成为医生，到那时她就可以成为他的妻子了。自此，似乎苔莉丝周遭张开了一道神秘的保护网，好像她的额头周围出现了一圈神圣的光环——在这些日子里她再也听不到母亲的一句呵斥，唔，母亲对她的态度甚至充满了慈爱的情怀。

一天早晨，她脸上闪耀着兴奋的光芒来到苔莉丝床前，递给她一张报纸；报上，在通常用于发表这类文字的版面刊登出了一部长篇小说的起始部分，标题是《大亨的诅咒》，作者是尤丽叶·法比安尼·哈尔摩斯。苔莉丝开始默默读这段文字，母亲则在女儿的床沿坐了下来。这个故事的起头和上百部别的小说完全雷同，苔莉丝觉得每一句话她都好像读过一百遍了。她读完后，像是表示赞赏那样对母亲点了点头，不过并没有说什么；而母亲这时便将报纸接了过去，立刻激动地、得意洋洋地把整篇文字又大声朗读了一遍。念完后她说："这部小说要连载三个月。我现在已经拿到一半稿费了——差不多等于中校半年的退休金呢。"

这天晚上苔莉丝和艾弗雷会面时，她惊讶而欣喜地发现他的穿着比往常更讲究，可以说更高雅、更帅气了，唔，你简直会以为他是眼下在城里经常能见到的那些高贵的游客中的某一位呢。艾弗雷看到苔莉丝眼里的满意神情非常高兴，带着玩笑的语气摆出一副一本正经的样子向她发出邀请：他不胜荣幸地今晚在欧罗巴大酒店设宴，恭请尊贵的小姐大驾光临。她笑嘻嘻地接受了这一邀请，于是不久之后，两人便坐在一家园林式酒店那灯火通明的花园餐厅里一张摆满了美味食品的餐桌边。

虽说置身众多陌生人之间却也丝毫不受干扰，犹如蜜月旅行中的一对出身高贵的新人那样。堂倌有点心不在焉地听着艾弗雷点菜；不多时，一顿十分精美的饭菜便端了上来。苔莉丝从自己胃口非常好这一点判断，察觉自己实在是已经有好长时间没有好好吃过一顿饱饭了。那柔和的甜葡萄酒，味道也极为鲜美。苔莉丝起初在这豪华的气派面前稍感心虚，几乎不敢东张西望；然而渐渐地她胆子壮了起来，便越来越兴致勃勃、毫无顾忌地放眼环顾四周。她看到时不时从四座有人向她投来惬意的、甚至是艳羡的目光，这里面不仅有年轻的和中年的绅士，而且还包括一些女士。艾弗雷心绪极佳，同他往常的表现截然相反，滔滔不绝地讲述他知道的一些风流韵事，不过尽是些不着边际的道听途说，而苔莉丝则不时爆发出一阵不大自然的高声大笑。艾弗雷已经是第三次或第四次向她低声耳语，他问她——他这人根本就没有多少新鲜的奇思妙想说出来取悦于她——别人可能会把他们俩看成什么人，究竟是把他们当成一对私奔的情侣呢，还是以为他们是来此度蜜月的法国夫妻？正在这时，几个军官从他们桌旁经过，苔莉丝立时便认出了那个穿着黄色翻领军服、有着一头黑发的军官。最近几个星期，她情不自禁地一而再、再而三地想到过这个人。那位军官也立即认出了她，这一点苔莉丝立即感知到，尽管他一点也没有流露出曾经同她见过面的神色，而是堂堂正正地马上把目光转向别处，并且出乎她的预料，并不在他们两人的一张邻桌，而是同他的几个战友一起在一张相当远的桌子旁边落座。这一段小插曲，使艾弗雷的情绪陡然一落千丈。刚才苔莉丝眼里突然闪出喜悦的光亮，没有逃过艾弗雷的眼睛。热恋中人那敏感的直觉妒意告诉他：一件对他来说是灾难性的事已经发生了。当他再次为她斟满酒时，她似有歉疚之意地握了握他的手，接着便突然对他说——同时感觉自己太不善言辞："我们是不是应该走了？"紧接着，虽然明明知道她完全不必担心这一点，却又立刻补充一句："母亲会着急的。你在家到底是怎么对家人说的呢，艾弗雷？"他脸红了。"你知道的，"他回答说，"我家的人全到外地旅行去了。""哦，是这样。"她说。这就怪不得他今天这么勇敢了，要是苔莉丝早知道这个情况，她是完全可以想象到他今晚这样的表现的。现在，当付完账后他站起身来时，那动作是多么笨拙啊！并且他不是按礼仪的要求让她先走，而是自己走在了她的前面。到了这时，苔莉丝发现他这副模样实际上只不过像个穿上节日盛装的中学生罢了。而她自己呢，当穿着这套简约端庄、蓝白相间的印花软绸连衣裙在饭桌间穿行，朝着露天餐厅的出口走去时，体态是那么优游自在，倒是像一个习惯于每天晚上同一批高贵的陌生人在大饭店共进晚餐的高雅女士。是呀，她母亲难道不是一位男爵夫人，在一所高贵的府邸里长大，还骑过一匹性情刚烈的小马恣意嬉戏吗？想到这里，苔莉丝平生第一次对自己的身世有了些许自豪感。

他们默默无言地在静悄悄的街上信步走着，艾弗雷拉起了苔莉丝的手臂，把它紧紧地贴着自己的臂膀。"你同意不同意，"他用一种轻松的、与他这个人很不相称的语气说道，"咱们现在再去喝杯咖啡？"她拒绝了。理由是时间太晚。唔，这并不奇怪，他是个大孩子中学生嘛！在目前情况下，也许他本应该提出一点什么别的要求，而不是请她到一家咖啡馆去作一小时告别谈话才合适吧。比方说，为什么他不喊一声那边那个坐在车座上打瞌睡的马车夫，叫他过来拉他们两个去游览玩耍，去享受一下这美好、宜人的夏夜？要是那样的话，她会多么服帖地偎依在他的怀里，多么热烈地吻他，会多么温存地爱抚他啊。但是，她不能期望艾弗雷会有这一类聪明的想法。不久之后，他们就站在苔莉丝的家门口了。街上一片漆黑。艾弗雷把苔莉丝紧紧拉到自己身边，表现得比以往任何时候都更为热烈，她满怀激情地将自己的嘴唇送到了他的嘴边，闭着眼睛，感觉着他的额头高贵而纯洁。之后，当她走上楼梯时，心里充满了渴望和忧伤。为了不吵醒母亲，她轻轻地推开了门，就寝以后还久久地醒着躺在床上，心里回想着今天晚上的事，觉得真是满拧，完完全全不对头。

十四

第二天，她和母亲正在吃饭时，有人从花店买了一束非常漂亮的白玫瑰，用一个细长的磨光玻璃花瓶装着送到家里来。见此，她的第一个念头就是那个军官，第二个念头才是艾弗雷。然而名片上印着的却是，"本克海姆伯爵略备薄礼敬请亲爱的苔莉丝小姐笑纳，随此名片献上鲜花"。母亲怔怔地愣神不语，似乎整个这件事与她毫不相干。苔莉丝则将插花的玻璃瓶放到五斗柜上，却忘了再坐回桌边去，而是拿起一本书，在窗户边上的安乐椅里懒洋洋地坐了下来。母亲一声不吭地独自继续吃她的饭，吃完后便拖着懒散的步子离开了餐室。

同一天晚间，苔莉丝在去火车站的路上——她同艾弗雷约定今天在车站附近见面，他们几乎每天更换一次约会地点——又遇上了那个军官。他极其彬彬有礼地问候她，丝毫没有通过哪怕只是微微一笑——那样做未免有莽撞失礼之嫌——来向女士着重示意他们已经暗中熟识这个事实。她不由自主地道了声谢，但接着便加快了步伐，快到几乎是小跑的程度。到了约会地点，艾弗雷已经在等着她，她暗自庆幸艾弗雷并未觉察到她此刻的激动心情。艾弗雷看上去有些窘迫，情绪不佳。他们沿着满是尘土、兴味索然的大街往圣母玛利亚朝圣教堂①方向走去，谈起话来相当滞塞吃力，只字未提昨晚的事。不久便因为雷雨即将来临而踏上归途，这一次分手比平常要早。

不过接下去的几个晚上虽说是在伤感的气氛中度过，但总的说来还算是美好的。分别的时刻临近了。为了到维也纳先同父亲见面，艾弗雷决定在九月初就动身前往。每当他提到他们顷刻就要分别，十分恳切地一再请求苔莉丝等着他，并希望她竭力劝说她母亲尽快迁居维也纳时，她的心情都十分沉重。她已经对艾弗雷说过，母亲现在压根就不想搬到维也纳去生活。也许到来年冬天，她才有可能逐渐说服母亲迁居。不过所有这些话都不是她的真心话。恰恰相反，在苔莉丝心里，她独自一人离开家的打算倒是越来越坚定了；然而在做这种打算时，对艾弗雷的考虑根本就没有起一点作用。

_____

① 萨尔茨堡北郊的罗马天主教会朝圣教堂。

这件事早已不是她心里感到愧对他的、唯一的不诚实之处了。那次在火车站附近与那个年轻军官不期而遇之后没几天，她又一次遇上了他，那时她刚从大教堂里出来；她时不时在这个时间去去教堂，倒不怎么是出于虔诚的信仰，而更多的是渴望着在那高大、凉爽的大厅里安安静静地单独待上一阵子。在教堂前面的广场上，他径直朝她走了过来。一走到苔莉丝跟前他就停下步，好像这是世界上最最不言而喻的事，接着便向她做自我介绍——她只听清楚他的名字叫麦克斯，然后请求她原谅他不揣冒昧地利用这个难得的机会来当面亲自认识她；在此后比较长一段时间内是不会再有这样的机会了，因为他就要随他的团队——他刚在一个月前被分配到这个部队——去进行三周军事演习。而在这三个星期当中呢，他非常非常希望的就是苔莉丝小姐——哦，他当然早就知道她的名字，苔莉丝·法比安尼小姐在萨尔茨堡绝对不是什么无名之辈，现在日报上还在连载您母亲大人的一部长篇小说呢。唔，话说回来，他非常非常希望苔莉丝小姐在他离开的这段时间里记住他，就像记住一个老相识，一个朋友，一个默默地、耐心地抱着希望的朋友，一个潜心仰慕她的朋友。说完这些，他就拉起她的手来吻了一下，之后便一溜烟消失得无影无踪。当时苔莉丝转身环顾了一下四周，看看是否有人目击了他们这次会面。但教堂广场在刺目的日光下几乎空无一人，只是在远处有几个过路的女人；当然，她看着她们也都觉得面熟——在这个小城市里她有谁没见过呀！可是艾弗雷恐怕永远不会从这些女人嘴里得知有一个军官同她谈过话，并且还吻过她的手。他什么都不知道，他现在还不知道本克海姆伯爵到她家里来过，也一点不知道伯爵给她送来的那第一束鲜花，一点不知道今天早晨又送来了另一束；他也丝毫不知道母亲近来的态度变了，她现在对苔莉丝总是又和气又温柔，似乎她已经胸有成竹，能够预见事物的进一步发展。苔莉丝自己也心安理得地眼看着家里给她添置各种各样的新东西而不加制止。为她买的东西说不上很多，也不是什么很贵重的物品，然而怎么说也是一些对她可能很有用的东西：一些内衣内裤、两双新鞋，还有一块英国料子，买来准备做一件上街穿的连衣裙。她也发现现在家里的饭菜比以前好了。她暗自琢磨，完全可以从各种迹象看出来这些花销不会是从每天报上连载的那部长篇小说的稿费里开支的。不过这一切她全都无所谓了。这样的日子不会再有多久了。她已经下定了离家出走的决心，并且她想，最明智的办法恐怕就是赶在那个少尉演习完回来之前脱身远走高飞。艾弗雷呢，他对这一切，对已经发生的事和她准备要做的事，一概毫无所知、一无所觉。他仍然一如既往地称呼她最亲爱的，称她为自己的未婚妻，像谈论一件有极大的现实可能性，唔，简直可以说是顺理成章的事情那样高谈阔论，说什么他在六年后就要成为全能医学博士，并以这样的身份将苔莉丝·法比安尼小姐带到教堂去喜接连理了。苔莉丝呢，每当她晚上——这种情况差不多成了惯例——坐在郊外那条长凳上聆听着他那情意绵绵的甜言蜜语，并且她自己甚至也时不时地回报他几句时，她几乎快要相信他所说的一切，也相信她自己所说的一部分真是那么回事了。

　　十五

　　一天早晨——这是在一次同此前多次约会一样充满柔情细语的晚间约会后的第二天，她收到艾弗雷的一封信。信中只有短短的几行字，说当她读这封信时，他已经坐在去维也纳的火车上了；昨晚他本来想告诉她这事，可是怎么也说不出口，这一点要请她理解，请她原谅；他对她的爱非言语所能形容，千言万语也难以尽诉。在写这几行字的时候，他比以往任何时候都更加强烈地感到他这份爱将是永恒的。她信手撂下了这张信纸，没有流泪，心里却异常难受。完了。她明白，现在是一切都无可挽回地完了。要命的是，她知道这一点，而艾弗雷一点都不知道，这种情况与其说让人感到悲哀，倒不如说令人感觉可怕。母亲从城里回来了。她到集市上去了一趟，说是去买了些东西。"你知道吗？"她乐不可支地说，"今天早上是谁带着箱子和旅行包，乘车从我身边经过往火车站那边去了？原来是你的塞拉东①哟！唔，现在他可是走了，你没有看见哟。"母亲说话时总爱掺杂这样一些从小说里搬来的苍白过时的词语。她这副兴致勃勃的样子清楚地表明，她认为阻碍着实现她的计划的最大、也可以说是唯一的障碍现在已经排除了。而苔莉丝在同一时刻心里却想着：走吧，快点走！今天就走，马上就走，他前脚走，我后脚马上也走！旅费需要的那几个古尔

────────────
① 一部法国浪漫小说中的男主人公。

顿^① 我可以去借来——但愿克拉拉有……

她匆匆出了家门，不久就已经站在她这位女友住所的窗下，但却鼓不起勇气登上那里的楼梯。再者说，窗户也全都拉上窗帘了，兴许特兰富尔特全家现在还没有从夏季避暑地回来吧。正想着，克拉拉却打开大门走了出来，她穿着和往常一样漂亮、潇洒，看上去天真可爱，故意做出一副特别亲热的样子跟苔莉丝打招呼，一张口便谈起她最感兴趣的话题。她的话表面上没有什么令人难堪的词句，更没有难听的恶言秽语，然而在这些话的后面，却从头到尾暗含着一连串模棱两可的揣测。她先是有一搭没一搭地表示遗憾，说她们现在简直就很难聚会啦；接着话锋一转，提起了尼尔海姆家，言谈间那种语气使苔莉丝毫不怀疑：这位女友误以为她同艾弗雷之间的关系已经发展到了她自己想象的某种深度，而现在的实际情况又完全不是那么回事。苔莉丝并不觉得受到了伤害，而是从自己是无辜的感觉出发，心怀坦荡地向克拉拉说明了事实真相。可是她一说完，这位女友便干脆地、甚至简直有点鄙夷地说道："你怎么会那么傻！"这时，一位两人都认识的女士走了过来，于是克拉拉便急急忙忙跟苔莉丝道别了。

晚上，到了苔莉丝通常和艾弗雷约会的时间，她试着写一封信给他。她感觉奇怪的是笔在她手底下竟那样沉重，写起来艰难无比，最后她还是决定就简单写几行字算了。她写道：同他艾弗雷相比她要不幸得多，现在她心里没有别的想法，只是想着这个，她希望上帝将使一切变好。她把这封短信送到邮局，

<hr />

① 旧时奥地利银币名。

唉，她知道这是一封愚蠢的、掩饰真情的信。发完信马上回家，什么正事也干不成，便拿出一件手工活来做了一会儿，又试着打开书看看，又玩玩游戏；最后，既烦躁不安又百无聊赖地拿出连载她母亲的长篇小说的那几期报纸来胡乱翻看一阵。这是一个多么陈腐乏味的故事啊，她想，而且叙述得又是多么矫揉造作、言过其实。小说讲的是一个贵族之家的故事。父亲是个生硬、严厉，然而却胸怀坦荡的大亨——长着一对浓眉，小说中一再提到这一点；母亲则温柔、慈善，然而小病不断；儿子是个赌徒、决斗者，勾引女人的浪荡公子；女儿则是个天使般纯洁的姑娘，长着一头金黄的头发，是一个地地道道的童话公主，小说里也确实一再这样称呼她。这个家族有一个阴暗的秘密有待揭开。另外，一个须发皓白、老态龙钟的仆人知道花园里某处埋藏着一批宝物，远在土耳其人统治的时代[①]就埋在那里了。小说中也可以读到作者发出的一些关于虔诚、道德等方面的思考和议论。恐怕没有一个人会相信，这部小说的作者居然处心积虑地硬要将自己的女儿嫁给一个年老的伯爵吧。

[①] 十世纪土耳其人建立的奥斯曼帝国曾占领奥地利。

第二章

十六

　　第二天，她又收到艾弗雷的一封信，从此便日复一日，每天都收到他的来信。他告诉苔莉丝说，他父亲到火车站去接了他，又为他在市郊阿尔瑟区——医学院附近——租了一间房，还同他一起去参观博物馆和去剧院看戏；又说，从父亲总的态度，可以推测出他似乎对他俩的事有所察觉。比如，有一次在饭馆里吃晚饭时，他就谈到年轻人往往喜爱幻想，做出许多不切实际的计划，最终这些打算都不可能实现。他自己在青年时期，也曾经有过这类异想天开的念头，最后自然都克服了；对一个人来说，最要紧的当然还是工作，是自己所从事的职业，还有对待生活的严肃态度。苔莉丝觉得艾弗雷完全没有必要讲这些。难道他现在就想把责任从自己身上推卸干净？她可并没有向他艾弗雷提出过任何要求呀。他想干什么就干什么好了。苔莉丝觉得要给他一个恰如其分的回答很难，而且从根本上说，要想找到一点值得写的内容来满足一下他向她提出的每天给他写一封信的要求就挺不容易，因为——正如她一边向他表示歉意，同时又有点恼火地着重指出的——在这儿，在这个小城市里，一切都是那样按部就班、墨守陈规、循规蹈矩地沿着老轨道走老路。而真正发生的新鲜事，是啊，恰恰是这样的事她又不能一五一十地告诉这个名义上的恋人。她不可能对他讲本克海姆伯爵的最近一次来访，这一次他侃侃而谈，讲了许许多多他亲身经历的往事，特别是讲述了他在几次近东旅行中的见闻——他年轻时曾经在波斯当过公使馆随员，讲得非常生动有趣，而谈话过程中并没有对他的真正来意作任何过于明显的的暗示。伯爵还说，不久他将再次登程，这一回甚至可以说是一次环球旅行了。在说这句话时，他一本正经、意味深长地看了苔莉丝的眼睛一眼。但她对此的反应则是满脸无动于衷的表情。不错，她心想，一次环球旅行，那倒真是一件她心向往之的事情啊——不过必须是同另外一个人，而不是同一个老年伯爵吧。伯爵还谈到了苔莉丝的父亲，言语间不无同情，且面露敬重之色；他说，她父亲这位功勋卓著的军官肯定是争强好胜的心理受到了伤害，这才使得他精神失常的。苔莉丝为自己已经有整整三个星期一点没有关心患精神病的老父亲感到羞愧，于是第二天就赶到精神病院去探望他，发现父亲精神上已经到了完全崩溃的边缘。但是他现在却很注意自己的仪表。在健康的日子里他还从来没有这样讲究过穿着，穿得这么整洁呢。可是，自己的女儿他倒认不出来了，跟她说话就像跟陌生人那样。

　　对于这次探视，苔莉丝在信中告诉艾弗雷时所用的都是表示发自内心深处的关爱，以及一个女儿对父亲重病深感痛苦那样一类字眼，但是她心里明白，这些字眼很难说准确地表达出了她的真实感受——这也就像她在对自己这个身在远处的情人写信时用的那些表示温情和渴望的词语同样并非她内心的真情流露一样。然而她有什么法子呢？她根本不可能告诉他真实的情况。她怎么能写信告诉他，说她有时想要设想一下他此刻的模样简直是白费力气，不可能告诉他说她已经开始忘记他的声音，说她经常会一连好多个小时一点也没有思念他；而想另外一个男人的时间却要多得多——这个人，她作为艾弗雷的情人，本来是不应该去想、不可以去想的。

一天晚上，当她正非常吃力、简直是绞尽脑汁地回复他的一封充满伤感情调的信时，本克海姆伯爵来了。他客气地问是否打搅了她。苔莉丝很庆幸这下子不必接着写那封信了，于是对伯爵的态度就比往常更亲切一些。伯爵显然误会了她的意思，便坐得凑近她一些，并且用一种她完全没有听到过的语气同她说话。他直截了当地开口，那神情给人一种印象，似乎他们两人间已经有过好几次谈话、建立了某种默契，这便使他有了足够的勇气用这种语气来同她说话了："那么，对于我说过的环球旅行，小姐是怎样考虑的呢？不过，这次我们既不需要去印度，也不必去非洲了。"他拉起她的双手，说出一个地名，这地方是在意大利的一个内湖边上。他说，多年前他曾经在那个地方，在一幢非常漂亮的小别墅里——它坐落在一片绿树成荫、景色绝美的园林中——度过了整整一个秋天。别墅门外铺着多级大理石台阶，一直向下通到湖中。在那儿游泳，可以一直游到十一月份呢。接下去他又讲，在比邻的另一座别墅里住着三位年轻女士。每遇晴朗的中午，她们便从她们的露台上缓步走下，慢条斯理地走到水里去，三个人无一例外；但是在下水之前，她们都要从身上褪去外衣，外衣底下可是什么也没有穿哟。是的，她们就这样赤条条地向湖心游去。说到这里他又继续把身子更凑近苔莉丝一点，露出越来越亲昵的姿态，弄得苔莉丝又害怕又恶心，不住地使劲躲闪。最后她终于无法再忍耐下去，便猛地从座位上站起来，弄得桌子连同桌上的灯也不住地晃动。正在这时门开了，一束灯光射进屋中，母亲站在门外，蓬乱的头发上歪戴着宽沿帽，身上披着她那条老式的、缀有珍珠流苏的黑色披肩，那样子好像是刚刚从外面回来。伯爵一见她就站起身，她向伯爵问了好，请他重新坐下不必拘礼，然后看了苔莉丝一眼，随即将目光迅速从女儿身上移开，因为她刚刚听到了桌子的响动，不愿意多看女儿那惶乱的表情。一场无关宏旨的谈话很快就重新入港，其间伯爵向苔莉丝提了一个不痛不痒的问题，苔莉丝就只好以同样不痛不痒的方式作答，这一点她也毫不费力地办到了。

伯爵告辞时，他有充分的理由相信苔莉丝已经原谅他的唐突了，可是他哪里知道，苔莉丝那表面的沉静，仅仅是由于她已经下定了决心，打算毫不迟延地将自己的旅行脱逃计划立即付诸实施。

报上登出了多则招聘启事，她写信到格拉茨、克拉根富尔特、布吕恩，特别也写了几封信到维也纳应聘，并请求对方将回信作为留局待领信件寄给她。应聘信发出后，除维也纳和格拉茨的几家职业介绍所外，她没有收到其他回音，但是这几家介绍所特别提出要求先付一笔介绍费。她原本打算干脆利落地拔腿就走，到外面去碰碰运气，可是渐渐地又觉得现在待在家里比原先要舒服一些了。母亲对她的态度很和蔼，在物质方面家中什么也不缺；而从本克海姆伯爵那里则来了一封可以说是道歉信吧，这封信写得热情周到，不无幽默，甚至有些令人感动。后来，当他再次来访时，举止是如此毫无瑕疵，好像他是来到一家很体面的市民家庭，甚至可以说像是到一家与他自己同一层次的贵族人家作礼节性拜访一样。苔莉丝呢，这段时间又向几个招聘者发出了应聘信，有找幼儿保姆的，有想请家庭教师的；不过总的说来，她做起这件事来并不十分起劲。至于到底还有什么东西把她紧紧地拴在萨尔茨堡呢——这她是不愿向自己承认的。

十七

一个雨天的黄昏，当苔莉丝站在邮政大楼的入口处，正读着她刚刚收到的一封维也纳某女士给她的回信时，听见身后有人对她说话："晚上好，我的小姐。"她马上就听出来这是谁的声音，一阵舒适的颤栗顷刻传遍了她全身。此时，她并未用嘴说出、甚至也没有用脑子想一想，而是全身心地感觉到了下面这句话：终于来了！她慢慢地回转身，向少尉微笑着，就像对一个期待已久的熟人那样；而当她意识到最好还是不要流露出这种心满意足的微笑时，已经为时过晚。"对，我来了。"少尉随和地说着，同时拉起苔莉丝的手来连连吻了几下，"我是一个小时前回来的，回到这里以后第一个遇上的人就是您，苔莉丝小姐。难道能说这不是我们命中注定的缘分吗？"在说这几句话时，他仍然紧紧握着她的手不放。

"这么说演习都已经结束了？"苔莉丝问道，"这可真是太快了。"

"我的感觉是已经离开这里好久好久了。"少尉说，"难道您真的就没有同样的感觉吗？"

"真的是没有，您不是最多只离开了才一个星期吗？"

"噢，整整二十一天二十一夜了，每天夜里我都梦见您。其实呢，白天也同样想您。要我给您讲讲我都梦见些什么了吗？"

"我可没有那么大的好奇心。"

"可我对您的情况倒是有极大的好奇心哟。所以说，我非常非常想知道，您那么神秘兮兮地从邮局取出来的信里究竟写了些什么东西呀？"

那封信这时还在苔莉丝手里捏着，一听到这话，她便把它攥成一团，塞进了自己的雨衣口袋，然后笑嘻嘻地、狡猾地看着他的眼睛不说话。"不过我觉得，"军官说道，"这里恐怕不是我们两个促膝谈心的地方吧。尊贵的小姐难道就不能屈尊，暂时收留一下一个快被雨淋成落汤鸡的可怜的少尉吗？"说到这里，他不容分说便将她手里的雨伞一把夺了过去，撑开顶在两人的头上，然后把一只胳膊伸到她的胳膊底下，就这样扶搂着她一起走到了外边大街上，在倾盆大雨中同她并肩前行，同时滔滔不绝地讲述起来。他谈起了他在军事演习中的经历，谈到在三千米高处露天野营，谈到向多罗米腾山①的一个峰顶

①意大利境内阿尔卑斯山的一部分。

发起冲锋，以及如何俘虏了敌人的一个巡逻队——他自己自然是在常胜军一边啦。他们就这样边谈边走，在空空荡荡、仅有微弱的路灯照亮的街上不断前行，最后走进了一条狭窄的小巷，在一座老式房子前停下步来。在这里，他又一次建议——似乎这根本没有什么大不了的，要她到他家去喝杯茶，多加些甜烧酒，免得淋雨后弄不好会病倒。可是这时苔莉丝已经冷静下来考虑问题了。这个军官究竟把她当成什么人啦？他是不是完全疯了？当他伸出胳膊去搂她的腰，像是要硬拽她走时，她便突然正色厉声对他说，他是不是打算一下子把他们两人的关系弄糟，糟到以后永远不再有恢复的可能？只是到了这时，他才松手放开了她，并信誓旦旦地对她说，他心里非常清楚，唔，更正确些说是他从一开始就发现她是个极不寻常的女子。自从见到她以后，他就根本不可能再去想、甚至根本不可能再去看别的女人了。他又说，不管谁取笑他，他都不怕，反正从现在起，他每天晚上七点会准时到这大门前来等着，等多久都行，一直等到她来为止。即便需要天天等，等上十年也无所谓。对，他以自己的军官荣誉担保，庄严起誓，一定这样做。还有，不论他在这个城市的什么地方遇到她，他都要彬彬有礼地向她致意，而后再从她身边走过去，但决不同她攀谈，除非她本人示意表示允许他这样做。他只在这里，在这道大门边等着——请她无论如何要记一记这个门牌号码，七十七号——每天晚上，七点整。反正他也没有什么别的事情。至于他的战友们嘛，确实有一些很棒的小伙子，不过他们对他来说全都是可有可无的一帮家伙。说到女朋友嘛，那他是没有的，哦，早就已经没有了——这后一句，是他看到苔莉丝那颇不以为然的微笑后又补充上的。而如果她——如果她七点钟不来，那么他当然只好回到他的屋里去啦，在那上面，三楼，就他一个人租了一位老太太的房住着。附带说一句，那是个全聋的老太太。是的，就在那里三楼上，他将在他那间很舒适的房间里喝茶，吃一个黄油面包，然后抽抽烟，心里抱着希望，就这样一直待到第二天晚上。

"好吧，那您就这样等着，一直等到世界末日吧。"苔莉丝拉开了嗓门说，声音异常响亮。因为这时钟楼敲了九点，她便连手也不伸给他就转身逃跑了。

可是到了第二天晚上，她还是在七点整轻手轻脚地急急忙忙从他那道大门前经过，他站在门厅里，抽着烟，手里拿着帽子，和她第一次见到他那天一模一样。他那身军装的黄色翻领闪着耀眼的光，仿佛是世界上最最漂亮的颜色。还有他的眼睛、他的整个脸庞都焕发着兴奋的光彩。他是不是已经轻声呼唤了苔莉丝的名字呢？这她几乎没有听到。不管怎么说，苔莉丝冲他点了点头，跨进大门来到了他身边，然后便偎依在他身上，两人一起走上一道窄窄的石板旋转楼梯，一直走到一扇宽宽的深褐色木板门前，这门只是虚掩着，然而等他们一进了屋，便鬼使神差、无声无息地自动关上了。

十八

他们对他们的幸福严守着秘密。全市没有一个人知道苔莉丝每天晚上都要悄悄登上那昏暗的楼梯溜到少尉那里去，几个小时后，也没有任何一个人看见她又悄然离开那座楼房。即使有谁看见她来去，也认不出这个带着面纱的女人究竟是谁。一头扎进创作中对别的事不闻不问的母亲，什么也没有察觉，要么就是对这一切装聋作哑、视而不见。原来，法比安尼太太应德国一家大画报之约，眼下正在创作一部长篇小说。她带着骄傲的、心满意足的神情告诉苔莉丝这件事，现在每天没日没夜地闭门写作。他们家开的这个原来就本小利微、现在则几乎是生意惨淡的小店铺，现在由苔莉丝独自一人经营着；然而不论是母亲还是女儿，在这段时间里对于满足外在物质的需要比以往更不那么在意了。

但是艾弗雷那里仍然每天都寄来一封充满柔言细语又激情满怀的信，苔莉丝也用更加温柔、更为激越的词语给他回信，这是她以前根本不可能做到的。在这样做的时候她并不觉得自己是在撒谎，因为她现在对艾弗雷的爱并不比此前有丝毫的减弱，唔，有时她似乎觉得比以前、比他还在自己近旁时更加爱他了。他们两人在书信中你来我往地不断使用的那些词句，与苔莉丝在同一时期的真正经历完全风马牛不相及，其结果便是她在这一个和那一个爱着她的男人面前完全不感到内心有任何歉疚。

另外，苔莉丝并没有让时光白白地流逝过去，她一点没有忘记自己的未来计划，继续自修法语、英语和练习钢琴。晚上，当她得到麦克斯送来的票时，就常常出去看戏，多半是陪着那位并不关心戏票来源的母亲一块儿去。在这样的夜晚，麦克斯通常总是在第一排就座，而且恪守他们的约定，决不向一般都和母亲坐在后几排的苔莉丝哪怕只是打个招呼。他只是时不时眯起眼睛向苔莉丝这边狡狯地微微一笑——她明白，这一微笑或者意味着对昨夜的回忆，或者表示对明晚的许诺。

对于苔莉丝来说，这些晚间的观剧活动是一种符合自己需要的消遣；而对于母亲来说，则是她获取方方面面的启发、产生各色各样的激情的源泉。这不仅是指她觉得在这些戏剧演出中看到了同自己的经历或自己周围发生的事件的某些巧合，同时她也能发现一些明显的影射现实的细节，是某位她完全不认识的或者已故的作者写入自己作品中的，另有一些影射情节甚至是剧院经理考虑到她这位著名女小说家在场而有意插入表演中的。一遇到这样的情况，她准定会向坐在身旁的苔莉丝投去迫切要求她领会的目光，让她注意这些奇怪的——在女儿心目中它们一点也不奇怪——巧合。

在这段时间里，本克海姆伯爵完全中止了对法比安尼家的访问。苔莉丝并没有过多地在意此事，只是有一天晚上，当她看见伯爵和一位女士一起坐在剧院中舞台一侧的包厢里时，才又想起他来；而此前一天，她看过这位女士表演的一出法国滑稽剧，这人的表演才能并没有十分突出之处，倒是她那一身极为标新立异的梳妆打扮，引起了苔莉丝的注意。

十九

一天晚上，当她刚进了麦克斯的房间几秒钟，正在摘去帽子和面纱的时候，有人敲门了。令她奇怪的是麦克斯竟不假思索地叫了一声"请进"，于是，他的战友——一个头发金黄的瘦高个男子，伴随着一位年轻女士便走进屋来。苔莉丝立刻认出这女人是她新近看过的一出喜歌剧里几个女演员中的一个。"啊，真是意外的惊喜！"麦克斯叫起来，但他却连一秒钟也骗不了苔莉丝，她马上就看出这一所谓的惊喜是他们几个事先商量好的。进来的这个中尉言谈举止让人觉得他是个亲切随和、彬彬有礼的社交伙伴；而那位女演员呢，则完全与苔莉丝的意料相反，竭力表现得含蓄稳重、少言寡语，显然是别人特意叮嘱她当着苔莉丝的面要这样做的。她称呼她的同伴为"中尉先生"和"您"，此外提到她姐姐和一个律师结了婚，最后又提起圣诞节前夕她母亲——一位维也纳高级职员的遗孀——将要搬到此地来居住一事。四个人先是谈论了一阵最近剧院上演的几出戏；由于对剧作和演员的评论很快就结束，不多时后他们便又谈起剧院经理同那个被叫做"伤感女人"的演员之间以及本克海姆伯爵同沙龙女士之间的关系；最后，四个人一起下饭馆，要了一瓶葡萄酒，边喝边继续聊天，谈得倒也还比较活跃，不过这类谈话对苔莉丝却没有多大吸引力。其间，坐在另外几张桌旁的几个军官也客气地向他们这边打招呼，然而也就止于此，对这一桌人的活动不再有进一步的关注。十点刚一过，苔莉丝就提前告辞，并坚持要麦克斯留下和其他人再待一阵，她自己则怀着相当低沉、稍带愧意的情绪起身回家了。

在麦克斯寓所举行的下一次聚会，比这次要活跃得多。中尉捎来了一些冷肠和烤制食品，而仅仅一瓶酒下肚之后，中尉和女演员的表现就证明他们俩之间的关系比上次在苔莉丝眼前特意做出的样子更为亲密——这一点自然完全在苔莉丝的意料之中。不过，这位女演员这一次怎么说也还是有点少言寡语，她刚说了几句话就又提起她的母亲，说老人家虽然今年圣诞节不能来了，但明年复活节前的星期天还是要到这里来一趟，接她一起到维也纳去。后来，当他们这四个同伴在一家咖啡馆里坐定，本地剧院的一个喜剧演员从另一个角落里一边向她热情举手致意一边朝她叫了一声"您好啊，我的小林切尔夫人！"时，她并不答谢，而只是说了一句："这个卤莽小子好大的胆！"

在不久后的一次单独会面时，苔莉丝请求她的麦克斯以后最好还是别再搞这样的四人聚会了，她觉得同他单独在一起更舒服些。尽管麦克斯有些受宠若惊地笑了笑，但随后又变得愁眉苦脸；先是比较温和地数落她一阵，说着说着便越来越激动，指责她"太傲气"、"太过于多愁善感"。她眼泪扑簌簌地流了出来。从此刻起，这个晚上便过得闷闷不乐，毫无生气。所以当几天后中尉和他的女友再次来敲麦克斯的门时，苔莉丝心底里倒反而感到有些庆幸了。在此后的咖啡馆聚会以及尔后的几个晚上，她的表现在所有四个人中如果说不是最活泼，那至少也是最富有生气的了；并且，从这时起不断有更多的人来加入他们四人的这一餐桌聚会，在这些场合她的表现也是同样活跃。

二十

冬天虽然姗姗来迟，但一来到就数日连降大雪；全城以及整个市郊都披上了一层赏心悦目、色彩柔和的银妆。由于大雪封路，铁路交通受阻，这时苔莉丝心中油然而生那种唯有过着不受任何干扰而又衣食无忧的生活的人们才享有的那种平和、宁静之感。由于有了这种感觉，她这才意识到，原来在自己的心灵深处，始终潜藏着深怕艾弗雷突然回来的恐惧心理。

雪停了，一连几天晴朗的冬日，苔莉丝和麦克斯经常一起乘雪橇到山区去游玩，他们一直去到了贝尔西特斯加登[①]和柯尼希湖[②]。起初是两个人去，后来又加上其他一些军官和他们的女友，她们几乎全部来自戏剧界；而每当他们在烟雾弥漫的餐馆里喝着热气腾腾的潘趣酒[③]，麦克斯的战友中有人于酒酣耳热之际对待苔莉丝并不严格恪守绅士向女士献殷勤的底线时，麦克斯对此并无任何醋意，而是对他们那些"越轨"行为听之任之不加制止。

圣诞节假期第一天的夜晚，苔莉丝是和麦克斯在柯尼希湖边一家餐馆里通宵达旦度过的。次日中午，他们在她家门前下了雪橇，苔莉丝怀着有点担心母亲会不愉快的忐忑心情走上了楼梯。在楼上，母亲一脸责备的神气，默默无言地递给她一封挂号快信，然后又带着斥责的口气说，这封信是昨天傍晚就送到的。苔莉丝一眼便认出了艾弗雷的笔迹。她还没有拆信就知道信里写些什么，所以看信时脸上并没有露出特别惊异的神色。艾弗雷写道：他曾一度热恋过她，但是这爱情并未开花结果，

---

① 萨尔茨堡郊区县名，有传统的集市。1803 年属萨尔茨堡选侯国，1805 年划归奥地利，1809 以后属上巴伐利亚。
② 贝尔西特斯加登县阿尔卑斯山中的高原湖。
③ 一种混合热饮料。

为此他从心底里深深感到羞愧；现在，他衷心地希望苔莉丝在少尉身旁找到自己的幸福，很可惜这幸福是他艾弗雷不能给予她的。这封信语气比较平和，一开始使苔莉丝感到有些愧意，但是在一阵短暂的沮丧之后，她便如释重负地喘了一口气，并且庆幸自己以后不必再给自己施加哪怕一丁点儿情感上的压力了。从此，她就和她的情人一起毫无顾忌地到处露面，跟他一起去看戏、滑冰，最后甚至允许了她到目前为止一直坚决地、几乎感觉是被欺负那样而拒绝他做的事情，那便是容许麦克斯送一些小小的礼品给她，其中包括一串带徽章的项链——这条项链她接受下来之后就在麦克斯的强烈要求下一直戴着；另外还有六块手绢，一双配有白天鹅图案的红色皮便鞋——这双鞋同中尉的女友有时在舞台上穿的那双完全一样。

新年过后不久，苔莉丝在中尉的寓所前遇见了她的老朋友克拉拉，她刚从溜冰场回来，现正在回家的路上。两人互相问候一番，看克拉拉那样子，简直就像是等待盼望了好久好久才终于抓到了机会见到苔莉丝似的。她一开口便起劲地将苔莉丝大大数落了一番，但这完全不是针对苔莉丝目前的生活方式，而是在责怪苔莉丝太过于大大咧咧不够注意保护自己的隐私了。"哎呀，人人都在议论你哟，"她说，"这对你到底有什么好处？你看看我吧。我现在已经是在跟第四个男人交往了，可这谁也不知道。即使你去给我到处宣传，也决不会有人相信你的。"她笑着答应苔莉丝过几天到她家去看她，给她详细地讲讲她的情海波澜，说她真是憋得嗓子眼儿痒痒，想痛痛快快对人说说那些事。苔莉丝目送着这位女友急急忙忙离她远去，心中真是百感交集，说不清是什么滋味，其中最强烈的感觉是觉得自己异常孤独。每一次，只要谁自以为对她特别坦诚、特别信任她，她总会突然产生这种想法。

艾弗雷的那封信，虽然看起来像一封诀别信，实际上并非最后一封。在沉默了好几个星期之后，他又突然接二连三地来信，信中用的是一种全新的口吻，言辞间充满了对她的种种非难，还有一些责骂；他使用了一些很难听的字眼，苔莉丝决没有想到一个像艾弗雷那样的人居然会将这些话写到纸上，它们使她害臊、羞得满脸通红，于是她决定以后再收到他的信再也不看就付之一炬。可是，如果他好多天一封信也不来，她却又陷入一种奇怪的不安情绪之中，直到新的信来了才又恢复平静。但她自己一个字也不回复他。在收到大约十多封这样的信之后，便不再有这类信件来了。倒是在一封哥哥很难得写来的家信中，提到了他同艾弗雷的一次邂逅，说新近在城里见到了他，只见他红光满面、谈笑风生，穿着非常高雅（哥哥郑重其事地提到这一点）。看完哥哥这封信，苔莉丝就觉得艾弗雷的那些怒气冲冲的信十分可笑、非常虚伪；她拿出来一大摞，把它们塞进了炉子里，眼看着它们慢慢地被烧成了灰烬。

克拉拉迟迟没有到她家来看她。直到二月将尽的一天，当积雪开始融化，早春的温煦和风穿过中午时分敞开着的窗户吹进苔莉丝房间里来时，这位女友才跨进了苔莉丝的屋门。然而她并没有如她前次许诺的那样讲述她的风流韵事，而是告知苔莉丝说，她已经同一个工程师订了婚。她上一次那些胡说八道，不过是些幼稚可笑的吹牛瞎说罢了，那是因为对她现在这个未婚夫那种犹犹豫豫的态度憋着一肚子火才在她面前胡诌一气的；她相信，苔莉丝是绝对不会把她上次讲的哪怕只是一星半点传扬出去的吧。说完这些她便使劲夸耀她的未婚夫，大讲特讲她很快就要到一个宁静的小山村——她的那个他应聘到那里负责修铁路——去过舒坦日子啦，那是多么幸福的事啊。她只待了不到十五分钟，临别时急匆匆地拥抱了苔莉丝，也没有邀请苔莉丝参加她的婚礼，就这样扬长而去了。

二十一

在这些严冬已过、春光尚未降临大地、乍暖还寒、令人心绪迷茫的日子里，苔莉丝并不为自己对麦克斯的温情在逐渐淡漠感到真正的痛苦，而是越来越心情沉重地意识到自己生活空虚和前途渺茫。她已经有好几个月没有去父亲住的那家精神病院探望了。可以作为托词用来聊以自慰、为自己开脱的，是她最后一次去探视时助理医师的那番话。那位医生说，她的历次探视对父亲的病都没有丝毫助益。而对她自己来说，父亲的形象总是会在每一次看望之后给她增添一分忧伤，再说，探视本来应该给她留下一份使人感到慰藉和令人敬佩的回忆，如今却会作为一个使她痛苦和心有余悸的印象，伴随她走过今后的一生。但是，这一天医院突然来了一封信，说中校的病情——如这类疾病有时会出现的情况那样——目前有了非常显著的好转，病人表示希望再见一见自己的女儿。苔莉丝呢，信中这些话在她听来却比医生的原意有更多一层好处，大概就是，似乎见到了父亲，自己可以从他的言谈中，甚至也许仅仅从他的声音里，便能获得一些慰藉和某种对生活的启示，至少总可以使她心境更安宁些吧。于是，在一个南风拂面、彤云密布的日子里，她怀着沉重然而并非完全绝望的心情，沿着因积雪融化而遍地浑浊污泥的大路，向精神病院走去。

当她跨进父亲住的那间牢房般狭小的病室时，他正伏案工作，桌上像苔莉丝早年经常看到的那样摆满了地图和不少图书。一听见有人进屋，父亲便转过身来看她，眸子里瞬间似乎又同以前那样迸射出一道通情达理、甚至是充满了生之欢乐的光芒。但是，他的目光一旦扫视完她的全身，不知是认出她来了呢还是没有——这一点她以后永远也搞不清楚了，他脸上的表情便突然扭曲得十分难看，手指也痉挛着紧攥在一起不能张开。接着，他猛地抓起桌上的一本厚书，看样子好像马上就要把它砸到女儿头上去。见此情景，看守立刻跑过来抓住了他的手。正在这时医生进来了，他迅速与苔莉丝交换了一个会意的眼色，然后转向父亲说道："这是您的女儿来了，中校先生。是您自己希望见见她的，现在她已经来了。您一定想对她说点什么吧。好了好了，您别这么激动了行吗？"最后这一句，是他说完前面的话后又补充上的，因为看守显然很难驾驭这个狂怒中的病人。现在，中校抬起他那只刚挣脱出来的右手，以毫不含糊的命令神态指着门口。苔莉丝脸上没有马上出现执行这一指示的反应，于是父亲的眼睛便射出一道凶神恶煞般的、威胁恫吓的凶狠目光。至此，医生只得自己动手，一把抓住苔莉丝的肩膀把她立刻拽出屋去，而她一跨出门，看守便立即把门关上了。"真是怪事，"在门外过道里，医生对苔莉丝说道，"就连我们医生也一再被假象迷惑。今天早晨我告诉他您就要来看他时，他表现出来的是非常高兴的样子。看来真不应该把那些书和地图拿给他。"

在大门口，助理医师以一种有别于自己往常的方式握着苔莉丝的手说道："小姐，您过几天再来一次试试吧，也许下一次会成功的；我会——同他好好谈谈；首先我一定要设法不让他再拿到那些危险的书。翻看这些东西显然会在他心里勾起各种各样不愉快的回忆。小姐，您想什么时候来，请先给我写封短信，到时候我会到大门口来接您。"他用一种奇特的目光看着苔莉丝，同时把她的手握得更紧了。她觉出这位医生所以要请她来，其实并不是真想让她来看望父亲，而是别有他图。她点点头表示答应，同时心里也明白：自己是不会再来的了。

她慢吞吞地向市区走去。他什么都知道了，她想，所以才把我轰了出来。现在我到底该怎么办呢？这时，她心中倏地掠过一个念头，顿时闪电般使她心胸豁亮、忧虑全消：麦克斯最近经常谈起他要到他伯父的工厂去工作，在同她告别之前，他不是可以先和我结婚吗？唔，其实一定得和我结婚！仅仅几个星期前，他的一个战友不是为了要跟一个名声很成问题的姑娘结婚才退役的吗？而她苔莉丝却不一样，他麦克斯结识的是她苔莉丝，一个品行端正的姑娘；并且是他将她，如现在人们都喜欢用的字眼那样——勾引上的嘛。想到这里，麦克斯同她之间所发生的一切，这时在她心目中第一次蒙上"勾引"一词的阴影，对此她心里产生了莫大的抵触情绪。难道她不是一个高级军官的女儿吗？再说,虽然家境不富裕,不也是出身名门吗？母亲不是甚至还出身于一个古老的贵族世家吗？唔,麦克斯简直可以说是对她有所亏欠,娶她苔莉丝为妻是他应该做的合情合理的事。

她也不等到有合适的机会,就在他们下次约会时大胆地向他暗示了这一点;麦克斯先是不大明白她的意思,或者是不想弄明白,于是苔莉丝便微笑着一再吻他,将他那郁郁寡欢的情绪一扫而光。到了再下一次约会时,她把意思说得更加清楚明白了,结果是引起了双方不快、吵嘴和争辩。苔莉丝虽说实际上对麦克斯并不温柔,但的确还是相当爱他;但在这次争吵之后,像她试图争取他和自己结婚那样突然,她又同样突然地停止了这种追求,而对事态的发展完全采取听之任之的态度。

二十二

春天临近了,剧场演出的旺季行将结束。麦克斯近来经常因为公务缠身,无法在自己的住处接待苔莉丝,有一次他甚至——据说同样由于需要处理一件什么公务——不得不出差好几天。这些情况,如果没有下面这件事,苔莉丝不一定会感觉出与平常有什么异样。事情是这样的:他们这一帮人在餐馆聚会,当有人在餐桌上说出了一个在本市非常叫座的女演员的名字时,麦克斯的一个战友便冲他诡谲地微笑,而麦克斯则向他打了一个很不高兴的手势,把这一泄露天机的微笑顶了回去。在不久后的一次观剧活动中,当那个年轻女演员在一幕演出完毕同其他演员一起出场谢幕时眼睛直盯着坐在第一排的麦克斯，而麦克斯也向她微微颔首致意时，这场景自然就不可能逃过此时对麦克斯已经不大信任的苔莉丝的眼睛了。演出结束后，苔莉丝随便找了一个借口让母亲一个人先回家，自己则在剧场门外等着麦克斯。这看来使他感到十分尴尬。当苔莉丝提出和他一起回他的寓所时，他拒绝了，理由是已经约好了同几个战友聚会。可是刚说完这话他突然又表现得非常殷勤，提出要送苔莉丝回家，然后拉起了她的手臂，也的确把她送到了她家大门口，又使劲咒骂他跟战友们的这次约会，那种骂骂咧咧的样子，表面上看去像是一点不掺假地在生气。他这样做的结果，便是苔莉丝的心气也就平和下来了。

她迅速打开了自己的屋门，惊讶地发现母亲竟然在屋里；她蹲在五斗柜前，正在最下面一个抽屉里忙活着翻找什么。因为苔莉丝一下子走了进来，她猛然吓了一跳，便结结巴巴地说："我只是想来看看——帮你整理整理东西，你不是老没时间吗。"

"半夜三更的来帮我整理东西？你这是说些什么啊！"

"你先别激动，孩子，我的确没有什么恶意。"说完这话，她又窘态毕露地补充道，"你可以检查一下嘛，看看是不是少了什么东西。"她走了，苔莉丝立即在打开的抽屉前蹲下来。前一阵她将艾弗雷的部分来信销毁之后，这一位接着又来过三四封信，信与信之间的间隔都比较长，它们不再像以前那些一样满纸骂人话了，更确切些说，这些信的基调变成了伤感和忧郁，犹如一场大雷雨肆虐之后逐渐消散于远方。现在，这些信少了好几封，还有麦克斯有时惯于写给她的那些便条，也不是完全都还在抽屉里。母亲要这些东西干什么？难道她竟有讹诈的意图？还是纯粹出于好奇？抑或是出于一种难以启齿的需要——即借别人的爱情经历来温暖一下自己那颗逐渐衰老的心？不论是属于哪种情况吧，苔莉丝心里清楚，反正自己不能同母亲继续在同一屋檐下住下去了。此刻她不明白自己为什么这么快就放弃了说服麦克斯和自己结婚的打算，所以决心明天就毫不迟疑地去面对他，把自己的要求提出来。由于下这个决心的目的是促使他们两人之间的关系来一个最终的定论，至少也是要使两人间的关系明朗化，想着这一点苔莉丝心情便平静了许多，以致她逐渐沉沉睡去；而且第二天早晨居然能做到和和气气地同母亲打招呼，同时还成功地避免了对头天晚上那件不愉快的插曲做出任何暗示。另外，因为这一天是个异常美丽的、举目四望春意盎然的三月天，也许还因为第二天就是复活节前的星期日，第三天观剧的那一帮人就将作鸟兽散各奔西东，所以，苔莉丝现在就能怀着一种良好的预感期待着今天晚上同麦克斯的约会了。

夜幕初降时分，当她走进麦克斯的房间时，他还没有回来——这种情形间或会出现一两次。这时一个迄今从未有过的念头倏地闪过她的脑际，就像突然想起一件昨天刚经历过的事那样，她很想看一眼自己的情人柜子里和几个抽屉里究竟有些什么东西。为了摆脱这种非常讨厌的诱惑，她便从摆在桌上的那堆书中拿起一本来翻看。麦克斯这个人的习惯是碰上什么书就看什么书。他看长篇小说，偶尔也看些剧本；这是一册插图版哈克伦德[1]著的小说,他看的书大多数又旧又黄,因为这些书在到达他手里之前往往是许多人看过的。苔莉丝随意翻开了一本,接着又漫不经心地翻了翻另一本比这本厚一些的、有不少地图插页的论及战略战术的军事参考书,也不管这书的内容是什么。然后,她无意间推开这本大厚书,竟发现在书底下——似乎是有意藏在那里的——放着她几天前刚看过的一出新剧的铅印舞台脚本。她挨页翻看这本小册子,发觉凡是有一个叫做贝雅特的女人名字出现的地方,一律划上了红色着重线。贝雅特?她几天来一直怀疑一个女人同麦克斯有着特殊关系,贝雅特,难道不正是这个女人在新近她看过的剧中扮演的那个女角的名字吗?贝雅特——一点不错。事情已经非常清楚了。有了这一新发现,苔莉丝就觉得自己完全有理由作进一步的考察,潜藏在心底的妒忌心一时警醒,她便立即大刀阔斧地着手进行调查。这一调查的后果便是:麦克斯一走进屋来就看见她站在他的大衣柜前,柜门大开着,在她脚边,各种信件、纱巾和不能不令人顿生疑窦的饰有花边的内衣内裤东一件西一样摆了一地。在如此大量的证据面前,麦克斯哑口无言,怎么都否认不了了。他猛地冲到她跟前,扑到她身上。苔莉丝使劲挣脱了他,冲着他的脸厉声大叫"流氓!"也不等他回答、道歉和辩解,马上就要离开这间屋子。

他两手紧紧捏住她的双肩,"你简直还是个孩子。"他说。她只是一个劲儿瞪大眼睛看着他。"她根本就不再到这里来了!"因为苔莉丝这时仍然听而不闻地死死盯着他,他又补充

[1]Hackländer,十九世纪末知名的通俗小说作家。

说："我用我的人格担保！是我刚刚才把她送到火车站去的！"现在她算是听明白了他的话，哼地冷笑一声拔脚就走。他急忙追了上去。在昏暗的楼梯上，他再次抓住了她的手臂。"劳你大驾放开我好不好？"她咬牙切齿地挤出了这几个字来。

"可我做梦也想不到，"他说，"你真是个傻瓜。你好好听我说一句吧。这件事我一点办法也没有。是她紧紧追着我不放。你可以随便去问哪个人。她走了我高兴得要死。本来我今天也已经打算把这事原原本本地告诉你了，我用我的名誉担保。"说着便把她紧紧搂在怀里。她哭了。"真是个孩子。"他重复说。然后他一边用一只手紧紧握住她的手腕，用另一只手轻轻地抚摩她的头发、她的脸颊和她的手臂。"还有，你刚才把帽子落在上面了，"他说，"好了好了，还是消消气吧。至少你要让我给你解释解释，然后你仍然可以想干什么就干什么嘛。"

苔莉丝又随麦克斯回到了他的房间。在屋里，他一把将她拽到自己的膝盖上坐下，向她发誓说他爱她，他爱的一直就只有她一个，"这种事"今后绝对不会再发生了。他的话她半句也不相信，不过还是留了下来。第二天凌晨回到家里以后，她把自己锁在自己屋里，她疲倦地、满怀恶心地收拾行装，给母亲留下几句冷冰冰的告别语，然后就乘中午的一次列车直奔维也纳去了。

二十三

到达维也纳后的头一夜，苔莉丝是在离火车站不远的一家不起眼的客栈里度过的。第二天早晨，她依照一个经过周密考虑的预定计划，首先动身去市中心；已经有人摆出紫罗兰来出售了，许多女人也都穿上了春装；苔莉丝则觉得穿着她这套朴素而合身的冬装也同样舒服自在、心里踏实，她感到高兴的是已然离开了萨尔茨堡，现在是清清静静的独自一人了。

她已经从报上抄下了好几处招聘儿童保姆或家庭教师的人家的地址，于是现在就是整整一天忙着走家串巷找工作，仅中午在一家便宜的饭馆稍稍休息了一下。有几家嫌她太年轻，另外几家则因为她还不能出示自己的学业证件而拒绝了，又有几家是主人本来可以考虑聘用她，可她自己又不喜欢那里那些人。终于，熬到夜色垂空时分，她已是精疲力尽，便当机立断，决定去一家有四个三岁到七岁孩子的公职人员家就职。

同她在这里即将体验到的生活相比，家乡的日子即便在最困难的时候也简直可以说是过得很富裕。在这个家庭里，孩子们总是饿狼一般，他们给这个陈设极为简陋的住所带来的只有吵闹而没有一点欢乐；父母遇事总是一副烦躁不安的神态，并且经常口出恶言恶语；苔莉丝不得不用私房钱来改善一下自己的营养状况，这样一来，几个星期后她身上的现金便也花光了，再者她也不堪继续忍受这一家人对她的冷言冷语、话中带刺，于是便愤然离开了他们。

接着她来到一个带着两个孩子的寡妇家，女主人待她就像对待使唤丫头一样；在第三家，是那污秽不堪的环境令她难以忍受；在第四家则是男主人肆无忌惮的骚扰，使得她刚做了不多几天就被迫离开了。她就这样又连续换了几个雇主，每次时间都不长，不过她也不是一点没有感觉到有时正是她自己缺乏耐心，加上她身上时不时像犯病一般表现出来的那股子傲气，以及对人家托付给她的孩子那种连她自己也感觉莫名其妙的冷漠态度——这些也应该对她无法适应和融入陌生人家庭的生活负有一定的责任。这是一段充满苦劳和焦虑的日子，它们使苔莉丝简直无法静下心来好好思考一下自己的事情。但是，有时当她躺在一张依冷壁而立的窄床上，半夜三更被她照看的某个孩子的哭声惊醒；或者天刚蒙蒙亮就被楼道里纷乱杂沓的响动和下人们的喋喋饶舌从睡梦中吵醒；再或者，当她在一个毫无生气的小花园里疲惫地坐在长凳上，面对着一群她并不喜欢甚至觉得讨厌的调皮捣蛋的孩子；又或者当她间或独自一人留在儿童室里深感百无聊赖，于是有了"闲工夫"对自己的命运进行反思时，——在这样一些时候，她的命运之全部凄惨和苦涩，便犹如突然间得到了神明启示那样，在她心中豁然明朗起来。

好不容易才得以享有的、寥寥可数的几个空闲下午，苔莉丝一般都不出门，而是疲惫不堪地在她服务的那家人家待着打发时间。特别是有一次她同邻里一家的保姆相约到外面去走走散散心，结果这唯一的一次尝试最后也弄得别别扭扭，大为扫兴不欢而散之后，她更是心灰意懒无意外出了。原来，那女人曾对她伶牙俐齿地大讲特讲，说她在好多户人家当保姆时受到过那些人家的老爷或少爷对她的各式各样的挑逗、勾引和纠缠，然后她如何巧妙地、成功地击退了这些骚扰云云。然而正是她，那个星期天下午在普拉特公园散步时竟连一伙浪

61

荡子弟对她做出的最最粗俗放肆的挑逗也毫不在意，后来甚至在她自己的答话中也非常坦然地胡言乱语起来。苔莉丝突然感到一阵恶心。她别无它法，只好趁他们不注意时赶紧溜走，独自一人回家去了。

二十四

在这一整段时间里，萨尔茨堡方面的消息一直十分稀少。她自己当时犹如仓皇逃命一般出走，自然也没有留下一个通讯地址。而在离家几个月后她请一家职业介绍所帮忙才终于得到的第一封家乡来的回信，又与她自己告别时写的那几句话一样仅有片言只字。自此母亲倒是给她写信了，但如果说她头几封信的语气还流露出了几分自尊心受到伤害的情绪，那么，从以后几封来信的字里行间似乎可以推测出，苔莉丝的离家出走实际上是她求之不得的事情。再说，尽管苔莉丝的信虽很含蓄却也难以点滴不露真情，以致任何一个具有同情心的人无论如何都能够从中看出她在外边的生活是多么可怜和凄惨；可是母亲对这些情况却好像一概浑然无所察觉，甚至她对苔莉丝在外面生活的身心状况还表示了心满意足。那些表面上看来可能让人感觉是冷嘲热讽的东西，实际上只不过是大大咧咧、漫不经心罢了。母亲这些信件中还多次出现了一些完全无关紧要的、甚至苔莉丝根本就不知道的名字。关于父亲，信里只是说他的情况"基本上没有变化"。至于哥哥则只字不提；直到后来她又突然寄来一张明信片，仅有寥寥数语，全部内容只是用轻度的责备口吻表达出来的一个愿望，即请苔莉丝务必关心一下卡尔，她这个做母亲的已经有好几个星期没有听到他的任何消息了，她整个假期都在等着儿子回萨尔茨堡，然而结果是完全白等一场。

母亲信中附上了哥哥的地址，于是晚夏的一个空闲的下午，苔莉丝便去找他。在一间陈设简陋但却也整洁干净的房间里，她在哥哥对面坐了下来。从这间屋子的窗户看出去，映入眼帘的只有一堵开了一些小窗口的、光秃秃的高墙，穿过这些小孔可以看见相邻的一所楼房的楼梯。苔莉丝从卡尔向她提的几个问题得知，哥哥误以为她是最近才到维也纳来的。他说，他觉得苔莉丝离家到外面来工作自食其力是非常明智的做法，对父亲那毫无好转希望、完全可能拖上很多年的病情表示难过，而对母亲他只字不提。随后他又讲述他目前正在给一位门诊医学教授的两个儿子补习文化课，每周四次，每次三小时，报酬只有可怜巴巴的几个钱；不过嘛，这个工作对他的未来怎么说都是会有益处的。接着他又兴致勃勃地大谈特谈此地大学中形形色色的弊端，谈上层的任人唯亲，教授的儿子们备受偏袒，还特别谈到高等学校的犹太化，说这种情况简直让人没法在讲堂和实验室里待下去了。过了一阵他向妹妹道歉，说很遗憾他必须走了，因为每星期日晚上有一批志同道合的同事约定在一家咖啡馆聚会，他是这种聚会的书记员，是不能缺席的。他送苔莉丝下楼，一到楼门口就匆匆对她说了句"过一阵再写封信来吧"，便回身上楼去了。苔莉丝目送着他，觉得他似乎长高了，他的衣着是整洁的，只是有点松松垮垮，头上戴顶硬邦邦的咖啡色礼帽，走起路来一副跟从前迥乎不同的急匆匆的样子。在苔莉丝眼里他的整个仪表都变了，变得完全像个陌生人。现在，苔莉丝垂头丧气，怀着同最近一样的深感孤寂的心情；因为，到这时她才发现自己在来找哥哥之前对这次访问是抱着某种期望的。她踏上了回家的路。

二十五

她应聘到一个经常出门在外的男人家中工作，照看他五岁的独子，到现在已有几个星期了。孩子的父亲她只匆匆见过两次面，这个身材矮小的男子，给她一种老是忙忙叨叨、整天愁眉苦脸的印象；家庭主妇对她的态度则是一种冷漠的和颜悦色；而孩子呢，那个长着一头金黄头发的可爱的孩子，苔莉丝几乎对他产生了好感。在这种情况下，她便希望自己在这一家总算有幸能待上一段比较长的时间了吧。一个星期日晚上，当她比人家预料的稍稍提前了一些回来时，发现孩子已被安顿上床睡了，而从隔壁屋里却传出来一阵窃窃耳语声。过了不多一会儿，就见女主人匆匆套上一件平时要早晨才穿的衣裙从那间屋里走出来，样子又窘又恼，她请苔莉丝到附近去买一些冷肠，而当苔莉丝将东西买回来时，发现那女人已经穿得整整齐齐坐在孩子睡觉的床沿上，在同孩子一块儿翻看一本画册。此时在苔莉丝面前她表现得轻松欢快、无拘无束，一反常态地同她闲聊起家务琐事来，但到第二天早晨，在一个鸡毛蒜皮的借口下，她通知苔莉丝她被解聘了。

现在苔莉丝又站立街头了。这时她第一次产生了返乡的念头。但是她的钱连买张车票都还差一点，于是她便提起她那只小手提箱，动身再次向坐落在外城维登区①的那所有着许多院落和楼道的古老楼房走去，因为此前，在从一家被解聘出来还没有得到新的应聘的间隙，她曾在这所房子里一个名叫考西克的寡妇家住过几夜。那时她同这个寡妇和她的孩子们一起，睡在一间十分简陋的屋子里；整座楼房散发着一股煤油和哈喇油气味，院子里马匹的嘶鸣声及男人们粗嘎的喊叫声等等，乱糟糟的一大片噪音早早地就把她从睡梦中吵醒，这次也完全一样。于是，苔莉丝情不自禁地回忆起她还在不久以前在自己家乡可以享受到的那些从睡梦中安详地、舒缓地醒来的时刻，想着想着心中便悄然而生无限伤感；她第一次惊骇地发现：自己已经落魄到了什么样的地步，而坠落的速度又是多么吓人啊。现在，她头脑异常清醒地第一次开始仔细考虑一个问题：即是不是可以利用自己焕发的青春、凭借自己肉体的魅力，像别的许多处在她目前地位的女人所做的那样，干脆去出卖肉体呢？对于另外的一种可能，即找一个真心诚意爱恋自己的男人、得到真正的幸福，在她经历了第一次痛心的失望之后早就不想再考虑了；此外，她最近几个月中不得不咬牙忍受的男人们——包括她服务的家庭中的男主人、肉店男伙计和其他店铺男店员们——意欲亲近她而做出的种种粗俗不堪、令人作呕的下流动作，也不可能诱使她再去开始新的爱情冒险。于是，对于她那疲惫不堪、失望至极的心灵来说，

① 维也纳第四城区。

在爱的所有形式中，眼下恰恰是那种职业的情爱在她眼前竟呈现出了最纯洁、最规矩正派的面貌。她又给了自己一个一星期的期限。如果到那时仍然找不到合适的工作，那么，如她在这个阴霾的破晓时分感觉到的，自己就只剩下走上大街出卖肉体这一条路了。

二十六

靠当保姆维持自己贫寒生活的寡妇考西克习惯每天早晨五点钟起床，她虽然常常发点脾气，却是个好心肠的人。她起来后不多会儿，孩子们也就都起床，于是那单调的、乱哄哄的闹腾——这间鄙陋的斗室中一天活动的前奏——便把苔莉丝从床上赶了起来。拿给她喝早餐咖啡用的，是一只边沿已经多处崩口、形状古怪难看的白茶杯。早点后她伴送考西克太太的两个孩子——一个九岁的男孩和一个八岁的女孩去上学，两个孩子都很喜欢同她相处。然后她顺便到市立公园走了走，公园里初夏时节那百花绽放的美景，使她的情绪略有好转，一个小时之后便来到一家职业介绍所。因为苔莉丝是个在哪里都待不长久的求职人，所以她在那里受到的是冷冰冰的接待。但不管怎么说，管事的还是给了她几个地址。于是，在几经挫折之后，她最后总算又怀着些许渺茫的希望，于中午时分走上了环宫路①一户高贵人家的楼梯，去给这家的两个女孩——一个十三岁，一个十一岁——当家庭教师。这家的主妇，一个脸上略施脂粉

① 维也纳市中心的繁华大街。

的漂亮女人，这时正准备外出，一见有人来，起初有些颇不耐烦，不过转眼她还是把苔莉丝叫了进来，但同时要求她出示证件。苔莉丝急中生智回答说，她现在还无法拿证件给她看，因为她这是初次求职。这位女士开始时对苔莉丝抱着不大欢迎的态度，可是在同她谈话的过程中似乎逐渐对她产生了好感，特别是她好像对这位求职者说自己出身于军官家庭这个情况感到满意。于是，谈到最后她叫苔莉丝第二天就过来，指定的时间是两个女孩回到家的时候。在门厅里，苔莉丝看见墙上玻璃板下一块黑色姓名牌上用金黄色字母写着：古斯塔夫·埃皮西博士，宫廷暨法院律师，刑事案件辩护人。

第二天中午一点钟，苔莉丝走进了这家人的客厅，见这家的女主人正跟她的两个女儿说着话。苔莉丝觉得从两个很有教养的孩子脸上那种亲切友好的表情看来，很可能这位母亲刚才跟她们讲过一些对自己有利的话了。不久，男主人也走进客厅来；他带着一丝轻微的自责语气说，今天他离开办公室比往常早了些；看来他对苔莉丝也有了一个先入为主的好印象，特别是她出身于军官家庭这一条，对他也显然起了作用。稍后，苔莉丝在回答他们的一个问题时，提到她父亲在大约一年前因为提前退役觉得很不光彩而郁郁寡欢、神思恍惚，到后来竟至被送进了精神病院。说到这里时，这一家每个人脸上都露出了像是自己亲人遭遇不幸那样的关切之色。主人提出给她的月薪虽然不像她自己预期的那么多，但是在这一天她离开之前人家向她表示，要她明天就开始到家里来正式上班时，她还是很难掩饰自己的喜悦。

在考西克太太那里她看到了一封母亲的来信，信中告知她父亲已经去世了。乍一听到这个消息，她先是微微一惊，几乎带着负罪感，稍稍镇定下来之后，这才感觉到了悲痛。依着自己的第一个意念她先去找哥哥，关于家里的这件伤心事，这一位现在还没有得到通知。卡尔对这消息看样子并不感到特别悲伤，他听了之后只是在屋里默默地踱来踱去，过了一阵子才在苔莉丝跟前——因为两把椅子上都堆着书，苔莉丝是坐在床沿上的——停下步，并且就像在履行一项应尽的义务那样吻了吻她的前额。"你还听到家里别的什么事情吗？"接着他问。苔莉丝于是对他讲了她所知道的那一点点情况，包括母亲已经离开了他们原来的住所，卖掉了家里的所有家具，租了一间带家具的房间，现在已经搬进去住了。"卖掉了所有的家具？"卡尔苦笑着重复苔莉丝的话，"她本该征求一下我们的意见的。"看到苔莉丝那讶异的目光，他又说道："就是问问你和我，对这些家具我们两人在一定意义上说是有部分所有权的吧。"

　　"是的，没错，"苔莉丝说，"她在信里也提到最近会付给我们一笔钱的。"

　　"一笔钱——哼，那我们恐怕得进一步关心关心这件事，把它弄得更明确点吧。"说着他又开始来回踱起步来。一会儿，他摇摇头，迅速瞟了苔莉丝一眼，然后自言自语道："是呀，现在他是已经脱离苦海了，我们这个可怜的父亲哟！"苔莉丝无言以对，感到自己也说不清为什么那样浑身不自在。她同哥哥告别，也没有按本来的打算跟他说说自己已经找到了新工作的事。卡尔并没有挽留她。

在回家的路上她走进了一座教堂，在里面待了比较长的时间。她没有做祷告，但却相当虔诚地、甚至是全身心投入地思念、怀念死者。这位已经作古的人，此时以他往昔的形象栩栩如生地站在苔莉丝眼前，这是她小时候认识和热爱的父亲的形象。她记起他那欢快的、大声谈笑的模样，那时候他经常是这个样子走进屋里，把正在玩耍的她从地上抱起来紧紧搂在怀里。一想到那时父亲的这一形象，她立刻就又联想起母亲当时的模样来了：她是那么年轻，那么朝气勃勃，那么神采焕发；作为女儿的她，在现今的实际生活中简直从没有见过母亲是那个样子。此时此刻，当她想到这两个人在这么短的时间内竟然发生了如此巨大的变化时，再次感觉到她今天已经有过的那种心灵震颤；时间这样短，变化这样大，使她觉得两个人都好像是早已故去、早已入土的人，他们同刚刚去世的那个精神失常的中校，同萨尔茨堡那个不修边幅、爱发脾气、有点让人感到可怕的、一天天衰老下去的女小说家，连一丝一毫共同点都没有。

二十七

第二天，苔莉丝便到她的新工作岗位上班了。这家的每个人都竭力通过特别亲切好客的言谈举止帮助她克服初次在这里午餐感到的拘束和窘迫，就是在这次午餐桌上，她也认识了这家的大儿子乔治——全家都用这个名字的法语读音"若日"来称呼他。这是个长相还算俊美的十八岁的小伙子，眼下正在大学攻读法律。

苔莉丝每天的工作日程毫无困难地便定了下来。两个姑娘都在上学，由苔莉丝接送，她还要帮助她们做家庭作业，此外，埃皮西太太特别强调要按时带孩子出去散步。男女主人对苔莉丝继续保持着和蔼可亲的态度，尽管不久之后她心里也就明白：人家骨子里对她是完全冷漠的，她不能被表面的假象所迷惑。主人在餐桌上闲谈时也比较照顾她，让她很容易插话加入到他们的谈话中来。有时，谈话的内容也涉及一些政治问题，在这样的时候，埃皮西博士非常明显地有意发表一些极端的自由主义观点；这些见解恰恰又遭到他自己儿子的反对；他指责父亲过于理想主义，而父亲听了这一责备看来倒也并不感觉不快，甚至还微微露出洋洋得意之色。至于埃皮西太太，在某些日子里她不仅对两个女儿，而且对开支等家务事也表现出极大的热情，常常出人意料地时而在这间屋子、时而在那间屋子露面，做出各种安排，不断发号施令；然而在另一些日子里却对家庭、家务和孩子一概毫不关心，除吃饭时间外苔莉丝根本见不到她的影子。那个乔治呢，不是在十分必要时才到两个妹妹屋里来，而是没事也常来找点什么忙活一阵。他那时而羞涩胆怯、时而鲁莽直视的目光，不久就在苔莉丝面前泄露出他接近她是怀有某种要求，也许还抱着一定的希望，但抱定洁身自好态度的苔莉丝对这一点看来是浑然无所察觉。两个女孩中，姐姐有时似乎喜欢和苔莉丝粘在一起，几乎想跟她形影不离，但是当她某一天真这样做了，那么在接下去的几天便又好像在故意躲开她，想离她越远越好。妹妹则具有一种比较稳定的、还完全是孩子式的欢快性格。两个女孩都很爱她们的妈妈，对她表现得非常亲热，但是，苔莉丝有时好像觉得这种亲热得不到母亲对等的回报，这位母亲对女儿们的亲昵表现往往报以心不在焉、甚至颇不耐烦的态度。

苔莉丝没有多少时间处理自己的事。每隔一个星期日，她可以"外出"，这是这里的说法，但她简直不知道该怎样打发那几个小时空闲时间，于是就勉强地利用这些时间去散散步，很难得的偶尔也去看一次戏。对于这家人给予她的待遇，她始终觉得几乎无可挑剔。但是尽管如此，她心里仍然渐渐开始感到某种不安，甚至有一种腹背受敌的感觉。她以为这种感觉的起因，是这个家庭内部那种奇特的、变幻莫测的情绪和氛围，她自己也不由自主地被卷入了这种情绪而又不知其所以然。现在没有一个她可以并且愿意倾诉心曲的人。只有对一个教法语的家庭女教师——按苔莉丝的估计，这人很难说还是年轻人，虽然她的年龄最多不过三十岁——她还比较有点好感，于是她利用这个机会通过同她谈天来提高自己的法语会话水平。这个名叫希尔薇的女人谈吐比较风趣，她对苔莉丝讲述了——虽说有一定的保留——自己过去生活中各种各样难登大雅之堂的故事，也试着鼓励苔莉丝对她说出自己的私事。苔莉丝呢，生性本来就少言寡语，对这位教师讲的并不比她对最陌生的人讲得更多，但是她觉出希尔薇小姐并不怎么相信她的纯洁无瑕。有时苔莉丝自己都觉得奇怪，怎么她的心、甚至于她的感官竟然已经几乎回忆不起过去在少尉怀里那些无比幸福的时刻来了。其实她对这个男子的欺骗行径感到的失望早已消弭殆尽，尽管如此，她仍然觉得自己好像永远不会再相信哪一个男人了，而有时她对这一点又深感庆幸。现在她有一个非常好的名声，而且埃皮西太太在她家的熟人面前相当高兴地提起苔莉丝出身于一个古老的奥地利军官世家，这两件事也使她有点沾沾自喜起来。

二十八

春天临近了。复活节假日第二天中午刚过，苔莉丝在斯特凡广场①上如约等着在埃皮西的一位友人家供职的家庭女教师——一个心地善良、相当苍老憔悴的女人。苔莉丝从认识她的第一分钟起，对这个女人的感觉就是怜悯多于友情。这位小姐迟迟未到，于是苔莉丝就利用这段等待时间观察过路行人，这样也算是可以散散心；在这个气温宜人的休闲假日里，此处所有的人一个个都像摆脱了生活中的种种忧虑来到这个热闹的场所，看来都在追求着寻欢作乐的目标。谈情说爱的情侣也不乏其人，双双对对从她眼前走过。然而面对此情此景，苔莉丝心中却并未感到任何一丝妒忌心的萌动，而仅仅是觉得有些好笑：她笑自己不是在这里等待情人，而是在等待一个半老徐娘的家庭女教师——这个女人和自己之间，除了所从事的职业近似以外再无半点共同之处。想着想着，她对即将到来的、将要同这个女人一起度过的估计肯定是兴味索然的下午，不由得心

———
① 维也纳市中心斯特凡大教堂前的广场。

72

中几乎有些发怵。由于约定的时间已经过去了半小时，她决定大着胆子单独一人往郊外方向走走。为慎重起见，她再次环顾一遍四周，看看那个人会不会临了还是从什么地方一下子冒出来；确认之后，她就急急忙忙地离开了这约会地点，跻身于漫步的行人大潮之中，为自己现在能不受任何干扰、自由自在地活动而高兴，也为那谜一般神秘诱人地闪烁在自己眼前的每一个下一刻钟——所以诱人，是因为它们没有任何别人预先为自己规定下的、不愿意也必须去做的内容——感到无比欣喜。说来也是命运安排的巧事吧，她被人群推搡着，或者可以说被引领着，竟走上了通往普拉特公园的一条路，最后径直来到了公园的主林荫大道上；两旁的树木枝桠都还光秃秃的，而脚下的泥土已经散发着春天的芳香了。车道上，各种各样的车辆熙来攘往，其热闹程度随时间的推移每分钟均有增无减，因为大批观众在弗罗德瑙[①]参观完赛马后，现在已经乘着出租马车和私人马车返回了。同许多人一样，苔莉丝也挤到路边站了一会儿。这时有一些人的目光从她身上掠过，另一些人则走过去了又回头看她，就中也有一个青年军官的目光，这男子的外貌有几分像麦克斯，但她觉得他看上去比当年勾引她的那个人更高雅，简直就更尊贵、更具有贵族气质。不过她心里早已很清楚：她当时就是作践自己错爱了小人！她决意下一次一定要放聪明些。

她沿着熙熙攘攘的林荫道继续前行，来到了有好几支乐队正在演奏的音乐区，在一个个异常拥挤的露天园林餐厅中，这

---

① 普拉特公园中赛马场的所在地。

些乐队并不仅仅是为饭桌旁的客人们演奏。成百成千的人走到这里便停下来，使劲挤到围篱边去。苔莉丝满怀喜悦地聆听着各个乐队此伏彼起、互壮声势的演奏，听到一支乐队正演奏一首柔和的曲子时，在那曼妙的旋律行进中突然从另一个较远的乐队轰然传来一阵雄壮的咚咚擂鼓声或是嚓嚓的铙钹声，此外又有马蹄那纷乱细碎的得得声、人群叽叽喳喳的耳语声、兴高采烈的谈话声和欢笑声，再加上火车高架桥那边响起来的机车汽笛声——那高声长鸣，同样欢快地加入到这个盛大的迎春节日音乐会的大合奏中来了。

到目前为止，由于她穿的是一身朴素的深色服装，加之她满脸冷若冰霜，差不多是习惯性的严肃凝重的表情，苔莉丝并未招惹来男人的纠缠。仅仅刚才有一次，当她在一家园林餐厅的篱笆墙旁站住时，有一个年轻男子挤到她身边碰撞她，但在她用胳膊使劲顶了这人一下以示抗拒之后，那人便马上走开了，苔莉丝连他长相是什么样都没有看清。现在，当她在一排尚未绽放新叶的大树下继续往前走，离开嘈杂的人声和乐声越来越远时，才回想起刚才那人故意碰她一下时自己心里倒并不觉得很反感。她急急忙忙地、几乎是逃跑一样地往前赶路。人流渐渐地稀疏了。她走到了今天路过的头一张还空着的长凳前，打算在这里稍事休息。这时，一个外表老远就引起她注意的青年男子从她身旁走过。一套熨烫得整整齐齐、但却很不合身、颜色浅得可笑的西服，松松垮垮地披在他那细长瘦削的身上，他两手插在裤兜里，摇摇晃晃地与其说在走路，不如说是在跳扭摆舞更确切些，另外，他用右手两个手指轻轻夹住他那顶咖啡色软礼帽。这个男子用孩子气的、但却有些狡狯的目光扫视了苔莉丝一眼，冲她点了点头；那表情十分友好，近乎热情，又毫不莽撞，以至于她差一点还礼，并不由自主地微笑了。那人向前走了几步之后突然转身，然后竟毫不迟疑地在她身旁坐了下来。苔莉丝正想站起身离开，可是那人已经开腔说话了，似乎一点没有看见她即将站起来的动作。他信口谈起这温暖宜人的早春天气，谈他刚刚看过的赛马，还谈到一个职业骑师在跨越障碍时连人带马摔将下来，又对这时从他们面前经过的一对穿着奇装异服的男女说了一句打趣的话。最后，他问苔莉丝是否看见大公夫人约瑟娃的车子和施普林格男爵的四驾马车从这里驶过去，又问她，像现在这样听着从远处传来的音乐，犹如聆听从天外飞来的仙乐一般，是不是觉得挺美、挺爽呢。苔莉丝被他这一连串喋喋不休的话语弄得有点头昏脑胀，对他的问题一律作了简短的回答，倒也没有不耐烦的语气。但是，她答完便突然站起来，行色匆匆地跟他道别，可是这位也毫不犹豫地站了起来，与她并排走着，同时又滔滔不绝地继续讲下去。现在他开始猜苔莉丝究竟会是谁了。唔，一定不是维也纳人。啊，肯定不是。而当她微微一笑时，——那么兴许是德意志帝国的公民？因为，你听她的谈吐是多么有教养啊。哦，对了对了，她是土生土长的意大利人！唔，肯定错不了。瞧她那一头黑发，瞧她那一双炯炯有神、韵味无穷的眼睛！意大利人，准保是了！她几乎是惊愕地抬起头来看他。他笑了起来。好吧，反正她是出身南国就是了，不管怎么说她的双亲、她的祖上一定是南方人，至于她本人是维也纳人嘛，这从她的口音一听就听出来了，尽管她是那样地少言寡语——其实她说的是标准的德语。难道她当过演员？是当过歌唱演员吗？专门扮演歌剧女主角的首席主唱？或者她大概是位出入宫廷的贵族小姐吧？对极了，她毫无疑义是位贵族小姐，一位很想亲身体察一下下层民情的贵族小姐，或者甚至就是位公主，要不就是某大公的千金？当然啦，就是一位大公的千金啰！

他就这样滔滔不绝地说着，怎么也阻拦不住，甚至边说边摆出一副绝对一本正经的模样。你看，所有的迹象都表明他是正确的：瞧她这身表面很不起眼、然而却——用他的话来说叫作——极度雍容华贵的衣服，瞧她的体态、步履、目光。现在他又站到了她身后，让她在自己前面走几步，以便从后面对她的体态和步履好好欣赏一番。"殿下，"当两人又来到音乐区时，他突然这样开口，"邀请殿下共进晚餐实乃在下的殊荣，然而无奈，说句老实话——穷不是耻辱，可富绝不是不幸，本人的全部财产目前只剩下唯一的、干净利落的一个古尔顿了。这恐怕吃不上一顿与殿下相称的非常丰盛的筵席啦。所以，殿下的晚宴大概必须自己付账了。"

她笑着问他是不是疯了。"殿下说哪里话来。"他一本正经地回答。

谈笑间她加快了步伐。她说，时间已经很晚，她必须回家了。那么，他说，她至少得允许他送她到皇家马车那里去，这车子肯定在什么地方候着她呢。在瑞士大厦吗？在普罗依舍博物馆吗？或者在高架桥附近？说着说着他们来到了一条小路上，在一家用绿色板条篱笆围起来的比较简陋的园林饭馆里，为数不多的几个人在悠闲自在地喝着啤酒、吃着熏腊肠和奶酪，一面欣赏着从邻近的以及稍远的园林里断断续续传到这边来的乐声。不多会儿之后，连他们自己也感觉奇怪——苔莉丝和她的同伴此刻竟有闲情逸致在一张铺着红黄两色印花台布的、摇摇晃晃的桌子旁边坐了下来，也津津有味地大嚼起餐馆那个汗流浃背、身上穿的燕尾服已经油乎乎发亮的侍者给他们端上来的饭菜了。"喂，斯沃伯达先生。"苔莉丝的同伴用一种十分亲昵的口吻呼叫侍者，似乎他与此人是老相识了，接着便向他提出一大串滑稽可笑的问题，诸如："您那位爷爷老先生眼下在做什么事呀？一直还在做算命先生吗？还有令爱，您家那位千金小姐呢？一直还是位没有下身的女郎吗？①"接下去，他用令人捧腹的词语翻来覆去向苔莉丝道歉，如说他竟然胆大包天，私自将尊贵无比的公主带到这样一家不成体统的小饭馆来，真是太不像话，罪该万死啦。不过嘛，在这种地方微服私访，被人认出来的危险性毕竟也要小些。之后，他又把她的注意力一一引向饭馆里就餐的另外一些客人，比如让她注意那个身披深色外衣、头戴低压到前额上的硬挺礼帽的先生——唔，那肯定是个在逃的诈骗犯哟；又叫她看那两个跟情人约会的士兵，两对情侣各自从一个大杯子里喝着啤酒；再看那边那个长着一对金鱼眼睛的一家之长、他的胖太太和四个孩子；还叫她看那个已经进入耄耋之年、脸刮得干干净净、坐在灯下自言自语地咕噜着什么的老先生。最后，他又十分熟练地故作惊诧说有了新发现——原来，他在这园子的一个很不引人注目的角落里看

① 此处应戏指杂技团表演魔术"刀劈活人"中被"腰斩"的女演员。

见了一位身穿黑色衣服的绅士，奇怪的是这人还戴着大礼帽，唔，这家伙当然毫无疑问只能是个秘密警察了。对喽，他显然是在这里暗中保护公主的嘛。

他像这样絮絮叨叨、眉飞色舞地当众表演出来的一切，实际上一点也不风趣，而且词语表达也相当平庸；苔莉丝清楚地感觉到了这一点。但是，长年累月没有任何一个人对她讲过一句轻松愉快的玩笑话，在那种时时令人窒息、处处受到限制、事事循规蹈矩的氛围中生活，她心中已然无意识地积存起一种对快乐、对快活的极为强烈的欲望和向往，以至于她此刻在一个一小时前还不认识的生人身边，在这无人监视、自由自在的气氛中，加上过快地喝下了两杯葡萄酒而有点轻度失态，便自然而然会如饥似渴地抓住第一个哪怕小得可怜的机会，让自己也稍稍轻松一点快活一番，痛痛快快地欢笑一回吧。她急忙过了一遍脑子：眼前这个伙伴的职业究竟会是什么呀？也许是个画家？或者是一名演员？哎呀，管他是什么人呢，反正他很年轻、无忧无虑。再说，今天比起以前在萨尔茨堡那家高贵的宾馆花园里同艾弗雷在一起的时候来，肯定是更加快活。她问她的伙伴是不是去过萨尔茨堡。萨尔茨堡吗？那还用说，他当然去过啦。他还到过蒂罗尔、意大利、西班牙，唔，他一直去到了马耳他呢。难道她还没有猜出他是个年轻的手工工匠，一个享受专利的手工工匠，现在是背着背囊正在漫游天下？他是昨天才又回到这里的，其实来这里也只不过是为了明天再打起背包出发去云游四方罢了。不过，要是尊贵的殿下允许他斗胆抱有再见殿下一面的希望的话，那么他愿意多待上几天再动身。

说完这句顺口又加上一句：再多待几个夜晚。

收钱的侍者已经站在他们面前，两人各自付了自己的账，然后离开了这个园林餐馆；现在，这位素不相识的伙伴拉起苔莉丝的手臂挽住不松手了。此时各处的节日喧哗声正逐渐减弱下去，他们在两旁路边的货摊、射击游戏摊点、饭馆、旋转木马游乐场中间穿行，向着公园出口走去。一个男子在那里用波希米亚方言大声呼叫，招揽顾客去一座提供各种意外惊悚体验的魔宫游玩。苔莉丝的伙伴为了取悦周围的观众，便模仿这人的方言口音同他攀谈起来。苔莉丝听着不怎么舒服，她把手臂从他的胳膊下抽了出来，正想独自走开，可是他马上就又蹿到了她身边。他们来到一个停车场，在这里，此公做出一副东张西望寻找皇家马车的姿态，接着又装出因找不到而十分沮丧的模样。"好了，游乐结束了，"苔莉丝说，"我觉得，最好我们还是就此分手吧。"

"好的，如果说我们的游乐就要结束，"他出人意料地突然一本正经地说道，"那么也许我现在来做一下自我介绍是比较合适的：卡西米尔·托比什。从前，"他接着用自嘲的口吻补充道，"曾经是冯·托比什。"但是他立刻解释说，要是人都已经成了穷光蛋了，再继续戴这顶贵族帽子还有多大意思呢。现在还要请最最尊贵的小姐猜一猜，他除了这一点之外又是干什么的？"画家。"她稍加思索便回答说。他很快点了点头。是这样，他是画家还是音乐家，视情况而定。唔，最最尊贵的小姐是否想参观一下他的画室呢？而当苔莉丝对这个邀请连一点反应都没有时，他便又开始讲起他的旅行来。噢，他不仅到过意大利，也到过巴黎，还到过马德里，到过英国，是以画家和音乐家的身份去的。他会管弦乐，几乎所有乐器都能演奏，从长笛到大鼓一概拿得起来。哎呀，马德里是个多么美妙的城市啊，既神秘又浪漫。不过罗马，那才真叫无与伦比呢。比如那些王侯们的墓穴吧，有一百万具骷髅深深埋在地下——在那底下逛来逛去可不是什么好玩的事。要是在那里迷了路可就完蛋了。他有一个朋友就出过这种事，不过末了还是被救出来了。还有那个斗兽场，一个巨大的马戏场，可以容纳十万人观看演出呢。现在它年久失修、破败不堪了，只有月亮仍然在它上方高高照耀着。当然啦，这只能是在夜晚喽。哈哈！

他们逐渐接近苔莉丝的住所了，她请这位同伴留步，又应他的请求把自己的姓名和住址告诉了他，此外还答应两星期后的今天再次同他约会。苔莉丝觉出，道别后他仍——拉开一段距离——跟在自己身后走了一段路，直到转弯处才停下脚步，并且目送着自己走进了楼房的大门。

二十九

在这两个星期中他来了三封信。第一封彬彬有礼、有点绅士风度；第二封写得逗笑些，称苔莉丝为"公主"和"殿下"，落款是：卡西米尔，一个大名鼎鼎的鼓手、长笛手和享受专利的手工工匠；第三封信就已经有一丝柔情的韵味了，这一次的落款，似乎是有点漫不经心地信手签上了他那个贵族姓氏的首字母缩写：C. v. T.。

他们如约在普拉特公园一处幽静的所在相会。这一天大雨倾盆，卡西米尔没有带雨伞，只披着一件揑出了许多皱折的斗篷式外衣，看上去颇有点浪漫情调。他口袋里装着两张查理剧院午后演出的剧票。啊，根本就不用他花钱，他和剧院经理熟极了，和剧院的一些职员也很熟。他们这一伙人时不时在餐馆，在美术节碰面聚会。是啊，还管这种聚会叫什么"节"，哎，不必太咬文嚼字就是了。不过说句老实话，有时在这种场合倒是相当热闹、相当快活的，虽然远远不如——比方说巴黎的类似活动来得热闹快活，至少也像在巴黎那样无拘无束。巴黎有一种艺术家舞会，模特儿们全都一丝不挂地跳舞；另有一些模特儿呢，也许更糟糕，仅仅披着一块完全透明的纱巾，或红、或蓝、或绿，各色俱全，就翩翩起舞了。在去剧场那不远的路上，卡西米尔就这样逗她开心，为她排忧解闷。他们在剧场里的座位是在三楼第二排。当天上演的是一出喜歌剧。这类歌剧演出苔莉丝在萨尔茨堡也看过几次，那里的演技与这里的相比她觉得只能说是好不了多少也差不了多少。舞台上不时出现一些滑稽场面，但是使她一会儿笑、一会儿脸红的，倒是卡西米尔穿插其间凑着她的耳朵小声说的那些话。不过当他在剧场灯光暗下来时对她做出过于温存亲昵的举动时，她就不得不正色严厉拒绝了。这样一来，卡西米尔马上就变得判若两人，老老实实地待在自己座位上，甚至连她的问题都不回答；当然，在他身上，这只是另一种形式的逗乐罢了。

演出结束后他们从剧院出来时天还没有黑，雨却依然不停地下着。他们走进了附近一家咖啡馆，到一个有窗户的小套间里坐下；苔莉丝拿起几份画报来随意浏览；卡西米尔则兴致勃勃地去观看一局台球，不时给打球的人出点子，自己也试着击了一球，没有成功，就说这都是因为球杆太糟糕的缘故。苔莉丝对卡西米尔这阵子把她撂在一旁不管觉得有点怪怪的，后来当他总算又来到她跟前跟她说话时，她发现其实已经到了可以走的时候。他帮苔莉丝穿好了上衣，自己也刷的一下披上了他的斗篷。来到大街上，他撑开雨伞为她打着，但并不挎她的胳膊。一路上他没说多少话，几乎有些忧郁，这时苔莉丝有点可怜他了。当他们经过一家灯火通明的大饭店时，卡西米尔透过那些能照见人影的高大窗玻璃，饿狼似的向里面瞅了一眼。这使苔莉丝几乎顿时萌生雅兴，很想请他到那些铺着雪白台布的诱人的饭桌中随便拣一张坐下来，好好吃上一顿晚饭，但是她害怕这样做会伤害他的自尊；然而也许在心底里，她更害怕的是他会马上接受自己的邀请吧。这样考虑着，他们便默默无言地肩并肩继续往前走。可是当他们在街上的一个拐角处道别时，卡西米尔突然又活跃起来，声称：他绝对不能再等两个星期才再次和她见面了。苔莉丝耸了耸肩。没有法子，她说，只能这样。然而卡西米尔丝毫不肯让步。她并不是奴隶呀，他说。为什么就硬是不可以在今后几天内的某个晚上见上那么一小会儿呢？——要说奴隶嘛，她当然不是，她回答道，不过她是有工作的人，担负着一定的责任啊。——责任？对谁？哦，原来是对一些只知道利用她的陌生人！这不是丝毫不比奴隶地位强吗？不，他绝对不想再等两个星期了。在一周内破一次例，只告假一个晚上，恐怕谁都无权拒绝她这个小小的请求吧？现在，她表面上还是寸步不让，但心里已经承认他说得有理了。

第二天卡西米尔托人到苔莉丝住的楼上给她送来一张字条，告诉她说他现在就在这条街的拐角处等着她，他必须马上同她谈谈。这时房东太太正好在家，看到苔莉丝的脸红了。苔莉丝向带信人示意不必捎回信。这次会见后一直到他们原先约定相会的那天，卡西米尔就再也没有给苔莉丝一点音信了。

三十

苔莉丝站在城市公园大门口等着。在她对面，环宫路上的一家咖啡馆门前坐着不少客人，在露天下悠闲自在地晒太阳。一个脸色苍白的孩子走了过来，问苔莉丝要不要买紫罗兰。她买了一小束。少顷，一个过路的男人走到她跟前，凑近她耳边小声地用几句恬不知耻的话对她说出一个赤裸裸的要求，吓得苔莉丝也不敢回头看看那人什么样便急忙躲开了。她的脸涨得通红，但不仅仅是出于愤怒。她现在就这样像个奴隶——像个修女一样生活，难道不是疯了吗？瞧，所有的人看她时都是怎样的眼神啊！有些人走过去了又回头来看她。其中有一个，那是个俊美、潇洒的男人，在她身边来回走过了好几次，显然是在观望着，看她单独一人还会待多久。也许，卡西米尔没来倒是件挺好的事吧。一个穷光蛋，又加上还是个傻瓜——怎么偏偏是他？到底为什么呀？她不是可以选择的吗？

但是正想着，卡西米尔朝她走过来了。这天他穿着一套浅色的夏装，一眼便可以看出那并不是出自高级裁缝之手，然而他穿上倒很合身。像往常一样，他一只手拿着软礼帽，另一只手插在裤袋里，走起路来显得洒脱而轻快。她微笑着，心里很高兴。卡西米尔吻了吻她的手，两人在城市公园里手臂挎着手臂四处信步游逛，时而站在池塘边，时而看着孩子们喂天鹅。卡西米尔聊起巴黎的一个公园，提起那公园里的一个不大的湖，说他有一天晚上在这湖上划船游玩，后来在一座假山的荫蔽下，就在这条小船里过了一夜。"大概不是一个人吧？"她说。他将一只手放在心口上，那意思是：天地良心。"我不记得了。那些事不早就事过境迁了嘛。"苔莉丝一点也不想再听他讲些什么巴黎、罗马和所有那些遥远城市的事了。她说，要是他那么渴望去那些地方，那么马上就动身去好了。一听到这话，他更紧地挽住她的胳膊，提出请她到休息厅的露台上去喝杯午后咖啡。到了那里，两人在一张小桌旁坐了下来，这时苔莉丝突然生出一种可笑的恐惧心：她害怕有人看见她同卡西米尔在这里，然后去向她的"东家"报告这一发现。当脑子里迅速闪过"东家"这个字眼时，她不由自主地低下了头；而翘着二郎腿、抽着烟、坐姿十分高雅的卡西米尔，简直就是冲着她的脸一语道破了她的心思。她摇了摇头，但眼泪已经快要夺眶而出了。"瞧你这副可怜样儿，"卡西米尔说，接着便用坚定的声音补充道，"不能再这样下去了。"他唤侍者过来，掏钱付账，几枚硬币扔在大理石桌面上当啷啷作响，声音挺好听又有些可笑。然后，他同苔莉丝一起步下宽阔的台阶，向下面的公园走去。他告诉她，他是多么心急如焚地渴望见到她哟，只是靠全身心投入工作他才得到了些许平静。他谈到他目前正在画的一幅油画，画的是一处绝美的风景，"梦幻般美丽的热带风光"；还谈到另外几张他差不多已经构思完毕的画，那是一些"故乡风情画"。"故乡风情画吗？"不错，他说，因为，稀奇的是就连他这样的人，也有一个像故乡那样的地方好寄托自己的乡情。说到这里他便谈起他出生的那个波希米亚小城，那里的人都说德语；谈起他的母亲，说她现今还在那里生活，住的房子原先是一个公证人的；又谈起这寓所前面的花园里那些色彩斑斓的花圃，他小时候就常常在那个花园里玩耍。他说完了这些，苔莉丝也谈起自己的家庭，讲她父亲由于身为将军的虚荣心受到伤害最终用枪结果了自己的性命，又谈到她那位用笔名为几家大报写长篇小说的母亲，还谈了她那个参加了大学生社团的哥哥。在谈到自己时，她讲了自己曾经和一个军官订过婚——是啊，为什么要否认这件事呢？这军官的父母怎么也不同意儿子娶一个穷人家的姑娘——但是，她说，她不想多谈这件事，回想这些太让人伤心了。卡西米尔也并不催逼她讲。

他们在郊区几条苔莉丝没有来过的街上信步走着。苔莉丝回忆起自己儿时做过的一个梦：她在几条没有走过的街上迷了路，后来竟又从一个谁也想不到她会去的地方安然回到了家。"就是这里，我们到了。"卡西米尔简短地说。苔莉丝抬头一看，发现此刻他们站在一幢出租公寓楼前面，这幢楼房跟其他上百所出租公寓楼并没有什么两样。卡西米尔挽紧她的胳膊，两人一起走进了楼门，走上楼梯，从一道道门口贴着名片或钉了黄铜名牌的房门前、从几扇过道窗户——这些窗户后面晃动着一些冷漠的身影——旁边走过，最后，卡西米尔终于在顶层用钥匙格格响地打开了一道门。相当宽敞的前室里，只放着一台轧压机，四壁几乎空无一物，仅一面墙上挂着一本手撕日历。穿过另一道门，他们就进入了他的画室。在这里，硕大的窗户差不多有三分之二被一块深绿色的窗帘遮挡着，以致房间的一侧像是白天，而另一侧像是黑夜。黑暗中立着一个巨大的画架，架上有一幅油画，用一块脏兮兮的布盖着。一个很旧的五斗柜上散乱地放着一堆书，一个长方木箱上放着一块处处沾满颜料的调色板，调色板旁边扔着一件浅蓝色绒布外衣。地上则立着大大小小没有装满的、色泽浑浊的颜料瓶。整个屋子弥漫着一股松节油、高筒皮靴和劣质香水的混合气味。角落里，一张红色安乐椅的一边扶手发出一点微弱的光亮。卡西米尔随手把礼帽甩到墙角，迈步来到苔莉丝跟前，用双手捧起她的头，带着乐呵呵的表情微微斜睨了她一眼，然后搂起她把她拽到安乐椅前。他自己一屁股坐下去，同时把苔莉丝抱到自己怀里。因为两个人的分量比较重，椅子的一条腿似乎要断裂，苔莉丝轻轻地叫了一声。他轻声安慰她，然后便开始吻她，慢悠悠地，像在做一件胸有成竹的事。他的小胡子发出一种木樨草润发油的气味，其实就是理发室的味道，苔莉丝小时候有一次曾去那种地方把父亲接回家来。他的嘴唇又湿又凉。

第三章

三十一

为了更经常同卡西米尔见面而不仅是两周一次，苔莉丝不得不寻找各种各样的借口向主人告假。她时而借故说要和一个女友一起去观剧，时而又佯称一定得同她哥哥见一次面，这样一来便能时不时在平日晚上也可以外出了。由于她对家庭女教师这个工作一直是认真尽职的，看来东家对她这类小小的出格行为也就不怎么在意了。

卡西米尔告诉苔莉丝说，那个同他合住这间画室的朋友——据他自己说——意外地从外地回来了，所以他独自一人使用这间屋子便成了问题，不能保证一定能用得上。于是，他们这对情侣如果想不受干扰，就只好租些条件很差的小客栈房间作为临时栖身之所，而在遇上卡西米尔恰好囊中羞涩时，租金就不得不由苔莉丝来支付。对于她来出钱这一点，她心里倒没有什么不愉快，甚至这样做她还感到某种满足。当然，经常性的经济拮据，使得他常常情绪相当糟糕；有一回，他竟至在没有任何明显理由的情况下对苔莉丝大发雷霆。不过当她听到这些她很不习惯的刺耳话之后默默无言地从他身旁站起来，迅速穿上衣服打算离开时，他便又立刻在她面前扑通跪下、苦苦哀求她宽恕；而她呢，也当即毫不迟疑地——她自己都觉得实在是太快了——原谅了他。

律师全家计划七月初搬到伊舍尔①乡间去住。苔莉丝打算换个工作，目的只是为了能离卡西米尔近一些。然而他却劝她别这样做，表示他夏天会到那里去看她，也许他那时能在离她不远的某个农户家租到住处；或者，仅仅为了能很快同她再次相聚，如果没有任何别的办法，就算是去干点什么冒险事也行。

在迁居伊舍尔前的最后一个星期天，他们俩一起到维也纳森林郊游。傍晚时分，他们坐在一家开在半山坡草地上的园林餐厅里，置身茂密树林的环抱之中，树木的枝叶在晚风吹拂下沙沙作响。餐桌旁的人们有的纵情畅饮，有的引吭高歌，有的谈笑风生，孩子们则欢蹦乱跳、东跑西蹿。在店主的内室里，一个穿短袖衬衫的胖子坐在敞开的窗户旁拉着手风琴。卡西米尔今天有的是钱，他一点也不克扣自己和苔莉丝，想要什么就叫侍者上什么。他们近旁坐着一对夫妻，带着两个孩子，卡西米尔同两人搭腔攀谈起来。谈话中，他把坐在这里能远眺多瑙河两岸平原美景这一有利的位置大大称赞了一番，跟他们举杯共饮，说"这种怪好的葡萄酒"味道真不错，又跟人家讲述他在国外旅行中喝过的一些精美无比的品种，比如说维尔塔林纳②啦、圣

①上奥地利著名的温泉疗养地。
②意大利维尔塔林纳山谷中出产的名酒。

茂拉①啦、拉克里美·克里斯蒂②啦，还有什么赫雷斯·德·拉·弗朗特拉③酒啦等等名酒。接着他又讲起他见过的各种醉态，为了取乐众人，还惟妙惟肖地模仿醉汉东倒西歪、言语含混的怪样。最后，终于和着手风琴的音调，唱起一支故作忧伤引人发笑的小曲来。四周的人们为他鼓掌，卡西米尔则向周围几次做出揶揄式的鞠躬姿态表示谢意。苔莉丝呢，她感觉自己情绪越来越低沉了。她心想，要是她现在就趁人不备悄悄起身走掉，他会不会根本就觉察不到这一点呢？再进一步，要是她突然从他生活中消失了，他会不会思念她、会不会为此感到焦虑呢？此时此刻，她被自己这一突然的醒悟吓了一跳，于是就想：她是不是本来应该在来这里的路上把自己的某个担忧告诉他，那样就最好了——她觉得这种忧虑是有根有据的，对他来说也必定是一种忧虑。可是现在不行了，现在她已经没有勇气将它说出口了。再者，有什么必要说出来呢？只需要到明天，她的忧虑就会被证明是多余的了。

太阳早已落山，森林黑压压一片寂然无声，夜色从下面的平原悄悄升了上来。一批头戴红色无沿帽的远足大学生，横穿山坡从这家餐馆前鱼贯走过。苔莉丝不由自主地向那边看去，心想，哥哥是不是也会在那里面呢？但他是不戴无沿帽的。其实，他参加了一个学生社团这件事，本来也是她自己编造的谎话，正如还有好多别的事也是她的杜撰一样。如果事实证明她的担忧有理，卡尔对这一点会说些什么呢？唉，这与他什么相干！与他毫不相干，就像这也跟别人毫不相干那样。她的事她

① 一种名酒。
② 意大利维苏威地区一种金黄色的葡萄酒。
③ 西班牙城市，以盛产雪利酒及其他多种酒类闻名于世。

该对谁负责？对谁也不用负责，只对她自己。

　　当她和卡西米尔动身回家时，天几乎完全黑了。他用手臂搂住她的腰，两人沿着树林、顺着山坡草地往下走去。走到一处坡度较陡的地方时，他们自然而然地小跑起来，奔跑中她几乎摔倒，两人发出孩童般的爽朗笑声。卡西米尔更紧地搂着她，这时她又感觉非常舒适了。他们转眼间来到了平原上；两人在热闹非常的大路上欢快地、一路顺风地继续齐步前行，把两旁的座座花园、幢幢别墅不断地甩在了后边。稍后他们乘坐一辆十分拥挤的有轨电车回城。苔莉丝心里猛然又感觉不自在起来，而卡西米尔呢，挤在满脸疲劳的女人们、欢笑着的孩子们和略带几分醉意的男人们中间，看起来却是如鱼得水，好像这才是他真正的人生乐趣所在。上车后他马上加入到乘客们之间你一言我一语、废话连篇的随意闲扯当中，装出一副在淑女面前大献殷勤的君子模样，向一位体态肥胖的先生示意，要他马上站起来给一位标致的少女让座；并向前后左右的乘客不住地传香烟，洋洋得意地说，这是他刚才在饭馆里费好大的劲好不容易才抢购到的哟。当电车到达他们的目的地车站时，苔莉丝便感到如释重负般暗自庆幸。从车站到她的住所已经很近了，在大门口两人又迅速约定周末再次相会。之后，卡西米尔看样子好像突然急着要和苔莉丝道别。她一直目送他远去，直到大门在她身后关上才转身，而卡西米尔则连一次也没有回头看她。

三十二

　　苔莉丝迫不及待地盼望着他们的再次相会。在分开的这段时间里，她给卡西米尔写了两次信，每一封都写得简短而饱含柔情，但却没有得到任何回音。一种莫名的恐惧使她全身颤栗，然而，当卡西米尔星期六晚上在城市公园一角他们通常的会面地点兴高采烈、满面春风、一身朝气地向她走来时，这种恐惧转瞬间便化为极度的幸福感了。为什么不给她回信呀？她问。——回信？这是怎么回事？他一封信也没收到呀。她究竟把给他的信寄到哪里去了？画室？可是难道她竟忘记了，他不是已经搬家了吗？——搬家了？——唔，他一百个肯定就在最近告诉过她这件事的。他那个朋友到外地去了，到慕尼黑去了，他们不得不放弃那间画室；于是嘛他就暂时先搬到另一间很小的房间去住，可以说是过渡性的吧；不过作为过渡嘛，怎么说也是相当不错的啦。

他们不用走很远，到内城一条灯光灰暗的小窄巷，那里的一所十分古旧的房子，便是他的新住所了。两人沿着一条很窄的楼梯走上五楼。卡西米尔打开屋门，门厅很暗，只是从厨房里有一缕微弱的灯光穿过锁眼照射进来，同时这里能嗅到一股煤油气味。他们走进里屋。窗户外，对面一座相邻楼房的烟囱黑乎乎地杵在那里。那所房子的屋顶离这边的窗户太近，几乎一伸手就能够着它。但是当苔莉丝转眼向侧面看去时，越过一座座屋顶和一根根烟囱，便看到了一大片悦目的城市夜景。卡西米尔向苔莉丝解说他这一新居的几大优点——极目远眺，不受打扰，价格便宜。他说他也许会下决心租上它一年呢。"这里难道可以画画吗？"苔莉丝问道。"小一点的画没有问题。"卡西米尔有一搭没一搭地说。这时他还没有点燃蜡烛，从外面晴朗的蓝天映射进这间狭小屋子里来的微弱夜色，使那只高高的旧衣柜、那张狭窄的床——床头伸进了靠窗的墙角，特别是那个瓷砖砌的大炉灶，显得颇为温馨适意。卡西米尔强调说，他们现在是在一所维也纳最古老的房子里，像这样的老房子还有一些，他们是待在一座昔日的小小王府中呢；这里的部分家具是从前的房主遗留下来的，那可是一位伯爵啊。苔莉丝想看看衣柜里面有什么东西，但卡西米尔不让她看；他说，还没有来得及整理呢，他是今天早晨才搬到这里来的。什么——今天才搬来？那怎么又没有收到她写到画室去的那几封信呢？她想，真是怪事啊。——但是这话她没有说出来。还有一点，卡西米尔说，他必须向她坦白一件事。是这样的：他不得不帮助他朋友——就是原来同他合住画室的那一位——摆脱窘镜，结果弄得他现在连去买顿晚饭回来的钱都不够了。苔莉丝把自己的钱包递给他，他接过去便匆匆走了。苔莉丝一个人留在这间黑洞洞的屋子里，禁不住独自叹了一口气。唉，上帝啊，他究竟为什么要那么拼命撒谎，把事情描绘得好像人穷是一种耻辱，可是另一方面呢，有一阵子他又简直为自己是个穷光蛋感到骄傲！他讲的所有假话，其实不都和他的贫穷有关吗？她想求他今后把自己心里的一切苦恼毫无保留地全都向她倾诉出来。目前的情况难道不是他们两人间谁都不应该对谁有任何隐私了吗？她也不应该对他保守什么秘密呀。唔，绝对不能再拖过今天去了，一定要在今天之内，一定要告诉他：她已经怀孕了。

卡西米尔老半天没有回来。她突然闪过一个念头：也许他根本就不会回来了？她再一次生出了打开衣柜的念头，可是卡西米尔刚才趁她没有留意已经把钥匙抽走了。床底下放着一个小皮箱。她把这个皮箱拉了出来，箱子没有上锁；她打开盖子，见里面有一些缝补过的破旧衣裳，还有一条已经磨得抽丝的领带。她关上箱子盖，把它又推回原位。她震惊了。卡西米尔的贫穷深深刺痛着她的心，比以往自己的贫困更使自己痛心。现在她比任何时候都更深地感觉到自己同卡西米尔是紧紧连结在一起了，她觉得好像他们俩是命中注定的一对。两个人互相帮助，可以共同承受多少苦难啊！

于是当他现在手里拿着一小包食品和一瓶葡萄酒走进屋来时，她便热烈地扑到他的怀里，而他则以宽厚的态度默默地接受着她施与的温存。是由于喝了葡萄酒的缘故呢，还是这种她还从未体验过的两人之间相互贴近的感觉使得她的心情比较轻松，促使她打开了话匣子，——总而言之，突然间她也不知道是怎么回事，一旦偎依在他怀里，她就把自己多日来一直紧紧锁在自己胸中的那件事一下子对他倾吐出来了。他听到后，硬是不把那看作一件什么了不起的大事。他确信是她弄错了。他说，这种事总得再等一段时间，到时候看情况再说吧。接着他又对她讲了一些别的事情。如果苔莉丝想完全明白这些，退一步说，如果她只是愿意好好听他诉说，那么这些事一定会让她感到非常伤心。

当他们双双走下楼去时，两人间的一切又完全恢复了原样，似乎她什么也没有对他讲过。在苔莉丝住所门前互相告别时，早已过了午夜。即将到来的一天卡西米尔又会是特别忙碌；一切都说妥了，他的地址她知道，她的地址他也知道，而也许不用等几个星期，他们就又聚在一起了——在星空下、在绿色的草地上。

三十三

这家人在伊舍尔的别墅，坐落在一大片园林中间，显得高贵而庄重。从阳台上放眼望去，可以看见疗养和游泳的人们在一座座楼房前的空旷场地上悠闲地漫步徜徉。埃皮西家的气氛，因目前男性成员暂时还在城里没来，似乎宽松自由了许多。两个姑娘在这里异常快活，苔莉丝还从没见过她们这样兴高采烈；母亲呢，比起在城里一向对待苔莉丝的态度来，现在也更加客气和亲切。在这里，来访的客人为数不少。一个已经有些谢顶的、风度翩翩的年轻人，在城里时曾到埃皮西家——有时也同其他客人一道来——吃过几次午饭，现在几乎每天都来；到了傍晚，他便同这家的女主人一起在后花园里闲坐一阵。苔莉丝每天和两个女孩出去作较长时间的散步，几个年龄与她们相差无几的小女友连同她们的家庭女教师，另外还有几个半大的男孩和几个年轻的男士，也加入到她们的行列中来。有时他们这帮人一起到附近一个湖上去划划船，而在家里时，则常常玩些不伤和气的社交游戏。苔莉丝带的两个女孩，姐姐名叫贝尔塔，在这乡间出人意料地跟苔莉丝十分亲近；她总是跟在苔莉丝身边，拿她当知心人，把她那些天真无邪孩子的内心秘密全都告诉她，两人有时离开众人稍远一些，手挽手地单独一起走路。这里优美宜人的景色、夏日的清新空气、经常的户外逗留、丰富多彩的活动——所有这些都使苔莉丝感到心情舒坦；加之每隔一天卡西米尔就来一封短信，这就使得苔莉丝原先的焦虑不安情绪在这里大部分得到了缓解。但是，过了不久卡西米尔的来信就戛然而止了。苔莉丝心急如焚，她意识到自己目前的身体状况——她起初一再怀疑这一状况的真实性，可有时又几乎觉得这一状况令人欣喜——的全部严重性，情况确实非常严重。她给卡西米尔发了一封快信，向他和盘托出了自己的全部忧虑。然而他没有回信；反倒是母亲来了一封信，她问苔莉丝，既然现在离她仅有几个小时的路程，那么想不想抽空回家看看她呢？苔莉丝在埃皮西太太面前几乎是无心地顺口提到了母亲的这一层意思，而埃皮西太太则好像是早就料到会有人提出这样的建议似的，很快就做出决定：约请比较多的人一起到萨尔茨堡去游览一次。

第二天，苔莉丝就跟埃皮西家的女眷、她们家的一个女友连同她的一对儿女，还有那个已经有些谢顶的风度翩翩的年轻人一起，启程到萨尔茨堡去了。一到火车站，苔莉丝便离开众人匆匆赶回家去看望母亲——现在她已经搬到了一座新楼房里，住的是把角儿的一间宽敞而明亮的房间。法比安尼太太带着平和的爱意接待自己的女儿；当年那个令人感到别扭的、放浪形骸的女人如今几乎踪迹全无，她好像突然变成了一个不折不扣的老太太了。她很高兴听到女儿生活过得不错；说她自己也很幸运，诸事都还算顺心。她挣的钱在完全可以满足生活需要之外还略有盈余；她又高兴地承认独居生活不论从哪个方面来看对她的工作都有好处。她耐心地听苔莉丝讲述有关她眼下和以前几次工作的情况，苔莉丝几乎被母亲对她的事所表现出的关心感动了。但在吃午饭时——饭菜是从邻近的一家饭馆叫外卖送来的，母女二人在窗龛里的一张小桌旁进餐——两人就开始有点话不投机了，苔莉丝觉着自己好像是在一个交谈时经常走神的、素不相识的老女人家里做客，心里老大不自在。

当母亲在睡榻上午后小寐时，苔莉丝从窗龛里放眼沿大路向山下看去，视线所及直至远处河上的那座大桥，河水的哗哗声响不断传到耳朵里来。这时她想起了那些和她一同到这里来的人，他们现在可能正坐在宾馆里共进午餐；她又想到麦克斯、想到艾弗雷，最后还想到在所有这些她感到陌生的人中她竟然觉得最最陌生的一个——卡西米尔，这个人让她怀上了孩子，又没有回她最近寄出的几封信。可是，即便卡西米尔对她并不那么陌生，他又能帮得上她什么忙呢？有他的爱也好，没有他的爱也好，她都同样是孤独无援的。

她没有叫醒母亲便轻手轻脚地走了。出了家门，她在市内几条街上转了一阵，在这个炎热的夏日午后，街上是空空荡荡、冷冷清清的。起初她觉出自己内心有一种冲动，很想到所有那些在她心上曾经打下过印记的地方去旧地重游一番；但是此刻她又觉得这些记忆是那样苍白、那样毫无光泽。而她本人现在又是疲惫不堪、心灰意懒，似乎人生对她来说已经走到了尽头。在这样的心情中过了不久，她便漫无目的地、几乎是机械地仅由两腿带动着信步走进了她的旅伴们下榻的那家宾馆；可是这批人这会儿已经外出游览去了，于是苔莉丝便来到凉爽的大厅里坐下来翻阅各种画报。当她的目光偶然通过玻璃门向书房看去时，心里便又蓦地冒出一个念头：再给卡西米尔写封信吧。她用上了充满柔情蜜意的字眼，为了在男友的记忆中重新唤起他们在一起度过的那些欢乐时刻，向他绘声绘色地描述如果他们两人夜间在别墅花园中或者森林中私会，那将是一幅多么诱人的情景，同时故意绝口不提她心中那令她无法平静、真正促使她写信给他的动因。

　　写完信，她走出宾馆，心里感觉轻松了一些。现在她没有别的办法，只能再次去母亲的寓所。这时母亲已经在伏案工作；苔莉丝信手从书架上取下一本书来翻看，碰巧这是一部侦探小说，她被它的内容紧紧吸引住了，一口气一直看到了天黑。这时母亲也停止了工作，提出和苔莉丝出去散散步。母女两人在清凉的晚风中默默地沿河边走着，最后在一家几乎还没有被游客发现的简朴的园林餐馆里坐了下来。在那里法比安尼太太受到老板对一位老主顾表现出的热情接待，令苔莉丝惊讶的是她竟然喝下了三大杯啤酒。这天夜里，苔莉丝只得将就着在睡榻上勉强休息了几个小时。第二天早晨，她醒来时仍觉得浑身骨头像散了架一样十分疲惫；虽然她和一同来的那批人约好了要到中午才去火车站会合，但仍然没过多久就到用帘子隔起来的壁龛那里去向还躺在床上的母亲告辞。而一旦到了楼梯脚下，她便庆幸自己又一次得到了解脱。

　　早晨呈现出一派明媚的春光，苔莉丝坐在黄梅公园里，置身万紫千红之中，吮吸着群芳斗艳时分空气中弥漫着的芳香。两个年轻姑娘——她以前的中学同学——与她擦肩而过，她们没有立刻认出她，但走了几步后还是回过头来看她并向她走过来，在互相问候和寒暄之后，老同学之间便开始了一阵交谈。苔莉丝告诉她们说，她目前在维也纳一个贵族人家家里做伴读，现在到这里来刚刚看望过母亲。然后她打听这个小城市里都有些什么新闻。可是由于她既不敢问起麦克斯，也不敢问起艾弗雷，就只好听两个姑娘讲一些与她自己毫不相干的街谈巷议和小道消息。这时她有一种感觉：似乎她比这两个与她同年的中学同学要年长许多、成熟许多；现在她同她们、同这个城市已经没有任何关系了。一个小时后，当她在车站与她那批一同来自伊舍尔的旅伴们会合，准备动身返回别墅时，心里感到十分庆幸。

三十四

回到伊舍尔别墅后的头些天，她心急如焚地期待着卡西米尔的音信。徒然，杳如黄鹤。她那急不可耐的心情难以掩饰，已经开始引人注目；她明白：现在已经到了采取一定的行动，至少是找一个人好好谈谈的时候了。可是，究竟找谁去吐露心曲呢？她觉得，自己同十五岁的贝尔塔最为亲近，这个女孩子每天都会重新爱上一个男人，每晚临睡前都要扑到苔莉丝心口上哭个够才能平息自己激动的情绪。她觉得，也许恰恰是这个孩子最能理解、最能安慰她吧。可是过不了多久她就意识到自己这个想法非常荒唐，于是仍然保持沉默，闭口不语。在那些因同在此地避暑而与她的关系进了一步的女家教和女伴读中，也没有哪一个她感觉跟自己比较贴心。她们当中某几个或许也有一些这方面的个人经验，但苔莉丝害怕会遭到她们的讥嘲、奚落，怕被传扬出去，怕被她们出卖。当然，她也知道要摆脱目前的困境总是会有办法的，但她同时又知道去干这种事很危险，可能会得病、会死人，也许还会进牢房。这时，一件差不多已经被遗忘了的、两三年前在萨尔茨堡发生过的结局相当悲惨的事，又依稀回到了她的记忆中。

她给自己定了一个最后的期限：再等一个星期卡西米尔的消息。在这段等待时间里，乡间生活那比较多样的消遣活动，怎么说也还是能暂时转移一下她的注意力，给她带来一些哪怕只是自欺欺人的安慰。一个星期过去了。她向主人提出来要请三天假。她编造的理由是：她必须尽快亲自同哥哥去谈谈有关处理父亲遗产的各项事宜。这一休假请求当即得到了东家的恩准。

三十五

她中午时分抵达维也纳，一出火车站便乘车径直奔卡西米尔的住所而去。她急匆匆跑上楼。一位老太太出来开门。据这位老人说，这里现在没有住着什么卡西米尔·托比什先生，也从来没有住过叫这个名字的人。几个星期前倒是有一个年轻的先生搬到这间屋子来，也预付了一小部分房租，可是还没有等到上警察局去报户口，第二天这人就不知去向了。苔莉丝于惊愕之余，羞惭地转身下了楼。在楼房门卫处她得知有好几封写给某位卡西米尔·托比什先生的信曾经送到这里来过，并且第一封信有人来取走了，其余的还原封不动地放在这里。苔莉丝一看摆在自己面前的这几封信，就认出了自己的笔迹。她请求把这些信交给她，但门卫不答应，她气得满脸通红拂袖而去，紧接着就乘车到原先卡西米尔住的、画室所在的那座楼房去。这里的门卫也完全不知道托比什这个名字，但他猜测，也许现在住在上面画室里的那两个画家会知道一些这人的下落。苔莉丝于是跑上楼去。给她开门的是一个中年男子，披着一件满是颜料污渍的白大褂。这一位仍然一点不知道什么卡西米尔·托比什先生，他说，在他搬来之前这里住的是个外国人，一个罗马尼亚人，这位房客连房租都还没有付清就搬走了。苔莉丝结结巴巴地说了句感谢画家提供信息的套话，对方眼里闪过一缕像是深表同情的光。苔莉丝下楼时感觉那人的目光一直在身后尾随着她。

现在她又站在大街上了。虽说经历了刚才遭遇的一切，但她仍然不相信卡西米尔已经离开了维也纳。唔，她不是用不着马上就回埃皮西家去吗，那么也可以在大街上多闲逛上它几天嘛，东逛西逛，到处走走，时间长了，最后不怕他不会迎面撞上来吧？这样想着，她便开始在市内到处游逛，虽然内心深处觉得这样寻友会友的做法十分可笑，但仍然东西南北、大街小巷毫无固定目标地四处乱窜，一连瞎逛了好多个小时，直到最后疲劳和饥饿把她赶进了一家餐馆，这才歇了下来。因为早已过了正常的用餐时间，所以她现在是独自一人坐在这家空空荡荡、毫无情趣的馆子里。等待上菜的时候，她像一个发高烧的病人满口呓语那样，不停地数着店堂里那些铺着白桌布的饭桌，从摆在窗龛里那几张被灯光照亮的数起，一直数到店堂后部那几张由于灯光昏暗而几乎看不清轮廓的餐桌。数着数着她的目光落到了自己的手提行李包上，这是她走进餐馆来后随手放在一把椅子上的，到这时她才恍然明白过来——哦，这大半天，原来自己就是提着这件行李在大街上不停地东跑西颠，一直到现在还无家可归呢。她用饭的这家餐馆隶属于市郊一家低档旅社，她决定，今天就在这里住宿了。

在房间里掸净了旅途和逛街沾染上的满身尘土之后，看看离天黑还有一段比较长的时间。从她这间位于五楼的房间依窗俯视，只见街道蒙在一层薄薄的雾霭里，而底下各种车辆的隆隆声和轧轧声则单调地、咄咄逼人地袭入她的耳鼓。她心想，要是卡西米尔从这下面经过，而她马上飞跑下楼——还能追上他吗？哟，从这高处往下看，她竟然还能认得出他来吗？底下街上的这些人，他们的脸庞她现在看下去完全是模糊不清的呀。兴许他这会儿真的正好从那底下走过，而她却一点也不知道吧？她趴在窗台上使劲弯腰往下看，感到一阵眩晕；她从窗边退回到屋子中央，在桌旁坐了下来。街上的嘈杂声渐渐弱下去了，她的孤独寂寞、她的离群索居，加上意识到此时此刻谁也无法猜到她究竟身在何处——这些念头都在短时间内给了她一种奇怪的安宁感，几乎可以说是一种相当舒适的感觉。她心想，为什么最近几天、最近几个星期她要那样惶惶然心绪不宁，好像真有什么危险在威胁着自己？说到底，她究竟有什么值得担忧的？对自己的一言一行，她有什么义务向谁交代清楚？是她母亲吗？或者，也许是向她哥哥？这两位不是谁都不管她的事情吗？难道又是那些雇用她、付给她薪水的人，那些不论在什么时候，不论是几年后还是几个月后，只要心血来潮就可以把她像个异己分子那样赶到大街上去的人吗？所有这些人究竟同她有什么相干呢？加之，这次在萨尔茨堡她还从母亲那里得知自己在遗产中拥有一笔钱，这笔款子数目比她原先想象的要稍微多一些，用这笔钱大概总可以绰绰有余地生活几个月吧，这就是说，她是不依赖任何人的嘛。这样看来，她碰不上卡西米尔，她同他断绝一切来往，倒兴许恰恰是件好事呢。因为这家伙到头来也许会把她仅有的那几个古尔顿，那几个可以而且应该帮助她渡过难关的钱也折腾光的。她到底跑到维也纳来干什么？她想从卡西米尔身上得到什么呢？唉，问这做什么！答案她不是很清楚吗？她要的就是他，就是他本人，要他的吻、要他的拥抱嘛。想到这里，在这一阵短暂的、自欺欺人的自我安慰之后，一种类乎绝望的情绪却又突然占据了她整个身心。正是为了他的缘故，她才到维也纳来的，满怀希望、如饥似渴，同时又是战战兢兢，深怕找不到他。而现在呢，现在她知道了，一点怀疑也没有了，知道他已经走了，已经溜了，为了逃脱全部责任，唔，逃脱所有不愉快的啰嗦事麻烦事，干脆溜之大吉。其实这人是多么愚蠢啊！她苔莉丝是压根不会向他提出任何要求的。难道他不知道这一点吗？她为什么不在一开始时就把这一切都对他说清楚呢？他卡西米尔对她苔莉丝是一点责任也不用承担的。她成为他的人时，已经不是一个毫无经验的、天真烂漫的少女了嘛。而且她从一开始就一直知道他是个穷光蛋。她决不会向他提出任何要求。那么孩子呢？孩子，这是她的事，纯粹是她一个人的事！

屋子里已经完全暗下来了。在敞开的窗子外面，城市夜晚一片朦胧的灯光在微微闪亮。现在该怎么办？下楼，到街上去吗？漫无目的地到处游荡吗？逛完后怎么过夜？明天又怎么办？即便他还在这个城市里，可她到头来总归还是碰不上他的呀。她在这里还有什么事情可做呢？这样想着，她便决定现在马上乘夜班火车回伊舍尔去，这个决定，她感觉是对她眼下处境的一种解脱。于是她按铃叫人来，付清了账目，小跑着下了楼，提着她的手提行李包乘车来到了火车站。在车上，她蜷缩在车厢一个角落里沉沉睡去，睡得非常香甜，直到列车抵达目的地前十五分钟才一觉醒来。

三十六

在埃皮西家苔莉丝备受照顾，这家的客人们对她也挺客气，就如同对待一个虽然本人出身的家庭富裕程度不如主人家，但在其他方面却也与埃皮西家的人完全平等的家庭成员那样。其中有一个其貌不扬的近视眼年轻律师，长着一张细嫩的、略带病态的面孔，经常殷勤地主动找她攀谈，向她谈到他郁郁不得志的青年岁月、他当前的研究项目以及他当中学教师和宫廷教师时的经历。她觉得这个人有点把她估计过高了，甚至以为她是个与她的实际情况完全不同的、另外一种类型的人。苔莉丝也对他讲述了许多自己的事：她的父母、她的哥哥、她自己"少女之恋"时期的情人艾弗雷——她谈起这些来态度比较随便，真真假假虚虚实实，针对眼前的对象作适当的变化，这是她最近渐渐习惯了的与人谈话的方式；至于麦克斯，她绝口不提；关于同卡西米尔的风流经历她倒也讲了一些，但把它说成似乎是一次不痛不痒的儿戏恋爱，仿佛在普拉特公园那第一次幽会以后她同他仅仅有过几次朋友式的散步而已。在这位年轻律师休假的最后一天，当两人在树林里放慢了脚步，与别的旅游伙伴拉开了一段距离时，他有点笨手笨脚地竟试图拥抱她。苔莉丝先是使劲将他推开，但过一会儿就原谅了他，并答应他可以给她写信。然而后来她就再也没有听到这人的消息。

八月底，埃皮西家的大少爷来了。他的两个妹妹，在城里时原本同他不怎么合得来，在这里却为他的到来表现得兴高采烈欢天喜地；她们两个的那些女朋友呢，个个都爱上了他。他按眼下的时髦做法让理发师把两撇小胡子剃掉，现在人们发现他长得很像某个拥有一大批崇拜者的名演员了。在苔莉丝面前，他起初表现得比较含蓄；然而有一天下午在楼道里两人偶然相遇时，他好像开玩笑似的故意挡住了她的去路，而她也并没有像自己原先打算的那样对他这种亲昵行为做出太多的反抗。进了自己的屋子后她就把门闩上，过了一阵，当她依窗往下看时，只见埃皮西少爷嘴里叼着一支香烟，连头也没有回就从花园门出去了。

在这段时间里，埃皮西博士来这里待了两天；众人发觉在他和他的夫人之间好像发生了一点什么不愉快的事情；他不辞而别，又悄然离开了这里。第二天，他们的小女儿伤心地哭着到处跑；苔莉丝不久就发现，这个十二岁的女孩对她周围发生的事情知道得比别人多，并且比别人对这些事更加感到切肤之痛。

一天夜里，苔莉丝突然惊醒，觉着似乎听见门那边有响动。这时一个想法蓦地浮上她的脑际，也许是乔治在想方设法到她房里来吧。可是她并不感到害怕，反倒觉着内心里升腾起一阵舒适的悸动；当随后一切又重新恢复平静时，则又感到一种不折不扣的失望。那次楼道相遇之后，她脑子里已经有几次闪现过某种朦胧的想法；如今，在今晚这个不眠之夜里，这一模糊念头便形成了某种类似计谋的东西：她打算找机会试探一下，是否有可能让乔治成为她孩子的父亲。当然，事情已经是迫在眉睫、刻不容缓了。但是这个年轻人好像猜透了她的心思——他自此以后完全避开与她接触。苔莉丝起初对这一点感到惊异，然而不久她就发现：正是在最近几天里，他和一个经常出入他家的年轻女人之间产生了恋爱关系。要说妒忌心，那她是一点也没有的。对自己的恼怒，不久就变成了羞愧，她觉得自己就像一个被遗弃的女人，越来越深切地感受到目前状况的尴尬和处境的危险。特别是想到有可能碰上她哥哥，这个念头最近使她萌生出一种几乎是可笑的恐惧心理。然而同时她也坚信，她认识的大部分女人，特别是她的同事中的某些人，都有过与她相去无几的经历，并且也都能及时想办法顺利渡过了难关。当然，这种事不能开门见山地去问，但是，在交谈时随机应变适当诱导，以便能够从中得知一些对自己有帮助的东西，应该是完全可能的吧。在她认识的那些保姆和女家庭教师中，有两个女人间或同她聊起天来比较随和、无拘无束，但却没有哪一次涉及到真正棘手的话题。其中一个骨瘦如柴、面色苍白、很是显老但貌似温柔的女人，常常不仅对她服务的那一家，而且对所有出入该家的人发表恶狠狠的评论。大家都知道她是个寡妇或者是离了婚的，但尽管如此也都总是称呼她为"小姐"。另一个长着一头咖啡色头发，还不到三十岁，性情活泼开朗——对于这一位，人们都猜测她有一大堆风流韵事，然而却抓不到任何一点真凭实据。苔莉丝相信，这个姑娘正是她能求得一些主意的最佳人选。于是，在九月中旬一个阴雨天下午，当她们带领孩子出去散步，有一阵子孩子们走到她们两人前面去时，她就按一个预先想好的计划——不过有些笨拙地——谈起了这位名叫罗莎的小姐所服务的那个银行经理家，说他们的孩子真是太多了。然而由于她怯于向对方直接提问，结果是她除了自己横竖已经知道的东西以外实际上仍然一无所获——比如说有一些女人很随和啦，还有一些医生是很乐意答应做这类事情的啦，一般说来危险性不是太大啦，等等。奇怪的是这次浮光掠影的谈话，竟使苔莉丝心情平静了下来；因为，对方在谈这个问题时所表现出来的那种快活的、几乎是引人发笑的语气和神态，使得所有那些以前对她来说是充满危险和恐怖的东西如今在她眼前变得不那么严重、甚至可以说是自然而然的了。整个这件事，不过是众多妇女生活中都在发生、虽说不甚愉快然而却不会留下进一步痕迹的一首小插曲而已；对于她，这种事也不应当意味着任何别的。

三十七

秋风萧瑟的日子到来时，人们都移居到城里去了。苔莉丝

106

翻阅各家报纸，像以前仔细研究招聘启事那样，琢磨着另外一些广告，从中她也许能找到眼下可能对她有所帮助的东西。这样，一天下午她来到内城一所古老的房子里，走上一道曲里拐弯的楼梯，几分钟后便坐在一位和蔼可亲的中年妇女对面了。这间屋子里悬挂着的窗帘的颜色，经过午后阳光的作用，使得那位女士全身沐浴在一片微弱的红光之中。这样一间舒适的、按资产阶级沙龙的格调布置起来的房屋，怎么也不会让人联想到这位女房客所从事的职业。苔莉丝大大方方地——虽然也有几分小心谨慎——对她说出了自己的愿望。这位和蔼的女士提起还不到半个小时前曾有一位年轻的男爵小姐为着同样的目的也来这里和她谈过，而且今年内已经是第二次了。接下去她又讲了不少关于她那些出身高贵的顾客们的事情，看来她的顾客面相当广，一些最最接近宫廷的人士也包括在内。她温和地拿少女们的轻率来打趣，然后突然话题一转，谈起一个富得流油的工厂主来，说他最近同一个女演员一起到这里来过；说完便向苔莉丝亮出她的服务内容，要介绍她和这位工厂主认识，因为他对现在的情人已经腻烦了。苔莉丝当即起身告辞，说她还要回去考虑考虑，明天再来。刚一跨出大门，她便看见一个身上披着一件黑色绒领已经磨得发亮的深色外套、腋下夹着文件包的先生站在那里，从头到脚打量她。苔莉丝只觉自己的心怦怦乱跳，简直就像看见自己被逮捕、被起诉、被判刑、被投入监牢了——直到重又混迹于街上的人群之间，她的心情才渐渐平静下来。

但是这第一次的经历并没有使她丧失勇气，就在第二天傍晚，她又去找另一个女人，这人也在报上登出了为妇女提供咨询和帮助的启事，然而是在苔莉丝写信去打听之后才告知她的住址的。在外城一条主要街道上一座新建的楼房里，走上四楼便可以在一道门前的牌子上看到金黄色字母书写的名字：高特弗里德·鲁桑。一个穿得很整洁利索的女佣把苔莉丝带进一间几乎可以称得上雅致的小巧客厅；她在那里等了一会儿，利用这段时间翻看一本相册，其中有各式各样的家庭成员照、全家福合影及一批知名的舞台艺术家的照片。良久，一位先生终于走了进来，他匆匆向苔莉丝道了一声好便又消失在另一道门里。不过仅仅几秒钟后，他就同一位身材修长、穿着舒适而庄重的轻便连衣裙的中年女子一起重新走了出来，嘴里轻声咕哝了一句抱歉的话，然后再次隐退了。苔莉丝还看到，当他回身带上门时，鲁桑夫人向他那边投去充满柔情的一瞥。"这是我丈夫，"她说，接着又似有歉意地补充道，"他大部分时间都在外地办事。好了，我能为你做什么呢，亲爱的孩子？"苔莉丝说话比昨天措辞更加谨慎了，但鲁桑夫人还是立刻明白了她的来意，于是直截了当地问她打算什么时候搬到这里来住。当她从苔莉丝的回答中悟出她并不打算在这里住下等待临盆时，语气就变得有些生硬，宣称她一般只在极少数情况下才下得了决心去做苔莉丝显然希望她帮忙的那件事，接着立即报了一个数字，说如果苔莉丝肯出这个数她便愿意承担这个风险。这笔钱苔莉丝根本就付不起。之后，鲁桑太太劝她最好不要干蠢事，又对她谈起一个男人，说这位先生是在得知一个少女已经同另一个男人有过孩子之后才同她结婚的；她又警告苔莉丝，要她提防那些在报上登启事做广告的女人，提到前几天刚刚有两个这样的女人被捕了。

苔莉丝满脸涨得通红，心烦意乱地走了。她像梦游一样，淋着秋天的毛毛细雨神思恍惚地在市内大街上游荡。信步走来，碰巧经过她和卡西米尔最后一次待在一起的那所房子门前。她突然心血来潮，顺口向门卫打听了一句：托比什先生前一段时间是不是来这里取过信？她惊愕地得知确有其事，而且就在昨天。她心里蓦地又闪出一缕希望之光。于是在附近一家咖啡馆里，她给卡西米尔写了一封信，信中没有半句责备的话，有的只是对她那坚贞不渝的爱情做出的充满激情的保证。她说她不想向他提什么问题，她知道一个艺术家的生活中总是有些神秘东西的，她想说的是她自己的情况非常之好，她现在就是如饥似渴地想再见到他，不管在哪里见面都行，即便只是见上一刻钟也好。她把这封信交给门卫放着，这一夜睡得很安详，醒来时，心里有一种朦胧的、异常舒服的感觉，就好像头一天遇上了一件特别舒心的事情似的。

三十八

此后的一段时间悄然流逝过去，苔莉丝没有采取任何行动。每当她尽心尽职、兢兢业业地工作了一天，到晚上安安静静地一人独处时，不时会在辗转反侧、夜不能寐之际有这样的感受：恍惚觉得自己目前的状况——不，应该说是包括过去和现在在内的整个一生——在自己眼里显得那样陌生、那样遥远，仿佛根本不是她自己经历过的生活。父亲、母亲、艾弗雷、麦克斯、卡西米尔这些人，在她的记忆中有如幻象一般飘忽不定，而她感觉最最虚幻，唔，最最不可思议的，是她肚子里正在形成一个新东西——这是一个活生生的、实实在在的东西，而自己对这一情况的发生却完全浑然不觉。另外一件最最虚幻和不可思议的事情是，在她那默默无语、也没有情感的肚子里，她的孩子、她父母的孙子，一个幼小的生命，正在逐渐长大；这孩子和别人一样、和她自己一样，命运已经前定，他注定将来要步入青年、老年，要体验幸福与不幸，要经历爱情、疾病、死亡。而由于她根本弄不明白这是怎么一回事，也就一再觉得这种事似乎永远不可能真的发生——似乎不管怎么说都一定是她自己弄错了。

女佣信口说出的一句并无恶意而意思十分明确的话，使她意识到周围的人已经开始对她身上发生的变化进行各种揣测了。她猛吃一惊，浑身瘫软，再次深深意识到自己处境的严重性。于是，当天她就动身，再一次走上那条她已经白白走过两遭的道路。这一回，她找到的是一个立即赢得她信任的女人。她平心静气地跟苔莉丝说话，态度甚至可以说是亲切友好的。她强调指出苔莉丝的行为的非法性是无庸置疑的，残酷的法律决不会照顾这个人的社会经济地位；她的结语是一句带有哲学意味的话：对于大多数人来说，最好是根本就不要出生到这个世界上来。她索取的报酬并不过分。谈完之后，决定苔莉丝后天于同样时间再到这里来。

苔莉丝好像得到了解救一般心中释然了。她平静地度过了那女人给她定的这两天期限，这种心境再次让她意识到最近几周她自以为心绪安宁仅仅是一种错觉，实际上这些日子是在一种多么惊恐和郁闷的心境中度过的啊。现在她感到自己的情况完全合乎自然，几乎什么问题都没有。她原先担心的那些不愉快或甚至是危险，现在一概不复存在，一切都是那样淡定、那样不必担惊受怕了。

但是，当她在约定时间沿着那座楼梯往上走时，内心的平静瞬间却又荡然无存了。她赶紧按下门铃，免得抵挡不住回身下楼快快逃走那强烈的诱惑。女佣告诉她，女主人到乡下一个主顾那里去了，要几天以后才回来。苔莉丝听了如释重负地喘了一口气，好像这样一来一件令人尴尬的事情并不是只推迟了几天，而是一劳永逸地解决了似的。走到二楼时，她看见两个女人站在一扇半开着的楼道门旁边说话，一见苔莉丝走过来，她们的谈话便戛然而止，然后不怀好意地、皮笑肉不笑地上下打量她。下面大门前停着一辆出租马车。那个她并不认识的车夫，竟毕恭毕敬地向她问候，让人感觉他似乎想拿她寻开心。走在回家的路上，她有一种被人跟踪的感觉，当然，她很快就发现这不过是错觉而已。这时她也不再觉得刚才车夫那客气的问候有什么不自然的地方从而引人注目，两个女人在楼道里那居心叵测的目光对她也不再构成什么威胁了；可是尽管如此，她仍然明白自己绝不可能再走这条路，或者去找另外一个态度和蔼乐于助人的女士碰运气了。她脑中又闪过一个念头：到萨尔茨堡去找母亲吧，把一切全都向她坦白出来。母亲总是会理解她的嘛，一定会有什么办法帮帮女儿的吧。在她写的那些小说里，不是往往出现更严重的情况吗？而到了最后，结局总归是皆大欢喜的呀。再看看萨尔茨堡那所房子吧，那里什么不光彩的事情没有出过？难道那里不是曾有一些军官和带面纱的女人深夜从大门里溜出来？母亲自己不也曾想把女儿跟一个老伯爵硬拉到一块儿去？可是转念一想，虽然这些考虑都有道理——但母亲到底该怎样帮她呢？想到这里她把这个打算又推翻了。接下去她又想，干脆坐上火车，随便到一个没有人认识她的地方去碰运气，在外地把孩子生下来，托付给或者索性送给一家无子女的夫妇寄养，要不就干脆半夜把孩子撂在某家门口一走了之。想来想去，最后想到的是：是否可以去找一下艾弗雷，向他和盘托出自己的心里话，请他帮着出出主意。这些想法，还有另外一些打算，她都是一想出来就马上又推翻掉，她脑子里一天到晚转的尽是这些东西，不仅夜里或者其他一人独处的时候是如此，即使在和埃皮西一家人坐在一起吃饭、带两个女孩出去散步，甚至在帮助她们做作业时，她也总在想这些事情。她本人也完全习惯了机械地、木然地完成自己的份内工作，以致看起来确实没有人觉察到她身上究竟发生了什么变化，心里到底在想些什么。

　　现在，她最后一次去寻求帮助的那个女人肯定早就从乡下回来了。于是在一天早晨，苔莉丝对自己说：看来最最明智的做法还是再到她那儿去一趟。这样一想，她就写信预约——没有署名，然而明确地提到了新近那次谈话——定于第二天到那个女人那里去。

三十九

　　在按预约时间动身去咨询的前几个小时，她收到卡西米尔的一封信。信中说他回老家去了一趟，是去看望母亲，又说很奇怪为什么一点没有听到苔莉丝在伊舍尔的消息，一直到了今天，这不，刚刚他才在门卫处看到了她的一封来信，——"我们在这房子里度过了多么幸福美好的时光啊"，一点不错，信上就是这样一字不差地写着。苔莉丝头都气晕了。在这封信的结尾处他说，他一定得再次同她见面，就是冒着生命危险也在所不惜。

　　她知道他在撒谎。他肯定从来没有离开过维也纳，他也肯定收到了她的每一封信，绝不只是这一封；可即使是他编造的瞎话，也是他编的，也是他这个人的一部分呀，唔，正是这些谎话使得他这样可爱、这样迷人。现在苔莉丝感到自己对卡西米尔有着如此强烈的爱，以至于竟敢拍着胸脯对自己说她从此就能拢住他、能够永远把他拴在自己身边。她想，现在，只要还有可能——哦，还会有很长时间这都是可能的——那么就暂且先让他再有好多个星期对她的情况一无所知吧。关于这件事，她以前对他说过的那些话他肯定早就忘得一干二净了。退一步说要是他还记得，而她现在又什么都不说，那么他自然就会很高兴地以为是她搞错了。唔，赶快再到他那里去吧，总算又可以在他那暖人的怀抱里好好休息一下了！

他们像在许久以前那些美好的日子里那样，在城市公园附近相会。这是一个寒气袭人的秋夜，她来到时，卡西米尔已经在那里等着她。她觉得他现在更加瘦削、身材越发修长了；他没有穿长大衣，只穿着一件相当短的、非常轻便的浅色外衣，领子翻了起来。他同她打招呼，那样子就好像他们两人昨天刚刚见过面似的。是呀，这究竟是怎么回事呢？他问道，为什么她连一封信也不写给他？可她不是写了吗？她用肯定的语气羞涩地说，她写的信也全被取走了啊。什么？取走了？显然是谁自作主张擅自把信拿走了！太不像话了！他要去好好责问一下那个门卫。她问他，为什么不干脆写信到伊舍尔，告诉她他上母亲那儿去了？——是啊，这她当然没错。可是，她哪里知道他家里的情况哟，哪怕只是一丁点儿也好。他的一个舅舅自杀了，说到这里他指了指自己那顶灰色软礼帽上的黑纱。不过，他说，今天他最好还是不要谈他在家时听到的那些事情吧。"亲爱的，那些事我们还是另找时间谈吧。"他说话用的就是这副腔调。现在呢，他说，什么事都没有了。他甚至有希望在一家画报社谋到一个固定职位。除此以外，还有一个做艺术品买卖的商人已经拿走他的一些画去代销了。

在旅馆的房间里——哦，这间屋子是以前住过的，同那次相比，它并没有变得更舒适温馨一些。卡西米尔对她表现出从未有过的温情，并且跟他们两人最初几次相聚时一样谈笑风生。他问起了她夏天的经历，又带着开玩笑的口吻问她是不是一直对他忠贞不二。她只是怔怔地盯着他，对他的问题真的一点也听不懂，好像她根本就不曾有过那些想出来而后又推翻掉的打算似的。她对他讲述她的多次散步、远足的情况，讲述她的萨尔茨堡之行，也讲她从事的职业对她提出的各种要求——当然把这些要求夸大了一些。卡西米尔不满地摇着头。他说他仍然坚持他的看法，就是过那种奴隶般的日子是有损人的尊严的。他说但是这不会持续很久了，她无论如何必须离开埃皮西家，然后宁可靠努力教书来维持生活。这样一来她不是就更自由了吗？他也会很快就得到他那份固定收入的，那时他们也许可以搬进一个共同的寓所里一起住；然后，到底为什么——在把各方面的问题都筹划好之后——就不能结婚呢？难道这不是最明智的、在某种意义上甚至是很现实的做法吗？真是一点办法也没有，苔莉丝心想，自己现在很乐意相信他这些话。诚然她心中也抑制不住生起一些狐疑，但她容不得这些怀疑完全占领自己的心胸。尽管如此，她仍然小心翼翼地避免向卡西米尔透露她目前的身体状况，现在还不到揭锅的火候呢，她觉得。谁知道不久以后她把那件事向他和盘托出时，他会高兴成什么样子哟！

仅仅三天以后的一个星期日下午，他们就再次聚会了。卡西米尔给她带来了一些鲜花，这还是他俩认识以来的第一次。最令她感动的，是他又拿出一小笔钱来给她，说算是部分偿还他欠她的债。她拒绝了，可是他坚持要她收下，最后她勉强同意从他第一个月的固定收入中拿出这些钱给她，但在此以前坚决不要。他只好将就她，把钱又放回口袋里去。这个问题解决了之后，卡西米尔说，他还有一件事要请求她原谅，这件事他还一点也没有向她透露过，现在他不想再隐瞒她了。这一番开场白使苔莉丝感到害怕，但当他说要向她坦白的竟只是这么一件事，即他这次在家对母亲谈到了她时，她感到对不起他，连连向他表示歉意。是啊，为什么不跟母亲讲呢？不是不久两个女人就要当面认识，成为亲爱的婆媳俩了吗？说到这里，苔莉丝热泪盈眶了。现在她觉得自己在卡西米尔面前也不能再有什么秘密了。他平心静气地、严肃地倾听着她的陈述，显然非常感动。他说这一切他都预感到了；说到底这是一个标志，它意味着他们两人有缘，应该永远在一起，永远不分离，这是真正的命中注定的缘分。不过他认为他有责任告诫她不要操之过急。现在看来她还是先不要放弃她在埃皮西家的工作为好，眼下她的身子还一点也不显怀，新年前无论如何用不着离开他家，到那时还有两个月，两个月时间能有什么事呢，特别是他卡西米尔的事现在显然正在逐步好转。她安详地、几乎是满心欢喜地接受了卡西米尔的拥抱，然后便同他分手了，他说最晚过两三天他就会再写信给她。

可是她还是不得不等了一个星期，他答应的那封信才来。信是收到了，内容却令她大失所望；因为，卡西米尔意外地必须马上回家去解决他那棘手的遗产继承问题。她立即照他附上的地址写信给他，接着又连写了第二封、第三封，一概没有回音。最后她把自己的姓名和地址都写在信封上了，这是她以前从来没有做过的。三天后，她亲自从邮递员手里又把这封信拿了回来，那上面写着：本地查无此人。她的震惊并不如她预料的那样大，因为实际上她内心深处对这件事早已有了思想准备。但是她也知道，不管最后事情如何了结，现在除了那条早已决定的路之外，她再没有什么别的出路了。尽管这样，她仍然将执行这一决定的时间一天天往后推；同时她那充满恐惧的不安情绪与日俱增，愈演愈烈。每天夜里都有噩梦来折磨她。加上又事有凑巧，恰好这几天她在报上读到一则消息，报道的是一个医生扼杀胚胎新生命的犯罪案件。于是突然间苔莉丝坚信，如果她让医生做那个令人担惊受怕的手术，那么她将必死无疑了。而当她下定了决心什么也不做，一切听其自然时，便异样地获得了一种平静，一种既使她毛骨悚然、但同时又使她感到无比幸福的内心的宁静。

四十

当苔莉丝有一次同她的两个学生一起步行经过市中心时，她半是出于偶然、半是有意地带领她们走进了斯特凡大教堂。自她得知父亲死讯的那个夏日以来，她就再也没有跨进过教堂的大门了。在教堂里，她们几乎是摸着黑走到侧翼的一个祭坛前。两个女孩中，妹妹比较虔诚，她跪了下来，看样子在祈祷。姐姐则带着冷漠的表情，百无聊赖地在那里东张西望。苔莉丝感到自己的心在不断增强的信任中正展翅飞向未来。她从来没有在真正的意义上信过教。在孩提和少女时期，她也曾经很积极地参加过各种规定的宗教活动，但没有比较深的内心激情。今天，她是第一次依着发自内心的强烈要求，在这里低下头默默地合掌祷告，并且在离开教堂时又暗自做了不久后再来和经常来的打算。而真的从这个时候起，她也的确抓住每一个机会，不是单独一人就是同两个女孩一起，为做一次简短的祈祷而走进她们正好路过的某一个教堂，哪怕只是待上几分钟也好。然而过了不久，她就已经感到仅仅这样做不够了，于是在十二月的第一个星期日，她向埃皮西太太请假去做清晨弥撒，看来这位太太对此并不觉得奇怪。在教堂里，不知是由于早晨身体的疲乏还是缺乏真正的虔诚——如她自责的那样，总之，置身于众多参加者中，虽然两耳听着庄严的管风琴声，四周是一片举行神圣仪式的肃穆气氛，她竟全然无动于衷。当她晨祷完毕后走出教堂，步入寒冷的冬日清晨时，心情比以往任何时候都更加茫然。不过情况越是这样，她在每晚做家庭晚祷时就表现出愈加巨大的热忱，就像她过去在孩提时期做过的那样。如今，像她当年用自己想出来的话为自己、为双亲、为女教师们和女友们，甚至也为她那些洋娃娃祈求上天保佑那样，她在这里也祈求上帝的原谅和宽恕，不仅是为自己，而且也为那个她认为是糊里糊涂误入迷途的母亲、为这个现在已经开始在自己腹内躁动的婴儿，唔，甚至也为卡西米尔祈祷——他这个人啊，不管现在怎么样，可怎么说也是孩子的生身父亲，也许将来有朝一日他终归还是会回到孩子和她身边来的吧。有一次，她甚至也为父亲向上苍虔诚地祷告，愿上天保佑他瞑目安息，祈祷过后则痛痛快快地在床上大哭了一场，泪水浸湿了好几个枕头。

圣诞节前几天，埃皮西太太把苔莉丝请到自己房里，向她宣布说，很遗憾他们家不能再继续雇用她了。本来她期待着苔莉丝自己及时辞职，但是因为苔莉丝显然误解了他们家对她的态度，这一点在她目前这种情况下并不奇怪、也并不少见，所以即使仅仅考虑到两个姑娘的利益，也不得不坚持要求苔莉丝在今天、最晚明天就离开他们家。"明天。"苔莉丝有气无力地重复着。埃皮西太太点了点头。"我们家的人对您离开已经做好了准备。我对他们说您母亲在萨尔茨堡生病了。"苔莉丝轻声地，像是机械地回答道："总之我还是要谢谢您的好意，太太。"说完便回自己屋去收拾行装了。

告别的一幕进行得很迅速而顺利，没有什么动感情难舍难分的场面。埃皮西博士表示希望她母亲很快恢复健康，两个姑娘说相信苔莉丝不久就会回来，也可能是装装样子这样说吧；然而在乔治少爷那讥嘲的眼神里她清楚地念出一行字：啊，我前一段时间真是太聪明了！

四十一

她又一次到考西克太太家去过夜。但是到第二天早晨她心里就非常清楚：决不能再在这种寒酸、凄凉的环境和氛围中继续待下去了。她作了一番粗略的估算。因为父亲那笔遗产中分给她的那小小的份额剩余部分已经支付给了她，所以她希望，如果过得比较节俭一点的话，那么大致可以维持一年的生活。首先必须做的事是为即将到来的一段艰苦时期找到一个栖身之所；可是以后呢，她问自己，以后，当问题不仅只是她一个人时又怎么办？一想到这里，她的思想和呼吸便骤然停止，好像她一直面临的难题，只是到了现在才以其全部清晰的面貌浮现在自己脑海里而让她充分意识到似的。突然间，她想起了鲁桑太太，似乎这个人是她目前可以希冀得到理解的唯一人物，似乎这女人不仅能充分理解她目前的处境，而且也能完全体会她的内心感受；她那和蔼可亲的容颜，像是一种新的希望，此刻悄然出现在她的记忆中。这样想着，她便动身到鲁桑太太家去，可是内心里并不承认除了想在那里找到一个临时的家以便度过这段最困难的时期之外，实际上还有另外一个希望在吸引着她到那里去。

再次见到苔莉丝，鲁桑太太看来一点也不感到奇怪。当苔莉丝迟迟疑疑地、笨嘴笨舌地向她东一句西一句提些问题时，鲁桑太太表现得有点不耐烦，她显然以为苔莉丝是因为缺乏勇气提出她本想提的那个问题，才这样支支吾吾欲言又止的。于是她便来替苔莉丝解围，表示愿意为她推荐一位医生，这位医生可以到这里也即到她家里来做这个小小的手术。当然，费用嘛，——说到这里苔莉丝打断了她。她说，她不是为这件事到这里来的，她现在已经不再想这些了。"那么，是为了住房喽，"鲁桑太太说道，"这就是说，"——这时她用试探的目光打量着苔莉丝——"应该是三月中或者三月底吧。"当然，她说，这一段时间她现在已经有了一些预约，不过她还是愿意看看有没有别的办法可以解决问题。虽然苔莉丝也没有想到这一层，但是这个建议对她还是颇有吸引力。这里有安静的环境、友好的气氛，也许甚至还有善意的交往——而这些全是她一直梦寐以求的。于是她打听住这里需要些什么条件。听了回答她心想，如果在这里待上三个星期，那她的全部财产就都耗尽了。"我提的要求确实一点也不过分，"鲁桑太太说道，"或许女士哪天同您先生一起来一趟，先生可以自己好好看看这里各方面的条件嘛！"她又说，先生、女士们肯定再也找不到比这里更好的住处了，特别是这里还有最理想的私密性。甚至就连报户口的问题，这方面他们也有一些关系可以用得上。苔莉丝回答说，她将去跟她的"先生"商量一下后再作决定，说完就离开了。

根据所了解到的这些情况，她决定还是继续在考西克太太这里暂且住下来再说，而过了不多久她也就又使自己逐渐适应了这地方那寒酸、卑微的环境。考西克太太整天都不在家，于是她就有更多时间和孩子们待在一起。她觉得挺满意的是，这样一来她就可以帮助孩子们做作业，跟他们一起玩玩游戏，把这种方式当作某种实践或练习，使她的教育才能不致完全荒疏掉。除此之外，她感觉在这里的另一个好处是没有被人发现的可能，如同在一个陌生的城市里，差不多像是在另外一个国家那样。逐渐地，她不仅在自己的外表上，而且也在言谈上，甚至连方言词语上，都学会了与她共同生活的那些人的腔调。对于自己的衣着，她一天比一天更少注意，而对于她日益变化着的形体，她也采取完全听之任之的态度，这种态度正好有利于把她与自己从前的世界、从前的生活完全隔绝开来。

为了驱除时时向她袭来的寂寥情绪，她跟一家市郊图书馆联系，仅需交很少的费用便可借阅各种书报；于是她有时不加选择地、兴致勃勃地完全沉溺在一个幻想的休闲世界里，利用她单独一人在那间沉闷至极的小房间里度过的大量时光，快速浏览整册整册的图书。偶尔跟别人有那么一点交谈，也多半是在楼道里同那些小有资产的市民邻居聊上几句；而如果有时从某个人嘴里针对她身体状况发出一句评论，那么人家话也说得比较随便，完全出于善意，或是带着开玩笑的口气。在这个圈子里，绝对没有哪一个人对苔莉丝的怀孕表示出任何一点大惊小怪，或者甚至是嗤之以鼻的态度。

然而也有一些短暂的时刻，特别是大清早当她还躺在床上时，她会从自己的懵懂状态中苏醒过来，觉得自己的生活真是不可思议，几乎非常丢脸。但是，一旦她重又意识到自己身体的现状——多半是在她第一个不由自主的动作之后——她就有一种感觉，似乎从自己体内不断成长的那个新生命里，像从一眼不为人知的、隐蔽的泉水中那样汨汨流出一股甜蜜舒适、倦慵懒散的暖流，在这股溪流中浸泡着，她的整个身心——无畏地、顺从地将自己交付给了顺乎自然的命运——便神奇地渐渐溶化了。于是，妊娠通常给许多妇女带来的那一切痛苦她完全沾不上边，甚至毋宁说，她目前正处于更高一个层次的健康、舒坦状态。现在只是某种身体上的惰性日复一日有增无减。有一次竟然出现了这样的情况：一天早晨她坐在床上梳头时，连续几分钟让梳子插在头发里，而自己则呆若木鸡，盯着光秃秃的墙上镶了木框的镜子里那张与自己对望着的脸发愣——那是一张没有血色的、胖乎乎的、几乎是臃肿的脸，有点发青的嘴唇半张着，毫无表情的两眼惊异地瞪得老大老大。她就这样呆呆地坐了一阵子，才从这种僵滞的状态中苏醒过来，舒坦地摇摇头，又继续梳头，嘴里轻轻地哼唱着一支曲调，然后拖着沉重的身子，慢吞吞地站起来向镜子走去，直到离它非常近，近到有几秒钟她的镜中影像在她呼出的热气中化为乌有。而当这影像又重新出现时，她看见那张脸上显露出一种奇异的忧伤神情，这种伤感情调是她以前从未有过的。

在一个晴朗的二月天，她读完了一部长篇小说中一章描写大城市夜晚灯火通明的大街上那热闹非凡的场面的文字后，心里一股强烈的愿望便被激活：她想再次去亲眼看看这种耀眼夺目的欢快生活场景；继而她转念一想，要满足这个渴望实在是再容易不过的事了：只需要把脸隐藏在一块面纱后面不就行了吗？单凭她现在的体形，谁也认不出她，这一点她是完全有把握的。于是，傍晚时分她便离开家来到街上，起初感觉两腿特别沉重，但这种感觉在她无意间信步来到一条主要街道时，便神奇地消失了。这条大街两旁那两排长长的、被灯光照得明晃晃的楼房，似乎代表着一些更加明亮、更加辉煌的街区在向她致意。她乘无轨电车来到了歌剧院下车，然后听凭人流簇拥着自己继续朝前走，时不时在商店橱窗前停留一会儿，那晃眼的灯光、嘈杂的噪声和拥挤的人群令她惴惴不安，同时也使她无比欣喜。她买了几件早就必须买的小东西，而当她一生中第一次被人称呼为"尊贵的夫人"时，心里便油然产生了一种奇特的感动。离开商店后，她蓦地感到十分疲劳，于是急急忙忙赶回家去，准备马上躺下睡觉。考西克太太有一搭没一搭地问她最近一段时间究竟有什么打算，说她总不能在这里长住下去吧，现在她给自己找个合适的住处已经是刻不容缓喽；说到这里考西克太太顺口说出了"弃儿收容院"这几个字。苔莉丝一听大惊失色，这是她万万不愿去的地方，于是第二天一大早，她便出门去找新的住房了。

四十二

　　这件事比她预想的要难办得多。每一住处都有乍一看往往发现不了的缺点，于是，短短几个星期之内，苔莉丝就被迫搬了三次家，直到最后才在一处五层楼上一个上了点岁数的女人那里找到了一间拾掇得干净整齐的、比较像样的房间——并且左邻右舍也没有一大堆孩子高声喊叫、嬉戏打闹，或者醉鬼发飙打老婆扰民的情况。房东聂波玲太太，观其外貌听其谈吐应是属于比较有文化的阶层。在家里她穿一件已经很旧但却剪裁合体的玫瑰绒连衣裙，而在打扫卫生的时候——这活她自己亲自动手干，就戴上一副很长的、打了不少补丁的手套。最初几天她很少同苔莉丝说话，为苔莉丝预备的是相当简朴的午饭，偶尔也和她一道进餐，然而并不跟她多聊。每到下午她就出门，要到天黑后很晚或者深夜才回来。

　　这样一来苔莉丝又是经常独自一人在家，于是她充分利用房东太太给她的权利，经常在所谓的"高雅客厅"里逗留。因为这间屋子的几个窗户挂着浅色窗帘，四壁挂着不少油画，使得它比起苔莉丝住的那间陈设简陋的小屋子显得更为舒适些。在最近几个星期多次搬家之后，她感觉十分疲劳，实在是举步维艰，以致她简直无法勉强自己离开这个居所。现在她也不再看书，而只是看看报纸，但读起报来也是从头到尾每个字非常机械地扫视一遍，看完后实际上一点也不知道那里面讲了些什么。另外，她试着回忆迄今为止曾在她的生活中起过重要作用的那些不同类型的人，但是她很难将思想定格在某一个人身上，哪怕只是几秒钟也做不到；每个人都是瞬息间稍纵即逝，这些人就这样在她脑海里纷至沓来随即又倏忽遁去，梦幻般既陌生又遥远。在回想自己的经历时，也差不多完全是这种情形。此刻她再次体味到一种可以说是自我失落的感觉，感到再也无法理解自己的命运，再也无法理解自己的本性了。瞧这副她现在一低头就看到的丑陋不成形的身板，瞧这双交叉着搁在膝盖上的、她自己身上长出来的手，想一想她父亲在精神病院里凄凉地死去，想一想她自己曾经是一个少尉的情人，想一想现在有一个人在摩拉瓦或者波西米亚的某个穷乡僻壤或者天知道什么别的地方生活着而她自己即将为这个人生下一个孩子……所有这些在她心里全都像她肚子里这个孩子一样，是那么虚幻、那么不真实。可是这孩子，这个小小的东西又确确实实是好多个星期以来一直不断在自己腹内蠕动从而不容置疑地宣示着他的存在的一个实体，她也仿佛能在自己的心跳中觉出他的心脏在突突跳动。她现在的感觉是，似乎她曾经有一阵爱过这个尚未出生的孩子；她弄不清楚究竟是什么时候爱过，也弄不清楚是爱了他几个小时呢还是好几天；但是现在她却感觉不出这种爱在她心里还有一丁点儿影子，而对于这种心态，她既不感到惊异也不感觉后悔。母亲……啊，她明白，自己就要做母亲了，她现在已经是母亲了，但这件事实际上又与她毫不相干。她也使劲问自己，如果她不是像现在命运安排给她的这样，而是有幸能以另外一种，以一种比较美好的方式来经历这一女人必须经历的命运。如果她能像其他母亲那样至少是外表上同孩子的父亲有着一种固定的关系，或者，如果她甚至能以一位殷实人家的体面太太那样的身份心安理得地坐待孩子的降生，那么情况会不会是另外一种样子呢？但是，所有这些对于她来说都是那样地不可想象，所以她也就不可能把它们设想成是一种幸福。

　　也有那么一两次，她脑子里冒出过下面这个念头——因为现在她自己心里觉不出丝毫母性的萌动，觉不出对孩子的渴望，对孩子的存在几乎茫然不知——是否这一切到头来仅仅是个假象、是个错误？她曾经听人说过，或是在某本书上看过，说有一些情况是会使人产生妊娠错觉的。难道情况不可能是这样吗？——由于她内心深处一点不知道有这个孩子，也根本不想要这个孩子，于是她近几个月来身体上所经历的种种感受就不是别的，而只是懊悔、内疚、恐惧——这些她在自己面前硬是不想承认，而它们却正是以这种方式来宣示自身的存在？然而最奇怪的是，她丝毫不渴望这一段时间赶快结束；是啊，她更多的是抱着某种惧怕心理，怕再回到她已经离开了的那个世界中去。她以后究竟还能不能重新回到原来那种有条不紊的生活中，还能不能再同有教养的人们交谈，投身于一种按部就班的工作，成为其他女人中间的一员呢？现在，她已经被置于一切生存和一切活动之外了。她这会儿斜靠在躺椅的一角，感到除了同她的眼睛茫然注视着的那一小块无限遥远的微蓝的天空外，实际上她和任何东西都没有任何关系。苔莉丝的感觉和意念就这样悬在半空、飘忽不定，做梦一般恍恍惚惚地进入了太虚幻境并乐于幻化消失其中，似乎她朦胧地预感到，一旦她又返回到现实中来,那么迎接她的就只能是忧愁和烦恼而无其他。

有时令苔莉丝觉得非常奇怪的,是聂波玲太太好像一点没有注意到她的身体状况和精神状态,至少是从未以任何方式对此作过任何一点表示。中午,两个女人共进午餐;下午,聂波玲太太总是外出,然后一如既往要到很晚才回来。有时孤寂感会突然向苔莉丝袭来,气势汹汹,就像人猛然受到意外惊吓那样。在这种情况下,有一次她心血来潮,写了一张便笺请希尔薇到自己这里来一趟。但是等到下一个星期天希尔薇果真来到这里打听她时,她又通过聂波玲太太转告人家说她又搬走了,而且不知去向。

有一天,当她从窗户往外看时,恰好看见她哥哥从街角处转了过来;她刚好有一点时间赶快退回屋子中央躲起来,站在那里好几分钟仍心慌意乱,担心他会不会已经看见了她,这会儿已经走进大门来打听她了。可是过后她一想到在这个世界上她最没有义务交代、汇报自己所作所为的人正是她这个哥哥,便又为自己这一可笑的惧怕心理感到羞愧。除此以外,目前她的身体状况是好的,心里是踏实的。聂波玲太太从来没有说过一句暗示的话,表示她苔莉丝继续住下去会使她不便或者甚至令她难堪;并且当前她暂时也还不缺钱,最最必要时她还可以委托人去请一位医生来看看,而作为医生,肯定是会替她保密的。要说聂波玲太太会意外地突然把她连同孩子一起从她家里赶出去,苔莉丝认为这是绝对不可能的事。无论如何,一切都不必操之过急,以后的事是完全可以在这里住着从长计议、合理安排的嘛。

在这些日子里，她偶尔也会心血来潮，兴之所至胡思乱想。比如她想：可不可以给艾弗雷写封信呢？虽然她明明知道自己是绝对不会做这件事情的，但她仍然很乐意沿着这个思路继续想下去，于是她设想艾弗雷怎样大步走进屋子来，怎样为她的命运所感动，甚至震撼。她继续幻想下去：他一直还爱着她，这一点绝对没有问题，她的孩子他自然也是会爱的，接下去他娶她为妻了。他是位乡村医生，他们一起住在一个风景优美的地方，她又给他生了两个孩子，唔，三个——哟，难道他实际上不也是她眼下正怀着的这第一个孩子的父亲吗？那个卡西米尔·托比什，真有这个人——这个人确实存在吗？难道这人身上不是有着某种幽灵般的令人捉摸不透的东西吗？对了，也许他就是魔鬼撒旦的化身吧？而艾弗雷是她的朋友，是她唯一的朋友，唔，是她的心上人——即便他自己对已经有了孩子这事一无所知。现在艾弗雷的形象在苔莉丝心灵的记忆中发生了十分神奇的变化，他那张柔和的、真是过于柔和的脸，现在是充分地美化、高尚化了，变得几乎像圣人的面孔一般；他的声音通过遥远的时空距离传入她的耳鼓，听起来深沉而甜美；而当她在回想中看见自己在晚霞中那块宽阔的平原上与他亲热地拥抱在一起时，同时也觉着似乎她正和他一块儿从地面缓缓地升腾起来，向着天空飘然飞去。

四十三

四月的一天夜里，比她自己的估算约早十天，她意外地临盆了。她从床上跳起来去敲聂波玲太太的门，但这位这时候还没有回家；她想赶快跑下楼去，或者至少到楼道中间喊一下看门的女人，但是到了住房门口她又站住了，这时腹痛减轻了，于是她又回到屋里去。可是几分钟后疼痛又开始了。乘车到医院去时间是否还来得及——是不是要从窗口往下叫一辆车来呢？她能不能干脆走路去？医院倒也并不那么远。这样想着她又从床上站起身，打开了衣柜，把需要穿的衣服和内衣内裤一一拿出来；然后，她觉得累了，就停下手又坐下来。可是没有多久，腹痛越来越厉害，疼得她不停地在屋子里走来走去；接着又跑到门厅，从那里又跑回屋来，躺倒在床上，呻吟一阵又大声喊叫，这时她是有意想让人听到她的声音。为什么不让别人听见她叫喊？难道她现在遇到的情况是一种耻辱不成？这所房子里没有一个人知道她是谁。名字本身并没有多大意义。可为什么她在这里要用真名？为什么她要在维也纳待下来？她就不能在乡下一个什么地方躲起来吗？这事难道是可能的吗：她怀上了孩子？！她，苔莉丝·法比安尼，一个中校和一个贵族女子的女儿，生了一个孩子？现在，她就要生下一个私生子来了，这难道真的要成为活生生的现实了吗？

聂波玲太太突然瞪大了惊奇的眼睛站在门口。是的，她说，她在下面楼道里就听见苔莉丝大喊大叫了。什么，她大喊大叫来着？啊，没什么事。现在还不可能有什么事的。最早也还得有十天呢。她只是从噩梦中惊醒，吓得一下子跳起来罢了。听了这话聂波玲太太又走了，苔莉丝听见隔壁屋子里桌椅挪动的声音和来回走动窸窸窣窣的声音，像每天夜里她已经习惯听到的那样；接着她听到一扇窗子被打开又关上的声音。然后她迷迷糊糊的就快要睡着了。可是猛然间，一阵剧烈的疼痛又使她惊醒过来。她咬紧牙关，使出全身力气忍住疼，把手绢塞进上下牙之间紧紧咬住，两手痉挛地死命攥住枕头。我是不是疯了？她问自己。我在做什么，我究竟想干什么呀？唉，真不如死了好。也许我真的会死，那样就一了百了，一切就都好了。——我拖着个孩子做什么好呢？我哥哥对这件事会说什么呢？想到这里，她少女时代的全部羞耻心又在她心里幡然苏醒。想想现在她居然流落到了这步田地，那种从前只是发生在别人身上的非常可怕的事情，就像她有时在报上或者书上读到的那样的丑事，现在居然要在她身上，在她苔莉丝·法比安尼身上成为事实了——这件事真的是多么像个噩梦一样啊，太不可思议了！唔，难道现在不是还有点时间来结束这一切吗？"救命啊！救命啊！"她突然大叫起来。再次从床上一跃而起，拖着疲惫的身子穿过隔壁房间来到聂波玲太太门前，侧耳细听，连续敲门，然而一丝动静也没有。她渐渐缓过劲来了。她究竟来找聂波玲太太干什么呢？她并不需要这个女人。她谁都不需要。她要独来独往，今后也将永远如此，正如她好长时间以来一直都是如此。这样不更好些吗？一边想着这些，一边她又静静地躺到了自己床上，直到剧烈的疼痛以铺天盖地之势又一次向她猛烈袭来，这一回疼得她连叫也叫不出来了。唉，恐怕现在想去请个什么人来帮忙也太迟了。不，不要什么帮手，绝对不要！她不是想死吗？现在最好的出路就是死，就是她的毁灭——她和孩子一起毁灭，整个世界也跟他们一齐毁灭。

四十四

　　得到解救了。苔莉丝躺着，极度的疲软使她几乎奄奄一息，同时这垂死的浑身无力却也伴随着一股幸福的热流簌簌流遍全身。桌子上的一支蜡烛通宵亮着。咦，她是什么时候把蜡烛点着的？她一点也记不起来了。瞧，那里就是孩子。他躺在那里一动不动，眼睛半睁着、眯糊着、忽闪着，那张脸长得跟个糟老头子一样皱巴巴的难看得要命。这孩子大概已经死了吧。肯定已经死了。如果现在还没死的话，那么下一秒钟也会死的。这样很好。因为，连母亲，连生他的母亲，也必须死。她没有力气转一下头，眼皮也睁不开，不断地垂下闭上，呼吸短浅而急促。

　　突然，她觉得那孩子的脸似乎微微动了一下，小胳臂和小细腿也都动了起来，但是嘴却撇下来，一副要哭的样子；接着，一阵轻轻的、可怜的呜咽声便传入她的耳中。苔莉丝浑身一震，打了一个冷颤。原来，因为孩子现在已经有了生命的迹象，她便觉得他的存在实在令她感到恐怖，甚至对她是个很大的威胁。这就是我的孩子，她想。这是一个独立的、完全独立存在着的生命，能呼吸，有双小眼睛能看见东西，有一个小小的喉咙会发出声音，会奶声奶气地哇哇哭叫，而这哭叫声是从一个新的、鲜活的灵魂里实实在在地发出来的。这就是她的孩子。可是她并不爱他。既然是她的孩子，为什么她不爱他？这也许

是因为她太累了，太疲倦、太疲劳了，疲劳得无法再去爱世界
上的任何事物了。此刻她的感觉是，似乎自己永远也不会从这
一空前的疲劳状态中完全恢复过来了。"你到这个世界上来做
什么哟？！"她从自己心灵深处向这个呜呜咽咽哭泣着的、一
脸皱褶的小生命说道，一面说着，一面伸出右臂去够他，试图
把他拉到自己身边来。没爹没娘，你在这个世界上干什么？我
拿你怎么办？你马上就死掉是件很好的事。我会告诉所有的人，
说你根本就没有活过。谁会管这事？你不原来也就是死掉了的
吗？我不是去找过三个或者四个女人，找她们不就是为了不让
你来到这个世界上吗？现在叫我拿你怎么办？要我带着你在世
界上到处流浪吗？我的职责就是照管别人的孩子呀，所以我必
须把你送走。其实我根本就没有你。在你出生之前我就已经杀
死你三四次了。那么，要我一辈子拖着一个死孩子我还能干什
么呀？死孩子应该埋掉。我并不想把你从窗户扔出去或者扔到
水里或者河里去……不，决不会的。现在我只想使劲盯着你看，
好让你知道你已经死了。如果你知道你死了，那么你就会马上
睡着，得到永生。要不了多久，我也就跟着来了嘛。哎呀，怎
么那么多、那么多的血啊！聂波玲太太，聂波玲太太！唉，我
究竟叫她做什么哟！她是会发现我的。来，小宝贝，来，小卡
西米尔……不是吗？你并不想成为一个像你父亲那样的坏人。
来吧，你好好躺着，我给你好好盖上被子，让你哪儿都不疼。
在这个垫子底下很好睡，睡得舒服，死得舒服。再来一个垫子
吧，好让你睡得更暖和些……别了，我的孩子。我们两个人中
有一个永远不会再醒了——或者是两个都醒不过来了。我对你

是好心好意，我亲爱的小宝贝。我不是你合格的妈，我根本就不配做你的妈妈。你不可以活在世上。我是专管别的孩子的。我没有时间管你。晚安了，晚安……

她醒来时，像是刚做了一个可怕的噩梦。她想大声喊，但一点也喊不出来。到底发生了什么事？孩子在哪儿？有人把她的孩子抢走了吗？他死了吗？他被埋掉了吗？他们对这孩子做了些什么？这时她看见自己身边堆得高高的一大摞垫子了。她把它们一个一个扔得远远的。哦，孩子原来在那里呢。他瞪大眼睛躺在那里，使劲撇嘴、歪鼻子，动了动手指，又打了一个喷嚏。苔莉丝深深地吸了一口气，感觉自己在微笑，眼里充满了泪水。她把这个男孩拉过来紧紧挨着自己，又把他抱了起来，将他紧紧偎依在自己胸前。孩子使劲在她身上拱，嘬起奶来。苔莉丝长长叹了一口气，环顾四周，看见了前所未见的一派复苏景象。曙光充溢着整个屋子，白天的响动从楼下传了上来，世界又苏醒过来了。我的孩子，苔莉丝的感觉在告诉她，我的孩子！他活了，活了，活了！可是我死了，谁来喂他奶呀？她自己不是想要死、不是必须死吗？但是在她对死的渴望中却包含着无与伦比的狂喜。孩子在从她的灵魂中吮吸着她的生命，把她的生命吸到自己身上去；他一口一口地吸着，而她自己的嘴唇却变得干涸、枯槁了。她伸出胳膊去够从昨天晚上起就一直摆在床头小柜上的那个茶杯，但她怕影响孩子吃奶，于是犹豫了一会儿。可是这孩子似乎有灵性，他这时把嘴从她的乳房上松开了，这样一来苔莉丝就能拿到那个茶杯，她甚至有力气稍稍坐起来一点，把茶杯送到自己嘴边。她用另外一只胳膊抱住孩子，紧紧地抱住他；这时，一个遥远的时刻蓦地在她的记忆中鬼影似的出现了——那是在一个鄙陋的小旅店的一间房里，在那里她做了一个陌生男子的情人，怀上了这个孩子。那个时刻——这个时刻，那天夜里——今天早晨，那时的迷醉——这时的无比清醒……这些东西之间真的有某种联系吗？想着这些，她把男孩更紧地抱在怀里，同时心里很清楚，他是属于她一个人的。

四十五

当聂波玲太太进来时，她对已经发生的一切没有表现出丝毫惊异。她一不说话二不发问，丝毫不耽误工夫，用一个训练有素的接生婆十分敏捷麻利的手脚即刻行动起来，着手做现时现场必须做的一切，事实也证明她在任何一方面的准备工作都做得极为出色。一位医生来了，这是一个和蔼可亲的、上了点年纪的男人，衣着也比较老式；他坐到苔莉丝的床沿上，做了必要的检查，开了方子，又留下了医嘱；临走时，又父亲般慈祥地、但却有点漫不经心地轻轻拍了拍苔莉丝的脸颊。

在孩子出生的当天以及第二天，苔莉丝得到的护理和照顾相当好，恐怕一个生活优于小康之家的、幸福的年轻媳妇坐月子，所能得到的呵护也不会比这更好了。聂波玲太太本人在这个孩子出生后与出生前相比，简直判若两人。原来十分沉默寡言的她，现在同苔莉丝像老朋友一样娓娓而谈闲话家常，这样一来苔莉丝根本不必动问，就逐渐得知了这一位生活中各方面各种各样的事情。就中包括：她受雇在一家喜歌剧院扮演一些比较年老的角色，而这几个星期她在那边正好没有任务；她生过三个孩子，三个都活了下来，但是目前都在外地。至于她是否结过婚，几个孩子是否都是同一父亲所出，对这两点她则只字不提，正如苔莉丝也同样不会居然对她去谈自己孩子的父亲以及与她那悲哀的情场冒险相关的种种情况一样。此外，尽管就做母亲的话题和另一话题——做母亲的幸福与快乐谈了不少，但关于爱情的幸福、爱情的痛苦，这两个女人说给对方听的却非常少，似乎这些同做母亲的苦与乐没有丝毫关系。这些天，那位医生又来过若干次，但与其说是来看病，毋宁说他是来此作了几次友好访问。原来，他是剧院聘任的专职医生，同聂波玲太太的关系很好；他偶尔也讲些来自他的社交圈子里的笑话，言谈颇带些干瘪的幽默，讲的多半是些名人轶事，也包括一些语义双关的低级笑话，但苔莉丝并不因此生他的气。来访的还有一个常客——住在同一所房子里的一个年轻女人，她是一个小职员的妻子，没有孩子，丈夫整天忙于公务不着家。她坐在苔莉丝的床沿上，眼泪汪汪地盯着做月子的苔莉丝抱在怀里的男孩出神。

一周后，苔莉丝心想恐怕是到了应该考虑一下未来的时候了，而事实表明，聂波玲太太在这方面并没有闲着。一天，来了一个身体壮实的、乡下人打扮的女人，表示愿意收养这个孩子，条件是每月给她一笔数量相当小的抚养费。她把自己的孩子，一个名叫阿格内丝的八岁女孩也带来了，这孩子脸蛋红喷喷的，有点轻度的斜眼，看样子挺老实。这个女人说，她已经收养过好几个孩子了，最后一个不久前才刚刚离开她家，因为父母结了婚，就来把小孩接走了。这件事她讲起来时脸上带着亲切和蔼的微笑，似乎这对苔莉丝来说也必定算是一个好兆头吧。于是几天后，苔莉丝便抱着她的小不点孩子和聂波玲太太一起乘坐单驾马车向火车站驶去。她们离开住所后不久，在一条街道的拐角处，有一个横穿马路的男人偶然朝马车里看了一眼。苔莉丝为小心起见早就已经坐到撑起的顶篷里去了，但是那个步行者眼睛里突然一亮，这给苔莉丝透露出的信息便是那人已经看见并且认出了她，正如她也看见和认出了他一样。那是艾弗雷。在这么长的时间之后这天第一次巧遇他，而且又是在目前的这种情况之下，这使苔莉丝心情无比激动。说来也真凑巧——这种巧事令苔莉丝心里倒是挺舒坦的——正好在这事发生前一秒钟，聂波玲太太把孩子从苔莉丝手里接过去打算抱一会儿。"就是他。"苔莉丝想着刚才的事，自言自语脱口而出说道，同时脸上浮现出一丝幸福的微笑。聂波玲太太从车里探出身子，往后面看了看，然后回过头来对苔莉丝说："是戴灰色礼帽的那个年轻人吗？"苔莉丝点点头。"他一直还站在那里呢。"聂波玲太太意味深长地说。到这时苔莉丝才恍然明白过来，在刚才她脱口说出那一句后，聂波玲太太一定是把那个戴灰礼帽的年轻人当作孩子的父亲了。苔莉丝也不去跟她澄清事实。其实她心里觉得让她这样以为才正好呢。于是她只是微笑着默不作声，就这样一直坚持到了火车站。

第四章

四十六

她们乘坐的火车是一趟逢站必停的慢车,坐了将近两个小时这才到达目的地。那个农妇劳伊特纳太太,已在车站等着接她们。于是,她们经过两旁一溜盖得很精致的、多半还没有人入住的小别墅,慢吞吞地步行穿过这个小村镇,直到走上一条比较窄的岔路,沿这条小路上一个缓坡,便来到了一个有相当规模的农家院落,许多株鲜花怒放的果树环抱着这院子。虽然地势不算很高,但从这里放眼四下望去,周围一大片广阔的景色也能尽收眼底。这个小村子同时又是一个消夏避暑胜地,它就坐落在她们脚下,铁路的轨道经过这里一直伸向远方,公路则从几座山丘间穿过消失在远处的树林里。庭院后面有一大片草地,一直延伸到一座采石场;场地的上沿为一堆堆灌木丛覆盖遮掩。在一间拾掇得干干净净、只是稍微有点霉味的矮小屋子里,农妇为客人们端来了牛奶、面包和黄油,紧接着就开始干她的活——在苔莉丝的孩子身上忙碌起来,同时啰里啰嗦地向客人叙说她将怎样怎样喂养，怎么怎么看管孩子。然后，聂波玲太太和孩子留在这间屋子里，这位农妇带苔莉丝去参观她的家，她们一起观看了所有的房舍、花园、鸡窝和粮仓。她的丈夫，一个耷拉着两撇小胡子、走路时躬着腰的瘦高个子农民，这时从田间干活回来了，他没说几句话，只是用失神的眼光看了这孩子一阵，点了几下头，握了握苔莉丝的手就又走了。阿格内丝，那个八岁的女孩，这时也放学回家，看起来她很高兴家里又来了个小不点儿，她把这小男孩抱在怀里爱抚有加，这女孩的全部举止，表明连她也已经对怎样照看孩子相当内行了。在苔莉丝和农妇去后院的这段时间里，聂波玲太太已经到院子外边去了，此刻她在离农舍较远处的一棵孤零零的枫树下，躺在她自己的雨衣上；这棵树的树干上钉着一幅镶着玻璃镜框的圣母像，像的四周围挂着一个花圈，花朵已经凋谢了。

时间过得飞快，分别的时刻临近时，苔莉丝这才恍然意识到，她即将和自己的孩子分别，不得不同他分开，离他远去；而她生活中这一特殊的，虽然充满焦虑和痛苦，却也十分美好的阶段就要宣告结束，彻底划上句号了。在回家的路上，她一句话也没有和聂波玲太太说，而当她又踏进自己的房间，屋子里所有的东西和陈设都让她回想起孩子的时候，她的感觉几乎像是参加完一次葬礼回到家里来似的。

第二天早晨一觉醒来她心情非常忧伤，恨不得马上就动身到恩茨巴赫乡下去。一阵突如其来的倾盆大雨使她未能如愿；下一天也仍然是风雨交加，于是到第三天她才终于得以成行，又来到了自己孩子的身边。这一天春意浓郁、天气温馨宜人，大家一起到户外，在一片静谧的、淡蓝色的天空——可以窥见这片蓝天从孩子的眼睛里反映出来——之下小坐几时。劳伊特纳太太对苔莉丝说了许多话，讲了好些杂七杂八的家务事、农事，还有她多年来看孩子的各种各样的经验；她丈夫这一次和她们待在一起的时间稍微长些，但总的表现仍同上次一样少言寡语；阿格内丝今天只在午饭时露了一面，不怎么理会那孩子，吃完饭就马上又欢蹦乱跳地跑了。这一次，苔莉丝与这家人告别时比上次心情平静了一些，没有那么忧伤了。

四十七

这天晚上，她跟聂波玲太太说，眼下她刻不容缓的事就是去找一份新工作。而这件事，聂波玲太太这位凡事考虑十分周到的人也早就替她想到了——她立即拿出一大堆准备好的联系地址给苔莉丝看。于是第二天，苔莉丝便到好几家人家里去询问和面谈，到晚上时已经有三家可供选择了。最后她决定，到只需要她管一个七岁女孩子的那一家去。女孩的父亲是一个富商；母亲性情温良，有点慢性子；孩子很听话，长得也俊俏可爱。这样，苔莉丝来到这个新环境里便立时感到异乎寻常的舒适。根据协议，她每两周有一个星期天和一个下午可以外出，从开始工作起一直到盛夏，这家人没有给她找过任何一点麻烦。只是到了七月里，在一个晴朗的星期天，孩子的母亲不知出于什么原因请求苔莉丝这一天先不要休假，让她在下一个星期里再随便挑一天补假；可是苔莉丝在这个休假日到来之前早已心急如焚地期盼着同她的孩子再见了，因此她一反常态，几乎有点不耐烦地坚持按协议办事；最后人家也倒勉强同意仍旧维持原来的安排让她休假；然而这样一来，到惯例的试聘期限一过，苔莉丝就不得不离开这一家去另谋生计了。

不过她很快就又找到了新工作。这次是在一位医生家，担任两个女孩和一个男孩的家庭辅导员。两个女孩一个十岁，一个八岁，都在学校上学，另有一个法国女人和一个男钢琴教师到家里来给她们上家教课；那个六岁的男孩则完全由苔莉丝负责照看管教。这是一个模范家庭，家道稍优于小康，夫妻关系和谐美满，三个孩子全都老实诚恳、很有教养；再就是，虽然医生工作紧张繁忙，但回到家中从来没听他说过一句不耐烦的话，更不会使性子发脾气；家里的人从来没有情绪烦躁的时候或甚至拌嘴吵架，而这些情况是苔莉丝服务过的不少家庭中司空见惯的。

将近八月中旬时她得到一次休假，可以去和她的孩子一起度过整整三天。遗憾的是三天里有两天下雨，而且，在这两天中有好几个小时她和这些农人在那间散发着霉味的房间里默默无语地干坐着；坐着坐着，一阵空虚无聊、孤寂凄凉的感觉突然占满了她的整个身心，当她比较清楚地意识到了这一点时，就被剧烈的内心谴责驱赶着，三步并作两步跑到她那安睡在摇篮里的孩子身边去。在雨天昏黄的光线中，她觉得这张胖乎乎的小脸出奇地苍白、瘦削和陌生，她几乎是受到惊吓一般在孩子的眼皮上轻轻吹了一口气；孩子的反应是撇了撇嘴似乎想哭，随后呢，由于看见妈妈在自己面前弯下腰，那张他熟悉的脸正对着他，便咧开小嘴笑开了。苔莉丝一见此情景又兴奋欢欣起来，她把孩子抱到怀里，紧紧贴着自己的心，不断亲切地爱抚他、吻他，满怀幸福地哭起来。农妇显然被这景象感动了，她向苔莉丝说出种种吉祥的预言，特别又说这孩子将来必定会有一个好父亲。但是苔莉丝摇了摇头。她宣称，她没有丝毫兴趣和任何一个人分享她亲爱的小宝宝。孩子是她的——以后也永远是属于她一个人的！

在这三天结束时，和孩子分开就数倍于前地困难了。当苔莉丝来到雷甘——这是她服务的那位医生家的姓氏——太太与她的孩子们避暑的塞默林镇①时，她神情中显露出的忧郁情绪便瞒不过她那几个学生的母亲了。雷甘太太一个问题也不问，只是用她那温和、亲切的语气表示希望苔莉丝在这里山区呼吸到新鲜空气后，无需多久就会感到身心愉快。苔莉丝好像被这些话所感动，不由自主地吻了吻雷甘太太的手，可她马上又决定不向女主人泄露她的秘密。在这里，她的确也比自己想象的要快一些缓过劲来，脸色恢复了红润，情绪也好了起来，她同大家一起去散步，甚至较长时间远足。炎炎夏日，人们攀谈起来也很轻松随便，于是苔莉丝便有机会结识了一些年轻的和中年的男士，这些人毫不掩饰他们对苔莉丝的好感和进一步交往的愿望；但苔莉丝对每一试图亲近她的言谈举止都抱着冷漠的态度。当一家人在九月初返回城市时，她一点不觉得遗憾，反而庆幸自己又可以在离她的孩子比较近的地方待着了。

她每星期或者每两个星期到恩茨巴赫去度过的那短短几个

———————————
① 奥地利南部山区疗养胜地。

小时，对她来说总是意味着一次又一次的极度欣喜。这一年夏季那个雨天在乡下时曾占据了她心灵的那种孤寂凄凉和空虚无助的感觉，如今即便在秋季最阴霾的时日里也不再卷土重来了。对于冬天在恩茨巴赫的那些驱车出游，她原本有些心虚胆怯，但是她却得到了一次最为惬意的经历。在农家时，再没有什么比这一景象更令人心旷神怡的了：宅院四周，大地覆盖着皑皑积雪，她抱着孩子从炉火正旺、温暖宜人的房间里，透过微微蒙上一层水蒸气的玻璃窗向外看去，但见白雪迷蒙，一座座沉睡的别墅点缀其间，再往下看又可以瞥见那个小小的火车站，铁轨的两条深色线条，从那里一直伸向冰天雪地的远方。雪天之后，随之而来的又是一连串万里无云、天朗气清的大晴天；在这样的日子，她得以摆脱城市的混浊烟雾，在郊外不仅找到了明亮爽朗的天空和气势开阔的山岭，也找到了春天般的温暖，并且还可以坐在房前的长凳上，和自己的小宝宝一起享受沐浴在灿烂阳光中的温馨时刻。

春回大地时，她似乎在她的孩子的成长和大自然的欣欣向荣之间感觉到了某种深层的联系。对她来说，樱花初开的那一天，同时也就是她儿子不再需要任何帮助，自己从大门口几步就跑到她跟前的一天；火车站大街上那座名叫"善安居"的白色别墅，它花园里那些蔷薇花架脱去稻草防护层的那一天，正是她儿子弗兰茨长出第二颗犬齿的日子；而四月末的一天，当乡村大地张开它那由百花绽放的花园、郁郁葱葱的树林、苍翠碧绿的山丘——因为这一年冬天特别长——构成的巨大绿色臂膀迎接她时，那一天也恰好是她的小儿子由农妇扶着站在敞开的窗户旁边使劲拍打他那双小手的日子。他为什么拍手呢？原来，他远远看见妈妈手里托着几小包东西——每次她来总是会随身带点什么给他——穿过草地往自己这边走过来了。最后，六月的一天，当她在乡下摘第一批樱桃时，小儿子第一次能说上几句连贯的话了。

四十八

三年过去了。日子是那样四平八稳，没有任何跌宕起伏，以至于后来在苔莉丝的回忆中这个春天同那个春天、这个夏天同那个夏天、这个秋天同那个秋天、这个冬天同那个冬天，仿佛都融合到了一起，分不清哪个是哪个了。尽管她——或者说正因为她过的是某种双重身份的生活：一方面是雷甘家的家庭教师，另一方面是一个把自己的小儿子交托乡下农民抚养的母亲。

每次她在恩茨巴赫度过一天——实际上从乘车去那里的路上就开始了，她留在城里的一切，雷甘夫妇和他们的孩子们，便犹如一下子坠入了雾海之中；她感觉他们家那所房子沉没了，她住的那间房间也沉没了，整座城市同样沉入了茫茫雾海，变得难以设想；然后，等到她返城下了火车，往往要到再次走进这一住所时，所有这一切才又从海底缓缓升上来，成为活生生的人和物出现在她的眼前。

但是，当她和雷甘全家坐在一起吃饭，同孩子们一起学习或者散步，或是晚上完成了一天的职务之后全身疲倦地躺下，终于可以在床上舒舒服服地伸展一下四肢时——在这样一些时候，恩茨巴赫的自然景色，无论是阳光灿烂的夏日抑或天寒地冻的冬天，无论山丘上的宅院是被一片绿色覆盖或是披上了皑皑银装，还有那棵钉着挂有花环的圣母像的枫树，再就是坐在门前长凳上或是低矮屋子里火炉边的那一对农民夫妻——这一切对她又全幻化为一个虚无缥缈的、童话般的世界。于是，每当她沿着缓坡向劳伊特纳家一步步走去，看见一切都和她多少天或多少星期以前离开时一样实实在在地存在时，每当她可以把自己那个每次都是同一个然而每次又都与上次有所不同的儿子拥在胸前或者抱在怀里时，她都觉得那是一个奇迹。有时会出现这样的情况：当她闭上一会儿眼睛然后又睁开时，竟觉得眼前抱着的不是刚才她闭着眼睛时脑子里呈现出来的那一个了。

在乡下，她也并不总是非常舒服，如自己在城里一心渴望着前去时所憧憬的美好图景那样。劳伊特纳先生时不时也会有不顺心闹脾气的日子，他的老婆虽然多半心情很好，喋喋不休地唠叨个没完，但有时也会完全判若两人、脾气很差，甚至故意顶牛。遇到这样的时候只要苔莉丝表现出一点点不满意，她就使劲顶嘴，骂骂咧咧，说什么带这个孩子太麻烦、太费劲啦，可是也没有得到她应该得到的感谢和充分的奖励。即便苔莉丝几次增加了孩子的膳食费，她也仍然要发泄各种各样的怨气和不满。有一次，他们忘记及时通知苔莉丝孩子生病了——当然，也不是什么大病——而事后在计算医药开支上账目显然又不完全对头。苔莉丝还发现，从种种迹象看劳伊特纳太太绝对没有完全尽心尽职，做到悉心、精心照看她的孩子。另有几次，不仅在苔莉丝和劳伊特纳太太之间，即使在苔莉丝和小阿格内丝之间也出现了一些为孩子"争风吃醋"的事。于是苔莉丝毫不客气地抱怨说，劳伊特纳太太和阿格内丝太过于娇惯宠爱孩子，这么干好像她们想要离间孩子和她这个母亲之间的感情一样。除此以外，偶尔出现的坏天气，也不利于愉悦大家的情绪和促进几个人之间的融洽。看吧，不得不拖着一双湿漉漉的脚坐在不是太冷就是炉火烧得过旺而太热的房间里，闻着屋里的一股子劣质烟叶发出的味道，冒出的烟又刺得人眼睛生疼，肯定也对孩子的健康有害，这一切都太叫人恼火。这些情况使得苔莉丝往往发现自己心中会突然冒出一个最好不必出城去恩茨巴赫的愿望，于是有一两次她让自己本该休假的星期日白白过去而没有去看自己的孩子。另有几次她又觉得非常思念孩子以至于简直无法静心待下去，而在对儿子的渴念中，又掺和着那么多的恐惧，使得她连续几夜尽做噩梦，难以成眠。

然而总的说来这是一段美好的时光。苔莉丝常常想，其实她的情况比某些母亲还要好些。那些妈妈可以一直把孩子带在自己身边，从而身在福中不知福；而对于她苔莉丝来说，这种同孩子的会见却始终像过节一样高兴，至少，她会为即将到来的与孩子见面的美好时刻而预先感到十分喜悦吧。

在雷甘家的生活，接下去的日子她一直也是感到相当满意的。医生由于很能干而难免有点自我欣赏，尽管业务工作极为繁忙，但他的态度一直很和蔼可亲。雷甘太太继续证明自己虽然事事来不得半点马虎，但并不是个喜怒无常的家庭主妇，而且办事总是很公道。两个女孩很活泼，学习上也很用功、很听话，很喜欢她们的家庭女教师；男孩比较文静些，有音乐天才，所以现在才八岁就已经能在家庭音乐晚会上演奏海顿和莫扎特的四重奏乐曲中属于钢琴的那一部分了。苔莉丝多次同他一起演奏四手联弹，这样，在这些晚会上时时响起的掌声中，也就有赞赏她的那相应的一份。她处在这种人人忙于业务、工作和学习，一切都井井有条和平稳安定的氛围中，也就比以前更加注意自己文化素养的进一步提高，可以挤出时间来适当练习练习钢琴和学习一些外语。

在这种秩序井然的生活中，也有一些小小的事件打断日常生活的正常运行。法比安尼太太为了亲自同编辑和出版商谈判小说的出版事宜到维也纳来过好几次；而每次家庭女教师的母亲上维也纳来，雷甘先生一家就坚持要请她到家里吃饭。在这样的场合，法比安尼太太就恣意地显摆自己，做出言谈举止无可挑剔、甚至可以说雍容高雅的姿态。谈话中也提到她那个儿子，现在是令人羡慕的医科大学生，扬扬得意地说他虽然年轻，却已经在大学里开始扮演一个颇有政治头脑的角色，说他最近还在一次学生团体举办的隆重晚间集会上发表了一篇轰动一时的演说呢。

有一次母亲来访之后，苔莉丝在城里碰上了她又有好几个月没有见过面的哥哥，两人谈论起他们的母亲。卡尔提起母亲眼下在维也纳一家报纸上连载的那部小说时面带讥嘲，颇有微词，奇怪的是苔莉丝听了竟然有一种受到伤害的感觉。兄妹两人的道别是冷冰冰的。走到下一个街道拐角处，苔莉丝回头看她这个哥哥，觉得特别惹眼的是，他在这短短的几年中有了非常大的变化，可又完全不是朝着好的方向变。他的穿着虽说比以前更注意更细心些了，但他那微微低着的头，那稍嫌太长、梳理得很差、蹭着领子的头发，还有那急急忙忙、几乎是一蹦一跳的步态，这些都让苔莉丝觉得给了他整个人一种低俗猥琐、浮躁毛糙、点头哈腰的印象，使她感到十分厌恶。

初到这家时，苔莉丝就有好几次觉得应该去看一看聂波玲太太。正好这位女演员送了她一张票，于是一天晚上她便去观看聂波玲太太参与演出的一出轻歌剧。她用一种令人感觉很不习惯的又高又尖的嗓音，演唱的剧中人是一个想男人几乎到了发狂地步、浓妆艳抹的半老徐娘，在舞台上挤眉弄眼、搔首弄姿，苔莉丝简直就为她感到害臊；并且，当她想到这女人的一个儿子很可能从外地回来，看到自己的亲生母亲满脸涂抹成猩红色，在台上东蹿西跳表演如此低俗的动作，眼神和身段色相毕露，甚至成了同台演出人员的取笑对象——这一点苔莉丝很清楚地觉察到了——她不禁感到脊背一阵阵发凉。

有一次在街上，她隐约觉得好像卡西米尔·托比什朝她走了过来。但是她弄错了，她孩子的父亲同那位从她身旁走过的先生之间，几乎没有任何相似之处；而当与此类似的错误短时间内在她身上连续出现了两三次，每次她都感到同样令人难堪的激动之后，她这才认识到，自己实际上是害怕再见到卡西米尔·托比什。她的心理大概是这样的：恰恰是不愿意让那人知道她还活着，特别是不愿意让他知道这个孩子——他的孩子的存在，永世也不让他知道关于这件事的哪怕一丝一毫！而另一

147

个她乐意再见到的人——艾弗雷情况就不同了，她并没有把哪一个偶然相遇的男人误认为是他。她确切地知道，艾弗雷就跟她住在同一个城市里，可从没有过一次称心的巧遇把他带到她面前来。

还有每年同雷甘家一起度过的山区消夏的几周，虽说每次都换一个地方，但到后来在苔莉丝的记忆中也奇怪地似乎全都融合成了唯一的一次暑期经历；而在乡下试图亲近她的那些男士们，无论是比较年轻的还是年长一些的，过后在她的记忆中也都没有多少区别。至于说这些男士中没有哪一位真正做到同她比较亲近，其中的原因倒并不怎么在于她的抗拒、她的谨慎和她的冷淡——因为，与她生活中以前的和以后的某些阶段相比，那几年她的感官似乎处于一种半睡眠状态——而更多地是由于她所从事的这种工作使得她很不自由；其结果就是，想毅然继续发展某种处于萌芽状态的关系、想建立某种更深一层关系的打算一再归于失败。于是有时她便萌生出对那些运气比她好的女人的妒忌心——她嫉妒某些女士可以在微风拂煦的夏日傍晚，在保姆已同孩子们回到自己的房间去之后，随心所欲地在宾馆前灯火通明的大广场上散步，无论多长时间，不管同谁一起全由着她们兴致所之，或者也可以一起消失在黑暗中。她看见、听到——当然这些对她已经不再是什么新鲜事了——有些女人、母亲、年轻姑娘在同男士们交换意味深长的目光，说一些难登大雅之堂的话，也知道这些初始行为通常都会怎样进一步发展下去。雷甘太太本人虽说仍然还漂亮，对异性有吸引力，但她似乎属于为数很少的那些几乎完全不为周围环境所左右的女人，因此，苔莉丝也就感到放心、安稳，甚至也许还觉得她是自己的保护伞。

这种生活没有任何将要发生变化的迹象。雷甘医生和夫人一如既往地对她亲切友好，甚至十分热情；在她同两个女孩，特别是同大的那一个之间，逐渐地形成了某种类似友谊的关系；而同那个很有才气的男孩经常练习四手联弹，则已经成了她的一个称心如意的习惯了。然而，到了六月里的一天早晨，就在快要动身去乡下之前不久，雷甘太太竟把她叫到自己房里，虽然稍微有点窘态，然而却相当沉着、冷静地向她宣布，他们已经决定聘请一位法国女人来家里，所以就不得不——自然是带着极为遗憾的心情——请她，请苔莉丝小姐另谋高就了。当然啦，她说，这事一点不着急，她还可以再待几个星期、几个月，一直待到她找到一个合适的工作岗位为止。至于即将到来的这段时间嘛，那么，是陪同他们一家到多洛米蒂山区①去呢，还是想整个假期都由她自己自由支配——在目前情况下，也许她更乐意第二种选择——这完全要看苔莉丝自己的意思来决定了。

听了这些话，苔莉丝震惊之余非常伤心，她脸色苍白，站了几秒钟，但是紧接着就——同时一点不让对方看出自己内心的情绪涌动——宣称，她谢谢雷甘太太的好意，不过实在不想再给他们添麻烦了，她打算尽可能在惯例的两周解聘限期以内就离开他们家。过后连她自己也觉得奇怪的是，她内心的震惊和激动并没有持续多久，实际上还不到一个钟点，她就已经在

_____
① 阿尔卑斯山脉的一部分，在意大利境内。

心底里对这即将到来的生活变化感到某种满足、甚至是欣喜了。不久后她就暗自对自己说，在这个家庭里生活和工作其实完全不像她有时自以为的那样幸福和快乐。碰巧这几天她同施泰因鲍威尔小姐——一个很显老的、饱经风霜、一脸苦相的女人，在雷甘家一个好朋友家做家庭教师——有一次闲谈，在这次谈话中苔莉丝很容易地就被她说服，明白自己在雷甘家实际上是被人家利用够了之后被赶出门的；而这，她说，就是一再降临到所有她们这些人头上的命运啊。自此以后，雷甘太太那些分寸适度的客套和热情，在她眼里就成了冷漠和虚伪的混合物；现在她也明白，受人欢迎的雷甘医生身上那种自满自负、自恃才高的品性，其实以往就一直令她内心深处十分反感；那个男孩虽然有音乐天才，但智力成长迟缓；两个女孩虽然不能不说她们在学习上很用功，但才华实在也就平平，小的那个已经学会一些邪门歪道了，大的那个肚子里也不是没有一点坏水；而雷甘太太早就已经把打算辞退她另换新人的事悄悄告诉了这两个女孩，这一点看来是不会有任何疑义的了。哼，处处都是虚伪和阴谋啊。

她怀着满心的愤恨离开了这一家，并且发誓永世不再登他们家的门。

四十九

接下去的几周，她是在恩茨巴赫她孩子的身边度过的。乡村的宁静气氛抚慰着她的心，起初甚至使她感到十分愉快，于是产生了一个想法，即暂时先争取到在此地避暑度假的人家去教一点课，以后兴许能逐渐设法在本地定居下来。这一次她的感觉是似乎在这里这些朴实无华、对她多半很友好的人中间生活，肯定能比在城里那些人中间过日子要舒服得多；在那里她不得不替人家管教子女，随后又被无情地赶出门去。

在本地人中，也确有那么一些她惯于时不时与之交谈一阵的人，他们对她、同时也对她的儿子抱有一定的同情心。早些时候她就在这里认识了劳伊特纳太太的一个表弟，名叫塞巴斯蒂安·施托依茨纳，他新近丧偶，人还相当年轻。这人的长相不错，身材也匀称，家道小康，正在寻求一位能够主管他的产业和家务的新伴侣。或许是命运的安排吧，这位表弟总是有点什么事——并不完全是巧合——经常上劳伊特纳家来，于是便认识了苔莉丝。他那自然洒脱的举止以及有时非常幽默风趣的谈吐，给了苔莉丝一种清新、爽朗的印象。他又相当笨拙，却很令人感动地不断关照她的孩子和逗孩子玩耍。明眼人一看便知他对苔莉丝越来越有好感；劳伊特纳太太也做了许多过于明显的影射这件事的暗示，于是有那么一些时候，苔莉丝也开始认真考虑是否可以同他结合的问题了。但是，随着他越来越勤地到表姐家里来串门、越来越不加掩饰地表露自己的感情，特别是有一次在和苔莉丝散步时竟一时性起，出人意外异常粗暴地一把将她搂到怀中，这使她感到，与这个人结合组成家庭绝对不可能持久，于是便向他做出斩钉截铁的否定回应。这样一来，从此以后他才完全停止了追求苔莉丝的努力。然而，在这个人放弃了对她的追求后，那种寂寞无聊的感觉又再次向她袭来。她先是责备自己说，光同孩子在一起并不能完全填满自己的生活；但不久之后又对自己说，不论自己多么爱孩子，也不能再忍受这种无所事事的日子了；另外她也根本无权待在乡下过游手好闲的生活而不去想自己的工作，特别是不去想挣钱养家的事。

五十

这样，当她又开始一个新工作时，夏天还远远没有过去。这次她来到的是个乍一看相当高贵的人家，做这家一个十四岁女儿的家教兼伴读。刚到这里才短短几天，苔莉丝就随同母女二人一起到斯蒂里亚一个小小的疗养地去了。在那里，她们住的是一家管理得很糟、连卫生条件也不怎么好的旅馆。而女主人的丈夫，一个职位较高的国家官员，则留在维也纳没有一同前来。女主人被人称呼为男爵夫人，对苔莉丝很客气，同她说话十分简洁，一句多余的都没有。这个疗养地住的几乎只有老人，多半是患了痛风症的；其中有一位瘦骨嶙峋、衣冠不整的约莫六十岁的老先生——苔莉丝很奇怪他居然有一个古老的匈牙利大贵族世家姓氏——杵着拐杖，有时午饭后到女士们的桌旁来坐一坐，用他的家乡方言同她们谈天；除去这个他们就再没有别的什么社交活动了。在一日三餐的开销问题上，女主人表现得非常省，这使苔莉丝想起了自己青少年时期那些最为伤心的日子。有时，当她同男爵小姐单独相处时，她试着以某种启发的方式同她交谈，比如提起在林荫路上和休闲公园里遇

见的某个人，或是通过说一句逗笑的话进入话题，谈谈这样或
那样的一些可笑现象，等等。然而女孩显然没有能力哪怕只是
听懂一句普普通通的笑话，而一个不痛不痒的、有时甚至是很
荒唐的回答，就是苔莉丝所能得到的全部收获了。

在夏季最酷热难当的日子里她们回到了维也纳。每天的几
顿正餐，丝毫没有因为男主人的加入而变得气氛稍稍活跃些，
而这位先生也根本不和苔莉丝说一句话。于是当苔莉丝在这里
工作期间第一次得到机会上恩茨巴赫去时，她便轻松地舒了一
口气，就像终于从监狱里逃了出来一般。离开了男爵夫人的家，
从远处回头看这个她现时被命运安排不得不生活的地方，她觉
得那所房子比别处更加令人难以忍受，甚至简直就是阴森可怖，
她真弄不懂自己怎么居然能在那里坚持了那么长的时间。不过，
出于某种惰性，也许还由于那响当当的贵族姓氏使她感觉有些
受宠若惊吧，她一次又一次地推迟了离开这家人的时间；直到
圣诞节时人家竟只送她一点点少得可怜的钱作为赠品，她才终
于忍无可忍，毅然决然辞去了这份工作。

五十一

然而从此她的生活便进入了一个异常艰苦的时期。命运似
乎故意捉弄她，让她从近处亲眼目睹有产阶层家庭关系中形形
色色令人恶心的丑态。要不，难道只是她自己的眼睛渐渐睁得
比以前更大了？她连续三次亲眼见证了破裂的婚姻。首先是一
对还很年轻的夫妻，他们不顾身边一个六岁、一个八岁的孩子，

也一点不考虑苔莉丝在场，吃饭时两人互相破口大骂，言语污秽不堪入耳，苔莉丝听着恨不得立刻钻到地底下去。在第一次无可奈何不得不旁听夫妻吵嘴时，她干脆从桌边站起来走开了。而当几天之后她再次试图走开时，那男的便把她叫了回来，要求她留下，说他必须有一个证人证明他挨了他妻子一顿臭骂。下一次则是那个女的要求苔莉丝做同样的事。夫妻俩经常一帮又一帮地约人到家里来，在这样的场合他们当着外人的面就装出一副美满夫妻的模样。但是在另一些时候，似乎两口子又真的完全心心相印，这一点苔莉丝最最无法理解了。正如她往常是两人互相谩骂的见证人一样，有时她又成了他们情意缠绵卿卿我我的见证人；而这后一种场面，比起经常出现的那些吵架场面来更加使苔莉丝感到难堪和恶心。

下一站，她来到一个殷实富户人家。男主人连晚上也很少在家，他的职业对苔莉丝来说始终是一个谜。在这里的最初一段时间她感觉还是挺不错的。委托她看管的那个七岁小女孩模样长得很俊，不认生，又聪明；母亲呢，某些天几乎完全不出屋子，另一些天则从早到晚不着家不见人影，似乎对自己的孩子——这一点苔莉丝完全不能理解——丝毫不关心。她对苔莉丝特别和气，而这种和蔼态度竟不断地有增无减，逐渐采取了一些起初使苔莉丝感到奇怪、继而使她觉得厌恶、最后令她感觉恐惧的形式。有一次她不得不把自己反锁在屋里，过夜之后第二天早晨，她便匆匆逃离，乘火车到恩茨巴赫她孩子那里去躲了几天。从维也纳火车站她发了一封信给这家的男主人，谎称她突然得到母亲生病的消息，必须马上去看望她。

再往下找到的工作，是给两个聪颖早熟的七岁和八岁的男孩当家教。在那里，是那家男主人的行为使她不可能继续待下去。起先，她觉得自己以为那个男人看她时的某些眼神、对她的身体某些表面看来纯属偶然的接触可能暗含什么不良企图是一种误解，尤其是他和他那位年轻的、现在也还相当漂亮的妻子的关系看起来不曾蒙上半点阴影，她就更感觉自己原先的想法大谬不然了。可是不久之后，苔莉丝对这位先生——说起来她对他的印象其实并不是很坏——的真实意图就不可能再有丝毫的怀疑了。她不得不向自己承认，长此以往她恐怕就不能、很难抗拒他的步步追逼。有一天晚上，当妻子和两个儿子还在隔壁房间活动时，他竟放肆地对她来了一个非常粗暴的亲昵动作，这使她讨厌，更令她恐惧，于是也就迫使她又匆匆忙忙地辞别了这一家。

五十二

这一回，她进入的是一个所谓的显赫人家。对此，介绍所安排她来这里的那个女人要苔莉丝把这看作是她特别走运，可说是大大抬高了她身份的幸事，因此她也就要求得到特别高的报酬。银行经理埃米尔·格赖特勒是一个五十多岁的男子，待人非常客气、和蔼可亲，几乎有外交家的那种老成持重；他夫人相貌平平，未老先衰，单恋式地深深爱着自己的丈夫，总是用钦羡的目光仰头看他。他们有四个孩子；大的两个，一个在大学学法律，另一个献身金融业在银行供职，苔莉丝同这两个孩子没有丝毫关系；十三岁的姑娘和最小的九岁的儿子在公立学校念书，他们已经有了多个私人家庭教师，所以苔莉丝的任务基本上就只限于接送这两个孩子上下学以及陪伴他们散步。她本来很想同这个姑娘关系处得更亲密、更贴心一些，但这个女孩子虽然年龄幼小，却跟她父亲一样难以亲近，连长相也很像父亲；她对苔莉丝给予的那母亲一般的关心和体贴总是一直保持着冷漠的态度。起初苔莉丝心里委屈，感到十分难受，但是随后她对这孩子的态度也甚至比自己心想的来得更加冷淡、更加严厉，以至于最后两人间逐渐发展成了一种若即若离、不痛不痒的关系。处在这种关系中，只是时不时从苔莉丝方面表现出来的一种可笑的烦躁易怒，从玛格丽特方面表现出来的一种高傲的沉默，还能让苔莉丝回想起此前她为求得这孩子的感情回报而做的那场毫无效果的、一半是不自觉地进行的努力。九岁的齐格弗里特是个活泼的、就他那个年龄段来说是异常风趣的孩子，苔莉丝经常批评他不懂规矩，但是他那些逗乐的突发奇想和习惯用语，有时却不能不使她与其他人一样开心发笑。她有很多空闲时间供自己支配，但是这家人不喜欢她离开的时间太长，于是，虽然人们并不怎么需要她，她却必须老是在家中待着听候安排。家里经常有各种大大小小的聚会，她几乎从不被邀请参加这些活动。但是，在嘉年华狂欢节接近尾声时，为了筹备家中打算举行的一次舞会，身体不太好的格赖特勒太太只得让苔莉丝帮她许多忙，因此她也就不好意思不让家教小姐来参加这次节日联欢活动。这次舞会只是到了中场休息之后，苔莉丝才被一个相貌俊美、留着金黄色小胡子的年轻人邀请共舞，接下去家里的两位少爷——法律系大学生和银行职员，还有其他男宾也都一一请她跳了舞。一个金黄头发的年轻人一再走过来和她说话，用一种滑稽的、有点莽撞的腔调跟她调笑取乐；在冷饮处，一个龙骑兵少尉敬了她一杯香槟酒，与她碰杯致意；一个满头黑色卷发、前额上有条纤细柔和的疤痕的男人，和她跳舞时不知羞耻地将她抱得紧紧的，但几乎一句话也不说，到舞会进行至半夜三点钟时，这人竟突然向她做出种种非常大胆的暗示，使她一下子脸直红到耳根，什么话也说不出来。最后，金发男子干脆就请她答应和他幽会一次，她拒绝了。可是在舞会过后的几天里，她上街时却又总是抱着遇见这个人的希望；而当金发男子一个星期后再次造访这一家，事后在饭桌上主人也像聊其他客人那样提及他时，她心里感到某种失望，但这失望倒不怎么是因为此次没能跟他见上面，而是因她近几年来的其他多次失之交臂的贻误而来——这些失误，虽然不是她有意所为，不能算是她的过错，可现在一下子全都又来到她的脑海中了。

由于格赖特勒家发薪一般都比规定时间要稍晚几天，有一次一个月过完了，苔莉丝仍然没有拿到报酬，也就没有太在意。但是，到了下一次该发薪金的日子仍然没有任何动静。由于急等着钱用，苔莉丝就不得不提醒一下格赖特勒太太。女主人请她再耐心等两三天，而过了不几天，她也确实拿到了她应得薪水的一半多一点。如果不是就在当天家中的女佣跑来问她，向她打听主人还欠她多少钱的话，那么她本是可以稍微安心一些的。苔莉丝的一贯原则是决不同自己工作的那家人的下人们一起背后议论"老爷和太太",然而这一次她没有克制住诱惑,便同那个女佣聊了一阵子;于是她很快就得知,格赖特勒家已经在所有生意伙伴处负债累累——比如说,就连上次举办舞会欠食品店老板的账目到现在都还没有付清。苔莉丝简直无法相信,也不愿意相信这些,因为家里一切都按老样子运转着。就餐时他们继续受到像贵人一样的服务,吃的仍然是山珍海味,也不断地接待访客,轿车依然停在大门前,夫人的全部夏装,仍然一如既往在一流的裁缝那里定做。从格赖特勒先生的情绪上也看不出丝毫波动的痕迹;他完全跟往常一样,对太太和孩子们仍旧抱着那种含蓄的、心不在焉的和蔼态度,没有露出一点点急躁不安的情绪,吃饭时还在考虑着夏天到乡下去避暑的问题。总之,没有任何蛛丝马迹让人猜出家中就要发生什么重大变故。但是,五月的一天,格赖特勒先生如常有的情况那样到外地出差,也是同往常一样高高兴兴地跟大家告别,说是十天后就回来。在他外出期间,起初家中也是一点变化没有,直到一天大清早,前屋里一阵奇怪的忙乱声惊醒了苔莉丝,这才引起了她的注意。两个小时后女佣告诉她,格赖特勒太太也突然动身上外地去了。这天吃午饭时,这家的大儿子谈起了他们家一个远房亲戚突然得病的事。可是天还没黑格赖特勒太太就又回来了,脸色苍白,满面泪痕。家里已经出事,再也隐瞒不下去了。晚报上已经登出了这条消息,他们家已经破产。格赖特勒先生已于这天早上在距维也纳两小时路程的火车车厢里被捕。格赖特勒太太给苔莉丝马上离开他们家的自由,但苔莉丝表示愿意暂且留下,到她找着新工作后再走。她觉得稀奇的是,这一家人竟能如此神速地适应了情况的突变，而这一变化表面上竟让人几乎一点也觉察不出。饭吃得还是同变化前一样好，孩子们继续去上他们的学，玛格丽特同先前一样高傲，齐格弗里特继续开他的玩笑，家庭教师们一律按时来家里上课，访客也仍然大有人在——不过来人中有不少是以前不曾来过的，另外一些则不再来了。苔莉丝辞职告别时，格赖特勒太太——她正是在这些困难的日子里表现出以往从未有过的冷静和干练——送了她最最良好的临别祝愿，欠她的薪水自然是没有支付给她了。

五十三

她只得碰上什么就要什么，赶紧抓住第一个出现在自己眼前的工作机会，去做一家六岁到十岁的三个小调皮鬼的“家教小姐”——这几个孩子无论从哪方面来说都是她的累赘，让她头疼。孩子的父亲是保险公司职员，只有晚上回家，而在家里总是情绪很坏；母亲又胖又蠢、看来是属于那种性格迟钝型的人，但是她却每天有两三次像发癫痫似的和孩子们大嚷大叫，跟每一个走近她的人吵架，拿苔莉丝当下人一样呵斥，而在闹腾完之后则又陷入一种呆滞麻木的状态，这时该做的家务事也罢，孩子的打闹也罢，都休想使她从这种痴呆状态中清醒，这样一来，管家的全副重担便全压在苔莉丝的肩上。在这一家她勉为其难地干了两个月，然后就辞掉工作到恩茨巴赫去了。

不仅是对最近发生的事情的反感和几个月来内心经历的种

种波折令她深感疲倦，促使她想去恩茨巴赫；同时还有突然从她心底升腾起来的对弗兰茨的迫切思念，掺和着良心不安的折磨，这些加起来形成一股强劲的力量，吸引着她到儿子那里去。最近这三年，她对弗兰茨的关心是太少太少了，几乎完全没有把他的成长放在心上。尽管她一再安慰自己——或许她也有权利这样做吧——说她没有多少时间，即使在假日，她的身体和精神状态也让她连到恩茨巴赫去的这一小段行程都感觉劳累，但是她内心里却十分清楚，有好几次再见到儿子的愿望实际上并不是那么急切；是啊，在同他分开的那几个星期里她觉得儿子离她是越来越远、越来越陌生了，有时她甚至觉得自己对劳伊特纳太太那相对说来比较微小的物质上的义务也成了一种负担。而对于这些，她又为自己开脱说，她觉得弗兰茨对那位养母的爱有时更甚于对她自己的感情，儿子已经逐渐长成一个地道的农家孩子了；可是话虽如此，在某些时刻他又令人几乎要倒吸一口凉气地非常像那个既可怜又可悲的人，即这孩子的父亲。近来，这些涌动的情感波涛中又掺杂进去某种内疚和负罪感，她觉得对不起自己的儿子，必须要做些什么来弥补这一过失；又隐约觉得似乎她身上表现出来的那种母亲对儿子感情方面的弱点和不足，有朝一日必定会在自己身上和儿子身上遭到报应。心里这样想着，她在走上通往劳伊特纳家宅院去的那个小土坡时便心慌意乱、忧心忡忡，这是好久以来都没有过的情况了。她又突然心生恐惧，深怕到那里发现她的儿子病倒在床上。而事实上她也的确有将近三个星期没有得到他的任何一点消息。她还害怕，怕儿子也许再也不想搭理她；又怕见到儿子后儿子也许会对她说：你三番五次跑到这里来干什么？我已经不再需要你了。

怀着这样的心情，当儿子比以前哪一次都更加欢天喜地、活蹦乱跳地朝她跑过来时，她的泪水便猛然夺眶而出，她把他抱起来，紧紧地贴在自己心口上，好像她此刻又重新得到了自己的儿子，而且从此永远不会再和他分开了。就连劳伊特纳太太在她眼里现在也比以往热情得多，她显然对苔莉丝这副形容憔悴的样子大为吃惊，使劲地劝说她，要她怎么说也要在乡下待到秋天再走。苔莉丝感觉肉体上和精神上都异常疲倦，所以她内心里完全同意这个建议；于是在这里才仅仅过了短短的几天，她的精神和体力就显著地大大恢复过来。她很久都没有和自己的孩子相处得像现在这样高兴、这样快活，这一次，孩子身上那些与她有些格格不入的东西显然也完全消失了；这些日子他们经常一起到外面去遛弯儿，这时儿子总是自愿地跑过来和妈妈走在一起，他以前可从来没有这样做过啊！现在她——实际上是第一次——觉得儿子看妈妈时的目光是那么率真、那么自然。他上学已经有几个月了，苔莉丝同他的老师谈了谈，老师说他是个聪明伶俐、懂事很早的孩子。劳伊特纳太太还给他买了好多生活学习上不可缺少的物品；因为苔莉丝连孩子的饭费到现在也还没有完全付清，所以她觉得，这一笔费用实在不能再长期拖欠人家了，于是她被迫第一次去向母亲求助。可是母亲的资助款过了好几天仍然迟迟不来。这时劳伊特纳太太——特别是她丈夫，对苔莉丝的态度和情绪就开始变得不那么友好了。经她再次催促，母亲才终于汇来了钱，但数目少得可怜，用来支付欠款还是不够。苔莉丝末了也只偿付了人家部分欠款。她的情绪一天比一天糟，她认识到不能再在恩茨巴赫继续住下去，于是，在八月里一个酷热难当的日子——她来到这里还不到十天——她又动身返回维也纳，在那里走上一个新的工作岗位。这个工作，是她写了好多封求职信、求助信之后才得到的第一个正面回应，没有任何供她比较和挑选的余地。

五十四

这一次托付给她照管的两个女孩——一个四岁，一个六岁——使苔莉丝的工作十分繁重劳累，特别是那位母亲整天在办公室工作，很晚才回家，所以她更加忙得不可开交。孩子的父亲据说是在外地出差，但一封信也没有给家里来过。不久苔莉丝就完全明白，这个男人无疑是扔下他这个长相平庸而又整天价耷拉着脸唠叨没完的老婆一去不复返了。小的那个女孩是个病秧子，夜里多半很不安分，老是折腾来折腾去，然而这似乎丝毫也干扰不了那位在隔壁睡觉的母亲。苔莉丝有一次提起是否最好请一位医生来给孩子看看，那女人就对她大加训斥，宣称她自己知道该怎么办，不用别人提醒；就这样你一言我一语两人顶起嘴来，到最后苔莉丝还是只好辞掉这家的工作完事。不过她没有料到的是，在同那个病殃殃的小女孩分别时心中竟非常难受；直到离开这一家已经很久了，她还无法忘记这孩子那张苍白的、可怜的小脸，无法忘记每当她哭着用两只小胳膊搂住她的脖子时，脸上浮出的微笑。

　　她不想在尚未还清欠劳伊特纳太太的债之前再到恩茨巴赫去，而由于新工作不可能马上就找到，她便决定先在一家小客栈暂时住下来再说。一旦住进这家客店，才发现自己还从来没有住过这么脏兮兮、乱糟糟的下处。于是她睡觉不脱衣服。倒霉的是在她为找新工作一会儿上楼一会儿下楼、在几十条街上跑来跑去四处奔波的这几天，偏偏赶上每天都下雨，而且几乎是连续不断淅淅沥沥下个没完。这一次她不想操之过急，宁可在条件许可的情况下从容稳妥一些，而不想再匆匆忙忙走进一家很可能又没法待住的人家去。当前她经常遇到的情况是：在一些对她本人颇有好感、她自己也很乐意去服务的人家，仅仅由于她那实在是十分寒碜的衣着——这一点她从人们打量她的目光能清楚地感觉到——最后未被聘用。她该怎么办呢？再次向母亲求救，然后心甘情愿让她用一点点施舍把你打发走？去找那个几乎好几年没有任何联系的哥哥？去随便哪一个她工作过的人家，向女主人苦苦乞求一番？每一种做法，都让她一想到就不寒而栗。她也不知道在哪里可以得到比较充裕的帮助。现如今，在一个漫漫长夜里，当她和衣躺在这张惨兮兮的、已经成了她栖身之所的床铺上，她又同几年前她处于类似境况中一样萌生一个念头：去出卖自身吧。她心里想着这个打算，就像想着一件完全无所谓的、仅仅是难以实行的事。唉，她还是一个有独立人格的女人吗？她还有那么一丁点儿渴求依偎在一个男人怀里的渴望吗？她现在过着的是一种可怜巴巴的生活，她是个永远不属于自己的可怜虫，没有家，自身是母亲却顾不上自己的孩子而不得不替别人照看孩子、管教别人的孩子，今天不知道明天自己的头将枕在哪里，头一天还算是人家碰巧遇上的知己或者有意选中的交心对象，在别人的种种经历、事务、秘密中来回晃悠，可第二天就被人家当作可有可无的陌路人赶出家门——像这样的一个活物，还有什么权利要求得到人的幸福、得到女人的幸福？她是孤独的，而且是注定了要孤独一辈子。还有没有一个她真心、倾心爱着的人？她的孩子吗？她的母亲之心已经消耗净尽，就像她的整个心灵、她的肉体已经消耗净尽，她身上的所有衣着都已经穿得陈旧不堪那样。她的美貌——唉，她可从来就没有真正美丽过啊，她的妩媚、她的青春也都是过眼云烟，已经成为过去，消逝得无影无踪了！想到这里，她感觉自己的嘴唇很不自然地撇出一抹疲惫的微笑。她已经二十七岁了。在这样的年龄就万念俱灰，是不是太早了一点呢？这时她蓦地想起了在格赖特勒家的那次舞会，那绝不是什么很早很早以前的事情呀，而就是在那次舞会上，她还使那么多的男人倾倒过呢！

在这个静悄悄、黑洞洞的小房间里，外面雨点不住地拍打着窗子，她穿着那件破旧的外衣、那几件多么寒酸的衣裳，在这样一种氛围里，她突然清晰地感觉到自己的身体、皮肤和突突跳动着的血管是那样涨鼓鼓地灼热异常，而以前，她无论是在洗温水浴的时候或是在她所爱的男人们的怀抱中几乎从未有过这种感受。

早晨她像是从一个充满情欲的梦里醒来，然而这个梦的细节却一点也记不起来了。她带着从心底里重新焕发出来的勇气，情绪饱满地大着胆子到一个女裁缝那里去——这一位还是她在自己比较舒心的日子里认识的。那个裁缝态度非常友好地接待了她。为了找个理由解释为什么她形容有点憔悴，她编造了一个故事，说她因为丢失了一个皮箱非常着急。应她的请求，这个裁缝在二十四小时内就为她做好了一套朴素又很合身的女式西服，而不坚持要求马上付款。于是，她便抱着增强了的信心再次——唉，这种事她已经做过多少次了啊，真是多得叫人腻烦了——踏上谋职的征途。

在一位教授的遗孀家她找到了比较满意的工作，即管教两个文静的金发女孩，一个十岁，一个十二岁。两个孩子由于体弱多病，今年没有进公立学校上学。苔莉丝在这个家庭里受到了很好的对待，她们跟她谈话的语调悦耳动听，两个女孩子既谦虚又听话，女主人对她也热情友好——只是，看样子这位母亲心上还笼罩着一层新寡投下的哀伤阴影——这些在最初一段时间里都使苔莉丝感觉舒适惬意。给两个孩子上课她很高兴，尤其因为这一任务是交由她一人全权负责的，所以她做起来便更加愉快；于是她又像在埃皮西家时那样，积极认真地备课，同时也就把她在某些学科方面的知识好好复习一遍，也重新发现了自己对某些问题原以为早已泯灭了的兴趣。圣诞过后，人家很高兴地让她休假，她又去了恩茨巴赫，这一次同她的儿子相处得也特别愉快。如果她自问，既然玩得这样好，究竟是什么思想驱使她在假期的第二天中午刚过就又返回大城市来了，那么她自己也说不清是什么原因。这天晚上，她同新寡的女主人及两个女孩坐在一起吃一顿十分清淡匮缺的晚餐，席间她一如既往沉默不语，另外三个人则不停地说些比较含蓄的忧伤话怀念已故的一家之长；这时她突然感到一种令人痛苦万分的倦怠，以致她心中暗暗嗔怪、怨恨这一家人，怪她们把她这个局外人硬拉进她们的忧郁哀伤情绪中来。当然她也多次发现，这家人对她的内心生活是从来没有表示过任何一点真正关心的；在她面前，他们不论是高兴还是痛苦，一律表现出同样的旁若无人，放任自己的情绪以致令其完全失控；可是，恰恰是在这个她本来相当满意，甚至人家对她还满怀善意的地方，她内心深处对她们这种冷漠态度所感到的抗拒心理反倒特别强烈，她从来还没有这么清楚地意识到它。另外，今天人家压根没有料到她会突然回来吃晚饭，她不敢多吃，离开饭桌时比往常饭后的饥饿感又增添了好几分。就在这天夜里，苔莉丝下决心尽快离开这一家；然而到她终于能够将她的这个决心付诸实施，已经是第二年春天的事了。

五十五

在几乎是痛苦地和这家人告别后——这大概是她初次告别时对主人全家抱着一种歉疚的心情，她又走上了另一个新的工作岗位：在内城一家帽店的富商老板家，为他那个长得特别俊秀的七岁小男孩——一个娇生惯养的独生子，当家庭教师。这里最引起苔莉丝注意的，是这个家庭中那种持续不断的良好心情。吃饭时几乎总有一位访客在座——一个叔叔或是舅舅、一个堂表姐妹、一个商务上的朋友，或者一对外省来的亲戚夫妇等等，饮食非常精美讲究，人们在饭桌旁大讲特讲远近周边的轶闻趣事、街谈巷议，宅内经常笑声连连；而当苔莉丝也跟着大家一起欢笑时，他们显然十分高兴，并且脸上总露出几分得意之色。这一家人待她就如同一个老相识，问起她的父母、她的家庭情况，又问起她青少年时期的经历；这是她第一次又可以比较自然随意地谈谈她的父亲——那位已故的高级军官，谈谈她的母亲——那位颇受欢迎的长篇小说作家，谈谈萨尔茨堡，谈谈她迄今为止结识的各色各样的人而不令人觉得唐突、啰嗦。于是，她在这一家便很容易地感到舒适和自在。那个男孩呢，不论他那被娇惯坏了、很难伺候的脾性多么让她头疼，可还是使她简直喜欢得无以复加。不久后她又发现，这孩子的父母虽然娇惯他，其实对他的长处还是了解得很不透。她发觉这个孩子不仅异常聪明，聪慧机敏远远超出了他的年龄，而且全身还有一种特殊的、几乎是超凡脱俗的美，美得酷似某个穿着节日盛装的王子——她记不清是哪个王子了，只记得是在某个画廊里见到过这位王子的画像。又过了不久，她发现自己对这孩子爱的程度竟同对自己的亲生儿子完全一样，唔，甚至还要更深些。当这孩子有一天晚上生病发高烧时，是她，在他的床边焦急地守候了整整三夜；而孩子的母亲本人呢，那几天也有点小病，倒只是听一听苔莉丝汇报儿子的病况而已；只到了第三天，孩子的病就完全痊愈了。此后不久，这家人便做出各式各样的夏季旅游计划；就中也考虑到了萨尔茨堡，而在这里，苔莉丝就游览的详细计划帮着出主意、提建议，也很受大家的欢迎。

但是在这样的情况下，一个晴朗的星期日早晨，女主人把她请到自己屋里，和往常一样和蔼可亲地告诉她，再过不多几天，他们家以前的家庭女教师就要回来继续在这里工作了，她暂时离开这里只是为了探望一位亲戚去英国度了半年假。苔莉丝起初好像听不懂她在说什么，而当她不能再怀疑这些话的意思是现在自己必须离开时，泪水便止不住夺眶而出了。女主人不断安慰她，劝说她，最后又以她常有的那种温和而随便的语气稍稍善意取笑了一下苔莉丝的"多愁善感"。看来她和她的先生两人都丝毫不觉得他们对苔莉丝有什么不公正之处，更不用说给她带来了情感上的痛苦了。在宣布解聘之后，家里每个人跟她说话的语气仍一如既往极少变化，以致苔莉丝多次禁不住产生一种美好的错觉，以为她仍然可以继续在这家人家里待下去。是啊，人们仍然同她谈论有关即将到来的休假的各项细节，男孩也在大讲特讲他想跟苔莉丝一起去郊游、去划船、去爬山。每次吃饭时她都不得不一再控制自己，竭力不让眼泪流出来。有一夜，她甚至在半醒半睡的状态中反复考虑了一些异想天开的离奇计划：把孩子拐走；谋害那个即将从英国回来的女家庭教师；还有另一些针对那孩子和她自己的难以对人言的暗自盘算也在她脑海里一一掠过。当然，这些东西到了第二天早晨就一概烟消云散了。

分别的时刻终于到来了。那孩子已经被安排送到祖父母家去暂住；苔莉丝临走时得到一盒便宜的糖果作为赠品，临别赠言则是给她最最良好的祝愿，但却没有哪怕只是一句委婉表示希望以后有机会再见到她的话。当她呆滞地、没有一滴眼泪地缓步走下楼梯时，她知道自己今后再也不会登这家的门了。在她当家庭教师的全过程中，有这样的打算已经不是第一次；然而即便她心里不曾有过这种想法，而是心平气和甚至是满怀友情地离开某一家，后来她也几乎没有再上人家家里去过。就是嘛，她哪里挤得出时间去啊！

她到恩茨巴赫去，抱着在大自然中恢复体力和精神的希望，渴望着能在乡间与人们融洽相处，过上一段舒坦的日子；同时也下了极大的狠心要求自己，一定要做到比迄今为止更多、更好地去爱自己的孩子。但是，所有这些期望一个也没能如愿以偿，反倒是一切都比以往任何时候更加没有指望。她以前还从没有在如此完全陌生的世界里待过。她觉得似乎人们都没好气地对待她，唔，简直是对她充满了敌意；而且不管她怎样努力，都几乎不能在自己心中觉出有一点点母亲对自己孩子应有的温馨慈爱。

最糟糕的是，前一段时间到维也纳去做过看孩子保姆的阿格内丝，这时也到恩茨巴赫来住了几天。这个十六岁少女对弗兰茨的那种温柔，苔莉丝打心底里感到厌恶，她受不了的是眼见这姑娘在孩子面前的表现比她自己所能做到的可说更像母亲。而有些时候她又觉得阿格内丝的那些行为举止根本不是因为有慈母感情所致；恰恰相反，看来阿格内丝所以这样做，完全是因为她有意要气一气苔莉丝，想故意刺激她、打击她，让她心生嫉妒。当苔莉丝直言不讳地把这层意思当面向她挑明时，她的回答是放肆地出言顶撞，话语间充满了对苔莉丝的讥嘲。劳伊特纳太太站在她女儿一边；结果苔莉丝便同母女俩吵了起来，在争吵中她也完全失态了；她对这两人怒不可遏，对自己也极不满意，怀着这种心情，她认识到如果继续在这里待下去事情只会更糟，于是第一次出现了这样的事：她不辞而别，像慌忙逃走一般，急匆匆离开了恩茨巴赫。

五十六

对于她在一个炎热的八月天走上的新岗位，她不久就发现，原来职业介绍所向她作的介绍与事实有相当大的出入。她根本就不是如职介所谎称的那样，到一个什么事业兴旺发达的工厂主拥有的一幢高雅别墅去工作，而是来到一座保养得极差的——当然也的确是按别墅的格调建造起来的——宽大楼房里，其中住着到此地来消夏的四家人。这几家人，除了和自己的孩子们过不去外，相互间还经常磕磕碰碰，甚至到了在花园里常常争地盘、抢长凳、占桌子的地步，几家人不断互相指责、互相埋怨，闹得不可开交。在一大堆孩子中，教育得最坏的要算苔莉丝负责管教的那三个了——而原来介绍所告诉她的是只需要她看两个孩子，这是三个九岁到十二岁的男孩。母亲还算年轻，然而过早发福，一大清早就开始涂脂抹粉化妆打扮；她在家里、在花园里总是穿着不大整洁的便服到处转悠，但是一到外面去散步，就打扮得花枝招展引人注目。她本人及孩子们都说一种很难听的犹太语方言，对于这种土话，如同对所有的犹太人那样，苔莉丝从来就有些讨厌，虽说她在某些犹太人家里决不比在另一些人家里觉得更难受些。埃皮西家的人尽管都受过洗礼，却是属于那个她抱有一定成见的种族——这件事她是在离开那家之前不久，才有点惊讶地听说的。她现在这个新学生的父亲，一个满脸苦相的小个子男人，多半只在节假日的中午才从城里到乡下来，而每次来几乎总要同他的妻子吵架。一到下午他便匆匆离去，去哪儿呢？苔莉丝从他妻子一些咬牙切齿的话中，知道他是去咖啡馆打牌，一直打到很晚，直到把钱输光；照他妻子的话说，就是把她的全部嫁妆一点一点地全赔进去才罢休。苔莉丝不明白为什么她老是诉苦说丈夫不管她，因为她自己就根本没有时间同他在一起。每天下午，她先是在卧榻上躺上几个钟头，然后就穿衣、打扮，外出散步，而且多半回来得比孩子们期待的还晚。对苔莉丝，她忽而极为和蔼可亲，简直就像是在巴结她，忽而又起急冒火很不耐烦；然而不论是哪种情况，这女人在她面前总是丝毫不知检点地胡言乱语，常常使苔莉丝陷入局促不安的窘境。那位做丈夫的呢，除了别的职责外，还有一项是从图书馆借一些书回来给妻子阅读；可是这些书她大部分都不看，东一本西一本地胡乱放在花园长凳上或房间里的桌椅上。苔莉丝心里盘算着，准备从避暑地返城之后就马上离开这一家。于是她对那三个犹太小调皮鬼——她私下里常常这样称呼他们——的关照就只限于那些非做不可的事，另外的时间就放手让他们去玩，让他们去胡闹；由于她不知道该做点什么有意义的事来打发时间，有时就随手拿起一本男主人从图书馆借来的书有一搭没一搭地翻开这章看看、翻开那章瞧瞧。于是，有一次她母亲写的一本小说就这样落到了她手里。她拿起这本书来，兴趣几乎一点不比拿起一本别人的作品更浓厚，因为根据她以前对女作家法比安尼作品的了解，她觉得它们不仅相当乏味，而且还十分可笑。下午一段比较安静的时间她在花园里看书，假日的寂静只被某位住在这所房子里的女客弹奏的钢琴声打破；她心不在焉地读着一个她觉得已经读过一百遍的故事，直至读到某个章节她不知怎的竟觉得十分感动。那是一个被欺骗的、绝望的男情人写的一封信，它出人意料地以其情真意切的语调深深触动了苔莉丝的心。翻过去几页，又有第二封、第三封类似的信赫然在目；现在苔莉丝终于看出来了，她在这里看到的、在这些书上印出来的信不是别的，而正是艾弗雷多年前写给她，后来被母亲从她抽屉里偷走的那些信。当然，它们根据小说内容的需要作了些许改变，但某些句子显然是完全原封不动地保留下来了。起初，苔莉丝只是感到一点淡淡的忧伤，这是每当她不论是触景生情还是睹物思人，只要一想到艾弗雷就会产生的情绪波动。但接着她心里就蓦地升起一股强烈的对母亲的怨恨，不过这种情绪并没有持续多久，唔，过一阵她不禁又哑然失笑了。当天晚上她就给母亲写了一封信，信中半开玩笑地说，自己做梦也没有想到居然有幸能在著名女作家的写作过程中也尽了一点绵薄之力，这简直让她深感受宠若惊啦。

没过几天，母亲便来了一封回信，语气是就事论事，不过倒也措辞亲切；她问苔莉丝对参与了写作一事要求多少报酬。接到这封信后仅两天，苔莉丝又收到她自作主张地寄来的——不是一笔钱，而是——一些换洗衣服和一件麻纱衬衫；这些东西苔莉丝起初打算原物寄回，但转念一想还是把它们留下了，因为它们来得倒正是她需要的时候。

在从避暑地迁回维也纳之前的几天，苔莉丝收到一封请她赴约的信。落款者是个军官，用的是全名，这个名字她之前并不知道，但心里清楚不可能是别人，而是她经常在疗养地公园匆匆一遇便分开的某个留着黑色唇须、瘦骨嶙峋的中尉——这人每次总是厚着脸皮瞪大眼睛上下打量她一阵。在信中，这军官直言不讳地向她表白了他的爱、他的激情、他的渴求，那些过于露骨的言辞一开始激怒了苔莉丝，但随后又深深打动了她的心。经过整整一个白天的内心斗争，她在晚上安顿孩子们睡觉之后便来到了那个公园。已经在那里等待她的中尉一见她便迎了上来，狂热地、像意欲强暴似的一把紧紧抓住她的手。他们在一条没有灯光的林荫路上走了几个来回；过了不多时，她简直是莫名其妙、稀里糊涂地竟温顺地让他狂吻了自己。他还想诱劝她到公园里一些更阴暗、更偏僻的地方去，但这时她就使劲挣脱他回家去了。在回家的路上她才意识到，自己同这个中尉在刚才的狂热幽会中仅仅交谈了不到十句话，想到这里她觉得真是万分羞愧。

这一位又想第二天仍在那里等她，但是她下定决心，不再到那个幽会地去。那晚她度过了一个不眠之夜，辗转反侧中她对他的渴念几乎发展成了肉体的痛苦。中午，她收到一封笔迹陌生的信，来信者自称"一个好心的女友"，然而却匿名。信中好意相劝，请苔莉丝最好先仔细看看夜里同她在公园里胡混的究竟是什么人——很遗憾，有人是知道底细的。这人现在提请她注意：那军官是到这个疗养地来治疗一种传染病的，他的病离彻底痊愈还很远很远。信上说，但愿这个警告还是及时的。苔莉丝吓了个半死。她现在一步也不敢离家了；她隐约意识到，说不定昨天晚上的那些接吻就可能带来灾难性的后果。但是她同时又希望，只要她有力量控制住自己不再去和那个危险人物见面，那么上帝是不会严惩她的吧。事实上她也的确做到了在以后的几天内让自己安心待在家里。可这几天，她又同她几个学生的母亲发生了一次剧烈的口角，这促使她在聘约规定的工作期满之前就离开了这个工作职位。在去火车站的路上，她又远远地看见了那个中尉，但巧妙地避开他的视线脱身走了。

五十七

她走上的下一个职位是一位大工厂主家。然而到后不久就发现，她在这家与其说是担任家庭教师，还不如说是当看护，照料服侍一个病入膏肓、几乎全身瘫痪的九岁小女孩更为确切。怀着一颗她自己也几乎难以置信的、充满了痛苦的对这个可怜孩子的怜悯心——这孩子看来不仅知道自己身患重病，而且也清楚自己活不长了——同时也对两位多年来不得不束手无策眼看孩子病情日益严重的不幸父母深表同情，苔莉丝起初觉得自己是很愿意做出人们要求她做的牺牲的。但是只过了几个星期，她就认识到自己无论从体力上还是心力上都无法满足人家对她的要求，于是又辞去了这个工作。

母亲的一封措辞亲切的来信，说动了她回到萨尔茨堡去住上几天，在家乡她受到了热情的欢迎。法比安尼太太在这个小城市里的地位近几年显然发生了大大有利于她的变化。上流社会的一些女士经常到家里来拜访她，苔莉丝在这些人当中认识了一位新调来此地的少校的妻子和一位编辑先生的夫人，她们都对女作家尤丽叶·法比安尼表示高度尊敬。苔莉丝在母亲的寓所里感到比从前更舒适，但同时也感到更陌生了，这情况就好像她现在不是在母亲家，而是在一位她某次旅行中结识的、作过稍微进一步交谈的年长妇女家做客似的。当苔莉丝在同母亲闲谈中讲述她最近几年认识的形形色色的人们时，母亲越听越感兴趣，边听边毫无顾忌地作笔记，对苔莉丝讲的某些情节，甚至逐字逐句完整地记录下来；最后她向女儿宣称，说她一定要为她给她提供的这些"来自生活的报道"——她希望从今以后定期从她那里得到这类素材——付一笔适当的报酬。在苔莉丝离开的这段时间，萨尔茨堡也发生了各种各样的事情：比如，那个最初追求过苔莉丝、后来又跟一个接近他的女演员结了婚的本克海姆伯爵，已于最近去世，给他的遗孀留下了一宗可观的遗产。母女俩也谈到了苔莉丝的哥哥，说他作为德意志民族主义协会的副主席，在维也纳的大学生中起着越来越大的作用，现在经常到萨尔茨堡来，同对政治感兴趣的人士频繁交往。至于他丝毫不关心他的妹妹，对母亲也很少过问这一点，看来现在这位已经开始为儿子感到自豪的母亲也就见怪不怪了。

五十八

当苔莉丝于十月末又来到维也纳时，她虽然感觉体力上得到了恢复，但内心却十分空虚。她是在一种非常融洽的气氛中和母亲分别的，然而她当时也比以往任何时候都明白：自己实际上已经没有母亲了。难道不是吗？她能回忆起来的在萨尔茨堡三个星期中最美好的时光，正是她独自一人到外面去散步和去教堂的那些时刻；在教堂里，她没有一次做过祈祷，然而每次都感到心情平静，有十分的安全感。

现在，她又到一个州法院法官家工作。这个法官同妻子和几个孩子一起，住在拥有不少园林的近郊一所小巧的宅子里。说是与另一家人合住，但那一家人既未见其人、又不闻其声。法官是个沉默寡言、性情郁闷，但却很客气的人；他妻子则孤陋寡闻，脾性温和；两个女儿一个十岁一个十二岁，不怎么有才气，但却非常听话，很好驾驭。生活过得很节俭，但苔莉丝不缺什么，包括人家让她感受到的人与人之间的那种关心，也是不多也不少，使得她既不感觉受到过分宠爱，但也不觉得自己是备遭冷遇的二等公民。

这套住宅里还住着一个二房客，那是个年轻的银行职员，平日同这家人没有什么来往。苔莉丝也很少见到他，只偶尔在前厅里和楼道里碰上；遇到时就打声招呼，有时也随便谈两句天气好不好之类的应酬话。但虽然如此，这人有一天晚上——已经很晚了——在前厅里遇上她便猛地一下子把她拉过来抱到怀里吻她，她仍然不觉意外，而几乎觉得是件早已料到的事。这事发生后的第二天夜里，她就到他房里去了——她几乎记不起来是不是他求她去的，而她又是否答应了他的请求。从这一夜起，她每天夜里都到他房间去，有时只待半小时、三刻钟，因为她怕和她睡一屋的那两个女孩子发现她不在。除了夜里这段时间，平时遇见他，她也几乎没有意识到这人现在是自己的情人。尽管如此，她仍经常懊悔，如她对自己说的——自己耽误了一生中许多年好时光，后悔在卡西米尔之后自己就再没有过情人了。当她逐渐觉察到这个男人对她的感情比较认真，向她提的一些问题也暴露出他对她过去的情人怀有妒意时，她觉得是到了该和他中断这种关系的时候了。于是她使劲说服他，让他相信州法院法官家里的人已经对他们起了疑心，并且不断向他渲染她是如何如何害怕——有时也是真的害怕——他们之间的关系可能会导致种种严重的后果。最后她终于来了个快刀斩乱麻，背着他找了另外一个工作，然后根本没有告知他，一天早晨便一去不复返地离开了这一家。

五十九

在下一个工作职位上——内城里一个小小的货币兑换商家，命运的安排让她有非常多的空闲时间。原来，她的学生——一个七岁男孩——的母亲，是个婚姻生活很不幸的女人，看来唯有能不受打扰地单独同自己的独生儿子待在一起，才是她最最高兴的事情。这样一来，苔莉丝就可以比以往任何时候都有更多的机会，不仅是一天半天，而且是连续几天到小弗兰茨那里去；可是呢，她在这样的时候却往往又更喜欢独自一人漫无目的地在大街上徜徉，不去乡下。她用来自我安慰的一个借口，就是乡下那几个农民的表现，特别是阿格内丝那种既莽撞又心怀叵测的态度，现在已经让她忍无可忍了。

在这种情况下便发生了如下的事情：有一天晚上，她在城里街上碰到了她近两年前在格赖特勒家舞会上认识的那个长相俊秀的卷毛头男子。他把他们两人的再度相会叫做命中注定的缘分；而当他们再次碰面时，她自己也说不清为什么会意志薄弱到这步田地，竟完全心甘情愿地对他唯命是从了。他是学法律的大学生，既活泼风趣又大胆莽撞；苔莉丝热烈地爱上了他，多次为他牺牲了她本可以和孩子一起度过的日子。她很乐意再多给他讲一些自己的事情，但是他好像对这些并不关心——是的，每当她试图同他严肃地谈谈时，他显然觉得这很没意思。由于害怕破坏他的情绪，她也就不再用自己个人的事情去打扰他。夏天开始时，他来了一封语调快活的告别信，说在他们相处的这段时间里，她表现出是个极为出色的姑娘，但愿她能友好地、愉快地记住他，正如他也将友好地、愉快地记着她一样。她哭了整整两夜，之后就到恩茨巴赫去看她的孩子。她已经整整四个星期没见到儿子了，这一次对孩子百般爱抚远胜往日；又在那枫树旁的圣母像前立下誓愿，以后永远不再疏慢弗兰茨。因为阿格内丝不在家，所以她和劳伊特纳老两口也处得十分融洽，在那里过了一整天，到晚上怀着相当欣慰的心情回到了维也纳。

她的心情又复归平静了。实际上，她并没有别的感觉，只觉得好像是在口渴至极时痛痛快快地喝了一大杯水解了渴，现在又可以平心静气地去做自己该做的事，继续过自己的日子了。但是，当她现在想重新获得她这个小学生的信任时，很快就发现那位母亲总在斜睨她，甚至用很不信任的怀疑眼神看她。有一天，事情终于发展到了这步田地，即这个女人——她的丈夫最近同另一个女人勾搭上了——居然责备苔莉丝，说苔莉丝横刀夺爱，图谋把她儿子从她身边夺走。接下去，当这种嫉妒心逐渐变成一种病态时，苔莉丝除了辞职就别无他法了。

六十

现在，她进入的是一个平静而舒适的家庭，希望能在这里长待下去。这是一个工厂主的家，男主人看来是个很能干的人，而且对自己的工作乐此不疲；妻子待人热情，性格开朗；两个姑娘刚刚开始脱离稚气，聪明、有教养、容易调教，两人都是音乐天才。现在苔莉丝早已习惯了很快适应新环境，她善于将陌生和熟识这两种可说是她所从事的职业本身带有的特点不断加以平衡，找到二者之间的正确关系。主要的是，她竭力避免使自己陷入对交给她管教的两个小姑娘宠爱有加的网罗不能自拔，但同时又做到绝不是对他们冷漠无情。她和这两个姑娘关系的基调，说起来就是一种淡泊的母爱；她几乎可以随心所欲地将这种爱的温度在几度的小范围内作或升或降的调整。这样，一旦她走出这家的大门，她内心就有着完全的自由；而一回来，她的心思又全在这个家里了。自己的孩子她定期去看一看，而在分开的时间里也并不特别感到想念的痛苦。

初冬时节，有一次当她到恩茨巴赫去的时候，由于列车过于拥挤，她不得不改为乘坐头等车厢。包间里除她以外唯一的旅客——一个风度翩翩的、已经不很年轻的男人——跟她攀谈起来。他是到国外去，只是由于必须到一个距这次列车中途停留的某个小站不远的庄园去做短暂逗留，才在出国之行的头一段路程乘坐这一趟车。他的谈吐稍嫌做作，说话时不断用右手食指抚摩他那按英国式样剪短了的唇须。她心安理得地听任这人把自己当成一个已婚的太太，而这位先生也没有任何理由怀疑苔莉丝对自己情况作的介绍，说她现在是去看望一位女友，该女友是医生的妻子、四个孩子的母亲，常年住在乡下。当她在恩茨巴赫下车时，这位先生得到了她的许诺：两星期后他从慕尼黑回来时，他们可以再次见面；然后，他吻了一下她的手，便同她告别。

她在满是积雪的路上朝着那个十分熟悉的目的地缓步走去，觉得自己的脚步比以往更加轻松，自信心也大大增强。但是，在她孩子面前，这次她却有一种奇怪的陌生感。小弗兰茨说话的腔调特别引起了她的注意，尽管孩子说的还不是地道的方言土语，但那一口农民腔却是越来越明显了。她在考虑，是不是已经到了该自己带孩子的时候了，是不是她有责任把孩子从这里接走带到城里去？可是这个打算怎样才能实现呢？当她现在坐在这间低矮而满是霉味的屋子里，在煤油灯的灯光下喝着咖啡，劳伊特纳太太对她絮絮叨叨地讲着她知道的各种新鲜事，阿格内丝穿着她那套假日盛装坐在火炉旁边做针线活，弗兰茨捧着一本画册在低声拼读着字词——在这样的时候，她眼前总是浮现出那个陌生男子的形象，只见他穿着他那件潇洒的皮大衣、戴着黄色的手套，独自一人坐在车厢里，在风雪交加中随呼啸的列车飞速奔向遥远的国度。而她自己呢，她觉得有点像一个在他面前伪装成的已婚女人。要是他知道她压根不是到乡下某个什么女友那里去，而是去看她的孩子，去看她跟一个名叫卡西米尔·托比什的骗子厮混生下的私生子，情况又会是怎样的呢？想到这里她不禁打了一个寒战。于是她马上把她的小宝宝叫了过来，把他贴在自己心口上，不住地吻他，似乎想要弥补她在孩子身上犯下的过失。

　　往后的两个星期过得异常缓慢，令她苦不堪言，好像同那个陌生男子的再次相会成了她整个生活的目标；而离相会的时间越近，她也就愈加害怕那个陌生人可能会爽约。但是他来了，他甚至已经在街角处等了她一阵。他的外貌今天使她有点失望。上次在火车上她没有注意到他的个子比自己还略微矮一点，并且几乎完全秃顶了。但他的遣词造句，特别是他说话时嗓音的韵味，立即又在她身上产生了最近那次交谈的效果。她一见到他就立即告诉他说，她只有半个小时时间，有人请她喝茶，她打算在那里和她丈夫会合，然后一起去看戏。陌生男子并不急于亲近她，他也不想有失体统，他表示像现在这样他已经很满足，并说他一定要请求她允许他自我介绍一下以弥补上次的失误："政府高级顾问禀格博士。我并不要求知道您的名字，尊贵的夫人。"介绍完自己他又补上这一句："什么时候您确信可以对我表示完全信任了，您就会告诉我您的姓名——或者不告诉也行。一切都完全按您的意思办。"接下去他讲起了他这次国外之行，说这根本不是旅游，而是出公差，也可以说是一次政治性的出国访问。不过，怎么说他在柏林也还是看了几场歌剧，附带说一句，去歌剧院听歌剧在这里也是他唯一的消遣方式哦。看起来，尊贵的夫人也是很有音乐天赋的了？——唔，是有那么一点点爱好，只是她没有多少机会去欣赏歌剧、听音乐会啊。——那是自然了，高级顾问说，家庭主妇的职责嘛，对丈夫孩子应尽的职责嘛！这一点他是完全可以想到的。苔莉丝摇了摇头。她说，她没有孩子。曾经有过一个，可已经死了。这话就那么一下脱口而出，她自己也不知道为什么要撒这个谎，为什么要否认现在有孩子，为什么要作这个孽！高级顾问立即为不慎触到了她的痛处向她表示歉意。他谈吐颇有分寸、相当得体，使她心里非常舒服，以至于她觉得她好像对他说了实话那样。当两人走到一个拐角处时，苔莉丝请这位先生让她独自走她的路。然而在这男人客客气气地跟她道别之后，她心里又感到难受，因为现在她不得不自己去对付着打发她已经请了假的这个晚上，这种无所事事的空虚——然而是她自作自受，她简直觉得就是一种痛苦。

他们下一次在一个寒冷的冬日晚上见面时，高级顾问用非常尊重的语气邀请她到他家去喝茶。她只作了一点小小的礼仪上的推辞就欣然应允了。在他那里，也许甚至不需要那套舒适的住宅、那满屋朦胧柔和的光线和那顿配置十分得当的晚餐，她同这个陌生男子的这次约会也会过得像她预料和希望的那样圆满。诚然他什么也没有追问，并且看来他完全相信苔莉丝说的一切。但是当他们再次会面时，苔莉丝就已经觉得还是应该至少对他讲出部分实情，以免有朝一日被突然揭穿她是个骗子而尴尬至极。于是她对他说，她虽然结了婚，但两年前已离婚了。她丈夫在他们的孩子死后离开了她；而由于她在这方面虽然从法律上讲有权利要求得到一定补偿而实际上却没有享受任何资助，她就决定靠做家庭教师来维持生活。听到这些，高级顾问吻了吻她的手，对她比原先更加尊重了。

他们每两星期定时约会一次。每次苔莉丝都高兴地期待着到他那布置得富有情趣的住所去，享受那朦胧柔和的灯光，甚至期待着享用那顿每次都煞费苦心地精心配置的晚餐，唔，她干脆就是期待着这一天给自己带来的那点生活上的变换，几乎更胜于她期待跟情人相会本身。他的声音听来始终十分柔和悦耳，他的谈吐一直还是那么充满了令人快意的矫饰，一切都同他们初次见面时一样，只是对他讲给她听的那些事情，她无法产生太大的兴趣。倒是当他谈起他的母亲——他管她叫"高贵而善良"的女人，还有说到他去听过的那些歌剧——他谈的时候，用的都是一些她从报纸上熟知的大话，她却很喜欢听。时不时他也谈谈政治，但谈起来不带任何感情，干巴巴的，似乎坐在面前的是他部里的一个同事，而且有时又是在一些不大适合谈这类事的时候硬是谈论这些问题。他以一种不无自我欣赏意味的、颇为得体的方式，主动提出每月向她提供一笔数量不大的补助以减轻她物质生活上的困难；她开始时不肯接受，后来也就同意了。

总的说来，这段时间对她来说是平静的，甚至几乎算得上是一段幸福的日子；虽然如此，她仍比以往任何时候更强烈地感到自己的生活缺乏目标、毫无意义。有时候她迫切地想对这个男人——这个怎么说现在也是她的情人的男人，充分倾吐自己的心曲；然而，某种内心的障碍，或者如她时不时感觉到的一种内心的抗拒情绪，在阻止着她去进一步接近他；唔，她清楚地感觉到他想躲开她的这类试图亲近的表示，他是想避免发生不愉快或者要对她负更大的责任。于是她心里一直很清醒，即她同这个人的来往不久也就将结束，正如她也丝毫不怀疑自己在眼下这个工厂主家里，不管她同男女主人和孩子们的关系处得怎样好，决不是已经找到了一个固定的职位，更不用说找到了自己的新家了。

就这样，她无论何时何地都有一种脚不着地、悬在半空中的感觉，即使在自己孩子身边，她也几乎没有什么时候能有一点踏实感和安全感。是的，她看得明明白白，弗兰茨现在同劳伊特纳太太，甚至同小阿格内丝——由于早熟，她如今已经像是一个成年少女了——的关系，比同她这个亲生母亲的关系要更为亲密；不过这也是客观条件造成的，没有什么值得奇怪。有时她渴望同随便哪一个人好好地谈谈自己的种种苦恼；有一两次，当她由于某个机缘认识了某个跟她有着共同职业或者相近的痛苦经历，而且常常对她毫无保留地和盘托出自己大大小小的内心秘密的女人时，她已经话到嘴边，打算向人家敞开心扉了，可是最终她还是什么也没有说出来。在别人眼里，她已经被认为是一个沉默寡言、甚至是孤芳自赏的人；而好心人试图这样来为她开脱，因为她出身于一个破落的贵族之家，所以就比她同阶层的人们更加自命清高、自我欣赏一些吧。

五月里，在度过了一些时而焦虑万分、时而自欺欺人地作些自我安慰这两种情绪反复交替出现的日子以后，她再也不能对这一情况有丝毫怀疑：她又一次怀孕了。自然，她的第一个意念就是把这件事情告诉她的情人。但是，她在他们最近一次相聚时不知怎的一下子难以启齿而错过了机会，过后她就决意，什么也不让他知道算了；并且，这一次要冒着一切风险，迅速地结束自己目前所处的状态。就是死也不能再要另一个孩子了。这一回她不怎么犹豫，就在短短几天之后便用原定添置新连衣裙的那笔不多不少的钱，迅速地、不留任何后遗症地使自己得到了解脱。她不得不卧床几天，对此工厂主家的人颇为不快。他们似乎对她有所怀疑，对她的态度变坏了。她感觉出人家对她说话时那种颇不讲理的腔调，也不费力去掩饰她的不快而是直言据理争辩，于是渐渐地她觉着自己在这一家人中的地位开始不稳了。当她再一次同她的情人即那个高级顾问约会时，她把这一情况告诉了他，但并没有说明原因。这一次，他只是稍微用一些相当做作的表示遗憾的空话来掩饰自己对这个问题的漠不关心，这种态度激怒了她。于是，她就将近几个月在她心里积累起来的不仅是针对他，而且也是针对她自己命运的全部怨气，一股脑儿全发泄到他身上；她气不择言，噼里啪啦说出了一大堆抱怨的气话，可这些话一出口，她就不得不立刻为之感到羞愧。然而，当他听完她的话马上就来扮演一个宽宏大量的角色，表示应该原谅她时，她便又一次怒不可遏了；她冲着他的脸大声嚷嚷起来，脱口说出她曾经怀上了他的孩子，之所以没有告诉他，仅仅因为他对她一无所知而且一点也不想了解她、丝毫也不关心她，她对于他来说只不过同街上的随便哪个野鸡一样罢了。这一通宣泄之后，他竭力安慰她，用的是动了真情、但有点笨拙的语言。可是苔莉丝只是觉得他仅仅由于这件事的结果对自己有利而感到十分庆幸，于是就直截了当地冲他说出了这一点，说完拔脚就要走，而他温柔地将她拉住了；他吻她的双手，两人算是和解了，但是她知道，这种和解不可能长久。

没过几天，工厂主一家迁居乡下；他们利用这个机会，让苔莉丝从现在开始就不必再到他们家来服务了。她听到这话长长地松了一口气。这一天，当她沿着恩茨巴赫那条她已经走了上百次、有点缓坡的小路向劳伊特纳家的宅院走去时，在她眼里，这个晴朗美好的夏日竟显得如此预示着吉祥，如此充满了化干戈为玉帛的妩媚。她不仅给自己的儿子，还给劳伊特纳先生和太太，甚至连那个她越来越不喜欢的阿格内丝，也都捎去了一些小小的礼品。这个夏天，她要比以前更认真地把教育孩子的事情抓起来；可是她一再感觉到，要想顶住这种与自家完全不同的、纯农村的环境对孩子无时无刻不在起作用的潜移默化的影响，把自己的意志、自己的一整套做法贯彻下去，是多么不容易啊。她惊愕地发现，弗兰茨现在习惯使用的腔调、甚至他的某些动作，有时简直让人马上想到劳伊特纳先生那副很不耐烦的样子——这实在非常可笑。苔莉丝首先力图使孩子改掉那些最糟糕的乡下土话和粗俗动作，并逐步摸清他在各门课中有哪些进步。当然，语文、书写和初等算术他都还没有过关。他的理解力很强，但打不起精神来学习。她很想让他也具有自己身上具有的对大自然的热爱，谆谆引导他去注意优美的风景、吐着芬芳的草地和树林、翩翩飞舞的蝴蝶等，然而她很快就发现这孩子还没有成熟到能感知这一切，或者他身上根本就没有这样的细胞。当然，那些每天给苔莉丝带来新的巨大喜悦的东西，那是他生存的条件和环境，他从出生的第一天起就在这些东西的包围之中，已经习以为常近乎麻木，它们对他不可能意味着特别的美好和欢乐。这一次，苔莉丝比以往任何时候都看得更加清楚了：劳伊特纳一家，还有这一带的其他人家，生活过得是多么闭塞、多么与世隔绝、多么局限于自己一家和离自己最近的那个小圈子。大家见面的次数倒是够多的，常在地里、饭馆里、教堂里碰上；可是真正的家与家之间、人与人之间的交往，实际上哪里都没有。谈话总是重复同一个内容，苔莉丝经常听到不同的人一而再、再而三地谈同一件鸡毛蒜皮的新鲜事，并且几乎用的是完全相同的词句。至于她本人，恩茨巴赫人早已不再感兴趣了。人们知道她是小弗兰茨的母亲，在维也纳工作。她呢，对这里的每一个人都和蔼可亲，经常同别人攀谈聊天；而她往往在事后才发现，自己也不知怎地竟养成了三番五次地并且老是用同样的词语讲述一件毫无意义的小事的习惯了。

为了排遣她在这里两个月中经常感到的寂寞无聊——虽然她自己有时不愿意承认自己有这种心情，于是她就写信，好久以来她没有写过那么多信了。她同几个从事共同职业的女友有一点书信联系，同自己以前曾经做过家教的学生，则在节假日写一张贺卡联系一下；写得最详细的，要算给母亲的信了。她直到今天还没有告诉母亲她已经有了一个孩子，对于自己的母亲，她也像对大部分其他人那样，继续欺骗，说她现在是在乡下一个女友处避暑休假，打算在此待几个星期。母亲对她已有孩子一事已有所察觉，甚至已经确切地知道——这一点她是深信不疑的。唯一她觉得不应该得知她已经有了孩子的人是她哥哥。去年，有一次她同他在大街上偶然相遇，从那以后他们两人之间便逐渐出现了一种相当生硬的关系，在这种情况下，他只是到她最近一次供职的那个工厂主家里看望过她一回。

苔莉丝在恩茨巴赫的头一段时间也给那位高级顾问写了几封信。他的回信既简短又满是外交辞令，这同他在书信开头那激情的称呼和信尾的充满温情的落款极不协调，显得十分可笑，简直让苔莉丝难以忍受。有一次苔莉丝有意拖延着不给他回信，打算看他是不是主动再来信，一切都等到那时再说。而他也再没有给她写信，对此，她心底里倒是感到蛮庆幸的。

第五章

六十一

九月里，她又开始一个新的工作，这次是给一个十七岁少女当类似伴读那样的辅导教师。这姑娘脸色苍白、相貌一般，有点头脑简单，是一个多年双目失明、以前曾做过大商人的鳏夫的独生女。这人还有两个儿子，一个是律师，一个是技术员，也都住在家里。那是坐落在近郊一条很安静的街上的一所相当古老、稍嫌光线不足但却维修得很好的楼房，他们家住二楼，某些现代化的新技术设备比如电灯，还没有进入这所房子。商人年已五旬，胡须灰白，但身体还壮实；他亲自接待了苔莉丝，并说她的声音，或者用他的原话——她那天真无邪的声音，他听了觉得非常悦耳。由于他的女儿一点不会操持家务，他就让苔莉丝全盘负责；而令苔莉丝非常高兴的是，她发现自己在持家方面也相当有灵性。在这个家庭里，生活过得比她预想的要更为热闹和活跃。两位少爷常在家里接待同事，名叫贝尔塔的女儿常有亲戚和女友来访；而上了点岁数的瞽目先生呢，显然很高兴在自己周围聚集起一批生气勃勃、有时高声争论的年轻人并参加他们的谈话。在这里，苔莉丝完全能感到自己同其他人是平等的，不久之后甚至觉得好像已经是他们家庭中的一员了。常来的几个表姐妹中有一个非常机灵活泼，她把苔莉丝当作知心朋友，对她倾吐她对大表哥即那个律师怀有满腔热恋；但在苔莉丝看来，似乎这个少女更喜欢的——至少同样喜欢的，是二表哥，或者是另一个经常到他们家来的身穿志愿兵军服、头发金黄的年轻小伙子。苔莉丝觉着自己心里隐约有一点妒忌心的萌动，但她又很不愿意向自己承认这一点，因为她已经暗暗发过誓，以后决不再卷入那些毫无希望的关系中去。在这个世界上她老是被推来推去，她太疲倦了；现在她渴望的是安宁，她渴望家乡、渴望一个属于自己的家。为什么与她工作类似而内心和外在条件都不如她的女人轻而易举就得到的东西，她就不能得到？就在不久前，她的一个同事，一个干瘪瘦小的女人，就和一个很富有的会计结婚了；另一个，还是个名声相当坏的，也嫁给了一个有钱的鳏夫，机缘是她在那一家当过家教。难道这样的事情就没有她的份？在这方面，她的儿子不会、也不应该成为障碍。说到底，把她目前的情况设想成结过一次婚、现在离了婚寡居在家，不也完全可以吗？特吕普纳先生虽然已经不年轻了，加之又双目失明，可他仍然还是一个壮实的、甚至可以说得上是俊美的男人，特别是不难看出他很乐意同她接近。他高兴地请她给自己朗读，所读的大半是哲学方面的文章；这起初使她感觉有些枯燥乏味，但后来渐渐地，他在她朗读的过程中一再和蔼地提些问题，遇到她不清楚时就给她作方方面面的讲解，简直可以说是在给她作成套成套的报告；这样做了之后,他便觉得自己已经让苔莉丝对一个总的说来她还相当陌生、距离她还相当遥远的思想世界有所了解,已经在她心中激发起对这个世界的兴趣来了。有时,他温柔地试着询问她的过去,她相当如实地对他叙述了自己的童年、她的双亲、她在萨尔茨堡的生活以及她在自己从事的职业中积累起来的某些经验。谈到自己在感情生活上的经历时,她只是比较隐晦含蓄地讲了一些,仅让对方能推测出她在这方面也许有过不少坎坷,推测她在几年前曾有一小段时间"几乎同结了婚一样"。特吕普纳先生不再继续追问她,但是有一天晚上,在读完某本哲学著作中的一段而还没有开始下一段时,他用一种半是轻柔、半是严肃的口气,向苔莉丝打听她儿子目前的情况;苔莉丝一时语塞,涨红了脸不知该说什么才好;这时特吕普纳先生就对不知所措的她解释说,他早就从她说话的声音听出来她已经是母亲了。听了这话苔莉丝一直保持沉默,于是他也就只是拉着她的手,暂时不再继续追问她什么了。

有一天晚上,她去外面购物回来,在灯光昏暗的楼道上遇见了那个金黄头发的志愿兵。他好像开玩笑似的挡住了她的去路,紧接着便将她一把拉到自己身边狂热地拥抱她,直到听见楼上门响才将她放开。苔莉丝猛跑着冲上楼去,没有再回头看他一眼,然而同时心里也明白,自己又已经在感情上被他拴住了。她觉得假装拒绝他没有什么意思而且毫无必要,于是在他们下一次会面时,她只提出一个条件:要他保证对此事严守秘密,而后便答应同他秘密约会。那个志愿兵接受了这一条件,也能信守诺言。举例来说,当苔莉丝在特吕普纳家吃晚饭时坐在这位年轻男友对面，见他眼里还隐约流露出对刚刚过去的情爱时刻心怀眷恋的朦胧光彩，而同时又一个劲地对她说些彬彬有礼、毕恭毕敬的话，每到这种时候，她会觉得这是一种特别美好的享受。另外，这个年轻人对别的姑娘的那种殷勤、亲热的态度并不亚于对苔莉丝，他给每位少女送鲜花和糖果，如果狂欢节时人们在这个小范围内有跳舞的兴致，那么他就为大家弹钢琴伴奏。

但是，如果说看来谁也不知道他和苔莉丝之间的哪怕一丝一毫的关系，那么，那位虽是盲人却兼有先见之明的商人，却显然已经觉察到了一点；于是他便以他的方式，有些一本正经、煞有介事地警告苔莉丝，叫她当心，年轻姑娘们在她们一生中这个重要时期特别容易上当受骗，要她提防这种危险。虽然苔莉丝清楚地感到他这样说并不仅仅是对她在道德层面上如何为人处世表示关心，但是这番话仍然对她产生了较大的作用，使她不由自主地改变了对费迪南——那个年轻的志愿兵的态度。从此，她不再是他经常搂在怀里的那个无忧无虑、一心求欢的女子，以往她不愿意讲出她的一些忧虑，不想用这些话来扰乱他们在一起的美好时光，现在不然了。在她新近同特吕普纳先生的一次谈话中，这一位再次用相当笼统的话泛泛谈起独身女子道德上应恪守的种种义务；这次谈话之后，苔莉丝便犹如在某种戒律的驱策下给费迪南写了一封提出分手的信。虽说三天后她又按照老样子同他待在一起，但是两人心里都明白，他们之间的关系现在已经临近终结了。

早春的一天，她在城里购物时遇到了艾弗雷。上次见到他已是八年前了，当时她带着她刚生下不久的儿子和聂波玲太太一起乘车去火车站，从车里看见了他。现在，艾弗雷一见她便立刻站住，那高兴劲儿一点不亚于苔莉丝。他们闲聊起来，而仅仅几分钟之后，两人就都不能相信他们真的已经有那么多年没有见面、没有交谈过了。艾弗雷几乎丝毫未变。他言谈举止中仍然表现出轻度的拘谨，但现在这种拘谨倒不怎么给人一种笨拙的印象，而是让人觉得他更加含蓄持重了。苔莉丝对他讲述了她想告诉他的事情，对某些艾弗雷虽然没有开口但却用目光提出的疑问，她避而不答——这样做也丝毫不觉得自己不诚实。在同麦克斯的爱情交往之后苔莉丝又有过一些这方面的经历，这一层艾弗雷是完全能够想象得出的。过了这么些年，他也已经长成一个成熟的男子汉了。现在，苔莉丝心中再次产生了那个奇异的感觉：似乎站在自己面前的艾弗雷是她儿子的父亲。这个感受，使她的脸上露出了一抹神秘的微笑，艾弗雷对此的反应则是疑惑不解的目光。他谈起他的家人，两个姐姐都结了婚，母亲身体不大好，他本人将在今年夏天写博士论文——这是晚了一点，可惜他不像其他同事们那样用功。比如说她苔莉丝的哥哥卡尔吧，现在已经是一级见习医生，前途肯定是不可限量的；退一步说，无论如何他会是一个大有作为的政治家。啊，苔莉丝知不知道，卡尔不久就不再用法比安尼这个姓，而是要改为姓法伯尔了——这个新的姓氏，对于一个具有纯粹德意志意识的男人来说，无论如何比那个带南蛮子味的[①]要来得更相称些；另外，原来的姓以后可能很容易被人利用来整治他。苔莉丝怔怔地直

[①] 指"法比安尼"这个姓听起来像意大利人的名字。"法伯尔"则源于拉丁文 Homo Faber，有"能人"、"创造者"的意思。

视前方。"我几乎完全见不着他。"她有一搭没一搭地说。然后，她请艾弗雷一旦当了博士就给她写信。"还没有当上博士就不行吗？"艾弗雷问。她微笑着抬起头来，向他伸出手来告别；在回家的整条路上，她一直这样面带微笑。

　　特吕普纳先生不久后就不仅仅是让苔莉丝给他朗读哲学著作了；为了有点变换——变换一开始往往令人耳目一新因而颇受欢迎——也选些比较轻松的读物来念，这样一来，苔莉丝有时会碰上一些她只能尴尬地、结结巴巴地勉强念过去的段落。有一次，在念一部法国回忆录的德译本的某一章时，她突然停住了，因为她觉着自己的嗓子不光是出于某种羞愧感，而且还由于骤然间心情激动无法驾驭而发不出声。特吕普纳先生摸索着拉起她的手，把它放到了自己嘴边；然后，由于苔莉丝在震惊和感动的心情中对他这个亲昵行动没有任何抗拒的表示，他便更加大胆起来，以致苔莉丝不得不用她几乎嘶哑了的声音请求他赶快放开她。就这样，她又在特吕普纳先生身边默默无言地坐了一阵子，然后匆匆道了一声歉，随即离开了这个房间。第二天，特吕普纳先生以他特有的那种煞有介事的、此时尤其令苔莉丝难堪的方式请求她原谅。可是尽管如此，几天后他仍然再次重复他对苔莉丝的企图，她使劲挣脱了他；于是又过了不多几天，她便借口要去看望生病的母亲，终于离开了这一家。

六十二

　　由于在这家工作得非常出色，她得到了一份很好的评语，从而在另选工作时便有了很大的自由选择余地。经慎重选择她最后决定到罗特曼家，因为这家的两个女孩——一个十三岁、一个十岁，第一次见面她们那天真活泼的性格就令苔莉丝很有好感。母亲是一位钢琴家，苔莉丝头一次谈话便了解到她经常去外地举办演奏会；接待苔莉丝时，这位女主人简直客气、殷勤得出奇，可是她那种忙忙叨叨东抓一把西抓一把的脾性苔莉丝不怎么喜欢。孩子们的父亲是一个神情严肃、看上去有些郁郁寡欢而外貌特显年轻的男人，苔莉丝起初怎么也摸不透这人的底细，不知他究竟是怎样的人。头几天她得到的印象是，好像他在家里只是个很讨人喜欢的、受到盛情款待的客人，而并不是这家的男主人。然而这种情况在罗特曼太太到外地去演奏时竟发生突变：家里人们说话的语气腔调变得自由一些、随便一些了，两个女孩好像如释重负一般，父亲那郁郁寡欢的神情也一扫而空，佣人们也很乐意听从新来的管家兼家教小姐调遣，比先前对家庭主妇更加服帖。家里的人几乎从不提起那位不在家的主妇；也从未收到她给家里的来信，只接到过她从举行音乐会的那几个德国城市寄来的、仅有一两句简短问候的明信片。苔莉丝在这里比以往任何时候都更加积极，对她现在的工作更加满意——既是家务总管又是孩子们的家教；两个姑娘那令人欣慰的才华，简直让她觉得给她们上课就是一种乐趣。

可是当罗特曼太太六个星期后回到家里时，这一切立刻又变了样。唔，她的负面影响，也体现在两个孩子比她不在的时候学习上进步小了，而罗特曼先生也重新陷入了他原来的郁郁寡欢的情绪之中。这一年八月，阖家到附近一处简朴的消夏避暑地去度假。在这里，看起来纯粹是为了打发时间，罗特曼太太突然对苔莉丝亲近起来，同她讲了自己在各地演奏中的种种经历和奇遇。苔莉丝只是勉强撑持着听她讲这些，可罗特曼太太并没有觉察到这一点，或者发觉了也装傻，因为苔莉丝越来越清楚地感到她这样做的目的，仅仅是用讲离奇故事的办法来消磨这她觉得不可忍受的、单调乏味的乡间生活时光——至于讲给谁听，那都是一样的。

　　一搬回城里，罗特曼太太向苔莉丝倾诉衷肠的谈话也就戛然而止了。秋天，她再次到外地演出旅行，这次是去伦敦，据说目的是在那里向一位享誉世界的钢琴家学习以便提高自己的演奏水平。她这一走，家里各人便又立即轻松下来，苔莉丝和两个姑娘以及她们的父亲相处得如此和美融洽，唔，简直感到像在自己家里一样温馨，以致她脑子里竟常常冒出这样的臆想：也许自己来做罗特曼先生的妻子和他两个女儿的母亲，比起在外面那一个来会更合适得多吧。她真的是打心眼里特别喜欢这个男人，并且也让他感觉到了这一点，加之每天都生活在一起，接触和亲近的机会非常多，这样一来一往她就又成了他的情人。两人都很重视对他们之间的关系严守秘密，在与旁人的交往中，他们都小心翼翼，尽量防止哪怕只是由于一个心领神会的眼色而暴露出两人之间的隐情。可是，当罗特曼太太圣诞节前回来时，罗特曼先生竟然似乎把他和苔莉丝之间发生过的一切忘记得一干二净。他那过分谨小慎微，深怕露出一点点蛛丝马迹的样子伤了苔莉丝的心，使她非常痛苦，而且这痛苦还不只是自尊心受到伤害；因此，当几个星期后罗特曼夫人刚一离开，罗特曼又想跟苔莉丝恢复他们之间的关系时，她起初是坚决拒绝了他；但他很善于向她解释自己为什么不得不那样做，结果，她终于还是又顺从了他的意愿。时不时她会猛然发现自己心底里隐藏着一个愿望，那便是希望罗特曼先生能通过任何一种途径——比如说收到几封匿名信吧——得知自己的妻子在外面活动的真情。有一次，在两人共度的一个温情时刻，苔莉丝甚至大胆地、半开玩笑地作了一点点暗示，即她要罗特曼警惕漂亮女人——特别是女艺术家在外出旅行途中面临的种种危险。但是，罗特曼看来甚至对苔莉丝说这话的意思可能就是指他妻子也浑然不觉。

罗特曼太太去旅行演出，比预期时间早几天回到家里。她对苔莉丝的态度完全变了——几乎没有和她说一句话，并且到家还不满一个小时，就关起房门跟丈夫在屋里吵了一架。她丈夫刚一走出家门，她就把苔莉丝叫到跟前，向她宣称，她什么事都知道了；接着，她先是摆出一副优胜者的姿态，之后便破口大骂苔莉丝，什么脏话都骂了出来。

苔莉丝无言以对。她很痛苦，然而更多的是气愤，气的是那个男人怯懦地临阵脱逃，而且显然已经给了老婆全权，让她完全按自己的意思来处理这件事。罗特曼太太也早已安排好，让两个女儿离家几个小时；她向苔莉丝发出最后通牒：要求她在这段时间之内必须离开他们的家，一分钟也不得延迟。

当苔莉丝一人留在自己房里收拾行李时，自己这次经历那丢人现眼的全部荒唐性清楚地涌入了她的脑海。于是她突然下了一个决心：在离开之前当着那个女人、也当着那个男人的面，把那些他们应当听到的话全部抖落出来。但是罗特曼太太已经出门，而这家的那个女佣则得意洋洋、皮笑肉不笑地告知苔莉丝说，老爷太太一块儿看戏去了。这女佣还提出要不要给家教小姐叫一辆车，帮她把行李搬到下面去？用不着，苔莉丝回答说，等老爷太太从戏院回来她还有事要跟他们谈的。就这样，她穿好了准备离开的衣服，咬紧牙关坐了下来；手提箱和旅行包都收拾好了放在身边；她胸中，怒火在燃烧，怒气在折磨她，她耐下性子来等着。过了一阵，两个姑娘回来了，她们见苔莉丝已经收拾好行装要走感到非常惊讶，争先恐后地向她提出一大堆问题。苔莉丝啜泣着，许久说不出话来。最后，她终于向孩子们解释说，她接到了一份电报，母亲生病了，她必须立刻赶回萨尔茨堡去。说完后她便站起身，非常亲热地拥抱了两个女孩，好像她们是自己的亲生女儿一样，求她们快别把她跟她们的分别弄得太难过了；然后她来到门厅里，等到那女佣为她叫来了一辆车，便上车离开了这里。

六十三

这天晚上她很晚才来到恩茨巴赫；现在她是一个被扫地出门的人了，是一个被侮辱者、遭遇不幸者，对世界、然而同时也对自己充满了憎恶。她的儿子睡得正香，黑暗中她只能看见那张可爱的小脸隐隐约约闪着微光；一想到自己已经整整两个月没有和他在一起，她心情十分沉重。在整个这段时间里，她属于别人，不得不属于别人，想到这里她再次意识到命运对自己的不公。她暗暗发誓，将来再也不去为别人的孩子牺牲自己，决不再让自己的儿子长时间交给陌生人照管，过着没娘的日子了。

就这样过了好长时间，睡神才肯垂怜她，让她打了一个盹儿。曾几何时，不过是昨天夜里——她简直无法理解——她还在罗特曼家，唔，还在他的床上睡觉呢。她用被子紧紧裹住身子，把头深深埋在枕头里，好像这样做可以让已经发生的事情立刻化为乌有似的。唉，过去这一年，她的变化是多么大呀！

但是，第二天清晨她一觉醒来却感到好久以来从没有过的精神抖擞和心情舒畅。恰似出现了一个奇迹。正是这远离城市、摆脱了罗特曼家的一夜，她觉得简直起到了祛病消灾的奇妙作用。只要有可能出现这样一类奇迹，生活不就不那么艰难了吗？普照大地的阳光、穷乡僻壤的宁静，这二者以往也总让她感觉舒适，而这一次却令她心中充满了极度的喜悦——以前它们从未起过这么大的作用。要是能在这里长久地待下去该有多好啊！不过不管怎么说，她眼下总还有不少好日子；并且她现在感到庆幸的是，在罗特曼家时她虽然起初推辞了一阵，但后来也还是没有不屑于收受罗特曼先生时不时给她的一些接济，现在这些钱便使她有可能将在恩茨巴赫居住的时间比以往延长一些。这一次，她小儿子身上的一切都令她笑逐颜开、欣喜万分，就连他头部的某个姿势——她以前觉得别扭甚至可怕，因为小弗兰茨在这种时候太像卡西米尔·托比什了——现在看上去也几乎一点不觉碍眼。她带儿子去散步，一直走到很远的地方，同他一起在草地上疯跑、打闹、玩耍；她变得年轻了，又成了一个小孩子；小弗兰茨也是个满身朝气的小孩子，是啊，实际上他以前从没像这些天来这样——是一个多么活泼欢乐的孩子啊！

苔莉丝到恩茨巴赫刚刚一个星期，一天，阿格内丝从城里回家来了。小弗兰茨欢呼雀跃地扑向她——这使苔莉丝心里很不是滋味，然后这一天他就几乎再也不理睬自己的亲妈了。同阿格内丝分别时，他也表现得很不像话，甚至简直就是哭天抹泪的；在这种时候苔莉丝特别恼恨他，就好像他是个成年人，做了一件伤害她的坏事，她完全有权对他大兴问罪之师似的；至于对阿格内丝，这一次她觉得这人生性特别阴险乖张，所以对这个女人真是恨之入骨。

就在这一天里，她的情绪骤然一落千丈。那个把儿子接到身边自己带的想法，她早些时候就认为暂时无法实现而否决了。现在看来她仍然别无他法，只能继续靠给别人的孩子当家庭教师挣钱养活自己，而把自己的儿子留在乡下。但有一条，她在自己心里暗暗起誓：以后决不再做任何一件蠢事。最近一段时间，她明显地感觉自己越来越具有女人的魅力；尽管她穿着十分简朴甚至几乎有点寒酸，但她越来越善于充分发挥自己身材和体态的长处；并且，虽然她行为举止循规蹈矩，总的说来可说是含蓄矜持，但她时不时也会做出某个动作、眸子里会闪出某种光亮——这种目光，即使她心里丝毫没有想到兑现什么承诺，也会让男人觉得非常值得去追求她而无怨无悔。她决定，从现在起要更好地使用大自然馈赠自己的体貌和才华了。根据她最近在罗特曼家的经验，她觉得自己心里乐意，而且也有资格、有能力在男人们面前做到精于算计、冷若冰霜，只考虑自身的利益。她现在同几家职业介绍所有联系，并且看到报上登出的家教招聘启事也去应聘，特别是到那些带着几个孩子的鳏夫家；然而到目前为止，暂时还没有和哪一家谈妥。

她收到的信件中，有一张参加艾弗雷博士学位授予仪式的请帖，但是它来得太晚，收到时仪式已经举行过了。碰巧的是，正好同一天她还收到一封母亲的来信，问苔莉丝是否可以在她女友那里——女友两个字是放在引号里的——少逗留一些时日，到萨尔茨堡来住上几天。苔莉丝把这看成是命运的安排，于是第二天早晨便离开了恩茨巴赫。但是吸引她到萨尔茨堡去的，主要是希望能在那里遇上艾弗雷；她估计，在获得学位之后，他是会到父母那里去待一段时间的。

六十四

她并没有猜错。就在她到家的那一天，在主教堂前的广场上，艾弗雷便迎着她的面走了过来。他们漫步走上了一条许多年前经常走的路。到了十分闷热的中午，头顶上方没有一片树叶稍微晃动一下，他们坐在了当年曾经坐过的那条长凳上，即那次有两个年轻的军官——其中一个长着黑眼睛，手里拿着小帽——散步从他们身边经过的地方。这一次，苔莉丝对艾弗雷讲了不少自己的经历；她觉得艾弗雷一定能理解她所说的全部，甚至觉得他也许还能理解某些自己没有向他倾诉出来的东西。她现在已经是一个九岁男孩的母亲，这一层她也没有瞒他，而艾弗雷则向她表白，说他早就知道这事了。那一次苔莉丝乘敞篷车从他身边经过时，他就清清楚楚地看见与她同车的那位老太太怀里抱着一个孩子，当时他一秒钟也没有怀疑：那一定是苔莉丝的孩子。其实，他觉得苔莉丝对自己有一个孩子这件事严加保密根本没有必要。现今人们总的说来偏见都比较少，有些家庭是肯定不会计较她过去的经历的。

以后几天，他们也常常相聚；总是偶遇，然而每次两人又都事先知道一定会遇见对方。艾弗雷谈到他的工作，说他今年秋天就要进入综合医院当见习医生了。虽然他们没有约定什么固定的会面时间，但当他在他们最后一次相会时告诉她说他当晚就要动身去维也纳时，两人心里都明白：他们不久后就会在维也纳再次见面的。

艾弗雷走后三天，苔莉丝便也动身到首都去了。母亲送她到火车站，她以前还从没有像这些天那样对女儿那么亲热，可是尽管如此苔莉丝内心仍然有着某种抵触情绪，不愿意把自己最最私密的东西向她倾吐。当她已经上了火车，在车厢里站在车窗旁边时，母亲竟出乎意料地向她高声喊出了下面这句临别的话："代我吻吻你的小儿子！"苔莉丝先是飞红了脸，继而微微笑了。列车徐徐开动，她频频向母亲点头，就像对一个尽释前嫌的朋友那样。

六十五

这一次她的新工作，并不是在一个鳏夫家，而是一个三口之家：一对夫妇加上自己的孩子。交给她管教的男孩跟弗兰茨同岁。父亲是报社编辑，人还相当年轻，但头发已经灰白，身体羸弱，态度和蔼，漫不经心，往往比较容易激动；他的习惯是快到中午才起床，半夜三点钟才回家。他妻子和他一样，小个子，玲珑纤巧，开一家美容院，每天总是一大清早就出门。家里各人吃饭时间很不一致，一天要开饭多次；尽管如此，苔莉丝还是想不起来什么时候见过哪家的家务处理得如此井井有条、婚姻维系得这样和谐美满。苔莉丝按艾弗雷的建议，跟这家说好每月连续休假两天，这样她便可以从容地到乡下去看儿子，在那里待的时间稍长一些。克埚尔太太对此毫无异议，唔，看来她——看来艾弗雷的话完全言中了——恰恰因为这一点而对苔莉丝抱有特殊的好感；苔莉丝第一次从恩茨巴赫回来后，她便一直经常很高兴地同她谈论这个孩子。

太太自己的亲生儿子——九岁的罗伯特，是个有着一头金黄卷发、体格匀称的男孩；他长得真是像画中人一样俊美，以致苔莉丝简直难以理解：怎么这样的一对夫妻竟可能生下这样的一个孩子！从一见面起苔莉丝就非常宠爱他，对她以前所有的学生她从未产生过这样深的感情。由于罗伯特不去学校上学，苔莉丝就负责他的全部功课，她全身心地投入这项工作中，比以往任何一次都更加上心、更加卖力。可是这样一来，她对自己的孩子便常常怀有一种歉疚感，抱着这种心情，她对待儿子就比以往更加关爱和呵护备至，令她高兴的是，她儿子现在虽然不能说长得比自己带的这个孩子模样更好看、举止更高贵，但却的确比这一个更健壮、脸色更红润可爱。另外，虽然小弗兰茨说起话来难免夹杂着一些农民的土语，他的一举一动有时也让人感到有些土里土气，但是在理解力方面，肯定不比小罗伯特来得差。不过说来说去，这个罗伯特仍总是一而再再而三地在她心里占据优先地位，于是她开始为此而痛苦起来，像犯了什么罪似的，而且她心里明白，这还并非她对自己儿子犯下的头一桩罪过呢。

一天，当她同小罗伯特外出散步时，碰上了自萨尔茨堡分别后还没有见过面的艾弗雷，她便利用这个机会告诉他：自己希望尽快同他作一次长谈。于是在一个空闲的晚上，她如约到医院附近某处与他相会。她谈了自己同亲儿子及同现在身边这个孩子之间的关系，谈到后者在她心中好像占据着优先地位。艾弗雷针对她的内疚劝慰她，说她现在对自己的亲生儿子不能抱有与这个孩子完全相同的美好感情，是非常自然的、完全合乎情理的事，如果她的孩子能处在更好的环境中、有更幸福的生活，那么她对亲儿子的感情就会跟对现在这个一样好了。每一种关系，即便是最自然的血亲关系，也需要加以保持和不断维系，才能以自然的方式向前发展——唔，甚至才能存在下去。顺便说一句，他很乐意什么时候亲自见见她的小儿子面对面说说话。艾弗雷有这个愿望使苔莉丝非常高兴，于是，在他们下一次晚间散步时商定了细节之后，她就在圣诞节的第一天让他陪自己到恩茨巴赫去了。艾弗雷给孩子带来了一本画册，和孩子一起一张一张地翻看，对孩子十分和蔼可亲，但也带着某种审视的态度，说话含蓄而有分寸，当然，完全是善意诱导，苔莉丝心中对他充满了赞赏之意。此外，不仅对劳伊特纳太太，就是对她那位比较沉闷、难以接近的丈夫，艾弗雷也都能使用恰如其分的说话语气；这样一来，在乡下的这几个小时便在一种非常惬意、舒适的气氛中度过了。但在返回维也纳的途中，艾弗雷毫不讳言地向苔莉丝表示了自己的看法，即他不能认为孩子目前生长的环境，特别是他的养父养母的素质对于孩子的健康成长是十分有利的条件；他请苔莉丝考虑，是否将孩子送到别处，比如说维也纳郊区什么地方去抚养，这样离得近一些，可以更经常一些去看他。到达维也纳下车之前，他们接吻了。这是从当年在萨尔茨堡分手那个晚上以后他们的第一次接吻，当时他们谁也没有想到，两人会分开这么长的时间。

　　不久之后，命运又作了一次新的安排：克埚尔太太请求苔莉丝放弃她即将到来的两天休假；作为补偿，提出她可以把儿子带到维也纳他们家来玩一天，至于愿不愿这样做，由苔莉丝自己决定。苔莉丝起初有些胆怯，不敢接受这个建议，她心中有意无意地害怕看见两个孩子在一起。她求艾弗雷给她出个主意，艾弗雷当即打消了她的顾虑。于是她便让劳伊特纳太太在最近几天内将小弗兰茨送到克埚尔家来。弗兰茨到来的那一天，比苔莉丝原先担心的要过得顺利些。两个孩子很快就成了朋友，在一起无拘无束地说话和游戏。而当傍晚劳伊特纳太太来接小弗兰茨时，罗伯特就坚持要弗兰茨不久后一定再来。克埚尔太太带着鼓励的神情向苔莉丝点点头，说苔莉丝的小儿子很乖、很有教养，另外还讲了这孩子一大堆好话，这使苔莉丝心里感到极为自豪。于是最后决定劳伊特纳太太每个月带孩子到维也纳来两到三次，这决定立即付诸实行。小弗兰茨每次来时，罗伯特都同样欢欢喜喜地跟他玩，克埚尔太太也真心实意地热情接待他，连那位时不时到儿童室待上二三十分钟的克埚尔先生似乎也挺喜欢小弗兰茨。当然，这一点并不能说明太多问题，因为这位总是乐呵呵、什么事也不放在心上的克埚尔先生，看来对任何人、任何事都没有什么不同的意见，对他周围的一切永远都表现出一种表面上客客气气的态度。尽管如此，对于苔莉丝来说，这个顶着一头十分蓬乱的灰白头发的小个子记者，身上仍然总是带有某种陌生的、令她捉摸不透的东西；唔，这些谜一般的东西甚至有增无减，有时她简直就觉得似乎他那不断的挪揄打趣只是一副用来隐藏他真实自我的面具。

她常常对艾弗雷和盘托出她所观察到的各种现象和她自己对它们的看法，艾弗雷耐心地听着，对她喜欢在实际上很可能根本没有什么特别之处的地方，总要去发现一些与众不同之处和新奇之点，报之以宽容的微笑。通过两人一次次虽说总是十分短暂，然而却越来越频繁的约会，另外再加上多次一块儿去观剧，散场后又一起到一些朴实无华的小饭馆就餐，他们的关系便越来越亲密。于是，当两人待在一起时，苔莉丝多年前出现过的心理便又油然而生：她希望艾弗雷比他实际上的表现来得更大胆、更热烈、更狂热些。可是，一旦他表现得稍稍大胆一点，她却又感到心虚胆怯起来，几乎还有点反感，似乎她迄今所得到的最美好的东西，恰恰由于它现在就要变得更美好而注定马上就该结束了。

六十六

一个早春的夜晚，当她在艾弗雷居住的阿尔瑟区^①那间虽

---
① 维也纳第九区，位于市郊。

然略显空荡，但却收拾得非常整洁的屋子里终于成为他的情人时，她的感觉与其说是盼望已久的情感归宿终于到来，毋宁说是意识到自己终于偿还了一笔拖欠已久的感情债；此外，她初次感到无法对艾弗雷说出自己心灵深处的某一种情感活动，这几乎使她痛苦。不过渐渐地她待在他身边、依偎在他怀里时就开始感受到她以往从未感受过的极度欣喜和幸福。怎么说艾弗雷终究是她可以完全信任的第一个人，是她可以自诩为真正了解、也为他所了解的第一个人吧。现在回想起所有别的男人来，她一律觉得那全是一些陌生人，是自己在某种不完全清醒的状态下委身于他们，或者说是在那种情况下做了他们的牺牲品。可是他呢，他是完完全全属于她的。现在唯一令她有时觉得不愉快的，是他总想避免同她一起在公开场合露面，他说出的理由是，要是他们两人一起碰巧遇上卡尔，那他会感到非常尴尬，她也一定会感到尴尬难堪的。她间或提出要他无论如何再陪她到恩茨巴赫去一趟，这一要求看样子简直让他非常为难，于是从此以后她就再也不向他表示这类愿望了。

她最美好的日子之一，就是克埚尔太太有一次允许她把罗伯特带到乡下去，在那里她兴高采烈地看着"她的两个孩子"——她有时自己私下暗暗这样称呼他们，这次当着劳伊特纳太太的面也这样称呼——一块儿在草地上奔跑打闹嬉戏。她下了决心，明年秋天把小弗兰茨从恩茨巴赫接出来，托给近处的人家看管。

这个变动比她自己预计的要来得快些。没有费多大力气，她就为儿子在赫纳尔斯区①的一个裁缝师傅家找到了寄托处，这样一来苔莉丝见到她的儿子就可以比此前频繁得多了。但是，她虽然打算这样做，实际上去那里看儿子的次数却并不是很多。特别是每星期日下午她都照例同艾弗雷一起度过，他最近已经当上了市综合医院的见习医生了。

可是仅仅到第二年春天，她就不得不将自己的儿子从那个裁缝师傅家接走，因为弗兰茨看样子跟裁缝那个比他稍大一点的儿子完全合不来。事情弄到苔莉丝和裁缝妻子为这事争吵起来的地步，裁缝妻子措辞含混地提到了弗兰茨的一些坏毛病；这些指责苔莉丝起初并不怎么往心里去，她倾向于把这些责难理解成一个人生气时不怀好意的夸张。不久后她又为儿子在一个没有儿女的寡妇教师家找到了新的寄托处，这位寡妇的住所又是在一幢比较温馨的楼房里，所以苔莉丝也没有理由对这一次变动感到不满。在学校里，弗兰茨的成绩马马虎虎还算过得去，在克垃尔家他一如既往地受到欢迎，看起来这里谁也没有发现他有此前裁缝老婆数落的那些不像话的坏毛病。可是不久之后，虽然语气相当温和，寡妇教师就也有根有据地对这孩子的表现发牢骚吐怨言了。

这种情况按常理很自然地应当使苔莉丝伤心，可是她却并不怎么在乎，因为她不能否认：现在占据着自己情感生活中心地位的，并不是对儿子的爱，也不是对艾弗雷的好感，而是她对小罗伯特的态度。这种态度，已经逐渐演化成一种病态的迷恋了。她小心翼翼地不让孩子的双亲觉察任何一点她这种近乎

_____
① 维也纳第十七城区。

狂热的偏爱，似乎他们一旦知道了这个，她便有马上同这孩子分别的危险。但是，虽然孩子的父母对他们的儿子一点也不缺乏爱抚的表示，苔莉丝仍然清楚地观察到，实际上在他们心目中这个儿子并不比一件玩具要好多少——当然，是一个活生生的、可爱的玩物吧。有一点是肯定的，那就是他们并不完全明白这孩子对他们意味着多么巨大的幸福。孩子自己呢，好像觉得他对自己父母的感情和对女教师的感情没有多大区别，他同任何娇生惯养的孩子一样，惯于对所有施与他的爱抚和夸奖一概来者不拒，把它们看成理所当然的事。

入冬以后，克垃尔太太患了肺炎和肋膜炎，有好几天处于生命垂危状态。尽管苔莉丝诚心诚意地希望她很快好转，这位女主人还是不能完全抑制住自己的情绪，不能让自己不抱有某些难以言传的朦胧希望。诚然，克垃尔先生没有哪怕只通过一个眼色让人猜测到苔莉丝作为成熟女人对他有一点吸引力；对苔莉丝来说，他那冷冰冰的、十分空泛的客气态度一直就与她格格不入，而克垃尔先生作为男人几乎令人厌烦，但是她同时又知道：假如他妻子死后他向她求婚，那么她将毫不犹豫地表示愿意当罗伯特的继母。有了这作为代价，她也会不假思索地放弃艾弗雷，尤其是她清楚地感到她和艾弗雷之间的这种关系，虽说暂时还没有很快就要结束的迹象，但作为恋爱关系是注定不会长久的。

克垃尔太太的身体状况渐渐地恢复过来了，但在痊愈过程中她变得喜怒无常，于是她和苔莉丝之间便发生了一些口角，自然都是小小的争执，事情一过苔莉丝也就不再去想它。比如有一次，本来应该是苔莉丝去为克垲尔太太买几样东西，但她那天感觉身体有些不适，就打算让女佣去办这事。可是克垲尔太太执意不允，苔莉丝回话时比平时态度激动了些，顶了几句嘴，克垲尔太太便直接向她提出：请苔莉丝离开她家，什么时候走随她自便。苔莉丝觉得女主人只是气头上一时性起，并没把这话当真，因为她在这个家庭里现在已经是个不可或缺的人，真的难以设想把她从罗伯特身边，或者把罗伯特从她身边硬是强行拉开是什么后果！事实也的确与她的想法相符，在此后的几天里，无论是克垲尔太太还是她先生，对苔莉丝的态度都看不出有什么变化，没有一点疏远她或甚至是对她心怀敌意的迹象。苔莉丝已经差不多快把这件小小的不愉快事件完全忘记了。直到有一天，克垲尔太太竟突然又谈起苔莉丝近期将离开她们家的事，那说话的语气，就像是提到一件完全没有商讨余地的决定那样。她用非常亲切、关怀备至的语气问苔莉丝是否已经找到了新的工作，并说她打算在即将到来的夏天这几个月里住在乡下，完全不需要聘用家庭女教师。本来苔莉丝深信，到秋天肯定又是自己会被选中做这家的家庭女教师的，但她太好强太自信，不愿现在就毛遂自荐或者只是动问一下，于是日子就又这样一天天白白地过去而未作任何努力。她始终不肯相信自己真的会离开这一家，因为这么残酷的做法，不仅对她，而且对小罗伯特也确实难以想象。她坚信，即便不是很早，那么到了最后关头人家无论如何也会力图挽留她的吧。抱着这种想法，她便不作任何离开的准备，一直拖到最后一天，她希望在这一天听到克垲尔太太对她说出那句解救她的话。可是克垲尔太太仅仅客客气气地问她，是不是还想和他们一起共进午餐。苔莉丝感到泪水快要夺眶而出，喉咙也阵阵发痒直想哭出声来，她只得无可奈何地点了点头。而在克坳尔太太——她总还是突然感觉这场面有点令人尴尬——匆匆走出屋去后，苔莉丝便再也抑制不住自己，抽抽搭搭地啜泣着跪倒在此刻正在他那张小白桌旁喝早餐巧克力牛奶的罗伯特前面，一把抓住他的小手吻个不住。大人们只告诉这孩子说老师要去休假，对苔莉丝为什么突然这么痛苦万状他不可能理解，于是便若无其事地听任苔莉丝的摆布，不过他也还是觉得应该对老师有一点回报的表示，所以也吻了吻她的额头。当苔莉丝抬起头来，看到这平日惯坏了的孩子那冷冰冰毫无表情的眼睛注视着她时，便猛地一惊打了一个寒战，像跟他开玩笑似的抚弄了一下他的头发，慢慢站起身来，擦干了眼泪，终于像往常那样开始帮他穿衣服了。然后，她送孩子到母亲屋里——平日他总是来这里和妈妈道再见的，接着便带着木然的、友善的表情站在一边等着。散步时，苔莉丝同往常一样和孩子谈天说地，也没有忘记带上一个小面包去喂天鹅。罗伯特遇上了几个游戏的小朋友，苔莉丝则有些居高临下地同一个与她仅有点头之交的家庭女教师闲聊起来。有一刹那她问自己，究竟为什么她在自己那些同行、那些和自己命运相同的难友面前内心深处总是觉得要比她们优越一些？她自己就那么与众不同，就那么比别人都强吗？难道她不也和所有这些人一样，是个无家可归的可怜虫？这些人，不论她们是叫儿童保育员、辅导员，还是叫家庭女教师，不都一律是在人世间到处流浪，从一家被撵到另一家，即便她们比孩子自己的母亲所希望或能够做到的更像慈母一般尽到了对委托给她们管教的那个孩子的职责——唔，即便她们非常爱甚至比爱自己的孩子更爱那个孩子，那又怎么样，她们对那孩子不是照样丝毫权利也没有吗？想到这里，她心里感到愤愤不平，只觉得自己心肠在变硬，几乎变得凶神恶煞一般，于是她突然一反常态，厉声喊住了正在和其他孩子沿着池塘赛跑的罗伯特，使得他还不累就有点疲沓地——这孩子的脾气就这样——让人追上被逮住了，她厉声说：今天很晚了，现在是非回家不可的时候了！孩子表现得很听话，他心里并没有什么不痛快，立即走了过来，于是两人就这样一起回家了。

午饭后苔莉丝请求克埚尔太太允许她今晚再在这里睡一夜。克埚尔太太毫不迟疑地答应了她的请求，但可以看出，她在表示同意时脸上露出的是一副施舍的模样。苔莉丝答应——似乎这样做是她的职责——明天一早就离开，也不再去看罗伯特了。克埚尔先生对苔莉丝为他们家提供的模范服务表示感谢，说他希望能有机会再见到苔莉丝，随时欢迎她带着自己的孩子到他们家来玩。

这一天下午，她为逃避内心苦闷跑到艾弗雷那里去，在他面前毫不掩饰自己的绝望心情。她宣称：这样的生活她一天也忍受不下去了，她想换一个职业，想到萨尔茨堡母亲那里去。艾弗雷耐心地向她解释说，她还是有时间慢慢考虑问题的，无论如何今年夏天她必须完全用来休息，她应当到萨尔茨堡去待几个星期，也要同小弗兰茨一起过一段时间，最好是去恩茨巴赫，在那里劳伊特纳太太总是会友好地接待她的。泪水模糊了苔莉丝的眼睛，她透过泪眼注视着艾弗雷的脸，发现他也不重视她，而是用漠然、甚至是厌倦的眼神看着别处，那神态同克埔尔先生、克埔尔太太以及几个小时前她心爱的罗伯特对她的神情完全一样。她心里别扭、痛苦，这情形没有逃脱艾弗雷的眼睛；他拘谨地微笑着，竭力对她表示温存，她听任他这样做，因为她太渴望得到爱了。但同时她也感到，即使她以后还会和艾弗雷相处多年甚至一辈子，但此刻，他们的分别，他们长期的分别就已经开始了。艾弗雷此前多次主动提出给她一些资助，她一概没有答应，现在他又提出在近几个月帮助她，这一次她却无法拒绝他了。

六十七

第二天早晨苔莉丝离开了这一家。她乘车来到萨尔茨堡，受到母亲的热情接纳。这一次，苔莉丝觉得似乎母亲性格中那一切病态、神经质和乖张放荡的东西，以前经常使做女儿的感到别扭和痛苦的，现在一股脑全钻进了她写的那些小说里并且浓缩其中了。母亲本人如今变成了一个相当通情达理、老实憨厚的老太太，你不仅可以与她和睦相处，而且甚至能对她产生好感。她说出了自己打算迁居维也纳这一意图；说她需要更多、更丰富多彩的生活素材，而在萨尔茨堡这方面的东西太少；加之卡尔现在已经订了婚，她这个已经步入老年的女人连做梦都想能在孙辈们近处，甚至和他们在一起生活，亲眼看着他们一天天茁壮成长。这次她仍让苔莉丝给她介绍她做过女教师的那些家庭的情况，她也很乐意叫女儿讲述——这个愿望她毫不隐讳——更多的纯属个人的经历。她承认，随着自己年龄的增长，她感到要用确切的语言表达小说中某些不可缺少的激情场面是越来越困难了，然后她问苔莉丝，愿不愿意试试撰写她这个当妈的目前正在创作的一部长篇小说中的有关章节。她坚持认为，至少苔莉丝应该在她写完之后好好地再审校一遍手稿。苔莉丝看了一部分手稿，表示自己没有能力满足母亲的愿望。起初老太太有点把她的拒绝看作是女儿不乐意帮忙，但渐渐地也就不再把这事放在心上了。

一个星期后，苔莉丝将她的儿子从维也纳接了过来，打算跟他一起去恩茨巴赫待一段时间。这一回她下决心要好好地爱他，头一段时间她也确实做到了这一点；可是同时她仍然牵肠挂肚地思念罗伯特，一想到他，痛苦得心都快要破碎了。艾弗雷到恩茨巴赫接她，同她一起到施蒂里亚的阿尔卑斯山区作了一次短程旅游，这次游览倒是令苔莉丝心情十分愉快。可是艾弗雷又得上维也纳医院去上班了，苔莉丝单独一人回到了恩茨巴赫。劳伊特纳太太觉得不能总是瞒住苔莉丝，便说她这一次要讲讲对小弗兰茨在某些方面的表现是很不满意的。看来在维也纳住了一段时间对他根本没有起到好的作用。他的表现很不像话，唔，真是非常粗鲁、非常放肆；在山脚下一座别墅里，他和别的孩子们一起由着性子破坏了人家的好几个花坛；而最糟糕的是，他甚至还干些小偷小摸的坏事。小弗兰茨否认对他的这些指责。他说他只不过在那个花园里摘了几朵花，别的什么也没干，至于说到他拿了劳伊特纳太太放在桌上的那几块钱嘛，那他不过是跟她开个玩笑罢了。对这些小事，苔莉丝不可能、也不想把它们当成多么严重的事放在心上。她向劳伊特纳太太保证说，小弗兰茨是会改好的，她甚至说服了这孩子让他向好心的劳伊特纳太太道歉；而她自己则加倍温柔体贴地对待孩子，成天同他泡在一起，教他文化，经常同他一起去散步；她觉得，似乎在短短几天之内孩子的秉性就已经在渐渐变好了。有一天，阿格内丝穿着非常惹眼的星期日盛装来了，十八岁的她看起来就像年长了四五岁。小弗兰茨又是兴高采烈、欢呼雀跃地跑到她身边。阿格内丝使劲地吻他，那神气就像她才是孩子的母亲，可她又完全没有一点母亲的样子，一边狂吻孩子一边盛气凌人地斜睨苔莉丝。吃饭时，她讲了那家上流社会人家的好多糟糕事，又说她在那里做"第二名女佣"；她对待苔莉丝就像对待一个同她的年龄和品味完全一样的人，打听苔莉丝现在在哪里"服务"，言谈间多次暗示她自己因为是个漂亮的年轻姑娘而不得不忍受那些少爷们，特别是那些中年老爷们的纠缠；还说，在这方面苔莉丝大概也是很有体会，有一肚子话可以说的吧。苔莉丝听了这些非常生气，她厉声要求阿格内丝不要说这类不入耳的话，但阿格内丝接着说话带刺；劳伊特纳太太赶紧出来制止这场眼看就要爆发的争吵。阿格内丝说："来，小弗兰茨。"说完便和他一起跑了。苔莉丝伤心地哭起来，劳伊特纳太太安慰她，这时有邻居来访；过一会儿孩子和阿格内丝回来了。阿格内丝必须在天刚黑时坐车回到城里去，临走时她来到苔莉丝跟前，向她伸出手来说道："您别生气，我没有恶意。"就这样，两人似乎又和解了。

苔莉丝必须找新工作的时间临近了。她有一次到中小学去当女教师的机会，由于她不曾参加过几次必要的考试而没有成功。于是她再次决定，以后一遇机会就补上这一课。现在，她又开始做她近来经常做的事情——浏览报上的招聘启事、写应聘信；她感到一切都比以前更加费力、更没有希望了。有时候她想，也许艾弗雷能够帮帮她的忙，至少他可以把他偶然在报上看到的一些启事告诉她，但是，所有与她的职业相关的事情他好像都有意地不管。恩茨巴赫他也再没有去过。

六十八

苔莉丝这一次找到的工作是在一个银行经理家；他有两个女儿，一个八岁，一个十岁。她下定决心，再也不做一点超出自己职责范围以外的事，始终保持冷若冰霜的心肠，时刻牢记自己在人家的家里是个外人，永远都是一个外人。可是尽管如此，她仍然在短短几天之后就对小的那个生性温顺、乖巧听话的姑娘产生了很大的好感，而且越来越喜欢她；而对大的那一个的态度就愈加有意地比较冷淡生硬。银行经理是个五十多岁的男子，还可以说得上是人们常称之为美男子的那种类型。他自己对此也有些扬扬得意和自我陶醉，这一点主要表现在他那习惯性的含情脉脉抬眼看人以及与人交往时使用非常讲究的高雅词语。另外他还有一个毛病，那便是在与苔莉丝交臂而过时，故作无意地蹭苔莉丝一下，并且在她后脖颈上呵一口气。苔莉丝坚信如果想拉近同他的关系，那么主动权完全操控在她自己手里，特别是考虑到他妻子的情况，这一点更是不成问题，这位太太已经不年轻了，行动呆滞迟缓，几乎完全不注意自己的仪容服饰，而且总是不断闹病，至少她是小心翼翼地时刻关注和呵护着自己的身体健康。令苔莉丝一再感到非常气恼的是，这位经理太太可以利用一切机会随心所欲地爱护、爱惜自己，动不动就在床上躺下来休息，而对于她——她难道不也是一个女人吗？——则根本不加照顾，从来就没有过一点点照顾。她记起多年前在某一家服务时，有一次身体很不舒服还必须在天气很坏的情况下去学校接孩子，弄得险些得了一场大病。当时她把这看作是自己从事的职业本身具有的不可避免的难处之一，不得不忍了、认了；而现在呢，她心里就想让目前她服务的那些人对此作出一定的补偿，而在表面上不让他们觉察出什么。她对艾弗雷细讲了在这家经历的各种事情，向他和盘托出自己的所有心理活动。然而当艾弗雷举出例证对她说明她有时往往言过其实、夸大其词，显然不很公正，并力图说服她应该要温良一些、宽容一些时，她就责备他，说他这个富家子弟从来就衣食无忧，不知道什么是辛苦忧愁烦恼，当然也就会站在那个犹太银行经理一边说话啦。她骂他自私自利、铁石心肠，甚至蛮横无礼地指着他说，正是他，是他一人要对她苔莉丝的全部不幸遭遇负全责——因为，当她还是个天真无邪的年轻姑娘时，他就把她单独撇在萨尔茨堡不管不顾了。艾弗雷对她的这些气话总是宽厚地耸耸肩，这种态度更让她气得快发疯，于是在他们难得才有的一两次会面中，便越来越经常地发生口角、不快和争吵。

她已经把儿子送到维也纳郊区利布哈尔茨谷，一处她很方便就能去的地方，托给一个条件不错的人家照管。凑巧的是这次恰好又是一位裁缝师傅家；因为苔莉丝早就不打算让小弗兰茨以后上中学，所以现在她让孩子在附近上小学的同时就开始学徒，把这看作是命运的安排。她觉得儿子现在似乎比去年又成长得好了一些；裁缝师傅是个性情温和、只是稍微有点贪杯的人，他的妻子和他都对小弗兰茨没有任何一点看不顺眼的地方，小弗兰茨和他们那个比他大好几岁的儿子也还算合得来，于是，苔莉丝再次觉得可以对孩子的未来暂时放宽心了。

艾弗雷有一天突然告诉她说，他即将转到德国一个比较小的大学城去，在那里师从一位著名的精神病学家继续提高自己的业务水平。尽管看起来他自己非常确信这并不意味着两人的长期分离，但苔莉丝毫不怀疑他们之间的缘分已经到头了。不过对此她丝毫不露声色，在他们相处的这最后几个星期里十分冷静淡定，同时表现出艾弗雷很久以来都没有在她身上再见到过的温柔和体贴。

在到达新的工作地点之后写来的最初几封信中，艾弗雷表现得比他们两人最后一段时间接触时更加无拘束和心情开朗。但是，信里那种亲切的语调中却几乎缺乏任何一点爱情的余韵，更谈不上什么爱的激情，而苔莉丝则半是有意、半是无意地不久就学会了适应他这种语气。夏天，她同两个孩子和银行经理的妻子一起住到维也纳郊区一幢舒适的别墅里去；她已经开始逐渐恢复了精神和体力，甚至在经理夫人热情友好的态度和两个孩子欢天喜地的嬉闹感染下，渐渐觉得心情舒畅起来。可就在这个时候裁缝师傅的妻子来了一封信，信中只是简短地告诉她，由于她家里的一些特殊情况，很遗憾不能再继续收养小弗兰茨了。

"我永远没有安宁日子了吗？"苔莉丝心想。她马上请了假去维也纳。在利布哈尔茨谷，她听到下面这些说词实际上并不感到惊奇：如说小弗兰茨"简直坏透了"，他挑唆他们家的儿子去"干这样那样的坏事"，又说学校老师急着要找苔莉丝谈话。苔莉丝立即去那位老师处，这是个态度友好的、聪明的男子，对她提了一些明确的、委婉的建议，劝她尽快把孩子从学校接走，再送到乡下比较健康的环境中去。虽然苔莉丝已经决意今后在有关这孩子的事情上不再过于上心，但老师的这些话仍然比她预料的更加使她痛心，现在她再也抵挡不住自己心中那个悔恨苦果的折磨——她后悔当时在关键时刻自己缺乏勇气，没有去探访一位乐于助人的女士，要是去了她那里，那位一定早就让她免除掉了从那时以来一直纠缠着她的所有这些痛苦和耻辱了。想到这里，她心中对那个实际上她早就忘记了的又可笑又窝囊的卡西米尔·托比什便升起一股强烈的怨恨，以致她竟觉得如果哪一天碰上他，那么她肯定能给他来点厉害的，着实惩治他一番！

她突然想到可以把自己这个不成器的儿子送给一家没有子女的夫妇做养子，然后就不再管他了。艾弗雷有一次在谈话中稍带着提过一下这种可能性，而她当时愤怒地拒绝了。但是现在——她刚开始进一步考虑如何着手进行这件事，情绪便又突然变化。她心中对这个可怜孩子的所有的母性情结，一下子以其不可抗拒的力量猛然爆发出来；于是她想到，儿子对他自身的秉性和命运是毫无责任的，他如果在另外的环境中生长，也许就会完全变成另外一种样子了，说不定会变成一个非常争气、非常能干的人，想到这些，她比以往任何时候更深地感到自己的罪过。唉，她内心深处究竟有什么时候好好疼过儿子？难道她不是一再不管他，有时甚至是为了一些与自己毫不相干的别的孩子而狠心离开了他？她爱那些孩子，也许仅仅是由于他们出身高贵、由于他们有优裕的生活环境、由于他们比自己的孩子更幸运。

　　在一个炎热的夏日，当城市的尘土越过满目凄凉的郊区向小山丘方向飞扬时，苔莉丝领着她的儿子，母子二人一起坐在通向山丘的大路边一条长凳上，她苦口婆心地劝说他革除恶习，走上正路。在整个谈话过程中，儿子亲昵地偎依到她身上，这时她好像在儿子眼睛里看到了一丝丝醒悟和一点点懊悔的表情，感到自己心中升起了一线希望，似乎觉察到儿子心里那股子曾令她绝望的倔劲正在开始软化。于是，她就像灵机一动似的，向他提出一个问题，问他是不是愿意从现在起就跟她，也就是跟自己的母亲住在一起。而小弗兰茨一听说有可能、有希望和妈妈一起生活简直喜极欲狂，马上对她说他爱的只有她一个人，除她以外任何人他都讨厌，这时苔莉丝禁不住热泪盈眶了。弗兰茨说，是啊，他也很愿意学习更多的东西，在学校里表现更好些，更听话些，可是那些老师全都跟他过不去，尽找他的茬儿，他是不会让他们高兴的。可是说他偷了师娘的小手绢，哼，那完全是瞎说。恩茨巴赫的那个劳伊特纳太太嘛，也是个坏心眼的女人，哎呀，她都对她男人、对阿格内丝还有别的人说了妈妈些什么坏话哟，他知道的可不少！要说那个裁缝师娘——她简直就是个流氓、混蛋！苔莉丝听了他这些话吓了一大跳，她呵斥他，不准他说这类不雅的话。但弗兰茨继续毫无顾忌地数落裁缝师傅的妻子和她的丈夫，数落一个经常到那家来的车行老板，用的全是一些苔莉丝从来没有听到过的粗话。她别无他法，只能一再训斥他。最后，由于怎么说都没用，她就只好中断这个话题，跟他去谈一些别的东西了。

她极度忧伤地领着儿子沿那条满是尘土的大路慢步往回走。她一直拉着孩子的手，但他们的手指不知不觉地渐渐滑开了，她又一人踽踽独行。这次她仍然把弗兰茨带回他眼下寄养的那家人家，然后去为儿子寻找新的寄养处，寻找新的养父养母，不过暂时没有结果。她在郊区的一个小客栈过夜，给艾弗雷写了一封长信，又像对一个知心朋友那样向他倾诉了自己的心曲。第二天早晨，在一种比较平和的心情中，她成功地为弗兰茨在一对没有子女的夫妇家找到了住处，那是一间干干净净的小房间，于是她总算可以带着一种尽到了职责的心情返回乡下去了。在别墅里生活的这几个星期，她有机会稍事休息，唔，可以好好地喘一口气。两个姑娘不需要她花多少心思，居住环境非常幽静；男主人外出到一个比较远的地方去了，家中难得来一位访客，于是苔莉丝几乎整天在那座大花园的树荫下看看书、打打盹，银行经理太太和孩子们很少来打搅她。这花园的围墙，看来把这所房子和房子里的全部居民都同外界隔绝开来了。

六十九

这一年秋天，法比安尼太太移居维也纳，暂时先住在一家小旅馆里。她儿子前不久刚同外省某城市一个房主的女儿结了婚，在那里当了一段时间助理医生，现在则在维也纳正式挂牌行医了。不过政治仍然是他的主要兴趣所在。他基本上不用为衣食操心，看来这使他变得亲切随和了一些，这情况是苔莉丝有一次在母亲家中与他偶然相遇时有机会察觉到的。那天他那位年轻的妻子也在场，她温柔、漂亮、拘谨，言谈举止表现出小城市的闭塞。而对苔莉丝则是一种率真热情的态度，一见面就邀请她到她家去做客，于是，苔莉丝便有幸参加了一次在法伯尔医生——她哥哥现在得到当局的批准，名正言顺地使用这个称呼——家里举行的家宴，这种事她在短短几个星期之前还是不可能预料到的。她在那里感觉不出多少置身亲人家中的气氛，而是觉得无异于再次到一个陌生人家里做客。虽然聚会进行得顺利，没有任何别扭，但这次家宴事后仍然给她留下了一种颇不舒服的回味。

现在她见到自己儿子的机会并不比原先多很多。他寄养的那家人，一个名叫茅尔霍德的退休官员和他的妻子，并不是为了今后能赚钱贴补家用才收养这个孩子，而是因为他们几年前失去了独子，现在到了垂暮之年，深感身边需要有一个小孩子做伴。看起来，似乎两位老人的善良和宽容对弗兰茨的性格产生了非常有利的影响；苔莉丝从他们那里和孩子的老师处都听不到任何说这孩子不好的话语，于是这一年冬天她就比较顺利地度过了，没有遇上什么情绪大起大落的日子。至于艾弗雷来信越来越少，而且语调也越来越冷淡，她倒并不觉得有多么不愉快。工作上她兢兢业业地恪守自己作为家庭女教师的职责，加之近来由于银行经理太太经常生病，她就有了锻炼机会逐渐成了家庭主妇的左膀右臂，在这样的心情下，她几乎得到了完全的满足。

有时，她脑子里会不经意间闪过这样的念头，即只要自己善于见机行事，那么在那些经常出入这家的男士们中有没有可能会有某一个动真情爱上她，甚至同她结婚。比如那个家庭医生，那是个中年未婚男子，或者，银行经理那个丧偶的弟弟，两人都对她献些小小的殷勤。然而因为机灵和圆滑从来就与她绝缘，所以这些模糊朦胧的前景也就很快地化为乌有，她也没有再为此感到遗憾忧伤。有一次她鼓了鼓劲，给报上登出的一则启事写了应聘信，那是一个富有的、四十五岁左右、没有子女的鳏夫想找一个女管家。但不久后她接到的那封充满肮脏字眼的回信，吓得她再也不想、再也不敢去作这类尝试了。

七十

春天来临时，苔莉丝常常同两个姑娘到城市公园去散步。在那里，她在多年久违之后又遇上了希尔薇。这个老相识，跟她照看的一个八岁男孩一块儿坐在一条长凳上晒太阳。再见到苔莉丝，她显得欣喜异常，对苔莉丝说她最后一次是在匈牙利一个庄园里做家庭教师，而在那之前跑得还要远些，是在罗马尼亚做家教。看起来这人内心没有丝毫变化。她总是情绪极佳，一点也不觉得自己的命不好，或者像苔莉丝时不时有的情绪那样，认为命运对自己不大公平；外表上她虽然有些显老，但总的说来几乎比苔莉丝认识她那时更有风韵。

在她们第二次会面时，她就非常意外地突然邀请苔莉丝下一个星期日和她一起出游。她说她已经同一个好朋友约好，那是个服役一年的龙骑兵团志愿兵，这位表示如果苔莉丝也愿意参加他们这次活动，那么他也将带上他的一个战友一道去。听了这话，苔莉丝用诧异的、几乎是感觉受辱的目光打量了希尔薇一阵，对此希尔薇的反应只是微微一笑。那是一个风和日丽的春日；她们两人坐在池塘近处，她们看管的孩子们在撒鸟食喂天鹅，而希尔薇则旁若无人地絮絮叨叨说个没完。她说她是去年冬天在一次假面舞会上认识她这个朋友的——唔，不错，她也常去假面舞会跳舞，这有什么不可以的？——他是个美男子，一头金黄头发，就是个子稍微小了点，是你能想象得出的最有意思的年轻人了，他也许会在军队里待下去，因为他对上大学不怎么感兴趣。哦，当她希尔薇最近同他谈起意外地重逢久别女友这件事时，他立刻就想到了这次四人一同出游的主意。四个人可以一起到多瑙河的一条支流上去划小船——"小船"这个词她说得带有一半法国口音，然后随便找个什么地方吃晚饭，去君士坦丁山，或者第三咖啡馆，唔，其实根本就用不着预先作什么计划，什么问题到时候都是能迎刃而解的。苔莉丝拒绝了这个提议，但希尔薇坚持要去，到最后两人妥协为，看天气好坏再定。

当苔莉丝下一个星期天早晨醒来发现天空乌云密布时，她似乎感到某种失望，但中午时便云散天晴了，希尔薇下午很早就来接苔莉丝，两人一起乘车来到普拉特斯特恩，那里，两位男士已经在泰格特霍夫①纪念像前抽着烟等候她们了。　两位男士以无可挑剔的彬彬有礼的态度欢迎二位女士的到来，两人都身穿笔挺的军装，显得风流而潇洒——完美的绅士风度！苔莉丝从第一眼起就对希尔薇的情人——那个金黄头发的小个子——产生了比另外那个大个子大得多的好感。这人很瘦，身材有些像卡西米尔·托比什，脸也瘦长，面色微黄，留着黑色小胡子和一小撮在奥地利志愿兵和军官身上很少见的山羊胡子，两只手细长得引人注目，但这双手对苔莉丝不知怎的竟好像有一种奇特的吸引力。两人感谢苔莉丝来参加他们的聚会，希尔薇则立刻伶牙俐齿、乐呵呵地聒噪起来，三个人都说法语，头发金黄的那个讲得非常流利，另一个则稍微有些吃力，然而语音语调却好得多，虽然不无做作之嫌。他们走过主要的林荫大道，但是那里人太多；并且，如那个瘦子说的，那些人身上散发出来的气味可真不怎么美妙。于是不久之后他们就拐进一条小路——道路两旁是挂满春日绿叶的高大树木，来到一处比较僻静的所在。金黄头发讲起了他去年在匈牙利的经历，那时他应友人之邀到那里去参加狩猎活动。希尔薇则提到她在上一次供职处认识的几个贵族的名字，这时她那位朋友便作出一些颇为放肆的暗示，希尔薇听了哈哈一笑置之，并用类似的暗示话语回敬他。另外那一位和苔莉丝一起走得慢些，跟在希尔薇和她朋友后面，他谈话的语气较为严肃，声音很低，听起来有时好像是故意讲得含糊其辞，他把单镜片摘了下来，眼圈有点发红，呆滞的目光怔怔地直视前方。他怎么也不能相信苔

---

①Tegetthoff（1827—1871），奥匈帝国海军上将。

莉丝是维也纳人，说见到她时人们更多地会想她是意大利人，唔，她真的像是一个来自伦巴底、有着栗褐色皮肤的意大利北方女人。苔莉丝听到这话不无骄傲地点点头；她父亲的确出身意大利世家，而母亲又是克罗地亚一个贵族之家的女儿。理查德听她说她是家庭女教师感到十分诧异。别的适合她的职业难道不多的是吗？有她那样的身段、那双熠熠闪光的眼睛、那浑厚深沉的嗓子，要是当演员，在舞台上肯定早就崭露头角、大展风采了。无论如何，他怎么也不能理解她为什么会自觉自愿地——唔，一点不错，是自觉自愿地，因为她肯定没有必要这样做——把自己变成这样一个奴隶。听到这些话，苔莉丝不得不想到卡西米尔·托比什，那人多年前也说过完全同样的话。她一边想着，一边凝神看着远处。而那位理查德这时说得越来越起劲了：哎呀，要八辈子才有这么几个小时可以自由支配——简直不可理解，她居然能受得了这种苦日子。苔莉丝感到了这些话语的弦外之音，尽管她的伙伴面部表情一直没有什么变化。

在君士坦丁山上，他们喝咖啡、吃点心。两位男士以嘲笑的口气评论四周的邻座，说这伙人"层次不怎么高"。苔莉丝并不觉得那些人怎么不好，她倒是觉得这两位绅士似乎完全忘记了他们现在正是同两个恐怕只能算是低层次的可怜女子坐在一起呢。在君士坦丁山脚下一个小池塘边，他们租了一只小船。苔莉丝清楚地感觉到，两位年轻的先生之所以跻身于普通百姓之间，同小船里面坐着的那些"低层次"的人一起向前划去，完全是出于觉得这样做别有一番乐趣——唔，全然是抱着某种居高临下、屈尊俯就的心思来玩玩的。此刻他们的小船逐渐驶入一条两岸碧绿一片的狭窄河道，向着多瑙河谷地蜿蜒行进。希尔薇抽起了一支香烟，苔莉丝在多时不抽烟之后现在也再次试着抽一支。自从以前在萨尔茨堡时晚上同那伙军官和演员聚会以来，她到现在一直还没有抽过烟，现在抽起来嘴里的感觉和当时一样难受，她的伴侣发现了这个情况便一把将香烟从她指头间夺了过去，自己接着抽了起来。他撂下了浆，让那个金黄头发一人去划船。他说，这对那家伙的健康大有益处，因为他身体越来越发胖了。沿途两岸，但见对对情侣和三五成群的人们在古老的参天大树下席地而坐。渐渐地，河岸两旁变得安静些、寂寥些了。终于，他们歇浆登岸，将船拴在一根专为系船用的木桩上，然后便走过几条越来越窄的小径，迎着越来越浓重的绿色，向河谷方向徜徉而去。他们分成两对走，都挎起了胳膊；走着走着需要横穿一条大路，接着便又走上另外一条羊肠小道，这条小路意外迅速地、几乎是魔法般地一下子将他们带入一个密林环抱的无比幽静的所在。希尔薇和她的金黄头发男友紧紧偎依着走在前面，那另一个男人呢，这时突然停步，一把抱住苔莉丝，在她的唇上印下了一个长长的热吻。她丝毫不反抗。吻完后理查德马上又接着说起话来，而且是神态严肃一本正经地说，似乎他刚才的行为实际上什么意思也没有。然后，当苔莉丝有一搭没一搭地问起来时，他就开始介绍起自己来；说他在大学学法律，今后打算做律师。她表示奇怪，说她原先想的是他跟那一位一样，以后也想当职业军官。听到这话他几乎是鄙夷地摇了摇头，说他才不想在军队中长待下去呢，即使他想也不行，这是要钱的啊，他呢，说到底是个穷光蛋。唉，这话她自然可以不必太较真，不过同他那位金黄头发的伙伴比起来，他实在是个到处蹭饭吃的主儿。这时他们听见那一位远远地在前头哈哈大笑。"这家伙总是那么乐呵呵的，"理查德说，"可同时他又异想天开，说自己是个患了忧郁症的人。"这时迎面来了一对年轻情侣，少女是个衣着入时的、漂亮的金发姑娘，她用一种十分欣赏的表情打量了理查德一阵，这使苔莉丝不由自主地暗暗得意自己身边有这么个伙伴。从近处那看不见的河上，潮湿的空气吹了过来。路越来越窄，渐渐几乎什么路也没有了，有时他们必须拨开树枝才能往前走。希尔薇有一次用她那明亮的法语口音回头向苔莉丝叫道："A la fin je voudrais savoir, où ces deux scélérats nous mènent."[①]苔莉丝这时完全转向了，一点也搞不清楚他们到了什么地方。透过芦苇和柳树叶间的缝隙，可以看见粼粼闪光的河水；而过一会儿一拐弯，河流便又消失不见。不知从哪里传来一辆机车拉长了的汽笛声；就在他们近处，但完全看不见，一列火车轧轧地驶过一座大桥。苔莉丝有一种感觉，似乎这一切她全都经历过，可就是记不起是在什么时间和什么地点。希尔薇和她的伴侣现在完全消失了，只听见笑声、模糊不清的故作娇嗔的只言片语、哧哧的窃笑和轻轻的喊叫声。苔莉丝感觉自己脸上出现了惊愕的表情。理查德微笑着，看了她几眼，把他正抽着的香烟扔在地上用脚踩灭，然后便将苔莉丝抱住亲吻。过了一会儿，他紧紧搂着她，和她一起走进深深的芦苇丛中，把她按倒在地。这时苔莉丝又一次听到希尔薇的笑

---

① 法语：咳，真不知道这两个坏蛋要把我们带到哪里去哟！

声，令她奇怪的是这声音特别近。她用惊愕的目光抬眼望着理查德，同时使劲地摇头。他的脸在她眼里显得阴暗而陌生。"没有人看见我们。"他说，这时她再次听到希尔薇的声音。她是在问苔莉丝一个问题，既放肆又无耻。苔莉丝想，她怎么能问得出这种问题来？突然，在理查德的怀抱里，她听见自己回答了，她听见自己的声音，听见自己嘴里冒出来的话，它们几乎同刚才希尔薇的那些话完全一样的放肆和厚颜无耻。我这是怎么了？她想。理查德用手把她那缕湿漉漉的头发从额头上捋开去，同时把一些充满激情的温柔话语灌进她耳朵里。有一辆汽车在远处，在很远很远的地方隆隆驶过。他们看不见的那条河则奇怪地在他们头顶上的深蓝色天空中发出反光。

当他们后来穿过密密的丛林又来到一条狭窄的路上时，她已是十分温顺地偎依在这个男子身上，三小时前她还不认识的这个人，现在已经成为了她的情人了。现在他说一些无关紧要的话："赛马肯定是刚刚才结束的，这是我今年错过的第一批赛马盛会。"而当苔莉丝像受了委屈似的抬头看他时，他又问一句道："你难受吗？"一边说一边抚摩她的头发，并且像怜悯一般吻她的前额，"这个傻丫头。"他们从谷地里走出，一时间豁然开朗；不久后在离宽阔的大路比较近时，便已经可以看见一辆辆汽车和豪华马车急速驶过，扬起一层薄薄的尘土盖到了他们身上。接着他们来到岸边先前拴小船的地方，上船划回了出发点。苔莉丝起初害怕不得不面对希尔薇那不怀好意的或暗含轻薄的目光，但使她感到意外舒坦的是希尔薇现在的表现好像反而比往常更正经、更稳重了些。她的朋友开始不着边际地聊起一次有可能实现的夏季旅游，他们四个人一起去，讲得眉飞色舞。不过四人心里都很清楚，他这不过是瞎说一气罢了，而理查德则忙不迭地发表一通对旅游活动的一般性反对意见，说他觉得每次换地方必然带来的那些小小的不愉快实在难以忍受，他内心深处对一张张陌生的面孔总感到别扭和讨厌。而当另外那个男人针对他这话反驳说，即便是对他的熟人和朋友，他老兄也从来没有让人看出有什么特别的好感时，他没有二话就默认了这一点。希尔薇两眼呆呆地直视前方，若有所思地说，不管怎么讲，人生中总是有一些时候是值得你好好享受一番的吧。对她这句话理查德只是耸了耸肩。他说，这改变不了最基本的事实，从根本上说人生中一切都是可悲的，美好的东西尤其可悲；因此，爱情就是这世界上最最可悲的事情。苔莉丝深深感到他这话千真万确。她不禁轻轻打了一个寒战；她觉得自己的眼泪快要夺眶而出，理查德用他那细长的凉手摸了摸她的前额。小船不住向前滑行的过程中，一支军乐队演奏的响亮的管乐声传入他们的耳鼓。这时天色暗下来了。他们下了船，走了没几步，四周又是熙熙攘攘的人群。现在仍有一长串汽车行驶在那条宽阔的马路上，大约五六个管弦乐队奏出的音乐乱哄哄响成一片。所有的园林餐馆一律座无虚席。这两对情侣好不容易穿过人群挤到了比较安静的区域，在这里，他们走过了苔莉丝之前扮作公主或宫廷贵妇，同不知哪个幽灵或是傻瓜一起去过的那家餐馆。一眼看去，她立刻认出了当年那个侍者，只见他忙不迭地从一张桌子跑到另一张桌子，她奇怪的是这人那么多年竟然没有丝毫变化，她的感觉差不多是：

这人似乎是所有活着的人当中唯一没有变老的人。这一切只是一个梦吧？她脑子里迅速闪过这个念头，同时匆匆瞅了她的伙伴一眼，似乎想确证一下：走在自己身边的这个男人并不是卡西米尔·托比什。她再次回头去看那个侍者，但见他腋下夹着一块飘舞着的餐巾，正汗流浃背地在各张桌子间来回奔跑忙活。苔莉丝想，从那个星期天到现在，过去了多少个星期天啊！从那时到现在，有多少对情人到这里来过，度过了多少所谓的狂欢时光——实际是真正的灾难，从那时到现在生出了多少个孩子——成器的和不成器的。她再次痛苦地意识到自己的命运是多么毫无意义，人生本身是多么不可理解。想想看，这是多么奇怪啊：自己身边这个年轻男人，难道他实际上不是第一个毫不费力就能理解她此时此刻的全部内心活动的人，甚至不需要她说出来就能知道她的心思？想到这里，她觉得这个从他们一认识开始她就委身于他而又并不因此瞧不起她的男人，离自己比艾弗雷或者任何一个别的男人都更近、更亲了。

他们在一个比较安静的花园餐馆用晚餐。苔莉丝喝得比往常多，结果是困得几乎眼睛都睁不开，另外几个人的谈话她听起来觉得就像是从很远的地方传过来似的。她非常希望能在回家的路上对她的朋友说一说或者至少暗示一下她先前脑子里转过的念头。但是已经没有机会了，他们突然就动身了，第二天一大早，凌晨四点钟，他就要出发去参加大规模的演习。在离他们最近的一个停车场，两位男士让两位女士在一辆敞篷的单驾马车上落座，理查德当即付了款，接着，又匆匆约定下下星期日四人再次见面。理查德充满骑士风度地吻了吻苔莉丝的手，说了句："但愿能够再见。"她瞪大了眼睛像是十分惊奇地看着他，而他的眼神则是冷冷的、遥远的。

在驱车经过夜幕笼罩的街道回家时，苔莉丝默默地让希尔薇一个人滔滔不绝地讲话，她现在突然絮絮叨叨向苔莉丝吐露起心曲来，真让人腻味。苔莉丝心不在焉地听着，刚刚过去的经历在她心里留下了一股苦涩的回味；她此刻想到她今晚的情人时，心中充满了一种奇特的感触：似乎他已经和她诀别了，唔，似乎他现在就已经去到了很远、很远的地方。

七十一

几天后，苔莉丝接到茅尔霍德先生的一封信，请她"务必百忙中尽速"去见他。她已经有整整三个星期没有见到小弗兰茨了，接到这封信使她心情一下子激动万分。茅尔霍德先生彬彬有礼地接待了她，然而神情显然有些局促不安。他的妻子则拘谨地一言不发。短暂的僵局之后先生终于摊牌了：出于他们家的一些内部原因，他现在必须和妻子一起离开维也纳，迁居到下奥地利一个小城市去，因此只得请苔莉丝将她的小儿子托付给另一家人去寄养了。原来如此！苔莉丝听了如释重负地松了一口气。她说，让小弗兰茨再离开大城市到一个小地方去也许还是挺不错的，她表示，即便茅尔霍德夫妇迁居外地，她也仍然乐意将小弗兰茨留在目前的养父母家，看来孩子在他们家过得是很快活很舒心的嘛。但是，从两口子那越来越局促不安的表情，苔莉丝觉察出他们显然向她隐瞒了一些什么，经一再追问她终于得知，原来小弗兰茨最近有盗窃行为，偷了这家人的东西。话已出口，事情反正已经摆明，那位一直坐在旁边一声不吭的家庭主妇便再也憋不住了。她说，像这类小偷小摸还不是最严重的呢，这孩子还有好多好多坏毛病、坏习惯，这些事嘛，她最好还是都别说算了。学校方面对他也感到非常头疼。他交的朋友全是这附近邻里一伙最坏的小流氓，他跟这伙人每天在大街上东跑西蹿瞎胡混，一直要闹到半夜才回家，简直无法想象，照这样下去这个十一岁的男孩子今后会干出什么样的事情来。听着这些数落，苔莉丝像个罪人似的低头坐在一旁，无言以对。末了，她只好说，唔，是啊，现在她明白了，既然事情是这样，那么她当然不能再坚持她的建议，她只想等一等，等孩子放学回来，干脆现在就把他带走吧。茅尔霍德先生看了他老婆一眼，然后小心翼翼地说，倒也完全不用那么着急，再多待几天倒没有什么关系，他们愿意让孩子一直待在他们家，等苔莉丝为他找到新的人家再来接走。苔莉丝惊异地发现，在说这番话时这个善良的男人眼里竟噙着泪水。现在反倒是他来安慰苔莉丝了。他说，他知道有不少男孩子在这个让人操心的年龄阶段表现都不大像话，可是到后来都成了很有出息的人了。说话间，弗兰茨该从学校回来的时间早已过了，而苔莉丝又只请了几个小时的假，不能再等下去。她向茅尔霍德先生道了谢，答应立即去为小弗兰茨寻找一个新的安身处，然后就告辞离开了。在回家的路上她冷静下来一些，决定随便去找哪个人谈谈这个问题。可是找谁呢？去向母亲倾诉自己遇到的困难吗？或者给艾弗雷写封信？他们能替她出什么主意，能帮上她什么忙呢？她必须完全依靠自己，一切由自己来操办了。

第二天，苔莉丝在城市公园里又再次巧遇希尔薇。如果在别的情况下，这一位大概是她最不乐意倾诉心曲、请求帮助的人。但是她此刻是那样激动不安，那样心急如焚地想找到一个同情自己处境的人，于是就向希尔薇坦诚交心，对她吐露了自己的全部心事，讲得比对任何一个其他人都要多；有意思的是，似乎上天对她这种充分的信任作出奖励，她这次完全找对人了——这个希尔薇恰恰是她能找到的理想的军师，一个好朋友。她的热情、聪明和稳重是苔莉丝万万没有料到的。她劝苔莉丝放弃现在的这个职务，暂且坚决不要再接受同一类工作，而是去租一套带家具的小公寓房和小弗兰茨住在一起，同时仅做私家教师教课。她希尔薇自告奋勇，愿意帮她在最短时间内找到一些这样的授课机会，另外又提供一小笔钱给她近期使用。"怎么说我也还有点小小的积蓄吧。"希尔薇狡狯地微笑着补充道。苔莉丝不想看见她这种得意的样子，不过这位女友提出的帮助她还是在道谢后接受了。

于是，她抱着新的希望，用突然又重新迸发出来的精力，将这一颗有成功前景的决定全力付诸实施。她的辞职请求在银行经理家引起的反应是令人有点惊讶的。两个女孩子听到女老师要走很不乐意，大的那一个哭得很伤心，令人动容；苔莉丝万万没有料到自己竟在一颗年轻的少女心中唤起了这样的爱，她被这纯真的爱深深感动了。

第六章

七十二

在一个闷热的盛夏日子，苔莉丝和小弗兰茨搬进了一座相当新的、朴素但维修保养得很好的居民楼；他们住的是一套带家具的两室一厨的公寓房，坐落在市郊一条交通方便的比较安静的大街上。这是此前付出了很大努力，经多方奔走才告成功的，如到她以前工作过的好几家人家去打听、回复报上登出的若干条招租启事。此外就是苔莉丝还找到了一份兼任一些课时的工作——这事希尔薇的大力协助也功不可没，她寄希望于靠这笔兼课酬金能勉强解救生活上的燃眉之急。再就是银行经理太太临别时赠送她一小笔钱，也对她有较大的帮助。现在，她终于能住上一套在某种意义上属于自己的住房——其实这也是她平生第一次，这对她来说真是太重要、太重要了。她朦胧地感觉到，此前她儿子之所以未能比较健康地成长，也许完全只是因为缺少了同自己母亲共同生活的缘故吧。他现在就读的学校，离以前那个学校够远，这样一来他想要再跟原先的那批同学来往几乎是不可能了。这些天她也好几次听说，儿子在新的环境里重新起步，头几周给人的印象还真的一点不差。唔，她觉得，好像现在才真正开始了解儿子了。儿子性格中过早失去的某种童真的东西，现在又渐渐地在他身上重新显现出来。哦，现在同他一块儿坐在午餐桌旁，两人一同吃着她亲手做的饭菜，这多么美好啊！晚上下课回到家里，儿子跑过来给她一个热烈的拥抱，这又多么让人心花怒放啊！而他竟这样看重母亲，在作业中碰到难题时便跑过来向妈妈求助求教，此时她的心又是多么充满了温暖和骄傲！苔莉丝感到舒坦、感到满足，甚至体验到了幸福。一阵突然萌发出来的、强烈的内心需要，驱使她一连写了好几封信给艾弗雷，不厌其详地把所有这些情况絮絮叨叨地对他一吐为快；而当艾弗雷告诉她不久就将再次返回维也纳，到一家精神病院担任助理医师职务时，她高兴地期盼着的并不是往日的情人回到自己身边，而是一个好朋友的归来。

七十三

有一天，苔莉丝非常意外地收到哥哥的一封请柬，请她到他家去吃午饭。在卡尔家，她发现还有别的客人在座，那是一位年轻医生和一位高中教师。大家一起边吃边谈一阵之后，苔莉丝就听出来这两人同卡尔·法伯尔博士是因为有着对政治问题的共同兴趣才走到一起的。卡尔是三人中的主要发言者，席间他高谈阔论，其他两人则带着敬佩的神情注意地听他讲，连那个看上去至少比他大十岁的老师也是如此。哥哥的谈话给苔莉丝的印象是，他在刻意地想让苔莉丝明白他在那批志同道合的朋友中是个佼佼者。她嫂子呢，午餐饭局一结束就走开了；她几个月前刚生了孩子。苔莉丝留下来陪着几个男士继续闲聊。谈话的内容逐渐转到一些比较轻松的话题上；而当谈起了苔莉丝的工作、她作为家庭教师和私人教师的个人经历和遭遇时，那位中学教师毫不讳言他的惋惜之情，认为苔莉丝竟然多次被迫在一些见色起意的男人家做一种低级的——唔，恐怕完全可以说是纯粹伺候人的工作。他觉得，必须一劳永逸地结束这种很不光彩、很不像话的局面，这是立法机关最重要的任务之一。他说话声音洪亮，出口成章，这与那位讲起话来总是结结巴巴的医生恰恰相反；而她哥哥呢，虽然也赞同地点头，但又时不时讥嘲似的眯起眼睛——唔，有时还用他特有的那种苔莉丝熟知的、有点狡狯的目光扫视教师一眼。

苔莉丝已经好几个星期——怕是已经有一两个月了吧——没有听到理查德的任何消息了，能把这人忘记掉，实际上她心里感到的是庆幸。但是有一天，她又完全出乎意料地收到希尔薇的一封信，约她"avec nos jeunes amis de l'autre jour"① 再次聚会。她的第一个反应是：拒绝。较长一段时间以来，她已经习惯了跟自己的儿子一起在家里身心舒坦地度过每一个晚上了。但是当希尔薇又亲自跑来约她时，苔莉丝最终还是被说服了，同她、她的金黄头发男友和理查德四人一起度过了一个夜晚。这次聚会开始时平平淡淡，渐渐地越来越热闹，最后则以肆意狂欢结束。当苔莉丝凌晨回到家里，看见自己的孩子在床上安安静静地熟睡着，她感到这是一个意想不到突然

---

① 法文：同我们往日的年轻朋友们。

降临到自己头上的、简直就是令她觉得受之有愧的幸福。虽然理查德没有什么对不起她的地方，正如她也没有什么对不起理查德的那样，但她还是下定决心，今后再也不同他见面了。

应邀到哥哥住所去参加的聚会，每过一段时间就有一次；于是，不久后她便又在那里遇上了那个中学教师。这一位现在开始用一种笨拙的、取悦女士的语气对苔莉丝说话，并且到了傍晚时，虽然那段路相当远，仍然坚持要送她回家。没过几天，卡尔就向苔莉丝透露，说那位老师对她有非常浓厚的兴趣，估计在下一次见面时会向她郑重其事地示爱，说他以兄长的身份劝妹子，要是这一位向她求婚的话，那么即使她觉得自己的心目前已经另有所属，也不要贸然拒绝他。"我是不做什么承诺的。"苔莉丝斩钉截铁地顶了回去。卡尔似乎装作没有听出她的拒绝语气，接着便用一些干巴巴的赞扬辞藻夸奖他那位志同道合的朋友，说他很受几位上司的器重，近几年内很可能要被提升为省内一个比较大的城市的中学校长。"让我们从一开始就考虑问题的各个方面吧。"他斜睨了苔莉丝一眼，补充道，"那么你现在想到的事情，也不一定就是什么障碍嘛。"苔莉丝气得涨红了脸。"你从来就没有关心过我的想法，现在我想些什么你也不可能有丝毫兴趣吧。"卡尔仍然装作没有注意到她的抵触情绪，只是不管不顾地毫不动摇地说下去："也可以这样来理解，那就是你已经结过一次婚，唔，就让我们假定你真的是结过婚了，而现在事实证明那是一次没有法律效力的婚姻。谁都知道，这种事情是司空见惯的。可以说你在这件事情上是完完全全无辜的。"说到这里他眯起眼睛看了苔莉丝一眼，然后马上扭头去看别处。苔莉丝起来反抗了："我可以在任何人面前为我做过的一切承担责任，我也决不会否认我有一个孩子这个事实。在你面前我也不会否认我有孩子。可是反过来你究竟什么时候动问过我这些事呢？"

"你这样动气真是毫无道理。正是为了让你不必否认任何既成事实，我才想到了那段没有法律效力的婚姻嘛。你倒是应该感激我才对。"然后，他预感苔莉丝会提出强烈的反对意见，于是抢先为自己辩护道："如果你终于过上了衣食无忧的生活，不管怎么说对我们的母亲都是个安慰吧。"听到他这话，苔莉丝突然想：为什么不呢？是的，他哥哥建议她嫁的这个男人对她并没有多大吸引力，但她也不是十分讨厌他。再说，抓住这样的机会，不让它白白地从自己身边溜走，不也正是她欠自己儿子的吗？现在她哥哥进一步对她说明这一联姻的几点好处，丈夫的职位对她苔莉丝现在从事的职业也有利，她根本用不着放弃这一职业，恰恰相反，一个教员、一位老师正好是她需要的男人，将会使她的家教职位坐得更稳当。

这时嫂子抱着孩子进屋来了，苔莉丝一边接过孩子来抱，一边不由得回忆起自己的儿子出生后头几周的情形，那是多么凄惨凄凉的日子呀，当时她倒也还能像现在抱哥哥的孩子一样把儿子紧紧搂在怀里，可那时……想到此处她便觉得，说不定现在她步入一个新的、真正的婚姻殿堂之后会又生一个孩子，经历一次幸福——这种幸福是她生下小弗兰茨后没能得到的。但是，她马上又觉得这一想法对她儿子不公平，甚至像是对他的背叛。于是此刻，这些年她对儿子犯下的所有错误，不论是她应负责任的还是她没有责任的，都一股脑儿又浮现在她脑海里。她怀里一边还抱着哥哥的儿子，一边不禁热泪盈眶。她觉得无法再继续这场谈话，便在万分痛苦的纷乱、迷惘的心境中向哥哥和嫂嫂道别离开他们家了。

几天后事出偶然，她巧遇理查德。这一次他穿着便服，外貌显得高雅，然而有些憔悴。他那件非常合身的轻便外衣，黑色绒布翻领已经有掉绒的痕迹，做工精巧的皮鞋也有几处褪色，单柄眼镜稳稳地架在鼻梁上。他吻了吻苔莉丝的手，没说什么开场引子就径直问她，是否愿意今天和他一起待一个晚上。她拒绝了。理查德一点也不再坚持，只是把他父母——他现在就住在父母家——的电话号码告诉了她，说如果她有需要，随时都可以打这个电话。苔莉丝第二天就写信给他同意见面。两人的这次约见成了一次奇特的聚会。苔莉丝实际上不大明白为什么理查德非要坚持带她去一家高档餐厅，又要避开别人而选择待在单间里，因为他自己这一天的一举一动都非常拘谨、安分，连她的手也没有碰一下。不过说实在的，他这种表现苔莉丝倒是更喜欢些。这一次他聊起自己来，谈得很多。说现在他和家里人的关系不是最好，他父亲，一个知名的律师，对他这个儿子非常非常不满意——顺便说一句，父亲对儿子的这种态度现在很普遍啊——不过嘛，"实际上他是对的。"母亲呢，他跟她的关系从来就没有处好过，还顺嘴叫她一声"笨鹅"。这着实吓了苔莉丝一大跳。他说，再过不久他就要参加第三次国家考试了。咳，他心想，参加这种考试究竟有什么意思？他是决不想去当什么律师或者法官的。不过嘛他也不会再有什么别的出息了，因为他干什么都不行，严格说来世界上没有什么事能真正让他打起精神去做。苔莉丝觉得他这些话同他平日的性格和作为是矛盾的。想想看，要是一个人对整个世界都觉得无所谓，那么，比方说——他怎么可能那么重视一条领带的细微色差？他自己不也承认他非常在意这些小事？理查德几乎是用一种同情的目光看着苔莉丝，这很伤她的自尊，她感觉内心有一个强烈的愿望，即让他相信她苔莉丝完全能够理解这种仅仅是表面上的矛盾。但是她找不到合适的字眼去说服他。他们在一起待了几乎还不到一个小时。吃完饭后，理查德用敞篷车送苔莉丝回寓所。分别时他非常客气地吻了吻她的手，苔莉丝以为以后不会再同他见面了。

但是短短几天之后她便又收到他一封信，信中表达了与她再次相聚的愿望，这使苔莉丝感到意外的高兴。她满心欢喜地听从了他的召唤。这一次理查德的表现与上次相比简直判若两人；这天他心情开朗，几乎是十分快活。苔莉丝有一个感觉：似乎他今天才真正开始关心她，关心她究竟是个什么样的人，关心她的外表和她的生活。于是她不得不对他讲述了自己的许多事，讲她的少女时代、她的父母，讲那个勾引她的男人和她过去的几个情侣。这个时机也促使她讲了她的孩子，讲她对这个孩子应负的责任以及她是怎样贻误了这一职责的。听到这里理查德生气地耸了耸肩，他说，就没有什么应该负起的责任嘛，谁都不欠谁，孩子不欠父母什么，父母也不欠孩子什么。一切统统都只是欺骗，所有的人都是自私自利的，只不过他们自己不承认这一点罢了。哦，顺便说说吧，她也许对这个感兴趣：昨天他在赛马赌局中赢了一笔对他来说是相当多的钱。他认为这是命运给他的启示，好运在向他招手了，他想接着再去试试自己的运气。明年冬天他打算去蒙特卡洛，他也已经琢磨出了一种套路，能把庄家的赌本完全赢过来。

这世上唯一值得去追求的就是——有钱，然后能藐视、蔑视别人。哎，她就跟他理查德一起去吧，到蒙特卡洛去。在那里她是一定能闯出一条路来的，当然，不是靠当老师啦。他滔滔不绝说着这些，尽管苔莉丝当即反驳他，甚至指责他，但恰恰是从他的这一类话里她感受到了一种特别的吸引力。所以，这天晚上她同他在一起觉得非常高兴。

　　第二天一早她收到艾弗雷的一封信，同对昨晚的美好回忆比起来，这封信给她的印象是言语难以形容的索然无味，真是非常没劲。苔莉丝曾把那位中学老师很可能在近期向她求婚的事告诉过他，艾弗雷在来信中的反应是，虽然也劝苔莉丝要认真地、仔细地考虑这件事，但从他字里行间可以清楚地解读出，他对于苔莉丝将结婚一事决无一点反感，因为这样一来他便得到完全的解脱，不必再对苔莉丝负有最后一点责任了。苔莉丝给他的回信语气冷漠、乖戾，用的几乎是讥嘲的口吻。

七十四

　　对小弗兰茨，苔莉丝仍然还算有几分满意。每当她回到家里时，总是发现他在看书、做作业，以前那种胡搅蛮缠、撒野胡闹的品行现在几乎完全绝迹了；要是他偶尔对母亲表现得粗鲁无礼，说话时和行动上过于放肆，那么苔莉丝多半只需要一句告诫的话，就可以使他认识到自己的错误。正因为这样，当学期结束时他拿回来的成绩单非常糟糕，而且有大量旷课记录时，苔莉丝便大吃一惊又非常气愤。令她惊愕的是，在学校里她得知儿子近几个月中压根就只来上过很少的几次课，而且班主任还拿出一大堆上面全有她签名的请假条给她看。苔莉丝当时强忍住没有向老师承认这是小弗兰茨弄虚作假，而是强调说孩子这一年里经常生病，这些耽误的课她自己会在家里给他补上，请老师再耐心些，等这孩子慢慢赶上来。回到家中，苔莉丝好好地教训了他一顿。一开始他态度强硬蛮横，过一阵便用一些刺耳的粗话回答母亲的问题，最后干脆撒腿跑出屋子，跑出家门不知去向。直到天黑以后很久他才又在家里露面，回来后马上跑进起居室，躺倒在长沙发上——那同时也是他睡觉的地方。母亲坐到他身边，追问他到哪里去了，他也不答话，将头扭向一边不正眼看母亲，翻身面对着墙壁，不时回过头狠狠地瞪苔莉丝一眼。那目光里，这一次苔莉丝不仅看到了倔强、顶牛，看到了眼神中缺失通情达理和爱，而且还看到了怨恨、轻蔑，对，还看到了隐含的谴责——这种责难，儿子也许是出于对母亲的最后一点照顾吧，他硬忍住了没有说出来。在这恶狠狠的目光下，苔莉丝心中渐渐升腾起一段对往事的回忆，这回忆由远及近，从模模糊糊的影像开始，渐渐地明晰起来，她试图驱赶它、甩开它，但它却越来越近、越来越鲜活地在她的眼前竖立起来。这是她在很长时间之后第一次想起了那个夜晚，那个她生下这孩子的夜晚——就是在那天夜里，她起初以为自己生下来的是个死孩子，正是在那天夜里，她抱着希望，满心希望生下来的是个死孩子。仅仅是希望吗——只是抱着希望？想到这里，一阵恐惧向她袭来，她害怕得心脏都快停止跳动了。她害怕，怕这个刚才满怀敌意转身背向她并把被子拽起来蒙住头脸的孩子，这时会突然回转身，向她投来心知肚明、满怀仇恨、致人死命的一瞥。她站起来，浑身颤抖着，屏气凝神地站了一会儿，然后踮起脚尖走回自己的房间里去。此刻她心里明白，这个孩子，这个十二岁的男孩子，现在对她来说不仅是个陌生人，而且是个敌人，是个生活在她身边的敌人。而同时，她比以往任何时候都更加痛苦地、深切地感觉到：她是多么深沉地、又是多么不幸地、毫无得到回报希望地爱着这个孩子。她不能放弃，不能认输！所有被她耽误了的事、她的轻率、她的失误、她的过错，所有这一切她都必须尽力弥补。而为了这，她也就必须准备好接受一切惩罚，承担任何牺牲——任何比她已经付出过的更为巨大的牺牲。而如果现在有机会把儿子送到此前他因运气不好而未能得到的比较优裕的生活环境中去，让他享受到男人的、父亲般的关怀和呵护，那么她当然不能犹豫，而应立即抓住这个机会啦。再说，难道这个牺牲真的就有那么大吗？难道结婚末了不是也可能意味着她自身得到解救？

那位名叫维尔努斯的中学老师再次与她在她哥哥家中相会了，中饭后两人显然被有意地单独留下待在一起。当他问苔莉丝是否愿意成为他的妻子时，她先是犹豫了一下，然后便毅然直视他的眼睛反问道："您是不是充分了解我呢？您是不是知道，您想要娶的人到底是谁呢？"对方听到苔莉丝的问题之后，笨拙地拉起她的手，有些窘态地把头偏向一边不看她。这时她便挣脱他的手，说道："您知道吗，我有一个孩子，一个就要满十三岁的相当调皮捣蛋的男孩子？但是不管别人对您说过些什么，婚我是从来没有结过的。"那位老师皱起了眉头，脸也红了起来，那样子，好像苔莉丝给他讲了一个下流猥琐的故事似的。但他马上又控制住了自己的情绪，说道："您兄长给我讲过，倒没有讲多少细节，不过，不过我已经猜到与您所说的类似的情况了。"他一边说着，一边两手背在身后在屋里来回踱起步来。过一阵子，他在她面前停下步，接着便用文绉绉的词语，就好像刚刚在踱步时背熟了一小段台词那样，立即给她提出了一个成熟的建议。他说，决不能因为这样一个孩子的存在，就使她和他的未来毁于一旦。"您的意思是？"针对苔莉丝这个问题，他回答说，有很多无子女的夫妻，他们非常非常想收养一个孩子，而如果细心地去……他说到这里苔莉丝便气呼呼地打断他："我永远不想和我的孩子分开！"中学教师沉默不语，考虑了一小会儿，但仅几秒钟后他就用一种明亮的、仿佛突然变得悲天悯人的语调说，当前重要的是他想先认识一下这个孩子，然后便可以进一步谈所有其他的问题。苔莉丝听了这话，心里的第一个反应是：干脆拒绝他算了，她决不接受任何附加条件。但此刻她及时地想起了自己最近那些考虑和打算，于是她表示，欢迎老师第二天晚上到她家作客。

在平时，弗兰茨是每天这个时候都要溜出家门去的，这一次苔莉丝倒也成功地把他留住了。那位中学老师来到他们家时，表现得并不是毫无拘束，他想用一种爽朗的、可以说是绅士一般的举止风度来掩饰这一点，却只是相当费力才勉强做到。弗兰茨用毫不掩饰的不信任眼光看着这位来客。而当这一位突然表示他有个愿望，希望能看一眼弗兰茨的作业本时，两个大人颇费了一番周折才制服了这孩子的抗拒。看得出，呈现在维尔努斯老师面前的景象并不那么养眼悦目，但这位却只是含蓄地用一种宽容而幽默的方式表达了他的不满。然后，他力图用提各种各样问题的方法来测试和弄清这孩子掌握的知识和受教育的程度究竟如何；他一再通过提示去帮助他回答，往往简直就是把答案直接塞到他嘴里，总之，完全像是一个出于某种目的千方百计去帮一个成绩很坏的学生考试过关的教员所做的那样。他最为诟病的是弗兰茨的语音，管这孩子的发音叫农民方言和城郊土话的大杂烩。正当他顺口说出他可以走一些关系，让孩子有可能到上奥地利一个修道院的附属学校去寄宿学习时，弗兰茨竟乘两人不备转眼便一溜烟跑出去了。做母亲的苔莉丝知道他短时间内是不会回来的，于是她在老师面前替这孩子道歉说：在天气好的晚上，他常常喜欢跟几个同学到外面去呼吸呼吸新鲜空气。老师看起来和苔莉丝单独待在一起反而更高兴些。说起修道院嘛，苔莉丝坚决不同意。而对老师小心翼翼地提出的找一家养父母安置孩子的建议，苔莉丝又再次表示她绝对不愿和孩子分开，对此老师倒也表现得很宽容。他的眼睛开始闪光，渐渐挪动身子更靠近苔莉丝，不断鼓励自己要再勇敢一点，可是实际上那样子却越来越可笑，越来越令人讨厌。苔莉丝正考虑着该不该一劳永逸地将他拒之门外，这时敲门声响了。令苔莉丝迷惑不解的是，应声走进来的竟是好多个星期都没有露过面的希尔薇。一番简短的互相介绍之后，教师表示希望下周日在她哥哥家再同苔莉丝见面，便告辞了。

希尔薇脸色苍白，激动异常。她急急忙忙地问苔莉丝今天是不是还没有看报。"出什么事了？"苔莉丝问。"理查德自杀了。"希尔薇答道。"天哪，怎么回事！"苔莉丝叫起来，同时无助地将两手放在希尔薇肩上。她说她有好久没有见着理查德了。而希尔薇呢，低垂着眼皮向她坦言，说她近来倒是有好多次与他在一起。苔莉丝并不感到丝毫妒意，可也没有感觉真正的痛苦。此刻她的地位突然变得优越起来——是她，这时候必须安慰希尔薇了。她轻轻地捋了捋她的头发，又轻柔地抚摸她的脸颊，以前她还从来没有像现在这样深地感觉到同希尔薇真是像姐妹一样亲。希尔薇讲了事情的经过。是今天凌晨出的事。理查德同她一起过的夜。恰好这次他心情特别愉快，兴致勃勃地叫出租车把希尔薇送到了她家大门口，她下车后理查德还从车里朝她挤挤眼以示告别。然后他接着乘车去普拉特公园，后来听说是在车里开枪自杀的。唉，她是早就有预感总会有这么一天的。"是因为欠债吗？"苔莉丝问。不是，希尔薇答道。恰恰是最近，他在赛马赌博中总是赢钱。但是他厌恶生活，更憎恶人。几乎憎恶所有的人。"而您，苔莉丝，他倒是非常喜欢您。"希尔薇说，"比喜欢我要多很多很多。您知道他为什么不愿意再见到您吗？"苔莉丝激动地拉住希尔薇的手，用疑问的眼光看着她。"她太好了，我配不上她。这是他的原话：Trop bonne.[①]"两人都哭起来。

　　第二天，她们到教堂参加悼念。追悼仪式结束后，逝者的至亲好友鱼贯从坐在最后几排一张长凳上的苔莉丝身旁缓缓走过。理查德的母亲，一个瘦削、苍白的女人——在她那孤傲的面容上苔莉丝似乎看到了理查德的某些表情——经过时距苔莉丝太近，几乎碰着她，以致她不由自主地躲闪了一下。而在同一时间，让苔莉丝感到很窘的是，希尔薇又使劲地拽了一下她的胳臂。前来致哀的人不断地从她旁边走过，在他们之中苔莉

———————
① 法语：太好了。

丝也看到了一些熟识的面孔。其中有那个银行经理，苔莉丝最后是在他家就职的，这人盯着苔莉丝看了一会儿，但在教堂里昏暗的灯光下并未认出她来。还有一个年轻的男子，那个一度是她恋人的卷发青年。苔莉丝用手帕捂住了脸，像在啜泣一样。她目送着棺木从教堂大门抬出，到外面深蓝天空下的阳光中去。这时她突然想起在多瑙河岸边芳草地上的那个夜晚，算起来再过几天就整两年了吧。她太好了，他配不上？她想。究竟为什么？好像总而言之她对某个人太好了或者太坏了似的。这时她听见外面灵车已经起动。教堂大门慢慢地关上了，她周围弥漫着烧香的气味。希尔薇把头放在祈祷架上低声抽泣着。苔莉丝无声无息轻轻地站起来，独自一人走了。外面迎接她的是一个温暖宜人的夏日。她必须赶回家去，那里五点钟学生在等着她上课。

七十五

她有一整段时间全心全意地投入自己的工作。在这一过程中，她不仅通过不断从事教学活动本身，也通过业余时间的研读使自己在业务上得到了提高，而且不断地继续提高，这样一来她便渐渐地成了一个相当能干、备受欢迎的教师。她教的是一些非常年轻的姑娘，同时也为她们将来的考试进行辅导。有两个年轻小伙子也来报名，她不得不拒绝接受他们为学生，因为这两个显然抱着其他目的，并不真是来提高自己的英语和法语水平的。维尔努斯先生来过信，请求允许他再次到她家来访问，她在回信中对此表示了最终的婉拒。这样做她一点也不后悔，尽管有时候也觉得应该感谢他，因为自从他来访以后，小弗兰茨的态度有了一定的好转，而且这一转变目前还在持续中。看来他现在是按时去上学了，苔莉丝有一次碰上机会打听了一下，证实了这一点。至于不在家的那许多个钟点他在哪里、和谁在一起，苔莉丝自然就不敢进一步去追究了。

她没有听到哥哥的任何消息，她确信哥哥是因为她断然拒绝了那位中学教师而对她心存芥蒂。母亲也疏远她。因此，要不是希尔薇有时候晚上来看看她，那么她就完全形影相吊孤苦伶仃了。理查德这个人很快就——快得令人感觉奇怪——从她们的谈话中消失了，但两人往日的各种其他经历她们都互相讲给对方听，谈得异常热火；苔莉丝更多的是蜻蜓点水、点到为止，而希尔薇则是眉飞色舞、绘声绘色地叙述。而尽管这两个女人迄今为止生活中遇到过的那些男人说起来多半都不怎么出色，但是她们总还能通过回忆已然逝去的青春岁月来温暖一下自己现在那颗疲惫的心吧。希尔薇打算尽快到她在法国南部的家乡去，她已经有将近二十年没有见过家乡是什么样子了。至于她将在那里做什么、怎样养活自己，因为她这些年只有很少的积蓄，她眼下当然还不知道。但是她的乡情、她的乡愁，现在已经几乎发展成了一种病态。每次谈起她的故乡城市，这个一直都是欢快活泼的女子，竟也一下子泪流满面；在这样一些时刻，苔莉丝发现，希尔薇的面容显得多么干瘪、多么衰老啊。这令她大为惊骇，感叹青春难留。不过她马上又自我安慰一番，心想自己究竟也还比她年轻七八岁呢。

在她生命中的这个时段，教堂又成了她经常去的、给她心灵以慰藉的场所。她在这里祷告，衷心祝愿她自己继续对命运保持知足的心态，但愿弗兰茨不要再给她添太多的麻烦，特别是唯愿永远别再有什么激情来打搅她平静的生活，扰乱她内心深处的宁静。

这一年夏天，她碰巧有机会为一个著名演员的最小的十岁女儿补习功课，帮助这孩子准备女子中学的入学考试，为此她便随同这家人来到了萨尔茨卡默古特景区①的一个湖边。她的全部活动几乎限于每天给这个小学生上几小时课，地点多半在花园里。这家的一个年龄大些、已经十八岁的女儿，爱上了一个经常来访的年轻人。另外还有一个被称为表兄的，则老是向仍然很漂亮的女主人献殷勤。这位太太的夫君呢，又总是围着他大女儿的一个刚满十六岁的女友——这是个完全学坏了的女孩子——团团转，简直是在猛追她。苔莉丝观看着这些表演，心里觉得奇怪：父亲、母亲、女儿，在家里各自为战；对另两人的情感生活，对其各自的得意和欢欣、懊恼和痛苦几乎完全不闻不问，或至少也是有所察觉但仍将其视为无关宏旨、完全无害而听之任之。她苔莉丝自己呢，用她那双经历了大量亲身体验而磨炼出来的敏锐眼睛冷眼旁观这一幕幕激情戏，并未受到感动；如果要说有一点点，那也和观众在剧场里看演出受到感染的情形差不多。最主要的是，她非常庆幸自己现在与这样的感情纠葛已经做到里里外外都划清了界限。从外表上看，在

---

①Salzkammergut，奥地利萨尔茨堡州、上奥地利州和施泰尔马克州交界处的风景名胜地。

这度假地事态的发展对这个家庭也真好像是完全无害的，可是到最后却确实出现了要出大问题的迹象。一天，女儿自杀，幸而及时获救，于是情况就好像是所有人一下子从一场险象环生的恶梦中猛然惊醒过来似的。其结果便是，所有这几对仅仅是在夏季清凉的微风吹拂下催生出来的感情关系，仿佛顷刻之间烟消云散立时化为乌有，并未出现任何令人尴尬的争吵打架场面。于是人们比原定计划提前一段时间离开了这幢别墅，全家动身到南方旅游去了，而苔莉丝则比她原来预计的早些回到了维也纳。

　　此前苔莉丝已经把她的儿子委托给一位邻居看管；那是一个官员的未亡人，是个性情温良、相当单纯的女人，自己有一个八岁的男孩。见到苔莉丝，虽然她不想对孩子的母亲说小弗兰茨什么坏话，但她终究不能隐瞒一个事实，即有时一连好几天她都见不着这孩子的面。苔莉丝把儿子叫过来训斥了一顿，这孩子满口尽是些编造得十分拙劣的谎话，以致苔莉丝听了以后，就连本来很可能是真的事也无法再相信他了。但苔莉丝的种种责备激起的反应只是小弗兰茨更加粗暴放肆，攻击性比原先更强、更猛。可是真正让苔莉丝大为惊骇的，倒还不是他那些粗话，而是他那种表情、那样的眼神。在这张脸上，她看不到丝毫小男孩或任何一个儿童脸上应有的神态；此刻在她面前横眉立目、放肆无礼地瞪大眼盯着她的，是一个早熟的、完全学坏了的、穷凶极恶的小子。当苔莉丝最后把话题转到上学的问题上时，弗兰茨一脸讥嘲的表情宣称：他根本就不打算再去上学了，他还有好多别的更靠谱的事要干。接着，他便用最肮脏、最难听的话辱骂学校里他的那些老师，其中一句特别下流的话重重地伤了苔莉丝的心，以致她根本无法控制自己，狠狠地给了弗兰茨一记耳光。而这一个呢，顿时就扭曲了脸，随即举起胳臂挥动拳头向他母亲打来；苔莉丝一点来不及抵挡，于是，这重重的一拳从空中飞也似的落下来，打得她嘴唇立时鲜血直流。干完了这宗事，儿子也不再理会他母亲，而是干脆撒腿溜之大吉，一跨出门便砰地把门撞上。苔莉丝丧魂失魄地、绝望地一人留在屋里，她已经是欲哭无泪了。

就在这一天晚上，她时隔多日再次给艾弗雷写信。这封信寄出第三天回信就来了。艾弗雷劝她把孩子送到一处边远的外省去，让他到那里去当学徒、当店员，不管干什么都行；他说她苔莉丝的责任早就尽到，其实已经大大超过应尽的范围了。她完全不必有任何顾虑和自责，当下最最重要的，是她尽快从压抑她太久的恐惧和担忧心境中解脱出来。是恐惧吗？这个字眼起初有点令她奇怪，但她马上感觉这个字眼是切中要害的。在信中的另外一段，艾弗雷告诉她，他已经同杜宾根大学一位教授的女儿订了婚，估计今年圣诞节和新年之间某个时候他将同他新婚的年轻妻子一起回维也纳。不过他永远不会忘记苔莉丝对他来说曾经意味着什么，不会忘记他欠她很多，苔莉丝可以在遇到任何困难时指望他——她最好的朋友——的帮助。读着这些话，苔莉丝颤抖的双唇感觉到一丝苦味，但她即使这时也没有流一滴眼泪。

她又接到邀请下星期日去哥哥家吃午饭。由于不必担心遇上那位被拒绝的求婚者，她便接受了这一邀请。卡尔接待妹妹时态度异常亲切。苔莉丝此时发现，她拒绝了那个中学教师的追求，哥哥是完全赞同的，他说，早先没有看出，原来这人是个很不可靠的家伙，他出于机会主义的动机，竟然脱离德意志民族党跑到基督教社会党^①阵营中去了，因为在那里竞选市议员有很大的成功希望。接着卡尔的话题转到母亲身上，说母亲太让他担忧了。他说，他经常琢磨，老太太的那些钱都是怎么花的？她今后又打算怎样支配、使用这些钱？很容易就可以算出来老太太笃定已经攒下好大一笔钱了。子女无疑有责任关心这件事，特别是他卡尔，现在作为一家之长更是如此。而她苔莉丝作为不靠母亲养活独立谋生的女儿，尤其有资格过问，她是否可以把这个棘手问题向母亲提出来，利用与老太太谈话的机会向她婉转地表示一下他卡尔非常乐意把老太太接到他家来住，这样做肯定比她住私人小旅馆要经济些。虽然卡尔谈论这件事的语气和态度苔莉丝听着感到特别恶心，但她还是答应按他的意思去跟母亲谈谈，不过眼下她暂时还不打算履行这个诺言。

一天晚上她在内城遇见了阿格内丝。苔莉丝没有马上认出她来。她打扮得特别引人注目，那样子几乎让人起疑，苔莉丝和她一起站在大街上心里很不舒服。阿格内丝告诉她，她已经有一段时间不再"服务"，而是在一家香水店当售货员了。苔莉丝打听劳伊特纳老两口的情况，阿格内丝回答说，她很少到恩茨巴赫去，还有一个情况是，她父亲去年夏天去世了。她让

---

① 德意志民族党，Deutschnationale Partei；基督教社会党，Christlich-Soziale Partei。20 世纪初奥地利的两个政党。

苔莉丝代问小弗兰茨好，然后便同她告别了。

可是没过几天，阿格内丝便又成了苔莉丝家的不速之客。奇怪的是她来时弗兰茨居然在家里待着。自从那天他对自己的母亲扬臂挥拳，打得她头破血流之后，苔莉丝一直还没有跟他说过一句话。打那以后他只是到吃饭时才回家，而且总是饭菜都快凉了才来。他同阿格内丝打招呼，表情有点不好意思，但面对阿格内丝那随和自然的神态，他这点窘态很快也就消失了。过了不多一会儿，这两人就你一言我一语，用大街上瞎混的哥们儿之间使用的那些苔莉丝简直听不懂的行话神聊起来，完全不管苔莉丝就在他们旁边。他们交流对恩茨巴赫那段时光的回忆，用的全是一些诡秘的暗语，两人觉得苔莉丝听不懂他们谈些什么——他们的这种判断是有一定道理的。不过有时当阿格内丝用野性十足的目光斜睨苔莉丝一眼，且幸灾乐祸地对她笑笑时，那表情是清清楚楚地在说：你以为他是你的吗？他是我的！

最后，她像好姐儿们一样，使劲握了握苔莉丝的手便告辞走了。而弗兰茨呢，也不和母亲说一句话就马上跟着她走了出去。瞧瞧他穿的那套不值几文钱、剪裁得已经完全不像童装的西服，还有那条大方格子图案的裤子，那件太短的上衣，手里又攥着一块镶着红边的手帕，这到底是个什么样子哟！还有他那张脸，苍白无血色外加满脸流氓气，可同时又一点也不丑陋。这还是个小男孩儿吗？不，他真的已经不再是小孩子了！他现在完全像已经有十七八岁了。说他是个青年男子吗？这个字眼用在他身上又怎么也不合适。想到这里，另外一个词突然涌上她心头，但她立刻扭头甩开它不去想了。她此刻是大把眼泪往肚里咽，憋得她胸脯沉重地上下起伏，呼哧呼哧直喘粗气。

七十六

几天后弗兰茨病了，他觉得浑身上下哪里都非常难受。医生的诊断是他得了脑膜炎。当第三次带他去医院看病时，那位医生看来打算放弃治疗了。苔莉丝写了一封紧急求助信给她哥哥，这位来了，表情凝重，摇摇头，然后开了一些内服药和外用药给孩子。这些药物还确实有效，短短几个小时之后，显然严重的病情就已得到控制和缓解而不再逞凶肆虐了。卡尔随后几天又接着来了几次，不久弗兰茨就完全脱离了危险。孩子的舅舅对任何形式的感谢一概不愿接受。而现在令苔莉丝感到特别意外和喜不自胜的是弗兰茨在身体逐渐复原这段时间里人似乎也有了很大的转变。每次当苔莉丝坐在他床边时，他总喜欢拉住她的手，苔莉丝觉出这孩子的手指在紧紧地捏她的手，就像是在请求妈妈原谅，又像是在表示许诺他要改过自新。苔莉丝不时地朗读一些作品给他听，而弗兰茨总是带着感激的、天真无邪的目光专注地听她念。她觉得，似乎儿子对某一类东西，特别是对动物世界的故事、游记一类和记述各种新发现的文字表现出一定的兴趣，于是她决定尽量早一些同他谈谈他的未来。她甚至梦想着儿子能够继续他的学业，能上大学，有朝一日也许能当上教师或甚至成为博士。不过目前她还没有勇气跟孩子更多地谈这类计划。

可惜美好的错觉持续时间不长，不久苔莉丝就意识到她对于弗兰茨能转变的想法仅仅是她自己一厢情愿的幻想而已。儿子的身体越是接近完全康复，他就越发迅速地变回到以前的老样子去。他两眼发出的那种天真无邪的、感激的目光消失了，他说起话来的语气、他的声音发出的腔调，又完全恢复到生病前苔莉丝再熟悉不过的老样子去了。开始时他还稍微对自己有点克制，母亲问他话，他总算还回答几句像样的话，但是，这些答话逐渐地变得越来越不耐烦、越来越横蛮、越来越粗暴。刚一让他起床，也就无法再让他安心待在家里。不久后，有一天晚上弗兰茨干脆彻夜不归，直到第二天凌晨才回家来。有一就有二，这并不是唯一的一次。

苔莉丝不再过问儿子的事，采取听之任之的态度，她太累了。有一些时候，她毫无痛苦地感到自己的生命已经走到了尽头。她才刚刚三十三岁，但是每当她照镜子时，特别是早上醒来后照一照，总感觉自己比实际年龄要老好多岁。在她身心处于极度疲软的状态时，她对这一点也不怎么在意。但是，当春光重新普照大地，她感觉身上又渐渐有了活力时，她就不服气了，想要奋起抗争一番，可又不知道对手在哪里。教课这种营生渐渐开始令她感到百无聊赖、苦不堪言，有时她竟至对她的女学生们表现得很不耐烦，甚至还发点脾气。她感到孤独寂寞，但心绪任何时候都没有弗兰茨在家时糟，这种情况又使她在儿子面前感到歉疚。她很想同希尔薇好好谈谈，但是这位女友换了工作，现在是在乡下的一家人家服务，远水解不了近渴。于是她只好比较多地到哥哥家去坐坐，这一位有些奇怪她为什么比较频繁地来访，可以肯定的是他对此态度很冷淡。对比之下，嫂子对她倒是比较热情，她现在已经怀上了第二个孩子。有那么一两次，她对她这位嫂嫂倾吐心曲，跟她讲了不少心事。出乎意料的是嫂子竟能理解她，同情她，这使她相当感动。这种情形好像是，怀孕不仅使她变得比较温柔，而且还使她与自己的先天智力相比更加聪明了一些。但是刚一生完孩子，她就完全故态复萌，又跟以前一样冷漠和狭隘了，好像她压根不知道小姑子对她吐露的秘密究竟是些什么。而实际上苔莉丝心里对这一点还是很庆幸的。

七十七

初冬，苔莉丝有一次在城里偶遇艾弗雷。她给他的上一封信没有得到回音，于是问及此事，艾弗雷说他根本就没有收到过信。交谈中他起初还有点矜持和拘谨，但很快就又像以往任何时候一样，对苔莉丝十分热情。从他谈到他那位年轻妻子时的态度和语气，看不出他对那个女人有特别大的激情。苔莉丝马上就能想象出那是一个出身德国小城市的瘦弱苍白的女子，艾弗雷同她在一起时一定会经常思念和她苔莉丝在一起的时日。苔莉丝对他比以前任何时候都更有好感。他在自己的外貌和仪表上显然也比从前花了更多的功夫。他们分手时没有作任何约定，不过现在他已经在她的近处，什么时候想再见到他，完全可以由她苔莉丝来决定。她甚至梦想着一次新的恋情，心中充满了幸福感。她开始重新焕发出青春的光彩，人也显得年轻了。一个几乎还是孩子一样的青年，时不时来接走在她这里上课的妹妹，一来二去这就爱上了苔莉丝。有一次他一大早就来到苔莉丝家，说是来替妹妹转告苔莉丝一件事。他那副腼腆的样子令苔莉丝觉得有些好笑，对他表示了一定的亲近和好感；他却一直同他平时一样羞涩、腼腆，可能也几乎一点不懂得苔莉丝的微笑和眼神的含义。他走了以后，苔莉丝感到很是羞愧，从此就总是采取拒绝的态度去对待这个大孩子了。

一天，苔莉丝又被请到学校里去，得知弗兰茨已经好多个星期没到学校来上课。对此她并不感到特别惊异。当她在家里质问这孩子时，弗兰茨便告诉她说，他已经决定要到一艘大轮船上去当水兵了。苔莉丝回想起他以前曾经表示过类似的愿望，还记得在一次他同阿格内丝的谈话中——当时苔莉丝也在场——也提及过这事。那么看来现在他是认真地准备这样做了。苔莉丝倒一点也不反对儿子的这个打算，唔，她同他面面俱到地细谈这一计划；谈着谈着，过了一段较长的时间之后两人就已经能做到平心静气地、简直完全像好朋友之间那样促膝谈心，而不是像两个不得不住在同一屋檐下的敌人那样恶言相向了。可是在随后的几天里，母子俩就再也没有继续谈这个计划。她不敢再回过头来谈这件事，似乎害怕有朝一日会受到世人的谴责，说她自己把孩子赶到外国去了。

有一个自称是某家高级食品店售货员的瘦高个小伙子，有时到他们家里来约弗兰茨外出，据他说是约他一道去剧院看戏，说他总是得到一些赠票。剧院散场后弗兰茨一般都在那个朋友家过夜，至少他是这样对母亲说的。有一次他第二天整天都没有回家。在一阵突然袭来的恐惧心理驱使下——其实她现在已经逐渐在克服这种恐惧心了，她赶忙跑到那个朋友家里去，得知那个孩子也还没有回家。就在当天晚上，苔莉丝被通知去警察局，在那里了解到的情况是弗兰茨同其他几个全都未成年的男孩女孩一起——都是一个少年盗窃团伙的成员——在现场被抓获了。弗兰茨作为唯一未满十五周岁的少年犯，被交给他母亲带回家管教责罚。警官让人把他带了进来，说了一些好话开导他，又不痛不痒地、像背台词一样表示希望他把这件事当作教训好好记取，今后要一辈子做个诚实的正派人。苔莉丝默默无言地把自己的儿子带回家。她先是像往常一样把晚饭端上桌来。现在她终于下定决心要好好追问儿子一番了。起先弗兰茨回答问题时用的是一种拿腔拿调的语气，就像背诵精心准备好在法庭上面对法官质问时为自己作的辩护词一样。听他讲起来，这一切其实就不过是一场玩笑儿戏罢了。实际上什么也没有被偷走嘛！当苔莉丝试着好言规劝他时，他这会儿的表现不像平时那样倔、那样顶牛，似乎在母亲面前被迫认错使他很容易变诚实，而这样的坦诚他原先是没有勇气办到的。现在他滔滔不绝地谈起他那些男女小伙伴们，谈他经常同他们晚上在一起，乍一听好像他们在一起干的那些事真的只是一些儿童游戏。他提到的一些名字根本不可能是真名，他自己也承认，那全是些发音古怪意思模棱两可的绰号。说着说着他渐渐好像忘记了坐在面前的是自己的母亲，于是大谈特谈去年他们在普拉特公园里度过的那些夜晚——在那里他们，所有的男孩们和女孩们，大家一块儿在湖边草地上睡觉。只是当他发现母亲那大为骇怪的目光盯着他时，他这才哈哈一笑闭嘴了。这时苔莉丝心里明白，正是他现在这种突然爆发出来的发自内心的、毫无顾忌的老实话，比以往任何别的东西更有效力，使他和她最终地、无可挽回地疏远开去了。

七十八

从这时起，她什么也不再问了；她不加阻拦，听任他每天晚上外出，到第二天凌晨才回来。但有一回当到了次日早晨他仍然没有回家时，她心中便冒出了一阵她自己也无法解释清楚的、充满不祥预感的恐惧。她不怀疑，儿子一定又是在玩弄一次很糟糕的恶作剧时被抓了起来，并且这一回恐怕事情不会再像上一次那样得到一个侥幸的了结了。而等到儿子后来终于又站在她面前时，她的愤怒情绪恰恰因为它本来就完全多余而表现得特别激烈。儿子先是让她数落了自己一阵，几乎毫不作答，而且一边听她厉声说话一边不断嘿嘿笑着，好像是在欣赏她那怒气冲冲的样子，把这当成一件赏心乐事似的。这样一来苔莉丝更加怒不可遏，于是便没完没了地对他大肆训斥。可就在这时，儿子突然冲她大声咆哮出一个字眼，苔莉丝一开始不敢相信，只觉得一定是自己听错了。她瞪大眼睛，几乎是迷茫失神地盯住儿子，而这孩子则一再重复他那个侮辱人的谩骂字眼，然后又滔滔不绝地说下去。"这样的货色还有资格来说我！你究竟以为你是个什么人？"话匣子一打开，他便不断地说下去、骂下去，不停地挖苦她、威胁她，而她只是听着，像被吓呆了一般木然听着。这是他第一次冲她把他那不光彩的降生高声嚷嚷出来。但是听他那语气和神态，完全不像是在对一个被情人抛弃的不幸女子说话，而是在奚落、谩骂一个坏女人。在他眼里，这个臭娘们也真够倒霉的，竟然根本不知道自己孩子的父亲是谁！他的这些话，也不是一个因为自己是私生子而感到吃了亏、深感前途渺茫、甚至处处遭人白眼受人欺侮的孩子对母亲的责难，而是一帮流窜街头巷尾的野孩子追在妓女屁股后面叫骂的一连串不堪入耳的肮脏话。她也感到，儿子尽管已经完全学坏了，但他在心灵深处其实根本就不明白他说的那些话的意思，他只是按照他混迹于其间的那个圈子里的人们经常说的话依样画葫芦罢了。此刻她既不觉得委屈也不觉得痛苦，她只是感到恐惧，这恐惧来自一种极其强烈的、她自己预想不到的孤寂感，是一个从无限遥远的地方传过来的、异常陌生——她不明白为什么这样——的声音，把她推进了这恐惧的深渊，而这个陌生的声音来自一个人，一个同她一样的人，一个她自己生下来的人！

当天晚上她就写信给艾弗雷，说她有急事想找他谈谈。但又过了几天，艾弗雷才请苔莉丝到他家去。艾弗雷表现得很亲切，只是有点冷淡。他不断地打量她，那眼神使得苔莉丝很想弄个明白：她的着装或是气色究竟有哪里不对头呢？在她说明来意并相当笨拙地、有点前言不搭后语地叙述自己最近在弗兰茨身上观察到的情况的过程中，她抑制不住，总试图在对面墙上的镜子里偷窥自己现在是什么神情、什么模样，可开始时总也看不清楚。她讲完后，艾弗雷先是沉默了一阵，然后便针对这一个个案发表他的意见——唔，他以这件事为题，向苔莉丝作起专题报告来了。但从这个报告中苔莉丝实际上并没有听到多少新东西。即便是"moral insanity（悖德狂）①"这个词，她也不是第一次从他口中听到。最后他说，他也实在没法给她出什么更好的点子，只能是像最近给她出的主意那样，即劝她还是把孩子送出去给别人家为好，可能的话尽量争取在发生无法弥补的事件之前就送走，让他到另外一个城市去生活。

在沙发上如坐针毡的苔莉丝，这时已经从镜子里看到了自己的模样，因而惊愕不已。虽然屋里的照明条件不是最好的，但是镜子居然能将人从美变成丑，从年轻变成衰老，这简直就是件不可思议的事。现在她看到了，或者说她觉得在这面别人家的、自己从没用过的镜子里，不容置辩地发现了一个事实，那便是：才刚刚三十四岁的她，看上去已经年老色衰，完全失去了青春的光泽，竟像个四五十岁的人。当然，恰恰是在最近几周里她消瘦了许多，加之她这一天的穿着也颇不令人满意，特别是那顶宽沿帽同她的脸型很不相称。但即使把所有这些因素都考虑在内，镜子里那张与她对视着的脸，仍然是她万万没有料到的令她大为惊愕的模样，这使她非常伤心。直到艾弗雷话音一落，她才恍然意识到自己刚才几乎没有听他最后在说些什么。此刻他走到苔莉丝面前，觉得必须对她讲几句宽慰的话，于是他又提出一点来说，很可能青春发育期在一定程度上也是

———
① 英语医学名词，一般译作"悖德狂"，又叫"悖德型人格障碍"、"反社会型人格障碍"，或"道德错乱"，以行为不符合社会规范为主要特点。有这种性格障碍的人容易激动，常发生冲动性的、不负责任的行为，甚至在违法乱纪受到惩罚后也屡教不改。

262

小弗兰茨之所以有那些令人操心、烦心的反常行为的原因。他还特别告诫苔莉丝千万不要自责，看来她具有非常强的自责倾向，而她确实是没有任何理由自责的。他这话一出口，苔莉丝便异常激动地反驳他。什么，她没有理由自责吗？若不是她，还有谁应该谴责自己？她从来没有真正做过弗兰茨的母亲，每一次总是只有几天或最多几个星期——简直可以说是像发疟疾似的——对小弗兰茨有那么一点点做母亲的样子。而大部分时间呢，她都只是在忙活自己的事，忙于找工作、忙于排解自己的忧虑，忙于——唔，为什么她要否认这一点呢——自己那些谈恋爱、找伴侣的事。还有，她有多少次把自己的孩子当成包袱，是啊，事情明摆着就是这样：她简直就把孩子看成自己的灾星了，而且是在很早以前，在她还远没有预感到或甚至是发现他患有"moral insanity（悖德狂）"之前很久，就已经是这样了。远在他还是一个很小的、完全无辜的幼童时，唔，甚至当他还在娘胎里、还没有来到这个世界上的时候，她就已经非常厌恶他了。而在她生下他的那个夜晚，她竟然希望、竟然唯愿自己生下来的是个死胎！

她本来还想再说一些，还想再说些更加真实的心里话，但话到嘴边她给自己刹住了车，因为她害怕，怕更进一步的表白会使自己同这位男友愈加疏远，怕会将自己毫无隐私地、可说是赤裸裸地暴露在他——而最终又不仅仅是他——眼前。于是她沉默了。艾弗雷呢，尽管他仍将一只手放到苔莉丝肩上，表露出他那种意欲宽慰人、几乎极其善良宽厚的态度，但同时另一只手也伸进背心口袋里去把怀表摸了出来——这个动作并没有逃过苔莉丝的眼睛。而当苔莉丝急忙站起身来时，他好像是在表示歉意一样地说，可惜他六点以前必须得赶到医院去。不过他让苔莉丝在他们再次谈这件事之前先不要采取任何行动，又建议苔莉丝——恐怕他原先并不打算走这一步——近期带孩子到他的诊所去一次；或者更好的是，他想最近几天，也许就是下星期天中午吧，到她家去一趟，利用这个机会再次亲自同弗兰茨谈谈，好对整个情况获得一个更加清晰、更加真切的印象。

苔莉丝自己也不明白，这位早先的情人和朋友主动向她提出的这个很自然的顺乎人情的建议，给她的印象竟像是向她伸出了救命的援手。她充满感激地向他道了谢。

七十九

艾弗雷预定的来访未能实现，因为第二天一早弗兰茨就从母亲家中消失了，没有留下任何一句说明他外出理由的话。苔莉丝的第一个反应是去通知警方，但她一转念又没有这样做，因为担心警察当局可能把小弗兰茨的失踪理解成畏罪潜逃，正好由于有人告发而过早地发现一点痕迹。她同艾弗雷电话联系，艾弗雷先是好像对她打电话给他有点不耐烦，但接着就婉言告诉她，让她明白：他一点也不觉得事态的这一最新发展很糟，苔莉丝最好是不要采取任何行动，而应该宁可听其自然。他对这事的冷漠态度使苔莉丝十分难受，她甚至很难讳言：艾弗雷的这种态度比弗兰茨的逃跑本身更加令她痛心。当然，不久后精神上的痛苦时刻，甚至是绝望的时刻便来到了；在多个不眠之夜里，她痛感对失踪儿子的渴念，于是便想到是否去报上登一则寻人启事，措词就像她有时也在报上看到的那样："回来吧，一切都宽恕了！"但是到第二天早晨她便又认识到这种做法真是荒唐，于是任何与此相关的事情她都不做；就这样过了几个星期后，她发现同儿子在身边的时候相比，现在自己一天天打发日子虽然不是更快意，但却更加安宁了。

对左邻右舍她想出来的说词是，弗兰茨在奥地利的一个外省小城市找到了一份工作。不管人家信不信吧，总之，对法比安尼女士的家事是没有谁特别关心的。

她很长一段时间一直毫无内心激情地一天天可以说是纯粹机械地从事自己的职业，而现在，这份工作又开始给她带来某种满足了。她不仅为单个的学生上课，而且也逐渐能为一批程度大体相当的女孩子编写适合她们共同使用的教材，并为她们开班授课。

再就是她现在又完全过着犹如与世隔绝一般的生活。母亲、兄长、嫂子，他们哪一个都不关心她，艾弗雷也音信杳然。她尽可能不出家门，在课程安排上也尽量做到只有很少的课时需要在自家四壁之外讲授。除了在上课的几个小时内有些交流外，几乎再没有什么时候她关心过某个女生的个人生活；有时候，她伤感地回忆起从前的不少时光，在那些日子里，她作为家庭教师，对她的不少学生曾有过全心全意的关爱；当然，当时同学生生活在共同的屋檐下也使她和学生的关系比今天更加亲近一些，甚至几乎感觉自己像他们的母亲一样。

但是有一次——这是弗兰茨离家已经有几个月以后的事了——却出现了这样的情况：一个在她教的大班就读的女生一连好几天没来上课，这时她不知怎的竟对这个还没满十六岁的少女无故缺席，比遇到其他类似情况更加感到牵肠挂肚的担心。而孩子的父亲来信说女儿因为得了急性咽炎发高烧，未能及时请假，现特意向老师道歉，于是苔莉丝又陷入了她自己也很难理解的忐忑不安的心情之中，焦急异常久久不能平静。当不到一个星期后那个名叫悌尔达的姑娘终于又来上课时，苔莉丝便感觉自己脸上顿时泛起了欢欣的红晕，两眼也发出了喜悦的光泽。这一反应，如果不是在悌尔达的嘴唇周围，犹如对她作出回应似的闪现出一丝奇特的笑意——这笑意无疑是善意的，但同时却也带着一丝优越感和讥嘲的意味——那么苔莉丝自己也几乎觉察不出。就在这一瞬间，苔莉丝意识到自己已经喜欢上了这个小姑娘，也可以说是很不幸地爱上这个姑娘了。她也知道，这个十六岁的女孩子是属于与她自己完全不同的另一种类型的人——不仅是由于她有着比较优越的生活环境这样的外部条件。这种类型的人耳聪目明、镇定沉着、性格完美，永远不会遇上非常严重、非常棘手的事，因为他们总是善于保护自己，善于从每一个走近他们的人，从受到他们影响、被他们的魅力所吸引的人那里，获取他们认为符合自己需要甚至只是觉得能使他们开心的东西。而此刻，当这女孩在缺课一周之后同往常一样迟到了几分钟才来上课，当她一边带着优雅的神态向老师和同学们问好一边走进屋来，把椅子挪近课桌同其他五个学生坐到一起，并用一个相当雍容大度的手势向苔莉丝表示不要因为她而中断讲课时——在这一瞬间，仿佛苔莉丝那意态朦胧的心灵中突然照射进一束温馨的光，使得她一下子非常明朗地意识到了自己同悌尔达之间情感上的微妙关系。

于是课时结束后，悌尔达便自然而然、顺理成章地单独在老师这里留下来，两人便开始了一次较长时间的交谈，她们的谈话就从悌尔达刚刚痊愈的疾病说起。悌尔达坦言，一开始病情看来很令人担忧，甚至还专门为她请来了一位女护理。"什么？还请了一位护理吗？"——是啊，妈妈不在维也纳呀。怎么？法比安尼老师不知道吗，是啊，父母已经离婚了，母亲已经有好些年一直待在意大利，因为维也纳的气候对她的身体不利。去年夏天一直到深秋，她就是同母亲一起在意大利的一处海滨浴场度过的。悌尔达没有说出那个浴场的名字，她喜欢说什么事都有一搭没一搭的，而苔莉丝觉得问那个浴场的名字很不妥当、相当唐突。那个女护理的为人很好，服务很周到，不过到了第四天总算——谢天谢地——让她走人了！是谁让这个护理"走人"的呢？她没说。从此她觉得简直就像脱离了苦海似的，可以独自一人不受任何干扰躺在床上看一本很有趣的书了。——是一本什么书呀？苔莉丝差一点动问，但她立刻忍住了。"那么你现在就是完全一个人同爸爸生活在一起了？"苔莉丝问。悌尔达莞尔一笑，然后在她的回答中着重谈的并不是一位爸爸，而是一位父亲。在介绍父亲的过程中，她逐渐变得比平时稍微热情了一点。哦，和父亲单独一起过日子可舒服了！母亲"出走"后曾有一段时间家里请了一位管家小姐，但后来的情况表明没有管家小姐也挺好，甚至比有她还要好得多。

她到去年为止都在一所女子中学念书，之后便请老师来家里上课，上钢琴课，甚至还上和声学课；她有时还同教课的英国女老师一起去外边散步；另外，她每周还去听两次艺术史讲座，同几个女友一块儿——听到这里苔莉丝脸上掠过一抹嫉羡的表情。说到这里她马上又纠正自己：不，是同几个比较熟的女孩一起，因为"朋友"她其实是没有的。和父亲嘛，她星期日常跟他一起坐车去近郊玩玩，父亲也和她一起去听音乐会，但这实际上仅仅是父亲为了陪陪她，因为他自己根本就没有多少音乐细胞嘛。说到这里，她微微地将头偏向一边，苔莉丝甚至不能马上反应过来，不明白这是即将告辞的表示；紧接着，她轻轻地握了握苔莉丝的手，之后便飘然起身离去。

苔莉丝单独留在屋里，一时感到难以自持。现在有某种全新的东西走进了她的生活。她觉着自己既年长了许多同时又年轻了不少：年长了许多更像一位母亲，年轻了不少则更像一个姐姐。

她小心翼翼地尽量不在其他女学生、也不在悌尔达面前流露出她对悌尔达的态度与对其他女孩不一样；她也感觉出悌尔达对她是心怀感激的。她这种态度不久后就得到了酬答：一天下课后，悌尔达代表她父亲邀请苔莉丝这个周日到她家去吃午饭。苔莉丝兴奋得满脸通红，而悌尔达对此就像没看见似的什么也不说，这令苔莉丝感到非常高兴。那天这孩子收拾课本和笔记本比往日多费了一些时间，然后，她一边伸手去拿大衣，一边对苔莉丝提起布尔沃·李顿[1]的一部长篇小说——那是苔

----

①Edward Bulwer-Lytton（1803—1873），英国小说家、剧作家。

莉丝推荐她阅读的，说她对这部作品稍微有点失望。最后，她兴高采烈地再次转向苔莉丝说道："好，那么就明天，中午一点，对吧！"话音一落，人转眼就不见了踪影。

八十

坐落在市郊玛利亚西尔弗区一条横街上的这座保护得相当完好、显然最近重新装修过的古老楼房，是沃尔申家已经拥有将近百年之久的产业。楼的后半部，是他们家开的皮革和时尚装饰品厂，而前半部临街的底层则用作销售产品的店铺。此外在内城还有另一个铺面更大也更华贵的分店，但是老顾客们倒是更喜欢来总店购物。住房全在二楼。客厅宽敞而舒适，主人就在这里招待苔莉丝。厅内陈设颇具古色古香的韵味，窗户挂的是厚重的、深绿色的窗帘，家具也一律覆盖着深绿色的绒布。餐厅——客厅通往餐厅的门敞开着——与此相反，显得明亮而富有现代气息。悌尔达乐呵呵地朝苔莉丝迎面走来，一边走一边说道："父亲也已经回到家里了，我们可以马上去餐厅就座啦。"她今天穿着一件白色绸领蓝布连衣裙，褐色的头发散开披在肩上，苔莉丝此前只见过她将头发编成辫子盘在头上；这一发式使她整个人显得比往常更加年轻、更充满了孩子气。这是个阴霾的冬日；餐桌上方挂着一盏巨大的青铜顶灯，中央的火苗欢快地跳动着。"您猜猜我父亲和我今天到哪里去过了？"悌尔达说，"我们去了多恩巴赫公园，还去了哈莫河滩。七点半我们就出发了呢。""早上不是有点雾吗？""不怎么厉害。

快到中午时天空就差不多完全放晴了。多瑙河平原就一大片展现在我们眼前，远景真是非常美哟。"

她正兴致勃勃说话间，西格蒙·沃尔申先生从隔壁房间走出来了。他身材略嫌矮胖，虽然已经秃顶且两鬓灰白，但外貌仍然显得相当年轻；他有一张饱满的脸，唇须又浓又黑，眼睛不大却明亮而充满善意。"很高兴在我们家里见到您，法比安尼女士。悌尔达已经多次对我提到您了。很抱歉，我现在是以一个高山旅游爱好者的姿态出现在您面前的。"他的嗓音异常低沉，说话稍带维也纳方音，身穿一套雅致的旅行装，小腿套着深绿色袜筒，足踏一双黑色皮便鞋。一个已经不很年轻的女仆将头道汤端上餐桌来了。沃尔申先生亲自为苔莉丝和悌尔达盛汤，接下来又亲自为她们布菜。这是一顿殷实市民之家周日才吃的、烹调得非常可口并有低度波尔多红酒佐餐的午宴。席间的谈话从维也纳森林开始，那里的迷人秋日景色令沃尔申先生大加称赞，接着谈话内容便转入其他一些丘陵和崇山峻岭地带，全都是沃尔申先生作为一个极为热心的旅游爱好者徒步跋涉过的。苔莉丝呢，回答着沃尔申先生和善友好的问题，侃侃谈起她的少女岁月，讲述萨尔茨堡和她已故的父亲——他曾有中校军衔，她的母亲——她是位女作家，看来她的名字对这一家人来说是完全陌生的。她也顺便提到她的哥哥，并没有提他用的是另外一个姓氏。至于她的儿子，她在这里当然只字未提，虽说她估计她有儿子这事，悌尔达也同其他女生一样，并不是不知道，而且她们很可能在以前儿子还跟她住在一起时就见过他了。而此刻，这个儿子的存在、他与她之间的关系，苔莉丝觉着比以往任何时候都显得十分遥远而不真实。沃尔申先生于餐毕不久便告退，而悌尔达则带苔莉丝到她自己那间明亮的房间去，这屋子的一角布置了一个小巧精致的藏书间，两人便一起翻看一部艺术史著作中的插图。在观看巴贝里诺^①古堡图时，悌尔达问苔莉丝是否看过挂在本市艺术史博物馆里展出的原作。苔莉丝不得不承认，她自从好多年前跟一个女同学一块儿去参观过这个博物馆，之后就再也没有去过那里了。"你得去补看一下，那真是太好了，不看你会觉得遗憾的。"悌尔达说。

沃尔申先生过一阵又来了，这时他穿上了正规的出访服装，高领显得稍微有些紧，正装外又加上一件皮大衣。他吻了一下悌尔达的额头，说他现在要到近处一家咖啡馆去参加一场塔罗牌局^②，不过八点钟会回来吃晚饭的。"你呢？"他似有一丝歉意地再次吻了吻悌尔达，"你有什么打算？""你也可以多玩会儿再回家嘛。"悌尔达宽容地微笑着说，"我得写几封信。"几封信？苔莉丝心想，大概也要给国外的母亲写一封吧。看来沃尔申先生肯定也有同样的想法，因为他沉默了一阵，并和善地微微皱起了眉头。然后他便友好地向苔莉丝道别，却并未表示希望再见到她。他走后不久，苔莉丝也感到自己应该走了，她向学生告辞，悌尔达也没有挽留她。

她这就算是正式地进入这一家的大门了，此后大致每隔两三个星期，她就有一次应邀到这家去赴周日午宴，在场的有时

①Barberino，意大利弗洛伦萨北部村镇，有著名的古堡。
②Tarot，塔罗牌，一种纸牌游戏，据说可预测未来云云。

还有另外一些客人：包括主人的一位寡居的妹妹，这是个非常健谈的中年女士，尽管性情爽朗，却总是一再忧郁地摇着头讲述朋友圈子里某些罹患重病的事例。还有沃尔申商号的代理，一位上了点年纪的、神态谦和、沉默寡言的先生；再就是悌尔达的一个比她年长几岁的女友，是工艺美术学校的在读学生，这一位常常用调侃的、有时相当尖刻的语调谈论她的老师和同学。不过这些人及其他几位偶尔也来赴宴的客人，都只在苔莉丝的记忆中留下了些许模糊的印象，唔，可以说苔莉丝每次都还没有踏出这家的门槛就已经把他们忘记了；因为，她的感觉是：似乎尽管悌尔达很少参与餐桌边的谈话，但在她身边和近处的这些人由于她的存在而可以说一个个都消失得无影无踪了。苔莉丝无法排解她的这种感觉：即总觉着悌尔达聪明、优越，但隐约也觉着自己距离这个女孩子又十分遥远。

而这一遥远感就此留在了她的心间。它总是挥之不去；不仅在上课时，也在尔后两人在悌尔达房里交谈时，也在她和悌尔达圣诞节假期里初次共同参观艺术史博物馆的时候，她都痛楚地意识到这一感觉的存在。有时她甚至觉得，她似乎要嫉妒悌尔达在帕尔马·韦基奥的《金发女人》[①]、在鲁宾斯[②]的《马克西米连》以及另一些令人心醉神迷的肖像画面前表现出的那种更加无拘无束、亲切自然、知心贴心的态度；而对于苔莉丝，也许还对其他所有活生生的人，悌尔达却并不是这样的。

---

①Palma Vecchio（1480—1528），韦基奥，意大利威尼斯画派画家，《金发女人》是他的名作。
②Peter Paul Rubens（1577—1640），鲁宾斯，又译鲁本斯，弗兰德巴洛克时期的杰出画家。

第七章

八十一

一天晚上，她正准备就寝时，门铃嘟嘟嘟响了起来。原来是弗兰茨站在门外，全身飘满了雪花。他没有穿外套，但却穿着一身看来是全新的、按市郊流行格调剪裁得颇为优雅的西服，像往常一样，一条镶了红边的手帕从上衣兜里露出一角。现在站在她面前的，和她半年多以前最后一次见到的那个小伙子已是完全不同的人了。他如今已经不再有一丝一毫男孩子的模样，而是变成了一个年轻的男士；尽管并不是最高雅的那种类型，但是，看他那张没有血色的脸，那梳着偏分头还抹了发胶的头发，那轻度的蒜头鼻子下面隐约显露出来的唇须，还有那双飘忽不定、有时又愣愣地盯着人瞅的眼睛，这一形象表明他确实已经是个有几分心机的大人了。

"晚上好，母亲。"他带着一丝桀骜不驯的、傻乎乎的微笑开口了。苔莉丝瞪大了眼睛看着儿子，她此刻甚至一点惊愕也没有。弗兰茨用手拍掉身上和鞋上的雪，然后带着一种蹩脚的客气姿态，好像走进一个陌生人家那样跟在母亲后面走进屋来。苔莉丝这一天的晚饭还有些剩余摆在桌上。弗兰茨的目光简直就是馋涎欲滴地一下子落到了那个盛着奶酪和黄油的盘子上。于是苔莉丝切下一块面包，指指桌上的饭菜，对儿子说声："吃吧。"

"唔，好的，"他说，"天气冷，还真想吃点东西。"说着便往面包上抹黄油，吃了起来。

"这么说，你算是回来了。"过了一会儿苔莉丝说，她感觉自己的脸色这时已经变得很难看了。"不会待多久的。"弗兰茨满嘴的东西马上就回应母亲这句话，似乎他觉得有必要安慰一下母亲："你知道吗，母亲，我是在路上生病了。"

"是在去美国的路上吧。"苔莉丝冷冷地补充说。

弗兰茨不理会他母亲的话，接下去说道："其实原本我只是有一只脚疼，不过嘛，钱也正好不够，我的朋友又扔下我不管走了，后来有人告诉我说，在船上必须有证件。是啊，过一阵我是准保能弄到证件的，可是眼下我想，最好的办法还是先回去一趟吧。"

"你回到这里多久了？"苔莉丝慢吞吞地问。

"我可没回来很久。"弗兰茨躲躲闪闪地回答，同时发出一声顶牛的干笑。然后他就讲他这一段时间也还"干过活"，那是在一家饭馆里当周末和节假日临时工。并且，照他自己的说法，他很有希望过几天就能被雇用为正式的"上菜工"了。他说实际上如果他不是缺少这样那样必须有的东西，那么他早就得到这样一个正式的工作了，主要就是缺少几件衬衫嘛，另外他穿的这双鞋也实在太糟糕了点。他指着脚上那双漆皮短靴给母亲看，鞋底已经破了好几个窟窿。苔莉丝只是点了点头。她不知道这时自己心里感到的悸动究竟是怜悯呢，还是惧怕，害怕这孩子现在又来使劲啃老。

"你现在究竟住在哪儿？"苔莉丝问。

"嘿，住处根本不成问题。谢谢老天爷，我还用不着流落街头哟。我到处都有朋友嘛。"

"弗兰茨，你也可以在这里住的。"她说。不过这话刚一出口，她就后悔了。

弗兰茨摇了摇头。"这里不是我该待的地方。"他干巴巴地说，"不过要是你愿意让我今天在这里睡一宿，我倒也不反对。我还有好长一段路要走呢，雪下得那么大，穿着这双鞋……"

苔莉丝站起身，但马上又犹豫起来。衣柜里存放着几张面额比较大的钞票，她本来想拿出一张给这孩子，但转瞬就觉得这样做非常不谨慎。于是她说："我在长沙发上给你铺好床，另外——可能家里还有几个古尔顿，你可以拿去买双鞋。"

听到这话弗兰茨也不说谢谢，只是皱起眉点了点头。"我会还你的，母亲，我说话算数，最晚过三个星期就还你。"

"我不要你还钱。"她说。

弗兰茨点燃了一支烟抽起来，眼睛直勾勾地瞪着空荡荡的前方："母亲，家里有没有一瓶啤酒？"苔莉丝摇了摇头。

"那么，一杯朗姆酒总有吧？"

"我给你沏一杯茶。"

"哎，不要茶，只有朗姆酒喝了身上才暖和。我知道你放在哪儿的。"他站起来向厨房走去。

苔莉丝将床单铺在长沙发上。她听见在屋外厨房里弗兰茨把东西弄得乒乒乓乓乱响。这就是我的儿子吗？！她心中这样问自己，想着不禁打了一个寒颤。这时趁弗兰茨还在外面，她急忙从衣柜里取出一张五古尔顿的钞票。但是，她还正在关柜门时，不知什么时候竟然不声不响地溜了回来的弗兰茨，手里攥着朗姆酒瓶突然站在她身后了。他装作什么也没看见的样子。苔莉丝把钱攥在掌心里藏着，继续铺床，一直到床铺完全铺好。儿子把朗姆酒倒进一个喝水用的玻璃杯里，到几乎快有半满杯时，就放到嘴边准备喝了。"弗兰茨！"她叫起来。儿子仰头一饮而尽，随即耸耸肩。"太冷了，没法子。"他说。说罢唰唰地脱下上衣、马甲和假领，把它们扔到一边。他只穿着一件破旧的紧身小背心，没有衬衫，就这样在沙发上躺了下来，拉过被子盖在身上。"晚安，母亲！"他说。

苔莉丝一动不动、默默无语地站着，而弗兰茨则一翻身面朝墙壁马上睡着了。这时苔莉丝又从衣柜里拿出一张五古尔顿的纸币，把两张票子都放到桌上。然后她坐下来，双手托腮歇息了一会儿。最后她把灯关了回到自己卧室里，没有完全脱去衣服就躺下，试图睡一会儿，但怎么也睡不着。半夜过后不多会儿她又起身，踮着脚尖轻手轻脚地走进隔壁屋里去。弗兰茨仍熟睡着，呼吸很平稳。她情不自禁地不由得想起了从前儿时的弗兰茨，想起那时他入睡后，做母亲的她有时也守护在他身边的情景。今天他躺在这里，仍然同他当年也在这里躺着时完全一样，把被子拉上来盖着下巴。此刻因为屋里很暗，所以她想象中看见的并不是今天儿子的这张脸，而是来自早已流逝的

276

时光的、就是说好久好久以前的那张脸。是啊，他，我的儿子，他也有过一张童稚的、纯真的脸，他也曾经是个孩子，即便是到了今天——唔，肯定是这样的——今天，要是我当初没有那么狠心硬要弄死他的话，那么今天他的脸也不会是现在这个样子啊！

"弄死"这个字眼，不由自主地好像从一个被层层沙土掩埋的深坑底部嗖地升上来，进入苔莉丝的意识里，可是实际上她的本意却与此完全不同。她原本打算这样想：要是我当时能更多地关心他一些的话，那么他现在大概就完全是另外一个样子了。如果我早先是个另样的母亲，那么我的儿子就会成为一个完全不同的人了。这样一想，她的心灵深处便被悔恨的情感波涛猛烈震撼着。于是她轻轻地——几乎没有接触到儿子——抚摩了一下儿子那抹了发胶的偏分头。我要把他留在身边，她这样自言自语。明天早上我要再跟他谈一次。想到这里，她又回到自己卧室，这一次是踏踏实实地睡着了。

当她第二天早晨七点钟走进隔壁屋子时，只见被子被揉成一团掀翻在地上，朗姆酒瓶子四分之三已经空了，而弗兰茨则踪影全无。

八十二

她没有对任何人哪怕只是说一句话提起儿子这次到家里来过，而这件事也比她自己想的更快地成了一个模糊的记忆。即便是儿子离开大约一星期后家里来了一个带着头巾、面黄肌瘦的小老太太，带来一封弗兰茨的信那件事，也没有使她的情绪产生多少波动。信中只有一句话："母亲，再帮我一次吧，我现在急需二十个古尔顿。"她未加任何附言便让来人捎去他要求的钱数的一半，当然，就连这个数目她也觉得是白白浪费掉了。

又过了不久，苔莉丝的嫂子十分意外地来了。她满脸和颜悦色，只是有点拘谨，她说，要不是家务事和两个孩子把她的时间全占满，她早就会来看看妹子了。今天她来，是因为——说到这里她顿住，紧接着便拿出一封信递给苔莉丝。那是弗兰茨写的一封短信，笔迹像幼儿涂鸦一样歪歪斜斜的，还有不少拼写错误："尊敬的法伯尔夫人：我眼下有些狼狈，请允许我向您求助。因为我母亲现在不可能帮我，所以我想，是不是可以劳驾您舅妈大人，请您资助我十一个古尔顿，这一小笔钱它能帮我应急，让我可以买双鞋穿。致最崇高的敬意！弗兰茨·法比安尼敬上。"

"但愿你一点钱都没寄给他吧？"苔莉丝语气强硬地说。

"我也根本不可能寄钱给他，我必须得一分不差地记账过日子呀。现在我只想请你告诉他，叫他看上帝面上千万别再来求我要钱啦，要是让我男人抓住那就糟了——我这也是为你着想嘛，苔莉丝。"

苔莉丝皱起了眉头。"这个弗兰茨早就不在我这里住了。他的事我现在也是一丝一毫都不知道。只要是我能做到的，我全都做了。就在不多几天之前我还又给过他一笔钱——那是我自己决定给他的。哎哟，你总不至于以为是我指使他去求你的吧？我连他住在哪里都不知道。"说到这里她突然泪如雨下。

嫂子叹了一口气。"唉，谁都有自己的难处哟。"接着，好像她仅仅是想找个机会发泄一下心头的怨气似的，又接着说下去。她说，她的日子也不是很好过。要是没有这两个孩子就好了，唉，可现在又怀上第三个啦。又得多操一份心，但愿也能多一点幸运吧，也许她哪一天能指望得上这孩子。"你可以想象到的，和卡尔相处可不是那么简单、那么容易哦。"她说，现在卡尔脑子里整天就只想着他那些聚会、那些协会，没有一个晚上在家。当然，这样一来事务所的工作就受到很大的影响。她痛苦不堪地抱怨说，卡尔常常使脸色、说粗话，无缘无故地发脾气。

嫂子离开时——她不得不走了，因为这时有两个女学生来上课——苔莉丝的眼泪还没有完全擦干。来人中一个是悌尔达。她见老师这个样子，不无同情地用询问的目光注视着苔莉丝，以致苔莉丝觉得似乎有必要向她作一点解释，于是便对她说道："刚走的那位是我哥哥的妻子。"

"My brother's wife"，悌尔达冷冷地顺口将"我哥哥的妻子"译成了英语，接着便从书包里掏出她的笔记本和另外几本书来，而她对苔莉丝的家事的兴趣，也就到此为止了。

八十三

接下来的几个星期，没有什么机会和悌尔达一起外出散步或者去画廊参观；即使在每一次课时结束后，悌尔达也没有像以往常有的情况那样，在老师家多待上一会儿。但是有一天，已经是快到春暖花开的时候了，悌尔达突然又邀请她这位老师星期日去她家吃午饭。苔莉丝这才如释重负地松了口气。因为她这段时间里曾经担心，天晓得不知自己哪件事不小心做错得罪了沃尔申家的人了。另外，她恰好头一天又碰上弗兰茨再次托人——还是通过那个长相寒碜的、带头巾的女人——带信来要钱的事弄得心烦意乱。她请人给孩子带去五个古尔顿，并且利用这个机会写了几句话严厉警告他，叫他别再去找舅舅的麻烦。"在这里既然找不到工作，那你为什么不在外面找个活做做呢？"她继续写道，"我再也没有能力帮你了。"可是信刚一发出她又后悔，觉得刺激弗兰茨是很危险的。不过，现在悌尔达又重新对她好起来，这使她觉得心中有了依托，就像是已经武装起来，足以对付某些可能面临的灾难了。

她到沃尔申家时只有悌尔达一人在家。悌尔达特别热情地欢迎她，并说看到老师现在比新近那次见面气色要好些，真是非常高兴。然后，似乎是在回答苔莉丝那询问的目光，她接着便用很随便的、稍微有些少年老成的语气说道："哎，就是这样，亲戚到家里来找你，很少有让人高兴的事，特别是那些不请自来的。"

"唔，"苔莉丝应答着，"幸好我那里很少有亲戚来访，既没有请来的，也没有不请自来的。"话说到这里，她便讲起自己那独来独往、几乎可以说是孤苦寂寞的生活方式。她说，自从她儿子也在"外边"找到了工作以来——说到这里她脸涨得通红，而悌尔达则在她的藏书间忙活着——她几乎就没有再见过她家的任何一个人了。她母亲看来成天舞文弄墨，异想天

280

开；她哥哥忙于尽忠职守，又非常积极地参加政治活动；而嫂子呢，她一天到晚全身心地为她那个家和孩子们操劳着。

苔莉丝说到这里，悌尔达突然插话说："法比安尼女士，您知道我父亲最近说了什么吗？不过您听了这话可别生气。"

"生气？"苔莉丝有点惊异地重复着。悌尔达马上补充道："我父亲觉得——唔，他是怎么措词的呢——唔，是了，他觉得您不善于发现自己的优势。"当苔莉丝向她投来迷惑不解的目光时，她便接着说："他认为，像您这样一位非常出色的女教师完全有理由，唔，绝对有充分的资格要求更高的薪水啊。"

对这一点苔莉丝提出了异议。"哎哟，我的天，悌尔达，多数人都觉得，我得到这样的报酬已经是太多了。我只是个私人教师嘛，从来没有参加过国家考试，从来没有担任过任何公职。"说到这里她便讲起她如何很早就不得不挣钱谋生，从未找到机会使耽误了的学业得以弥补——是啊，这也许在一定程度上是她自己的过错造成的。不过无论如何，现在要想从头再来是为时已晚了。

"哎呀，我的天，什么时候都不会太晚的！"悌尔达这样认为。这时她又一次突然问苔莉丝，是否允许她提出一个请求。原来，她不清楚苔莉丝的命名日是哪一天。"我们这里都没有这一说。"苔莉丝答道。于是，悌尔达恳切地请求法比安尼女士一定要接受一份后补的命名日礼物。苔莉丝还没来得及回答，悌尔达就一溜烟跑到隔壁屋里去，回来时胳膊上搭着一件英国产的呢大衣。她十分客气地请法比安尼女士屈尊站起来，帮着她把大衣穿上了。这件大衣简直就像是量了尺寸做出来的，苔莉丝穿上不大不小正合适。悌尔达接着说，如果觉得有什么地方还可以进一步加点工的话，那么销售商家承诺可以让他们再作一些改动。

"哎呀，您们真是太让我不好意思了。"苔莉丝站在悌尔达闺房里的大衣柜穿衣镜前，照了一照自己穿着这件大衣的效果。的的确确，这真是一件式样雅致、异常合身的外衣，一穿上它，她看上去就像是一位出身富贵人家、现在仍然相当年轻的女士了。

"哦，还有，"悌尔达说，一面将一个系着丝带的纸盒子递给苔莉丝，"这是一起的。"打开一看，原来是三双手套，白色、深灰色和咖啡色的每种一双，全部是优质的瑞典产品。"号码是六点七五的，大小合适吧？"

苔莉丝正准备试戴其中一双手套，沃尔申先生进屋来了。"我向您表示祝贺，法比安尼女士。"他说。

"祝贺我什么呀，沃尔申先生？"

"悌尔达告诉我，今天是您的生日。"

"哎呀不是的，今天既不是我的生日也不是我的命名日，我确实不知道……"

"不管怎么说，今天我们就过这个日子！"悌尔达用十分肯定的语气宣称，"什么也别再说了！"

他们在从头至尾极为融洽的气氛中享用了午餐，佐餐的饮料还另有一瓶勃艮第白葡萄酒，父女两人举杯祝苔莉丝身体健康，而苔莉丝也真的飘飘然起来，觉得自己像是一位受到百般宠爱的寿星了。饭后喝黑咖啡时沃尔申先生的妹妹来了。稍后又来了一位名叫费卡德的荷兰人，是沃尔申先生的商务伙伴，一位已经不太年轻的先生；他没有胡须，黑头发，但两鬓已经灰白，浓黑的眉毛下是一双明亮的蓝眼睛。话题涉及的内容，有费卡德先生生活过多年的爪哇，还有乘轮船的旅行、豪华游轮、海上跳舞晚会等，另外还谈到现今全世界交通状况的进步和奥地利的某些落后之处。谈及后者时，沃尔申先生的妹妹便起来捍卫自己的祖国，而费卡德先生自然也无意贸然对奥地利的现状下什么断语，他很巧妙地将闲谈的话题引向了另一个较为无关痛痒的领域——近来的各次歌剧演出、当今著名的女歌手、大大小小的音乐会等等；在谈论中，他不时也特别殷勤地转向苔莉丝说话。

过去，苔莉丝有多少次旁听过这一类悠闲自在的谈话而几乎没有哪一次是真正作为平等的一员参与其中啊。今天她竟意外发现自己偶尔也有了插一句嘴的冲动，只是她没有胆量讲出来罢了。但是，不知是在一个什么契机出现时，悌尔达便刻意将她拉进众人的谈话中来——她这个意图除苔莉丝外谁都没有察觉；逐渐地——大概葡萄酒也起了一定的作用吧——苔莉丝的拘谨矜持全然冰释，她许久以来都没有这样无拘无束地谈笑自若；而在谈话中，她时不时看到沃尔申先生那诧异的、然而却是极其欣喜的目光注视着自己。

八十四

下一个星期日，一件他们曾经多次计划但却一直未能付诸实施的事情，终于得以实现了：同悌尔达和她父亲一起作了一次小小的郊游，参加者还有他们在电车里巧遇的一对夫妻。这是一个春光明媚的日子，他们先是来到一家绿树成荫的森林酒店吃小吃；而苔莉丝发现，这个餐馆竟是她多年前同卡西米尔一道来过的那一家！哎呀，她现在是不是坐在当年坐过的那张桌子旁呢？或许，竟然是坐在同一把椅子上？在那草地上跑来跑去的，兴许还是当年——只是长大了些——那批孩子也说不定吧？抬头看，她的上方难道不还是那同一片天空，两边难道不还是那同一片绿地，四周难道不还是那同样一片鼎沸的人声吗？呀，坐在邻桌的，还是当年那些人吗？当时她那位伴侣跑过去跟人家攀谈起来，为此她心里还老大不乐意的。这一阵子恍恍惚惚的感觉过后，下一秒钟她才突然想到，她此时回忆起来的那个男人不就是他儿子的父亲吗？还有一个情况她现在也突然想起来，而令她迷惑不解的是，这件事从今天一早到现在竟完全从她的脑海里消失得无影无踪：昨天晚上这个孩子弗兰茨又一次极不愉快地来到她的记忆中。他托人带给她一封信：他需要两百古尔顿。信上说，有了这笔钱他就得救了，不止是这样，用这笔钱他还可以开一个店铺。"别不管我，母亲，我求你了。"这一次不是那个戴头巾的老女人把信交来，而是一个骨瘦如柴、衣衫褴褛的小伙子出现在门外，然后一下子闯进屋来把门砰地关上，赖皮赖脸地扫视了屋子一遍，一句话没说把信递给了苔莉丝；看那副样子，似乎弗兰茨是有意把这小子派来吓唬他母亲的。苔莉丝给了他三十个古尔顿，她当时是够困难的。照这样下去怎么能行呢？唉，要是当时他去了美国不就好了吗？如果那时有足够的钱，买得起远洋轮船票就好了！不过，谁又能担保到时候他真的上船离开呢？想到这里，突然间她又看见儿子出现在自己面前，像一幅画那样清晰：他站在一艘货轮的甲板上，穿着一身破旧的衣服，领子翻了起来，脚上一双破烂的鞋，连一件能遮挡狂风暴雨的外衣也没披。而也就是在这一瞬间她心里又升起了负罪感，这种感觉总是不断反复地折磨她，每次哪怕只是短短的一两分钟；而它一旦肆虐之后，她简直就是失魂落魄、任凭命运摆布似的茫然发呆，似乎刚刚经历过的一切完全不是真的，而只是做了一个梦。

"您的汤快凉了，法比安尼女士。"悌尔达说。

听到这熟悉的声音，苔莉丝这才抬起头，一下子明白自己现在是在什么地方了。饭桌边的其他几个人几乎没有留意到她刚才的失神状态，他们边吃边聊，有说有笑，而苔莉丝也很快就又恢复了无拘无束自由自在的状态。她津津有味地吃着，欣喜地享受着这清新的空气、美丽的风景、郊游的人群、美好的春天和周围那种节假日的欢快气氛。少时，那对朋友夫妇便起身告辞，他们还想到附近的一个山丘去转转，而其他几人则踏上返程。他们信步来到一处空旷的、接近大片平地、可以远眺多瑙河美景的地方，在这里稍事休息。沃尔申先生在草地上躺下，不一会儿就睡着了。苔莉丝和悌尔达在离他不远处坐下，你一言我一语地闲聊起来。苔莉丝此刻成了一个十分健谈的人。今天，过去的许多事情一桩桩一件件都接连跃入她的脑海；这里有她很长时间以来一直没有想到过并以为早就完全忘记了的一些人，有她生活过的一些家庭、这些家庭中的男主人们和女主人们，还有那些她负责教育过或至少是教过课的孩子们——这批孩子中有同她感情比较淡漠的，也有她非常喜欢的。她的感觉就好像是打开了一本贴满了照片的相册在一页页翻看，某几页迅速翻了过去，在某张照片上只是匆匆一瞥，而在某一张上则停留的时间长些或者感慨系之地多看一阵；唉，如今，他们之中几乎没有哪一个还记得她，也许没有任何一个还能知道她现在是死是活——想到这些，一方面令人伤心，可另一方面又的确让她感到安心。悌尔达双手交叉抱膝，全神贯注地聆听着，时而两眼闪烁出孩子般的好奇目光，时而被老师的讲述激动得神色凝重；就在她这样的侧耳细听的过程中，苔莉丝感觉这一幕幕回忆的图景犹如获得了新生命一样幻化为一幅幅比它们自身原本的面目更为生动的图像。苔莉丝感谢悌尔达，感谢这个女孩使她贫瘠的生活在这一个小时的春日时光里变得丰富起来。

沃尔申先生醒了，朝她们这边挤了挤眼，接着站起身向她们走了过来。他问她们两个是不是有好多有趣的事要讲给对方听。这时苔莉丝和悌尔达也站了起来，抖掉裙子上的草屑和尘土，然后三人沿缓坡继续往前向下走去。悌尔达亲热地挎着苔莉丝的胳膊，有时她们走到了前面，外衣搭在肩上的沃尔申先生就跟在她们身后。这条长长的缓坡，又是苔莉丝多年前和卡西米尔·托比什一起走过的同一条路……那是她刚怀上他的孩子最初几天的事。

当沃尔申和悌尔达在他们家大门口和苔莉丝告别时，离天黑还有很长时间。在这个休息日的晚上，苔莉丝独自一人待在自己那初春的温暖尚未入驻的家里，心中倍感孤寂凄凉，曾几何时，生活又恢复原样，同此前一样贫乏枯燥了。

八十五

一周过去了，几周过去了，在这段时间里悌尔达对苔莉丝的态度几乎同其他女生一样，并不比她们对苔莉丝更亲密些，甚至在每次下课后她都是急急忙忙地离开；直到有一天，又是完全出乎意料，她突然带来了她父亲请苔莉丝去听歌剧的邀请信。对于苔莉丝来说，时隔多年后再次到那宽阔的、金碧辉煌的大厅里就座欣赏《罗恩格林》①的演出，特别又是几乎像个大姐姐似的坐在悌尔达身边，这使她觉得简直跟过节一样；所以，几乎不需要这天晚上乐队和演员们那不同凡响的表演，她就已经是兴高采烈的了。费卡德先生也应邀来到包厢里一同欣赏歌剧，演出结束后大家又一起到一家大饭店的豪华餐厅用晚餐。在那里，穿着她在这种场合多少显得有点寒碜的一件连衣裙，苔莉丝自然不能再感觉自己像悌尔达的大姐姐一样了；尤其是，那个荷兰人在就餐时几乎只同悌尔达说话，而那位平时颇为健谈的沃尔申先生却表现得特别寡言少语，这就更令她觉得自己和这家人之间有不小的距离。苔莉丝也不知道为什么这时竟会猜测沃尔申是因为生意上的头疼事引起他就餐时情绪不佳的，而她对这个可能的原因却丝毫不感到不舒服。是的，恰恰相反，她沿着这思路遐想下去：唔，恐怕是他们的工厂倒闭

①Lohengrin，十九世纪德国大音乐家和歌剧作家理查德·瓦格纳（1813—1883）的著名浪漫歌剧，1850年首演后，一直在西方各国久演不衰。

了，沃尔申失去了他的全部财产，悌尔达也不再是有钱人家的姑娘而是个出身贫寒、必须自己挣钱养活自己的少女，这样一来她同她苔莉丝会比现在这样要亲近不知多少倍呢。

不过沃尔申情绪低落——或者是苔莉丝以为的情绪不佳——的真正原因，几天后就完全清楚了；那天悌尔达用一种很轻松的口吻告诉她说，她已经同费卡德先生订婚了——这令苔莉丝大吃一惊。结婚典礼定于今年暮秋举行，婚后的住所已经决定将是在阿姆斯特丹，昨天费卡德先生已经先行去那里，打算待较长一段时间作相应的安排。悌尔达在讲这些时，苔莉丝脸上只是浮现出了一丝呆滞的微笑；这或许也可以算作是一个祝福的表示吧，但如果要用语言来表达她对悌尔达的祝福的话，苔莉丝还确实是难以出口。

她不理解沃尔申先生居然会同意这桩婚事，私下里暗暗骂他软弱、无情；唔，她甚至毫无根据地埋怨他抱着不光彩的动机，那便是因为公司目前经济困难，是沃尔申自己拉皮条促成了这次联姻，目的只是为了拯救自己的公司罢了。她怎么也不能相信，差不多还是个孩子的悌尔达，会真正爱上一个比自己大二十或是二十五岁、谈吐有失高雅、相貌也属平常的男人。她倾向于认为这个清纯的少女是个还丝毫没有意识到自己命运的无辜的牺牲品，这样想着她甚至有了去劝说沃尔申先生退婚的一闪念；不过她立刻就感到这一企图的可笑和不可行，特别是还因为她对悌尔达已经很了解，这孩子绝不是可以轻易被说服，更不是会让人强迫去做她自己不乐意做的事情的人。

分别已经临近的念头完全占据了苔莉丝的心胸，以致日常生活中那些大大小小的操心事她几乎感觉不出来了。由于近来有一些学生不再来她这里就读，她被迫更加紧缩自己的开支。然而生活中那些不愉快的事和物质方面的短缺她几乎也感觉不到。有一天晚上弗兰茨突然又提着一个小皮箱出现在她面前，一句话不说就要在这里过夜并且每天跟她一起一日三餐，把这当作最正当的、他理所当然应该享受的权利。这件事虽然意味着她又多了一桩烦恼，但也并不比其他烦心事更糟。说也奇怪，起初一段时间这儿子倒也没有怎么打扰她；他多半在长沙发上睡到将近中午，然后匆匆吃完饭就跑了，一直到晚上很晚的时候，更多的是半夜里或是第二天清早才回来，因而他也就一次也没有碰上她的女学生们，而这，是她一直就不愿意看到的。

　　这一次，弗兰茨表现得比以往文静些和懂礼貌些，有时一吃完午饭他就被朋友接走。其中有一个长得挺俊的高个子男孩，看样子像是出身于比较清贫的市民阶层的学生，但另外有一个她认出来就是上次弗兰茨让他带着讨钱信到家里来过的那个。看样子这男孩可以说是故意装扮成一个嫌疑犯的模样吧，这肯定是会引起警察注目的：方格子图案浅色裤子、咖啡色短上衣、灰色瓜皮帽、左耳垂戴着小耳环、外加他说话哑嗓，斜眼看人，目光狡狯。苔莉丝一想到很可能有哪个邻居会看见他从她自己家里走出来就觉得羞耻，唔，简直感到害怕，于是她憋不住向弗兰茨含蓄地说出了这层意思。可是她话音刚落，弗兰茨就突然一脸敌意地站到她面前，极为粗暴地厉声要求她：不准侮辱他的朋友！"这一位的家庭出身可是比我强哦，"他大声叫道，"他至少还有个父亲嘛！"
苔莉丝耸了耸肩走出房间去了。然而即便是这件事，她也几乎没有放在心上；她的心被更为苦恼的事压扁了。

八十六

　　悌尔达继续按时来上课，可是一次也没有再提到她的未婚夫，也压根没有提她那桩即将到来的婚事，以致苔莉丝有时竟产生一个可以聊以自慰的错觉，即也许那个婚约已经解除了吧？那真是她所希望的啊。但是，当她在几周后的一个星期日再次被邀请到沃尔申家午餐时——沃尔申的妹妹也来了，人们在餐桌旁的话题几乎没有别的，完全是一些同悌尔达的婚事和婚礼相关的事情。他们谈悌尔达最近在上的荷兰语课——这是苔莉丝现在才知道的，谈她的嫁妆，谈费卡德先生在赞德福海滨的别墅，谈他几个兄弟中的一个在爪哇拥有的农场。而沃尔申先生今天看上去一点也没有情绪欠佳或表情凝重的样子,唔，他简直就是乐呵呵的；似乎办这桩婚事完全符合他的意愿，似乎把自己许多年来最亲近的女儿嫁到遥远的异地去，从此跟一个陌生男子在一起生活一辈子而永远失去她——好像这是世上最自然、最合乎情理的事情似的。
　　婚礼的时间比原定计划要早一些，七月初就在市政厅举行了。苔莉丝是第二天从邮局送来的一份印制的通知书上得知这一消息的。当她手里拿着这张帖子时，恍惚觉得这事她已经隐约地预感到了；她觉得，似乎悌尔达最近有一次在上完最后一节课后比平时更加意味深长地握了握她的手；另外她还记起悌尔达临出门之前向她投来的一瞥，那目光里虽然有某种表示对不起的意思，但同时也包含着一丝扬扬得意的韵味，就好比一个孩子成功地搞了一次恶作剧那样，而她却丝毫估计不到这恶作剧对受害者产生的严重后果。尽管如此，苔莉丝还是希望至少在新人蜜月旅行的头几天里会收到一份比较私密的信息，然而她任何这类东西都没有收到，而且此后很长时间也将收不到了——没有信，没有明信片，也没有一声问候。

在一个接近周末、晴朗的夏日夜晚，苔莉丝出门走上通往玛利亚希尔夫大街的一条路，潜意识里打算到沃尔申家去一趟，虽说已是事后，仍想对他女儿结婚表示道喜。但是当她来到人家大门口时，发现所有的窗户都紧闭着，这时她才突然想起了好几个星期前沃尔申先生曾说过他打算在女儿出嫁后紧接着就去旅行度假的话。于是她又缓缓地踏上了归途，穿过那几条夏天十分闷热的、几近空旷无人的街道，向自己那孑然一身的家走去。原来，这一天弗兰茨也不在家。是她头天早晨把儿子赶了出去，原因是前天深夜他曾回过家来一趟，且还有一个朋友和一个不知哪里来的婆娘陪着，这两个人虽然苔莉丝没有看见，但他们的窃窃细语和咻咻笑声却把她从睡梦中惊醒了。弗兰茨起初硬是不承认还有一个女人同他在一起，但过一会儿也就轻蔑地耸了耸肩承认下来，接着便收拾他的东西，也没有和母亲道别一声就匆匆离去了。

七月的日子一天天过去，当最后一批女生也放暑假不来上课时，苔莉丝周围的孤单寂寞气氛便达到了顶点。她的习惯是每天早起，而起来后却几乎不知怎样打发时间。家务事很快就做完了，上午在市内炎热的街道上随意走几遭让她感到疲倦，下午她试着看看书，多半拿起几本长篇小说来看看，但是这些小说有的她觉得索然无味，另外几本则由于生动地描写了较为起伏跌宕的人物命运和情意绵绵的爱情故事，使她白白地激动一番，也往往令她痛苦不已。

而傍晚在环宫路和公园里的信步徜徉，却使她心中充满了极度的悲哀。现在还仍然出现这样的情况，即在朦胧的暮色中，会有某位外出猎艳的不相识男士紧随在她身后，而她羞于让别人跟她搭腔，更怕人家来陪伴她散步。她知道自己的身材和体态总的说来仍然显得相当年轻，但她心里又总是挥不去早晨起床后照镜子时看见的那个自身的形象：一张苍白、柔滑，但已未老先衰的脸庞，依旧浓密的一头褐色头发，但其中有两绺已经变成了灰色。在这样的时候，白天她还能勉强忍受的孤独寂寞便像一副越来越沉重的担子沉沉压在她身上。她偶尔会闪过一个念头：去哥哥家坐坐吧。不过马上又被自己这个想法吓退了，她感到毫无自信，不知该怎么面对哥哥，她甚至想到人家连是否愿意接待她都不一定。要说再去看看母亲吧，一想到这她心里几乎更加心虚胆怯，所以如此，又恰恰是因为她去年一年中将去看望母亲的打算一而再再而三地推迟未能成行。

但是在一个阳光灿烂的夏日清晨，她突然又风风火火地动身上母亲那儿去了，好像她刚做了一个梦，梦中做出了这个决定要求她立即付诸实施似的。其实，驱使她到那里去的动机并不是她渴望见到母亲，也不是一个被贻误多时的责任催促她前去看望老人，而仅仅是她不知道还有第二个人可以借给她一些钱，使她能够到乡下去安安静静地生活几个星期。因为，现在她心中那个赶快离开大城市——哪怕只是短短的几天也好——躲到乡下去的愿望是压倒一切地强烈，似乎它的实现与否决定着她的身体健康，甚至她的整个生命。而乡村、安静、休息这几个概念，在她脑海里出现时又总是伴随着一个画面：那是恩茨巴赫的某一块碧绿的草地，许多年前她曾在那里同一个小男孩玩耍过，那个男孩当时曾是她的孩子。

母亲现在的住所在赫尔纳斯街一座陈旧不堪的五层出租楼房里，是一位官员的未亡人租给她的一间小得可怜的房间。苔莉丝不清楚她母亲这些年挣来的一大笔钱，究竟是做投机生意赔掉了呢，还是自己犯傻稀里糊涂胡乱花费光了，再或者只是一种病态的极度吝啬，弄得她现在过着这种穷困潦倒的日子。但是，虽然在目前这种情况下想从她那里借到钱的希望相当渺茫，但母亲仍然几乎毫不犹豫便十分爽快地答应借给她一百五十古尔顿——这也许是因为苔莉丝借钱的愿望过于急迫，或者是女儿的意外来访使她一时惊喜过望，那一股冲动劲头还没有完全消退，再不就仅仅是女儿提出这一请求时信誓旦旦地说她笃定能偿还这笔欠款，使得她这样痛快就答应借钱给她。不过嘛，借条还是要打的，上面注明这笔钱至迟到十一月一号必须如数归还，如逾期不能偿还则每月加收百分之二的利息。在交谈中，母亲却并不过问女儿为什么需要这样一笔钱，实际上，与女儿相关的一切她都概不动问；倒是令人奇怪地劲头十足地大谈特谈一些鸡毛蒜皮的生活琐事，从这里又转而谈起邻居们经常在一起瞎扯的那些背后议论别人短长的闲言碎语。然后，她突然拿出存放在厨房餐具柜里、书写得密密麻麻的一百页手稿来给女儿看，那是她新近开始写作的一部长篇小说；而对于苔莉丝问起的关于她哥哥的近况，她的回答是既漫不经心又含糊其辞，说话间还通过开着的窗户向邻居一个正给窗台上的盆花浇水的女人打招呼互相问候。到最后，她既未挽留女儿再多待一会儿，也没有要女儿以后再来，就匆匆把她打发走了。

八十七

第二天一早苔莉丝就动身到恩茨巴赫去。现在距她上一次去那里已经过去了整整六年。老劳伊特纳死后不久，他妻子就改嫁到邻近的一个村子去了。苔莉丝原想到附近的另外一家农户去租住，但因为害怕和以前认识的任何一个村民接触，就宁可在村里一家非常简陋的客栈里住了下来。

她在这个自己很熟悉的地方稍微散散步，越过几片草地和农田向一片小树林走去，沿途很可能碰上了不少她从前认识的村民，但即便是这些人当中看来也没有哪个认出她来。不与任何人来往，独自个清清静静地过一段日子，原本就是她所以要到这里来的动因，但是她期望得到的那种舒适感，在这里却仍是怎么也得不到。回到客栈里她已经相当疲倦。吃饭时，店主认出了她，甚至还问起小弗兰茨的近况。听到这个问题她内心的反应冷漠得令她自己都微微吃了一惊，然后在回答中便谎称现在她儿子在维也纳有一份很好的工作。

整个下午她待在自己客房里。外面，炎炎夏日的空气忽闪忽闪直晃眼；穿过破损的百叶窗，阳光从窗缝里投射到墙上形成一条条刺眼的白色条纹。她半醒半睡地躺在屋里那张很不舒服的硬床上，苍蝇在屋里嗡嗡飞着，远处近处人声此起彼落，伴着各种各样的噪音，也许是从街上，也许是从田地里，一齐涌入她的睡梦之中。她就这样迷迷糊糊一直到傍晚才站起身，再次走到外面去。一路上，她从弗兰茨幼时寄养的那家人家门口经过，这房子现在已经是别人的产业了。它如今全然陌生地伫立在那里，似乎从来不曾与她有过任何关系。这所房子前面的草地上笼罩着一片薄薄的雾气，好像是秋天在提前向人们预报它即将来临。那尊圣母像也毫无变化，同从前一样周围摆满了已经凋谢的簇叶花环，此刻仍然在枫树下纹丝不动地注视着她，玻璃罩上那条小裂纹仍旧同以前一模一样。她从那座小丘向主街走下去，那里是一座座简朴的别墅；多处挂着小巧吊灯的游廊上，坐着避暑的游客、一对对夫妻和孩子们，他们就那样坐着，坐姿一直是那个样子。这当然是另外一些父母、另外一些孩子了，但对于苔莉丝这个此刻在这里散步的女人来说，又都是同样的一些父母和孩子，这些陌生的面孔在朦胧夜色中一张张从她眼前消失。那一边，高高的铁道路基上刚刚有一列特别快车飞速驶过，那巨大的轰隆声迅速得不可思议地在远方变成了细碎的轧轧声。一股悲凉的情绪沉甸甸地压到了苔莉丝身上，随着她一步步走进暗夜而愈益沉重不堪。后来，她坐在客栈的饭堂里吃晚饭，因为毫无兴致回到那间暑热还未退去、散发着霉味的房间里去，所以就久久地在楼下坐着，从靠墙的挂钩上取下一些报纸，在《下奥地利农民信使报》、《莱比锡画报》、《森林狩猎报》等报纸上翻看了一阵，一直看到觉得累了，才上楼就寝。由于她一反平日习惯晚餐时喝了两杯啤酒，便沉沉睡去，夜里无梦一觉睡到了大天亮。

然而接下来的一些天她便已经能打起精神，如同以前常有的情况那样去享受夏天清新的空气、安静的环境和稻草的香味了。她久久地躺在树林边，有时想一想从前的弗兰茨，就像回忆一个早已死去的孩子，又如饥似渴地想念悌尔达，心中充满了温存和舒坦之感。她觉得这种渴念是她一生中最美好的东西，它将她升华到一个她平日从未达到和体验过的高度。于是，一个早年的愿望现在又一次在她心中缓缓升起，那便是：在某处乡间，在绿色的怀抱中，尽可能远离人群，幽静地、无牵无挂无忧无虑地生活。当这个愿望此刻在她脑海里再次浮现时，"晚年"这个词突然跳出来活生生地站到她面前，而由于她仿佛是只得直面它，脸上便露出了一丝苦笑。晚年吗？难道她已经到了这步田地了？

这些天，她的疲劳感渐次消失殆尽，面颊也出现了红色，照镜子时她竟发现自己同前几个星期相比显然年轻了许多。这样，她心中一些朦胧模糊的希望便又苏醒了。比如她突然想到，可以再到艾弗雷那里去一趟，让他重新记起自己、重新认识自己；继而一转念她又想，沃尔申先生肯定不久就要回来了，她要去向他打听打听悌尔达的消息，唔，这个悌尔达到现在一直还没有给她写过一个字呢。

她也又想起了自己的职业，从而不满意这些天来的无所事事，有了些许要做点事情的渴望。于是休假的最后几天，她原本是打算舒舒服服享受一下的，现在便是在一种越来越迫不及待、甚至是越来越躁动不安的心情中度过了。而一旦雨天骤然来临，她便立即中断在乡下的逗留，在她自己规定的返城日期之前就回到城里来。

八十八

女生们陆续来到，她将她们集中为一个班，又新开了一门课。现在，休整后的她，重又焕发出蓬勃朝气——至少是丝毫没有勉为其难的心情——继续履行自己的职责了。依她的性格，她对待所有这些学生完全一视同仁，即都是一种伴有几分冷漠的和蔼态度；而且，虽然她对某几个学生怀有稍稍多一些好感，但像悌尔达那样的学生在这一批女生中是再也找不到了。有一天，她在市中心遇见一位稍微上了点岁数、衣着优雅、头上略微偏戴着一顶黑色硬礼帽的绅士，直到她同这位先生走到近处面对面四目相视时，才认出这一位原来是沃尔申先生。她惊喜异常，笑逐颜开，就像是一次意外的幸福突然降临到了自己头上，对方显然也非常高兴，不住用力地同她握手。

"为什么总也见不着您呀，亲爱的法比安尼女士？我早想给您写信了，可惜就是不知道您的地址。"

唔，苔莉丝心想，要想知道我的地址还不容易吗？但她压下了任何有关的说辞，只是立即顺嘴回问了一句："悌尔达还

297

好吗？"

是啊，对方回答道，这孩子的情况到底怎么样呢？唉，这不又是两个星期或者已经两个多星期了，他沃尔申一直还没有得到女儿的消息吗。不过嘛，说起来也不奇怪，因为这对小夫妻的蜜月旅行——怎么，法比安尼女士连这也还不知道吗？那蜜月旅行一来二去变成一次环球旅行了。现在他们俩大概到了不知是太平洋还是印度洋上的某个地方，明年开春前是回不来了。"您，法比安尼女士，真的还没有收到她的任何一点消息吗？"因为苔莉丝这时有点难为情地摇了摇头，他便耸了耸肩。"唉，是啊，她就是这么个人，真是没办法，可是同时她又对您——这点您完全可以相信我——有非常非常大的好感呢。"接下去他便滔滔不绝地谈起自己那个目前身在远方的亲爱的女儿来，说有什么办法呢，她的脾性就是这个样子，做父亲的只能认了。一转眼又谈起他们家那所让人心烦、又大又空的房子，谈他在俱乐部里玩的那些毫无意思的扑克牌游戏；最后谈他自己命运不济，真是可悲，在做了多年有妻子有孩子的男人后，一朝发现自己突然变成一个不招人待见的孤老单身汉了，似乎十年幸福的婚姻和几年不幸的婚姻只是一场梦，似乎他的整个有妻有女的生活根本就是一场梦！

苔莉丝奇怪沃尔申先生怎么这样坦率、这样亲切地对她直抒胸臆，她听得出，他这样把自己的全部心里话向她和盘托出是很高兴很舒畅的。但是讲了这些之后他突然轻轻叹了一口气，看了看手表说道，他今天晚上要同一个老相识一起去观剧，更确切些说，是去欣赏一场小歌剧而不是看什么古典名剧，因为他现在最需要的是让自己轻松愉快一下。法比安尼女士是不是时不时也去剧院看看戏呢？苔莉丝摇了摇头，自从那天晚上去歌剧院欣赏歌剧以后，她就再也没有机会去看戏了——另外她也没有时间哪。哦，那么，她是不是还一直在给学生教那么多的——说到这里他迟疑了一下——收费非常低的课呢？她微笑着耸了耸肩，发现沃尔申先生还有好多问题已经话到嘴边，但觉得还是暂时别问而打住了。然后，他显得有点着急但却十分热情地说了声"再见"——听来纯粹是客套语而没有邀约再会的意思，然后就跟她告别了。她往前移步时，感觉到他走了两步又站住回身目送着她。

　　然而接下来的那个星期日早晨邮局给她送来一封快信，里面装有一张剧票，另又附上一张名片："西格蒙·沃尔申，高档皮货商，店铺创建于一八〇四年。"苔莉丝已经料到会有诸如此类的事，只是现在这样的邀请方式让她心里觉得有点别扭，不过她还是接受了这一邀请。当沃尔申先生入场后在她身旁就座，并将一小袋糖果塞到她手里时，剧场内灯光已经暗了下来。苔莉丝向他微微颔首表示谢意，接着就专心致志地观剧了。柔美的舞曲旋律使她浑身舒坦，而风趣的台词令她开心；她觉着自己的脸颊渐渐泛红，面容有了神采，感觉自己随着场次的推移仿佛变得更年轻、更漂亮了。沃尔申先生在播放幕间音乐[①]时对她表现得相当有绅士风度，但也还是不无拘谨之态；而当演出结束，他们起身离开剧场并在衣帽间取回外衣时，他虽然一直挨在她身边，但又并不像是一个看上去肯定是同她一块儿

① 德奥各国旧时戏剧演出中幕与幕之间短暂播放的音乐。

观剧的熟人，倒是像两个偶然在剧场邂逅的观众那样。

这是一个令人倍感舒适的晴朗秋夜，苔莉丝愿意步行，沃尔申先生便伴送她走那段很长的路回家；走出剧院大门后他才提起悌尔达——自然仍是那句老话，说到现在还没有得到她的任何消息。他要请苔莉丝吃夜宵，但她婉言谢绝了，沃尔申先生也不再坚持，到她住所的楼门口就客客气气地和她告别了。

这一个星期还没有结束，沃尔申先生又再次邀约苔莉丝一同观剧，这一回是去人民剧院，观看一出现代社会题材剧。演出结束后他们来到一家餐厅，挑了个清静的角落就坐，点了一瓶葡萄酒边喝边聊。这一次谈得比上次要轻松、自然得多，情绪也更为活跃些，沃尔申先生颇为含蓄地谈他自己婚姻最后几年的艰难岁月，而苔莉丝则谈她生活中某些令人神伤的经历，但没有哪一次经历谈得十分明确具体。尽管如此，两人在分别时都同样感到他们今天比来此之前要亲近得多了。

一天后，沃尔申先生派人给苔莉丝送来一束玫瑰花，附上一个请求，即下星期天陪他到维也纳森林去散步，说这可以让他们"回忆一下和悌尔达在一起的时光"。于是，苔莉丝便同他一起，顶着今年初冬的第一场零星小雪，沿着半年多以前那个春日在悌尔达伴随下走过的那条路轻松悠闲地漫步。沃尔申随身带来了三张悌尔达寄来的风景明信片，三张都是昨天刚收到的。其中一张的附言写道："你也去关心关心法比安尼女士，好吗？她住在瓦格纳街七十四号三楼。代我向她致衷心的问候！近期我会给她写信详谈的。"也是在这一次散步过程中，苔莉丝对沃尔申先生第一次谈到她的儿子，告诉他说，她儿子一年前已经移民美国，直到现在没有任何音信。

通过接下去的几次一同观剧和餐馆进餐，沃尔申先生对苔莉丝的境遇知道了不少，尽管她在叙述中往往有许多匆匆一带而过、不少有意添枝加叶或避而不谈之处，这些沃尔申都十分随和地耐心倾听并且完全相信了。他也继续谈了许多他妻子的情况，而令苔莉丝奇怪的是，他谈起妻子来总是带着特别敬重、几乎有些崇拜的语气，就像是谈论一个非同凡响的人，一个不能用凡人尺度去衡量的超人一样；苔莉丝隐约觉得，他之所以爱悌尔达，实际上主要是因为她是他已然失去的这位夫人所生，她同她的生母看起来有某些近似的气质；而她苔莉丝呢，她对悌尔达的爱，倒是深藏在内心深处的、更为真挚、更加直接的感情。

此后的几个星期，苔莉丝和沃尔申两人间的关系并没有多少变化。他们一起看戏、下餐馆；沃尔申继续送花、送糕点给苔莉丝，到最后竟送来了整整一篮子罐头食品、南方水果和葡萄酒，苔莉丝有一搭无一搭地婉拒了他送的这满满一篮子赠品。到了十二月初，有两个假日连在一起，他便邀请苔莉丝一块儿到塞默林山①麓的一个小镇去小住几日散散心。苔莉丝确信，虽然到目前为止沃尔申先生的言谈举止十分含蓄谨慎，但他这次邀她出游肯定是抱有某些意图的，她当即做好心理准备，自己一定要表现得矜持些。在乘车前往目的地的路上，沃尔申有点笨拙地对她表示温存，她也半推半就地听任他的举止；在旅馆里，她和他的房间不是紧挨着的两间，这既使她安心，又令

①阿尔卑斯山脉位于奥地利与意大利之间的一段，为旅游胜地。

她失望。不过最终她还是没有闩上房门。第二天一早,当她舒舒服服地睡了个安稳觉醒来时,发现自己仍同昨晚躺下时一样,还是孤孤单单独自一人。多么令人肃然起敬啊!她心想。但是,当她照着衣柜上的大镜子穿衣服时,突然觉得好像发现了为什么沃尔申在她面前一直那样蓄拘谨的另一个原因了。原来自己的容貌已经不再那么美,已经无法使一个男人动心了。虽然她的身材仍然保持着青春靓丽的体态,但她的面容却相当显老而又憔悴。唉,怎么可能不这样呢?她经历了太多的苦难,尝尽了太多的苦楚;她是个母亲,是一个几乎已经成年的儿子的单身母亲,已经好久没有哪个男人向往过她的肉体了。而她自己对这个比自己年长好多、各方面都比较平庸的男士,又是否在哪个时候曾经感觉他身上有某种类乎吸引力的东西?这个人是自己的一个女学生的父亲,只是为了女儿的缘故,他才对她苔莉丝抱有一定的同情和关注;纯粹是出于好心,人家才请她到这个充满冬日清新空气的地方来小住两天的。仅仅是她自己那很不像话的——她暗自对自己说——私下里的胡思乱想,才为自己虚构出一幅令人怦然心动的艳遇图,而实际上她内心里对这种奇遇也说不上有什么渴求。

她着装完毕,穿上了那套旅游服之后,又觉得自己的形象比原来更精神、更年轻,差不多有点妩媚可爱的模样了。他们两人一同到旅馆中那间散发着松木清香的餐厅吃早点;从这间屋子的一角,瓷砖壁炉里的柴火噼噼啪啪响着,为人们送来适意的温暖。早餐后,他们乘坐敞篷雪橇驶过一处狭窄的山谷,在一棵棵松树和枞树间穿梭滑行。中午,两人在一块平地上露天闲坐，他们四周是一大片宽阔的、覆盖着一层薄薄雪花的草地，耀眼的太阳晒得他们身上暖融融、热烘烘的，于是苔莉丝脱去上衣，沃尔申也脱下了他的短皮外衣，现在他上身只穿着衬衫，头上戴着有羚羊毛装饰的猎人礼帽，被手捻起往上翘着的两撇黑糊糊的唇须也被雪打湿了，这副模样其实真有些可笑。归途中，天气一下子变得颇有寒意，所以回到投宿的旅馆中他们感到十分惬意，两人在苔莉丝房里晚餐，这里比楼下店堂里要来得舒适、温馨些。第二天早上，当他们乘车返回维也纳时，样子竟然已经像是终于久别重逢的一对伴侣了。

八十九

弗兰茨似乎从未知的远方居然嗅出了他母亲外部生活条件发生的变化。正当苔莉丝又一次收到一篮子各色各样的食品时，他竟意外地现身了。这次他穿着厚实的冬季短外衣，尽管绒领已经磨破，乍一看还挺像模像样，几乎给人一个值得信赖的印象。然而当他敞开外衣，露出有些污渍的无尾晚礼服和里面发黄的白衬胸时，那第一眼的好印象便立刻又化为乌有了。"是什么事让我有幸见到你的面？"母亲冷冷地问道。回答是，哎，他弗兰茨又失业了，又无家可归了。他住了几个星期的那间小屋，房东早就不让他再住了。他回到本地已经有好几个月。"是呀，虽然没有爹，"他恶狠狠地说，"出生城市总还跟本人沾那么点亲吧。"接着他说，他这么长时间一直都没有来过，实际上这已经是非常照顾人的了。那么，他说，母亲是否可以奖赏她一下，让他在这里住两三天、吃两三天呢？

苔莉丝断然拒绝了他的要求。她说，他可以从她的女学生们过圣尼古拉节时集体赠送她的那个篮子里拿东西，想拿多少拿多少。她也会再送五个古尔顿给他。可她决不是开旅店、开饭馆的。就这些，话说完了！弗兰茨拿了几盒罐头装进他的包里，把一瓶饮料夹在腋下便转身要走。苔莉丝见他脚上穿的鞋的鞋底已经完全被踩偏，脖子瘦长，两只耳朵呈扇风状，后背怪模怪样地躬着。"哎，倒也不用那么着急嘛，"母亲突然一阵心软，说道，"来，在这儿稍坐一会儿——唔，给我讲讲你的事情吧。"然而弗兰茨回过身，哈哈干笑了几声，"像这个样子接待我，还要——神经病！"话音一落，他便伸手拧住房门把手打开门，一出去便使劲撞上门，震得整间屋子轰然一声巨响。

关于这次儿子到家里来的事，苔莉丝一点也没有向沃尔申先生透露。可是当他一个星期后的一天晚上到她家来接她，见她是那样面色苍白、心情激动，眼睛也哭得红红时，那时她就再也忍不住，不能再隐瞒他了。她告诉他弗兰茨刚来过，这已经是一个星期中第二次来要钱了。她没有勇气拒绝给他一些钱。她还告诉沃尔申，原来弗兰茨压根就没去美国，而是躲在维也纳的一些阴暗角落里鬼混，至于他干些什么勾当，细节她完全不知道，也不想知道。话匣子一旦打开，她便比以往更详尽、更坦诚地对沃尔申讲述了她和儿子经历过的一切。在听她讲述时，起初沃尔申相当尴尬，这一点她很清楚地觉察到了。然而沃尔申越是往下听，就愈加对苔莉丝深感同情。最后，他宣称他不能再对苔莉丝这种艰难、备受折磨的日子坐视不理了，他简直就是非常惭愧，看吧，他自己倒是过着丰衣足食、无忧无虑的生活，而苔莉丝有时却——对，他非常清楚地看到了这一点——备受煎熬，为缺少最必需的生活用品而吃苦受累。

苔莉丝反驳他的这种说法。当沃尔申提出要每月给她一小笔抚恤金改善她的生活状况时，她断然拒绝了，她说她的收入还是可以的，她感到自豪的、也许唯一感到自豪的就是，她一辈子靠自己的工作所得能够完全养活自己，而且也养活了自己的儿子许多年。

但是，当沃尔申在此后不久的一次谈话中坚持要对她表示一下关怀，至少为她稍微添置几件像样的衣服时，她几乎就没有再提什么反对意见了；而当她因重感冒发高烧，被迫整整一个星期卧床不起时，她好赖只得容许沃尔申替她支付医药费和必要的改善饮食的费用，最后又不得不让他补贴她因为不能上课导致的经济上的损失。另外，他还坚持要她病后务必加倍爱护自己的身体。这样一来苔莉丝别无选择，只得接受他的经济资助，对他表示感谢了。

九十

一月份的一天，来了一个令人心花怒放的特大惊喜：悌尔达突然回家来了！而此前，连她父亲也还不知道女儿女婿这对年轻夫妻在周游世界之后已经返回了欧洲呢。苔莉丝是从沃尔申打来的电话——在她的住所安装电话，她也得感谢沃尔申的好心——当中得知这一消息的，他在电话中向苔莉丝道歉，说由于悌尔达意外突然到达，他今晚就不能如约来接她了。他说这话时火急火燎的，语气又非常窘迫，几乎像是在请罪一样，这使苔莉丝根本插不进嘴去问上他几句话。放下听筒之后，苔莉丝并不因知道了这个消息而感到高兴，反倒觉得有些焦虑和郁闷。她觉得自己是受冷落了，唔，简直就是被人家耍弄了。她受到的是双重的耍弄：一方面是悌尔达，这姑娘连一封信也没有写过给她，而且在后来这孩子给她父亲写的三言两语短信中也没有借机顺便问候过她一句；另一方面是沃尔申，对这个男人来说——啊，她实实在在地感觉到了这一点——悌尔达出现的一刹那间她苔莉丝的身份一下子就降低为一个无关痛痒的人，甚至是个相当碍事的人了。第二天——她的预感是多么准确呀——整整一天沃尔申都无声无息，无异于完全消失。只是到了第三天中午，他才又突然现身，亲自来到苔莉丝眼前；然而来得又很不是时候，因为她一点也没料到他偏偏在这个时候来。她大病初愈后根本还没有完全康复，只穿着她那件灰色的法兰绒便服，在情急中，又只能手忙脚乱地赶快梳理了一下头发；这时候她这副模样，同往常她和他见面时完全不同，绝不是她乐意让他看到的。但是沃尔申对于她的外貌和着装似乎一点没有注意到有任何异样，只是一副大大咧咧、兴高采烈的样子；他头一件要说的事，就是悌尔达非常非常关心地问起她苔莉丝，说如果老师明天——就是星期天——中午可以到他们家同他们共进午餐，那么她将特别特别高兴。不过苔莉丝对这一盛情邀请却并不怎么感到快意。她突然意识到自己目前这种地位那整个令人难堪的别扭状态，她是个有一个私生子的母亲，她还曾经多次委身于很不体面的男人。而如今在一个事实面前这些都突然显得毫不重要了，那便是，她现在是悌尔达父亲包养的情人。这个令人难受的想法她没有说出口，然而沃尔申却看出了她的心思，于是力图用温柔的话语来抚慰她。起初她脸上保持着冷漠的、几乎是呆滞的表情，但渐渐地她想到了现在这件令人快慰的事，即悌尔达回来了，她明天就将见到这个姑娘了，木然的神情便为之一扫。于是同沃尔申道别时，她请他向她钟爱的姑娘代问一声好。这时候她的心情已经坦然、释然到这种程度，以至于她竟然能以一种居高临下的语气开玩笑说："你用不着告诉她你来看过我，你完全可以说是偶然碰见我的嘛。"但是沃尔申，穿着皮外衣，手里拿着文明杖和礼帽，却很严肃而庄重地答道："我当然已经对她说过啦，我说我们经常见面，我们已经成了——非常要好的朋友了。"

悌尔达向苔莉丝迎面走来时，神态十分随和自然，好像她是昨天才对老师说了再见一样。苔莉丝觉得她整个人几乎毫无变化，还是同以前一样像个大姑娘似的，还是那么温文尔雅，只是脸色稍显苍白罢了。至于悌尔达那边呢，她觉得苔莉丝变化非常大，不过是往好处变，唔，简直就是变得更年轻了。她信口问起几个去年的同班同学，但没有接着苔莉丝的答话多说什么，而是转而去谈别的，并代她丈夫向苔莉丝问好。"他没有和你一起回来吗？"苔莉丝天真地问，似乎她觉得现在应该表现出什么都不知道才合适。

"哦，是没有啊，"悌尔达答道，"就是要这样才对嘛。"

说完这句，她稍微涨红了脸又轻声补充道："一个女人要是回趟娘家，"——说"娘家"这个词时就像是加了引号——"待几天，那么她总是想痛痛快快地做一回完完全全的姑娘呗！"

"怎么，只待几天吗？"

"当然啦，这次回维也纳只能算是一次短时间的离家外出嘛。费卡德先生"——她这样称呼她的丈夫，苔莉丝听了倒并不感觉不舒服——"本来是坚决不放我走的，我呢，哎，我就给他来了个先斩后奏，把既成事实摆到他面前，先去旅行社买了票，收拾好了行装，然后到了某一天突然对他说：今晚八点，我坐火车回家了。"

"你是不是很渴望回家呢？"

悌尔达摇了摇头说道："我要是很渴望回家——那我也许就不回来了。"看到苔莉丝有点迷惑不解的眼神，她莞尔一笑，这微笑仿佛表明她对老师这一眼神早已不陌生了。继而她解释道："这就是说，如果我渴望回家，那么我就会努力去克服这种情绪的。哎呀，如果由着性子来，非常想做什么马上就去做什么，那不乱套了。所以说不是的，我并没有渴望着回家。不过，现在既然回来了，我真是好高兴哦。哟，你看，我差点忘了……"

说到这里，她俯身拿起放在长沙发上的一个系着细绳的小盒子，把它递给了苔莉丝。当苔莉丝正打开这个礼盒包，露出里面一大盒荷兰巧克力和半打刺绣真丝手绢时，沃尔申先生走进屋来了，随同他一起进来的还有他妹妹；当这位姑妈走过来拥抱悌尔达时，苔莉丝和沃尔申之间见面打招呼这一环节，就通过两人无拘无束地各自向对方投去会心的、亲切的一瞥来完成了。

没有其他客人在场，大家同以前一样在舒适宁静的气氛中共进午餐；而如果不是悌尔达滔滔不绝地大讲特讲旅行见闻和她那个新家的话，那么几个人真的可能会觉得——沃尔申也着意指出了这一点——她压根就没有离开过呢。不过比起讲述她见过的为数众多的山川美景和城市，比起讲述她现在居住的房子里那些硕大无朋的玻璃落地窗和那一朵朵美丽的鲜花，她讲得更多的，还是她如何久久地躺在轮船甲板上，尽情享受眼前和身边唯有天空和大海作伴的那许多个美好的时辰。虽然悌尔达是从她自己的性格出发大讲她怎样享受了那种仰卧天地间无所事事的美好感觉，但苔莉丝却觉得，正是这些一人独处、充满梦幻、远离尘嚣的美好时刻，才真正是她从这次旅行和远航中体验到的极为深沉的情感经历；她的这一收获，意义远胜于她造访南美洲的某个大农庄，远胜于她站在里约热内卢山丘高处极目远眺港湾夜景、观看成千上万只晶莹闪烁的霓虹灯，甚至也远胜于她跟那位与她乘坐同一艘轮船、专程到南美去观测日食的年轻法国天文学家一起翩翩起舞。饭后不久，当苔莉丝起身告辞时，她怀着一线希望，心想悌尔达会不会挽留她多待一阵。但悌尔达没有任何这方面的表示；而且她还回避再约定一个近期的日子见面，仅仅说了句热情但毫无约束力的话："但愿我离开维也纳前能再见到您，老师。"

"但愿吧，"苔莉丝怯怯地重复着，又补充了一句，"请代我向——费卡德先生问好。"说完，便拿起装有巧克力和手绢的小包，向主人告辞，缓步走下楼去。她，一个前女教师，现在是一个结了婚的女学生旅游归来，带了点礼品送给她——这不过就是因为应该这样做嘛，别无他意！

回到家，迎接她的是一个颇为伤感的夜晚。接下去又是两个伤感的日子，既未收到沃尔申先生的，也未收到悌尔达的任何一点消息，于是苔莉丝心中便涌现出种种不祥的预感。

第八章

九十一

　　然而第三天一大早，沃尔申先生便亲自到苔莉丝这里来了。他是去火车站送走了悌尔达以后，直接从那里过来的。原来是悌尔达突然接到了她丈夫的一份加急电报，于是就比原计划提前一些日子动身返回了。唉，沃尔申先生说，她这个好心的孩子，表面上看好像比别人更没有依赖性，比别人更优越、更自信，而实际上远不是那么回事，你看她拆开电报时那个样子是多么慌张、多么激动哟，看完电报她皱起眉头接着又哈哈哈笑了几声，脸涨得通红通红，而这究竟是生气还是高兴的结果呢，就很难判断出来了。但无论如何有一点是可以肯定的，那便是她现在已经坐在特别快车里了，就是这趟火车把她给拐走了，把她送到荷兰她那个焦急万分的丈夫怀抱里去了。不过嘛，这姑娘感到非常遗憾的是没能再次见到老师法比安尼女士，因此她让父亲多向老师问几声好。但是现在好了，现在总算还有点别的事，一件很惬意的事——唔，一件特别让人高兴的事，要对苔莉丝讲。说到这里，沃尔申问苔莉丝是否能猜到那是件什么事。他像对一个小女孩那样，用手捏住她的下巴轻轻地吻了吻她的鼻尖，这是他在情绪颇佳时经常喜欢做而苔莉丝很不乐意接受的。可惜苔莉丝没有本事猜出这件喜事究竟是什么。或许她还真能猜得出来——难道会是一次邀请？邀请她到荷兰去过圣灵降临节？要不就是去桑德佛他们家的别墅避暑？不，绝对不是这个，至少今年内还不会有这样一次邀请。那么到底是什么事呢？她说，她这个人原本对猜谜语就很不在行，麻烦他快告诉她吧，到底有什么喜事值得她特别高兴呀？

好吧，他这就说，是这么回事：悌尔达昨天在吃饭时说了一句话，这句话本身其实倒很符合她这样的姑娘一贯的风格，可仍然让他沃尔申感到意外。当时她说："哎，爸爸，你究竟为什么不跟她结婚呀？""谁？她是谁？"——转述到这里沃尔申先生笑了起来。他笑悌尔达是不是把她爸爸看成唐璜一类的人物了，好像他可以在一大群女士中随意挑选一个似的。不，悌尔达的话毫无疑义仅仅是指法比安尼女士。"你究竟为什么不跟她结婚呢？"她干脆就不能理解为什么她爸爸沃尔申先生，不娶苔莉丝女士做妻子。因为，他们两人之间到底是什么情况，这个机灵的小家伙说她早就一眼看出来了，仅仅从他在给自己女儿的信里写苔莉丝名字的笔法看，就再清楚不过啦。别忘了，她悌尔达还研究过笔迹学呢。"告诉你吧，爸爸，"这孩子补充说，"你现在能做的最合情合理的事就是这件事了，我祝福你们俩啦。"好了，那么苔莉丝女士对这件事有什么想法呢？

苔莉丝微笑了，但她这微笑并不包含丝毫的快意。沃尔申先生感到不解的是，苔莉丝对此的第一个反应不是别的什么回答而竟是这么个有点干巴巴的微笑。然而，比沃尔申对这一反应几乎更为迷惑不解的居然是苔莉丝自己。因为，听到这个本应让人高兴的事之后，她胸中涌动着的波澜并不是喜悦之情，肯定也不是什么幸福的感觉；正确些说是一种惶惶不安的情绪，是焦虑，甚至是恐惧——惧怕这样一桩事必定会给她的生活带来巨大变化，而她，一个已经不再年轻的、过惯了独居生活的单身女人，恐怕是很难适应这种变化了。要不，难道这种恐惧心是害怕自己从此便一辈子被拴在这个男人身边？对这个人，她虽说有好感，但他对她做出的那些爱情表示在她心中引起的反应基本上是无动于衷的，有时甚至还令她颇不舒服，而一多半则是觉得滑稽可笑。或者，归根结底她害怕的是一旦结了婚，紧接着从她儿子那里将会冒出来一大堆麻烦事，时时刻刻令她纠结惶恐；而沃尔申是很难正确应付这些头疼事的，他将会有怨气，然后以某种方式从她那里寻求补偿。

"你为什么不说话呀？"沃尔申终于憋不住，惊异地问道。

这时苔莉丝伸出手去拉沃尔申的手，有点慌张的脸上表情一下子开朗起来，然后用一种先是带有几分怀疑转而又像半开玩笑的语调反问道："你真的觉得我做你的妻子合适吗？"沃尔申一听这话马上放了心，于是他好像用行动来回答这问题似的，有些笨手笨脚地凑近到她身边，苔莉丝往常对此多半采取躲闪的办法，而这次她却完全顺从不予抗拒，为的是不破坏此时的良好情绪，从而也许还为了不仅是此刻的情绪受损吧。沃尔申表示希望她从下周起就削减课时；她一开始坚决不同意，甚至宣称她即使在结婚后也不打算完全放弃工作，说工作给她满足感，有时甚至使她快乐。话虽如此，但此后几天里遇到了一次偶然的机会有人请她去上新课，她仍然拒绝了；而在另一家，她将原来的每周六学时课削减为三学时。这件事沃尔申知道后，几乎把它看作是一个对他特别照顾的表示。

就在这几天里弗兰茨来了一封信，语气强硬地向苔莉丝要钱。同时他给了一个并非本人居住的地址，要苔莉丝马上往那里寄一百古尔顿去。这件事苔莉丝不想也不能隐瞒她的未婚夫，特别是由于如果她寄出这笔钱，那么她就付不起不久后就到期的房租。沃尔申毫不迟疑地给了她这笔钱，并且利用这个机会将他显然早就藏在心底的打算说了出来。那便是：他愿意为弗兰茨承担路费，让他远渡重洋到美国去；更确切些说是——因为对这样的人绝不可以掉以轻心——他打算请一个可靠的人陪同他到汉堡，买好船票交给他，然后把他一直送上甲板再离开。但是苔莉丝不同意、不接受沃尔申这个建议，也没有感谢他，她不认为这是一个理想的解决方案，向他提出了自己对此抱有的顾虑和其他异议；而且，沃尔申越是用一些显而易见的理由力图说服她，她就越是毫不动摇地坚持说她一想到要让汪洋大海将自己与亲儿子隔开简直就无法忍受。尤其是现在，当她的境况很明显地有所好转时，她觉得这样对待自己这个不幸的儿子实在是太冷酷无情了，甚至简直就是一种罪孽，将来某一天肯定会遭报应的。沃尔申当即反驳她，而就像在这种场合很容易出现的情况那样，每人都加倍努力地申诉自己的看法，于是争论越来越激烈。沃尔申满面愁容地在屋里来回踱步，苔莉丝终于禁不住泪水夺眶而出。最后两个人都看出，他们实在走得太远了。苔莉丝则还多一层心思，即觉得自己这样对待未婚夫未免太不明智，而他们两人之间的关系现在又还过于稚嫩，不可能让这第一次严重争吵在柔情蜜意中和解结束。

几天后，沃尔申因商务上的需要到外地去了一段不长的时间，这个情况他事先并没有告诉苔莉丝。他这一走，苔莉丝便感觉这次短暂的分别恐怕就是他们最终分手的前奏了，这绝对不是不可能的事。他走前留给她的一笔数额较大的赠款，也几乎加剧了她的这种担心。但同时她又发觉这次暂时的分别实际上又令她心中舒坦，于是，她便隐约觉着两人真正分手这种想法她自己大概不会太难以接受吧。

沃尔申比她预料的要早些回来了，向她走来时神情异样地淡定，这使她心里又有点发起怵来。但他没有让她长时间捉摸不透他的心思，而是立即告诉她，他在离开的这段时间里独自去关注和处理了她儿子的事，得知弗兰茨被州法院判了几个月徒刑，现在还在牢里服刑。为什么他向母亲要钱时使用另外一个地址，这个问题便自然有了答案。沃尔申接着说，这一情况苔莉丝可能知道，因为这不是她儿子第一次坐牢了。说到这里苔莉丝插言：不，她什么也不知道。好了，沃尔申说，那么她苔莉丝现在有什么想法？难道她，难道他们两个人——说到这里他拉住了她的双手——打算一辈子生活在这种沉重的压力下？如果这孩子继续待在城里，或者退一步说，只是待在国内，那么他以后还会走什么邪路，干什么坏事，还会给他们两个制造多少令人难堪的麻烦，真的是很难预料啊！他沃尔申准备请刑警局一位能干的、也是到目前为止一直帮他调查情况的警官帮忙，把这件事一劳永逸地彻底解决掉。也许可以这样来安排：让弗兰茨一走出州法院大门就直接去汉堡，从那里再去美国。

她毫无异议地、静静地听着，但心底里却随着他一句句的话音感觉到越来越剧烈的、针扎般的痛苦，这是一种谁都无法理解的痛苦，沃尔申尤其不能，因为就连她苔莉丝自己也几乎不能理解为什么自己会这样痛苦。"他什么时候出来？"她只问了这么一句，别的什么都没有说。"我估计他还要再坐六周牢吧。"沃尔申答道。苔莉丝不再说什么，但她已经决心要到州法院去看望弗兰茨，在她与儿子诀别之前最后再拥抱他一次。

可是她仍然一再推迟到狱中去看望弗兰茨。因为不管她一想到今后永远再也见不到自己的儿子心中是多么痛苦，可是实际上她又的确并不觉得自己心里渴望见到他，甚至不如说是害怕见到他。关于这件事，她同沃尔申暂时没有再谈什么，但两人的婚期问题也就这样搁置下来没有在谈话中再触及了。不过不管怎么说，两人的交往从此便带上了更多可以说是比较正式的色彩。此前沃尔申多半同她一起下比较一般的饭馆，而现在他们往往去一些更高级的餐厅用晚餐，有时沃尔申整夜都待在苔莉丝家，次日在楼上用早点，最终他还是请苔莉丝星期日到他家去吃午饭。可是，正是这种二人独处的时刻，他们过得总是平淡而拘谨。再者，既然他们现在几乎同已经订婚没有什么区别，而沃尔申在端饭菜的女佣面前还是老是称呼苔莉丝"您"，而后来在他那位妹妹——她显然是在沃尔申事先并不知道的情况下突然来访，对他们两人在一起有点吃惊——眼前又表现得完全不像是她的未婚夫，这也让苔莉丝觉得他这人未免太谨小慎微，几乎可以说是太没男子汉的味道了。

九十二

至于说到他们经常晚间外出去欣赏艺术表演的活动，那么现在沃尔申也不再强行掩饰他那比较平庸的艺术鉴赏力了。一天晚上，他们一起去市郊一家杂耍剧院观看演出，那是一场十分缺乏品位的消遣音乐会外加一些舞蹈表演，舞台上展示给观众的东西极为低级粗俗，几乎让人觉得是一种拙劣的模仿。一个年近半百、身着薄纱短裙、浓妆艳抹得十分可笑的女歌手登台表演，她声音嘶哑，唱的是一首取笑一个风流少尉的小曲，每唱完一段，还要毕恭毕敬地向观众行个军礼。接下去是一个丑角上场表演技艺，瞧他使用的那些道具，一看便知是在随便哪家儿童玩具店里很容易就能买到的小魔盒。接着，一个上了点岁数的、头戴礼帽的男子牵着两条经过训练的狮子狗上台作一番表演。这个节目之后是几个蒂罗尔人演出的四重唱，这个小合唱队由一个留着安德雷亚斯·霍费尔[①]式大胡子的健壮男子、一个骨瘦如柴、目光呆滞的老者和两个脸色苍白、鞋上绑着布带的农家胖姑娘组成，这四个人怪腔怪调地唱了几支小曲子。再接下去，是一个名为"三个温莎人"的三人组合登场表演杂技：一个穿着脏兮兮的紧身运动衣的胖子，用双手将两个大约十岁的男孩一边一个高高举起来，让两个孩子在空中做几个翻转动作，之后随着稀稀拉拉的掌声把孩子放下来，然后三

---

①Andreas Hofer（1767—1810），蒂罗尔农民英雄，曾领导 1809 年蒂罗尔人民反抗拿破仑的起义，失败后被捕牺牲。

人一齐走到台边，装模作样地向观众行吻手礼。这些节目苔莉丝越看心里越不舒服，但是沃尔申先生在欣赏这些节目时显然是一副乐不可支的模样。另外苔莉丝又注意到，这么个俗不可耐的音乐舞蹈和杂技表演场，居然还拥有一支小小的乐队：由一台小钢琴、一把小提琴、一把大提琴和一支单簧管组成。钢琴的琴盖上放着一杯啤酒，但它显然不是仅为演奏钢琴者一个人准备的，乐队的其他三人也时不时伸手将杯子拿过来喝上一口。正当苔莉丝的目光偶然落到那刚刚被一个乐手从钢琴盖上拿起来的啤酒杯上时，从舞台顶上却噼里啪啦乱响着降下来一块十分可笑的纸质帏幕，上面画着一个身穿蓝色衣裳、腰系紫红腰带、手抱七弦琴的缪斯女神，她身旁是一个穿着红色游泳裤和凉鞋、专心致志地聆听琴声的牧童。苔莉丝注意到了那只拿杯子的手，那是一只瘦削的、有一些稀疏汗毛的手，是从一件绿色条纹衬衫没有翻边的袖口里伸出来的，这是那个演奏大提琴的演员的手；这时其他三个人还在演奏中，而他正处于休止的状态。这个大提琴手将酒杯送到嘴边喝了几口，在他那灰色的小胡子上留下了几处啤酒泡沫。接着他从座位上略略欠起身来以便把酒杯搁回钢琴上去，之后便又操起琴弓，同时弯腰把嘴凑到黑管手耳边，对此人煞有介事地窃窃私语了几句。但这一位却不理不睬、不管不顾地继续吹奏着，而大提琴手则莫名其妙地一边摇头晃脑，一边伸出舌头舔掉胡子上的啤酒沫子。这人长着一个大得出奇的奔儿头，剪短了的深灰色花白头发直挺挺地竖立着；当他又开始同其他三人合奏起来时，便使劲地眯起了一只眼睛。他拉的大提琴破旧不堪，并且他显然把音符完全拉错了，瞧吧，弹钢琴的那位这时恶狠狠地瞪了他一眼。接下去，帷幕升起，一个身穿一件满是油污的燕尾服、头戴灰色礼帽的黑人登场，受到观众狂呼乱叫的热烈欢迎。那个大提琴手举起琴弓向他打招呼致意，但他的表情和这个动作没有被任何人、甚至也没有被那个黑人注意到，而仅仅被苔莉丝看到了。演奏进行到这个时候，苔莉丝已经没有丝毫怀疑：在这家二流娱乐厅演奏大提琴的不是别人，正是那个卡西米尔·托比什。苔莉丝和沃尔申的座位离舞台前沿很近，沃尔申刚刚给她续满了酒，她拿起酒杯放到唇边，目不转睛地盯着卡西米尔，直看得这一位发现有个女人老是盯着他，于是他也凝神看了苔莉丝一会儿，随即将目光移到她身边的伴侣身上，旋即又移目去看了看观众厅里的其他人，然后再次回过头来看了她一阵，之后便将目光移向别处去了，很显然，他并没有认出苔莉丝来。演出继续下去，一个脏兮兮的法式哑剧男小丑和一个患佝偻病的法式哑剧女小丑，再加上一个喝得醉醺醺的喜剧男小丑，三个人以近乎黑色幽默的方式表演一出哑剧，逗得苔莉丝大笑不止，以致一时间她竟忘记了在那边伴奏乐队里拉大提琴的是卡西米尔，忘记了这人是她儿子的父亲，忘记了这儿子是个小偷和拉皮条的，现在正在蹲监狱；也忘记了在自己身边坐着的沃尔申先生——这一位此刻口含白色烟嘴，正在舒坦至极地抽着他的雪茄。当舞台上那个喜剧男小丑试图去拥抱法式哑剧女小丑，他这一图谋未遂自己反而直挺挺地摔了个狗吃屎时，她和沃尔申先生一同放声大笑起来。

　　然而几个小时以后，她躺在自己床上，身旁是打鼾熟睡着的沃尔申，她毫无睡意，只是心如刀绞，不断低声啜泣。

九十三

一天上午较早的时候，苔莉丝正在给学生上着课，完全出乎意料之外，卡尔竟然到她这里来找她。从他脸上的表情和他走进门来时整个人那副模样看，苔莉丝预感到一定没有什么好事。她问这位兄长能不能耐心等待一刻钟，让她把这节课上完，可是这一位却毫不客气地对她厉声发出一个"请求"，"请"她把她身边这几位"年轻女士"——这话显然带着讥嘲的口吻——先请离这里。他说他要告诉她这位妹子的事已经迫在眉睫、刻不容缓了。苔莉丝无奈，只得顺从了他的意思。当几个女孩子从卡尔身旁经过时，他扭头去看别处，像是想躲避同她们打招呼。等学生们一走，他便迫不及待地对苔莉丝开门见山说出来意："你的儿子，这个小流氓，脸皮竟然厚到这种程度，他居然从州监狱里给我寄来这封信！"一边说着一边便将信递给苔莉丝。

苔莉丝默默读道："尊敬的舅父大人：由于我因若干非常倒霉的情况蒙冤遭受的监禁行将结束，几日后就将离开监狱，打算远离家乡重新开始生活，现在特请求尊大人念及我们间的近亲关系，资助我为数两百奥地利古尔顿的旅费，请从明日起就备齐这笔款子待取。在此，我，您的外甥，向您，尊敬的舅父大人，致最崇高的敬意！"

苔莉丝垂下拿着信纸的手，耸了耸肩。

"哎呀，"卡尔大声叫了起来，"劳您大驾，您，您倒是说说你的想法呀！"

苔莉丝不动声色："我同这封信半点关系也没有。我不知道你究竟想让我做什么。"

"说得太好了。你的儿子从州监狱里给我写来一封敲诈信——丝毫不差，这就是一封不折不扣的敲诈信。"他从苔莉丝手中一把抓过那张信纸，指着信上写有"念及我们之间的近亲关系"和"请从明日起就备齐这笔款子"两处将这些词语又念了一遍。"这个流氓知道我是个担任公职的人。他还会跑到别人那里去，跑去乞求人家，抬出是我的外甥这层关系去求人家，以法伯尔议员的外甥的名义……"

"从这封信里我一点也看不出他有这种意图，而他是你的外甥，这倒是千真万确的。"

苔莉丝这种拒不合作的态度和她的冷言冷语使卡尔气急败坏简直要发疯。"你现在居然还敢袒护这个恶棍，你以为我不知道这家伙有好几次派人来找我们要过钱吗？玛丽是个好心肠，但她总是犯傻，她想瞒着我，可到底还是没有瞒住。你们以为我是那么好蒙的吗？你难道以为我并不是一直都知道你虽然披着那件所谓的正式职业的外衣，实际上过的是一种什么样的日子吗？唔，你只管瞪大眼看着我好了！你以为我会受你的骗？我从来就没有上过你的当！你会在你这个烂摊子上翘脚吹灯拔蜡的，跟你那个宝贝儿子一模一样！你根本就不会有什么别的下场。要是有人真的给你指明一条出路，要是真有那么一头蠢驴差点娶了你做老婆，那简直是糟糕透顶——唔，你才不要那样呢！你宁愿自由自在地过日子,像换衬衣一样地换情人,这样不更方便、更有意思些吗？再看看这些小姑娘吧,你在跟她们搞些什么名堂呀？教课吗？嘿嘿,恐怕是培养她们将来去为犹太色狼服务吧。"

"滚出去！"苔莉丝厉声喝道。她没有抬起手臂,也没有伸出手,只是气得有气无力地、声音小得几乎听不见地说:"你给我快些滚出去！"

然而卡尔丝毫不为所动。他继续口无遮拦滔滔说下去,想到哪儿说到哪儿。他说,就跟她苔莉丝年轻时搞的那些名堂一样,现在她还在继续搞同样的名堂,都这么一把年纪了,要是别的女人,谁都会逐渐醒悟过来,哪怕只是由于怕别人笑话自己。哎哟,她是不是天真地以为能蒙住他卡尔的眼睛,能让他不知道她以前干过的那些事情？当她还是个小姑娘的时候,就已经跟他的朋友和同事眉来眼去、拉拉扯扯,后来又同那个臭流氓少尉勾搭上了;至于说到她这个"洁白无瑕"的好儿子嘛,这个给她的命运锦上添花的儿子,这家伙究竟是哪个男人的种,这一点恐怕连她自己也很难说得准啦。后来,她又当了什么家教"小姐",在"儿童保护人"的身份掩护下到底又干了些什么勾当,时不时也有传闻传到他耳里。而现在呢——对于这个新情况,他也是消息灵通的嘛——她又同某个上了点年纪的犹太富商厮混在一起,反正她是想通过她那几个所谓的"女学生"把这个人拢住缠住不放手……

正当他滔滔不绝地说到这里时,沃尔申先生走进屋来了。虽然从他的样子看不出他是否听到了甚或听明白了卡尔的最后两句话，但他仍然十分惊讶地看了看卡尔又看了看苔莉丝。卡尔觉得是他该离开的时候了。"我不想再打扰下去了。"他说完这句，面带几乎是讥嘲一般的表情向沃尔申先生微微一鞠躬，打算就这样走人。但是苔莉丝却马上将他拦住说："等一等，卡尔。"她为两人作介绍，神情显得异常平静。"这是我的兄长，卡尔·法伯尔博士；这一位是沃尔申先生，我的未婚夫。"

卡尔略略撇了撇嘴，说道："非常非常荣幸。"然后重复沃尔申一进来时他说的话："那我就更加不能打扰了。"

"对不起，"沃尔申先生说，"我倒是好像觉得我才是那个打扰者呢。"

"您一点也没有打扰我们。"苔莉丝说。

"肯定没有，"卡尔重申道，"我们刚才不过是有一点小小的意见分歧罢了，哪家都难免会有的嘛。所以说，请别介意。"

他又补充道："祝您好运。请接受我的敬意，沃尔申先生。"他刚一出门，苔莉丝立刻转身对沃尔申先生说："对不起啦，我刚才实在是没有别的法子。"

"没有别的法子，你这话是什么意思？"

"我指的是把你介绍成是我未婚夫，这对你可没有任何约束力。你在做任何决定的时候，过去是、现在仍然是完全自由的。"

"哦，原来如此——你是这个意思。不过我倒一点也不想有你说的那种自由。"说到这里，他满怀柔情地猛地一把将她搂了过来，接着说，"好了，现在我想知道一下，你那位兄长到底要求你做什么了？"

苔莉丝很高兴沃尔申一点没有听清她和卡尔的谈话，于是只给他复述了她认为可以讲的那些内容。沃尔申告辞时已经确定下来的是：他们两人将在圣灵降临节星期日那天举行婚礼，而在此之前，无论如何要让弗兰茨启程去美国。

九十四

此时距离圣灵降临节还有相当长的时间，大致还有三个月。至于为什么沃尔申先生要将婚礼推迟那么多时日，一个原因是他在此之前还有些商务上的事情必须两次离家赴外地去处理，一次是去波兰，另一次是去蒂罗尔；另一个原因是住宅内部有几处必须重新装修一番。再就是尚有各种各样的事需要同律师详谈，因为某些有关遗嘱内容如何定下来的问题。"我们都是凡人啊，谁都有那么一天的。"沃尔申先生说，最好是在举行婚礼之前就加以解决。对于延期办婚事这一点苔莉丝没有任何异议；她觉得，不必虎头蛇尾地突然解除她所有的教学职责未必不是一件好事，特别是当她越是感到这些教学工作并不是一种非尽不可的责任时，她愈加觉得它们是一种令人愉快的消遣。

沃尔申先生外出的日子有一周是在二月，另一周是在三月。他在外的这些日子，苔莉丝不必担心他清早突然来访，她觉得是一种紧张之后的放松和休息。但话虽如此，有些时候她却也十分想念他。这是因为近几个月来她已经逐渐习惯了一种类似婚姻生活那样的日子，这种生活——她无法讳言——怎么说都对她的身心起到了很好的作用。而从某些外部的和内心的迹象来判断，她觉得自己的一生，包括她作为一个女人的一生，还远远没有走到尽头。另外，她如今在着装上能够比以往任何时候都更为讲究一些，这一点也益发令她心情愉快。现在，她就是在高兴地期待着和沃尔申一起——如他答应过她的——到商场去添置各种各样尚有必要购置的新物品了。

沃尔申从他第二个出差地回来时正赶上复活节假日，那几天苔莉丝和他是在维也纳近郊一个舒适的小旅馆里一起度过的。天气虽说略微有些许寒意，但树木的嫩枝已经抽芽，最初一批复苏的灌木已经开花了。两人在他们那间舒适的房间里度过了完全像一对情侣那样的几个夜晚，以致她回到自己的住所后，在她一人独处的几个小时里，意念中时不时会依稀觉得自己将来当了沃尔申太太以后，在那个二人世界的温馨之家里，是一定能生活得非常舒畅、非常愉快的。然而比所有这一切更加令她感觉甜美的，是沃尔申先生拿给她看的悌尔达写给父亲的一张明信片里那句话：

"向你和苔莉丝说一千次：复活节快乐！"是啊，那上面就这么白纸黑字、干脆利落地写着这个亲切的称呼：苔莉丝！

想去监狱中探视一次儿子这事，苔莉丝一直还没有最后下定决心，这次再见将笃定是永别了，对此，她的畏惧心理实在是难以克服。沃尔申近来很长一段时间只字不提弗兰茨的名字，苔莉丝猜想，大概他是要到这件事全部办完办妥以后才会告知她的吧。而事实上也的确如此：沃尔申在复活节旅行后不久便告诉她，他已经请律师到狱中去和弗兰茨谈过话，小家伙对于让他去美国的计划暂时还抱着顶牛的态度，说什么他又不是被判驱逐出境的；尽管如此，他沃尔申坚信，在书面许诺他唯有到了美国才会付给他一笔数额相当可观的钱以后——到那时这家伙是会改变主意的。

九十五

几天后，苔莉丝在家里等着沃尔申先生用车来接她，他们打算一起——如最近几次那样——到商场去购物。那是一个温暖的春日，窗户开着，嗅得到近处几片树林里花草散发出的芳香。沃尔申一向是很准时的；可是今天，约定的时间已经过去了半小时他仍然没有来，苔莉丝觉得很是奇怪。她穿好了大衣，站在窗子旁边等着；时间又过去了半个小时，她有些着急了，决定给他打个电话。无人接听。又过了一阵，她再次拨电话。这一次，一个陌生的声音答话了："谁呀？"

"我只想问问，沃尔申先生是不是已经出门了？"

"你是谁？"陌生的声音问。

"苔莉丝·法比安尼。"

"哦，是法比安尼女士——可惜啊——可惜啊，"现在苔莉丝听出来了，那是会计师的声音。"沃尔申先生——唔——唔——沃尔申先生突然去世了。"

"怎么，什么——"

"他是今天早上被发现死在床上的。"

"天哪！"她挂上听筒，急急忙忙跑下楼去。

她不想坐电车，不想叫出租车；她机械地，就像在一个沉甸甸的梦中那样，其实也没有什么震惊的感觉，而且一开始步子也不是很急；当然，走着走着就越来越快，径直向齐格勒街奔去。

那房子就在那里了。看不出有任何变化。大门前像平时经常有的情况那样停着一辆汽车。她匆忙上了楼，房门是关着的。苔莉丝只好按门铃。女佣开了门。"您好，老师。"声调同平时一样。有一瞬间苔莉丝想：这事并不是真的，可能是电话里她听错了，或者是有人跟她开了一个恶意的卑鄙的玩笑也说不定。怀着一种奇特的感觉，似乎她的问题能扭转一切，她问道："沃尔申先生是不是——"

然而她没有继续问下去。"是呀，老师还不知道吗？"这时她急忙点了一下头，然后挥手做了一个莫名其妙的拒绝动作，也不再接着问什么，就径自推开了客厅的门。围坐在桌旁的是会计师和两个她不认识的男人，其中一个正起身告辞。有两位女士坐在壁炉附近，其中一个便是逝者的妹妹。苔莉丝走近她说："这是真的吗？"沃尔申的妹妹点点头，同苔莉丝握了握手。苔莉丝无奈地默然无语。通往隔壁屋子的门开着，苔莉丝往那里走去，感觉别人在注视着她。餐厅里空无一人。紧邻餐厅那间小小的吸烟室里，两位男士靠窗站着，一脸严肃、郑重其事地在交谈些什么，但声音很低。通向另一间屋子的门也开着。沃尔申的床就在那里。一块白布覆盖着的人体轮廓分明。是的，那就是他，他死了，孤孤单单地躺在那里，只有死人才会那么孤独。苔莉丝这时感到的只有怯弱，只有陌生，一直竟还没有痛苦的感觉。她真想马上就跪下来，但不知是什么阻碍着她这样做。为什么人家把她一个人扔下不管？那个妹妹总可以跟着她一起走过来呀。遗嘱是不是已经宣布过了呢？咦，这时候她居然想到这个！当然，这事并不是不重要，这一点她即便是在这个痛苦的时刻也是知道的，可是别的呢，所有别的事都比这更重要啊。他死了，她的未婚夫，她的情侣，这个大大的好人，这个给了她许许多多多东西的好人，悌尔达的父亲，死了。哦，现在悌尔达也一定必须来了吧。给她发电报了吗？唔，肯定已经发了。在这块布下面就是他的脸。为什么还不点蜡烛呢？昨天这个时候，她还同他一起在赫恩胡特商店里，在那里订购了几件床上用品。哟，旁边那间屋子里他们在唧唧喳喳说些什么呀？那个留着黑色小胡子的陌生男人可能就是律师了。这些人恐怕还根本不知道她是谁吧？唔，他妹妹不管怎么说都是认识她的吧，她总可以对她哥哥的爱人再稍微热情一点嘛！唉，如果我已经是他的妻子了，那么他们所有人对我的态度就会完全不同了，肯定是这样的！我现在就要再到他妹妹待着的那个房间去，她心想，实际上我们两个才是遗属啊，我们，还有悌尔达也是。这样想着，她在胸前划了十字，准备离开这里。唉，她是不是应该去看看死者的面容呢？但她实在不想再去看他的脸了——那张胖乎乎的、满面油光的脸；更确切些说，她是害怕去看那张脸。是啊，他是太胖了点，可能是这个原因才——不过他连五十岁都还没有到呀。现在她成了他的未亡人了，成了一个未婚的寡妇了。

客厅里桌上摆放着一些糕点、葡萄酒、几只酒杯。"您要不要用一点，法比安尼女士？"妹妹问她。"不了，谢谢。"苔莉丝答道，一点没有动桌上的东西，而是走过去同另外几位女士坐到一起。于是妹妹过来介绍了。坐在她身旁的那位女士的名字苔莉丝没听清楚，现在轮到向对方介绍她了："这位是法比安尼女士，悌尔达多年的老师。"那女的伸出手来同苔莉丝握了握手。"这孩子多可怜啊。"那女士叹道。妹子点点头，接着说："这会儿她可能已经收到电报了。""她是在阿姆斯特丹生活还是在海牙？"陌生女士问。"在阿姆斯特丹。"妹子答。"您去过荷兰吗？""没有，还从来没去过。今年夏天我本打算去一趟的，和我那可怜的哥哥一起去。"这话说完后是一阵短暂的沉默。然后陌生女人又开腔了："其实他从来都没有得过什么大病呀。""是啊，只是偶尔有点胸痛罢了。"妹子说完这句，便转向苔莉丝："您倒是随便用一点好吗，法比安尼老师？喝口酒怎么样？"苔莉丝喝了一口。这时走过来一位先生；这人已是中年以上年纪，穿着一套灰色的夏装。他神情激动，那双流露着伤感的圆眼睛向四下来回看了一阵，然后大步走向妹子，同她握手，一而再，再而三，连续握了三次。"这真是太让人伤心了，那么突然，怎么也想不到呀。"妹子连连叹气。这人接着又同苔莉丝握手，发现他并不认识这位女士。于是妹子又来做介绍，但这一位的名字苔莉丝仍然没有听清楚。接下去还是妹子说话："这位是法比安尼女士，我侄女多年的老师。"

"这孩子真是可怜啊。"那先生叹道。然后，苔莉丝起身告辞，人家也并不挽留她。

九十六

沃尔申先生在遗嘱里要求为自己举行很简单的葬礼。悌尔达被指定为他全部产业的唯一继承人。还定下一些财物遗赠给慈善机构。遗嘱中对他离异的前妻也作了足够的关照；厂里多年的员工没有被忘记，仆役们也每人都各有一份，钢琴女教师、悌尔达以前的两位家教以及苔莉丝·法比安尼女士——后者根据去年夏天对遗嘱作的补充附言——每人将各得一千古尔顿。遗嘱中还另有一项特别规定，要求在遗嘱公布后立即通知所有受益者，将各自应得的份额及时发放给他们。

苔莉丝被请求到律师处去领取赠送她的那笔钱。在那里，她认出这位律师就是沃尔申去世那天她在逝者家中遇到的几位陌生男士中的一位，看来他已被告知苔莉丝的身份了。他带着满脸遗憾的表情对法比安尼女士说，很可惜沃尔申先生太早被召回天国了。律师直言不讳地告诉苔莉丝，先生在他离世前不久曾表示，他打算对自己的遗嘱做一次重大的修改，可是由于办事人员习以为常的拖拉作风，这件事一再迟延，以致最终为时过晚，还是没有办成。

听到这一情况苔莉丝几乎丝毫不感到失望。现在她才算是明白了一点，那就是她从来没有认真地期待过有朝一日被人称呼为沃尔申太太，她从没有指望过自己将来会有幸过上一种恬静的、无忧无虑的生活，会成为悌尔达·费卡德太太的继母。

第二天早上，苔莉丝也同沃尔申家的亲戚和其他熟人一样站在沃尔申的墓前，也同他们一样抓了一把泥土洒到沃尔申的棺木上。悌尔达也来了，分站在坟墓两边的这两个女人交换了一下目光，悌尔达的眼神里充满了温暖和理解，这使得苔莉丝心中一时间升腾起某种模糊的希望，甚至是一种幸福的预感。悌尔达一身黑色，身旁是她那位高个子丈夫，她紧紧挽住丈夫的胳臂，苔莉丝从来都想象不出，悌尔达有朝一日竟会同某个男人如此亲密地偎倚在一起。仪式结束后，苔莉丝一直看着这两人如此无比亲昵地徐徐走出墓场，直至缓步消失在远方。第二天下午，苔莉丝本该应悌尔达之邀到齐格勒街寓所去看看她，但她一点气力也没有，去不动了。到第三天一早，当她打算再去登门造访时，逝者的女儿已经同她丈夫踏上了归途。

九十七

她现在是单独一人了，形单影只，孤零零的，这孤独感比以往任何时候都来得更为强烈。实际上她从来就没有真正爱上过沃尔申。但是现在呢，有这么多个晚上她这道门再也没有被推开，门铃再也没有叮叮铃铃响起报知他的到来，这毕竟还是使她感到万分惆怅和无比痛心的。

然而有一天晚上，已经比较晚了，门铃竟又叮叮吟吟响了起来。虽说她知道沃尔申已经永远地、不可挽回地从她身边消逝了，但这一"知道"还没有完完全全渗入到她的整个感情细胞中去，以致她在听到铃声后几十分之一秒的瞬间脑子里仍然闪过这样的念头："是他！咦，这么晚了他还来，有什么事啊？"

不过，在她还没有站起身来时，心里就已经非常明白了：按铃者只能是任何一个别人而唯独不可能是他！

站在门外的是弗兰茨。难道他已经出狱了吗？在灯光昏暗的楼道里，只见他帽子压得很低盖住了大半个脑门，嘴里叼着小半截纸烟头，身子清瘦，面无血色，眼皮低垂，目光闪忽不定。这副模样，简直会让人顿生恻隐之心而不觉得这是个图谋不轨的危险分子。然而此刻的苔莉丝什么感觉也没有，既无惧怕之心，也无同情之念。她此刻最真实的感受，是某种欣慰感，甚至有一点小小的快意，她高兴的是终于来了一个人，这个人的到来，可以将她从那可怕的孤独感的重压下解脱出来，哪怕只是一小会儿。于是，她柔和地开口了："晚上好，弗兰茨。"

这时儿子将低垂着的眼皮抬了起来。显然他有些讶异，奇怪母亲今天居然用这种柔声细气的、几乎是充满爱抚的腔调来迎接他。"晚上好，母亲。"苔莉丝伸出手来跟他握手，甚至在领他进屋时也还继续拉着这只手不放。苔莉丝开了灯。"坐下吧。"她说。可是弗兰茨仍然站着。"这么说，你已经自由了？"苔莉丝问这句话的语气十分淡定，就好像是在问"你是不是旅游回来了？"

"是的，"他说，"昨天就出来了。因为表现好，他们提前一个星期放了我。唔，你这不也瞧见了，母亲。所以你一点不用害怕。住处我也有了，可别的我什么都没有。"说到这里他干笑了一声。

苔莉丝先没有应答，而是把家中恰好还有的几样食品摆到饭桌上叫他吃，又给他倒上一杯葡萄酒。

弗兰茨津津有味地吃喝起来。看见面前盘子里甚至还有一大块熏鲑鱼，他便又说："你日子过得很不错啊，母亲。"这句话的口气听起来突然像增加了一个要求，几乎是一个威吓。

苔莉丝说："并不像你想的那样好。"

他哈哈笑起来："我不会拿走你什么东西的，母亲。"

"你怕也找不出更多的东西来了。"

"哈哈，谢天谢地。过不了几天，东西又都送来了。"

"我可不知道从哪里送来。"

这时弗兰茨恶狠狠地瞪了苔莉丝一眼。"我可不是因为入室抢劫才坐牢的。要是谁把他的小包包落在那儿了，我不也没法子嘛。我的辩护律师也说，最多可以判我个私自占有拾物罪。"

她顶一句："我可什么也没问你，弗兰茨。"

儿子接着吃他的。过了一阵他突然说道："不过去美国的事是吹了。在这里我也还能干点事。明天我就去一个地儿上班。千真万确。谢谢老天爷，我总算还有几个朋友，虽然这次我倒了大霉，可人家没扔下我不管。"

苔莉丝耸了耸肩。"一个身体健康的年轻人怎么会找不到工作？我只是希望，这一次时间能够长点儿就好。"

"要按我的意思，有几份工作是能时间长一些的。可人家要你什么都逆来顺受。这一条我这人就是办不到。谁强迫我干都不行。你懂不懂，母亲？要是我想去美国，我自己就去了。让别人遣送我去我可不干。这一点你可以跟你那位——跟你那位先生讲清楚。"

苔莉丝仍然十分平静。"他是好心才这样做的。"她说，

"你要相信我。"

"他做什么事是好心？"弗兰茨厉声问。

"你去美国的事。不过现在你不用担心了，不会再有这件事了。那位先生——我的未婚夫——三个星期前死了。"

弗兰茨看着她，起初用怀疑的目光，似乎他觉得母亲是在用假话先稳住他，以便向他提出一些新的要求。但是，从她那苍白的脸色和非常伤心的表情看来，即便是他这样的人，倒也能领悟出母亲这话并不是借口，并不是谎话。他继续吃着，一句话也不说，吃完又点燃一支烟抽起来。抽了几口之后竟冒出来这么一句——尽管语气是冷漠的，但苔莉丝还是第一次从这孩子的话里听出了一点点类乎同情的意味："你也不幸福啊，母亲。"

说完这话他宣称他太累，不想去他那个离这里很远的住处了，说罢便直挺挺地在长沙发上躺下来，很快就睡着了。第二天一早，在苔莉丝醒来之前，他就消失得无影无踪了。

然而到中午，他提着一个脏兮兮的小硬纸板箱又回来了，声称要在母亲这里住三天，直到他去他的新工作地点上班，而对于这个新工作究竟是做什么的，则一句话也没有说。不过，无论如何苔莉丝倒也得到了他的一个承诺，即在她上课的时候不要到家里来打扰。但她无法避免的是，在这几天里儿子的一个男友和一个女友——也可能是三四个人吧，可哪一个她都未能见着面——天天到家里来同他一起吃吃喝喝、唧唧喳喳聊大天，一帮人嘻嘻哈哈一直闹腾到半夜。她把家里现有的全部食品都供应儿子招待他这帮客人了。到第四天早上，弗兰茨等到苔莉丝起床后对她说，好了好了，他不想在家里再加重她的负担了，只是还要些钱就马上走人。苔莉丝把自己留在家的钱全给了他，那稍多于一半的现金，为安全起见她已经存入了银行。这样做她算是很幸运，因为弗兰茨在临走前又毫不客气地翻箱倒柜，在家中各处搜了一个够。从这次以后，对于苔莉丝来说，儿子便有好多个星期销声匿迹了。

九十八

日子一天天过去，圣灵降临节的星期日到了，这一天原本是他们定下来举行婚礼的日子。她利用这一天去为沃尔申扫墓，只见在那些已经凋谢的无名花圈旁边，她自己那束小小的紫罗兰仍旧放在那里。在夏日晴朗的蓝天下，她在墓前久久伫立，没有祈祷，几乎什么都没有想，说实在的，甚至没有悲伤。儿子的最后一句话，那唯一的一句令她这个母亲仿佛听到了儿子心灵之声的话，此刻又在她耳边回响："你也不幸福啊，母亲。"不过在她的记忆里，这句话并不是、或者决不仅仅是与她未婚夫的死有关，而是指她整个的一生。的的确确，她来到这个世界上就命中注定是个不幸的人。就是当了沃尔申太太，肯定也将会同她在任何其他名目下、以任何方式活着一样，是不会使她幸福起来的。某个人死去了，终究不过是那上百种生活方式中的一种消失了或者说悄悄溜走了而已。对她来说，许许多多的人都已经死了，活着的和死去的都包括在内。久已灰飞烟灭的父亲是这样；在爱过她的那些男人中，与她算是最亲近的理查德也是这样；连母亲也是这样。苔莉丝在沃尔申去世前几天通知了母亲女儿即将结婚，可是这位母亲对这一消息几乎漠然无视，倒是十分起劲地大谈起她那份"文学遗产"来，说什么打算把它遗赠给维也纳市政府云云；还有那位哥哥，从上次很不受欢迎的来访之后，他就再也没给她写过只言片语，也一直没再在她眼前露面；还有曾是她的情侣和朋友的艾弗雷；再就是她那个专干拉皮条和偷窃勾当的无可救药的儿子；另外还有悌尔达，她现在一定坐在荷兰家中一面光亮如镜的大玻璃窗前耽于遐想，早就不再想念她的老师了；还有那许多孩子——男孩和女孩，她当过他（她）们的老师，有时候差不多像他（她）们的母亲一样；还有她倾心委身过的那些男人。——所有这些人全都死去了。此时此刻，她几乎觉得似乎这个沃尔申先生还有点自鸣得意，觉得他是不可挽回地永远待在这个小坟包下面，似乎他的死比所有其他人都更正确，更名副其实。不，她是不会专为他一人流泪的。她此刻流淌的眼泪，是为了那许许多多其他的人；更主要的，恐怕她是在为她自己流泪。并且，也许这甚至并不是因为痛心、痛苦才流出的泪，而只是因疲乏而流出的泪水。因为，她实在是太疲乏、太疲乏了，她从来还没有这么疲乏过；有时她除了极度的疲惫感以外，简直什么别的感觉都没有。每天晚上她都是整个身子沉甸甸地砰然躺倒在床上，感到恐怕不知哪天会纯粹只是由于疲乏而就此长眠不醒了。

但是，命运不会让她就这样轻松地了此一生。她仍然继续活下去，还是继续不断地操劳着。又有两次她不得不花钱去帮助弗兰茨渡过难关。第一次是儿子本人大白天提着一个小皮箱硬是闯到家门口，当时苔莉丝正在给一批女学生上课。他再次要求在家里住下，苔莉丝拒绝了，甚至没有让他进门。不过，为了避免更糟糕的情况出现，她只好把家里仅有的全部现款统统给了他。第二次他自己没来，而是让他的两个朋友到家里来。两人的模样和举止一看便知是他的同伙，他们没完没了地喋喋不休，满嘴胡话大话，说他们这个亲密伙伴的小命和尊严现在已经到了最最危急的时候了，就这样不停地纠缠，一直磨蹭到苔莉丝不得不和上次一样把她当时所有的钱全给了他们，这才扬长而去。

夏天又到来了。苔莉丝的课时已经全部停止，她积攒的最后几个古尔顿也都用光，她只得去变卖自己那几件很不起眼的首饰：一只细小的金手镯，还有沃尔申送她的一枚石榴石戒指。这些收益估计怎么也够她支付一直到秋天的生活开销了吧。于是她甚至灵机一动或者说一时竟有了足够的勇气，打算八月份到乡下去住上几天，就是到她曾和沃尔申一起度过圣诞节假期的那个村子去，不过这次去是住一家比较便宜的旅馆罢了。

在乡下的这些日子里，她有某些时刻会从她那十分疲惫的状态中、从那种浑浑噩噩虚度时日的状态中苏醒过来，鼓起勇气尽可能让自己的生活安稳一些和有点意义。特别是她下定决心，要毫不心软地断然拒绝弗兰茨的任何敲诈勒索，唔，如果需要的话，就是去警察局寻求保护也未尝不可。这样做有什么不合适的呢？反正别人早就知道她有一个没出息、不走正路，甚至还坐过牢的儿子；如果她不去管他，让他服从命运对他做出的公正裁判，那是谁也不会指责她的。此外，她又决定再去

337

找她教过的那些女学生，她们当中有的已经结婚了，去求她们帮忙为她介绍工作。她本来就一直靠自己的努力挣钱养活自己坚持到了现在，那么今后也是不会有什么问题的吧。正是这在乡下居住的短短几天，这里新鲜的空气、安静的环境，又没有各种令人难堪和烦恼的情绪波动来搅扰，所有这一切都对她的整个心态产生了积极的功效。她还真没有像近几个月来担心的那样，感觉自己完全筋疲力尽了。作为女性的她，现在仍然并非完全没有魅力啊，这一点，从她与不少男人目光相遇时那些人的表情神态便可以肯定。正是在乡间的几天中，有一个外地来的年轻游客，每晚在徒步登山后都来到她住的客栈，坐在餐室里，一边抽着烟斗，一边带着颇为欣赏的表情，一再上下打量苔莉丝；而假如她苔莉丝对此稍许作出一点回应的话，那么她说不定又会有一次"艳遇"了。不过，只需要知道还存在着这种可能性，她就已经很满足了。如果真的那样做，使出卖弄风情的手腕把那个年轻人勾引到自己身边，在他心中激起一些希望，而她自己又并没有认真地打算完全满足人家的愿望——那样做，她觉得就是有失自尊，简直可以说是轻佻、轻率、恣意胡为，唔，也可以说是硬要挑战自己的命运，那是万万不可的。

　　一天清早，她从自己房间的窗户看出去，见一辆小汽车从下面驶过，车中坐着的正是那个男子，背囊放在脚边。这人似乎感觉到了苔莉丝在目送他，于是突然回过头看了看她，同时将他那顶有羚羊毛装饰的宽沿帽向上做了一个特别夸张的抬起动作向她致意，而她也微微点头回应了他的问候。可是这时对方却耸了耸肩，似乎在表示遗憾说："唉，可惜太迟了！"之后便走了。苔莉丝心里一阵隐隐作痛。她想，难道这不是一次幸运又与自己擦肩而过了？今生最后一次幸运？哎哟，真是胡思乱想！她轻声自言自语，为自己这种多愁善感的思绪深感羞愧。

就在这一天晚上，她便动身返回——自然也是早就定下来了的——维也纳去了。

九十九

这次她到乡下去，因为害怕弗兰茨来纠缠，就没在家里留下信息告知她的去向。这样一来，她回到家时才发现一张——已经晚了八天——母亲去世的讣告；在下方签署的，有哥哥和嫂子，也有她自己的名字。这消息令苔莉丝震惊多于伤心。第二天早晨，估计卡尔不在家的时辰，她便到哥嫂家去，在那里，嫂子神情冷漠地接待了她。法伯尔太太埋怨她，说怎么能简直就让人没法找到她，特别是母亲在临终前渴望能见上女儿一面，使得她的抱怨和责备显得更加合情合理。那么，嫂子说，既然无法联系上她，他们只好在她不在场的情况下处理母亲的后事。母亲的遗嘱眼下在公证处放着，苔莉丝想看随时都可以去看，不过嘛，上面几乎都是关于她遗留下来的数量大得惊人的文学作品应如何处理的话，这一大批遗物，维也纳市政府作为实际上的继承人不知道该怎样处置，现在还暂时搁在原处没有被取走。母亲几乎没有留下任何现金，反倒是有一批债主，即邻近的几个找上门来的小生意人。为了偿还其中早已到期的几笔债务，当前急需变卖逝者为数不多的遗物。变卖所得款项万一还有盈余——这种可能性极小——将由公证员通知苔莉丝。在说这些话时，苔莉丝注意到她嫂子不断朝门口瞟上几眼，她明白，这女人是害怕她丈夫随时可能在那里出现。于是她说："唔，恐怕我现在就走会好一点儿吧。"一听到这话嫂子便如释重负地松了一口气。"哎，只要一有可能，我就马上去找你。"她说，"可是现在你最好不要和你哥哥见面，你知道他这个人的，他连母亲的葬礼都没有去参加，就是因为怕在那里碰到你。""那么为什么要把我的名字加在讣告上？""你想想看，讣告是早就准备好了的，是母亲去世前自己写好的。这些情况我下次会详细告诉你的。"话音一落，她简直就是把苔莉丝推出门去了。

回家的路上，苔莉丝走进了已经有很长时间没有进去过的教堂。此刻她觉得好像为了怀念母亲必须这样做，尽管母亲自己从来对任何宗教习俗都很不在乎。在这里，她又一次像最近几年中常常有过的情况那样，感到有一种异常静谧的气氛笼罩着自己。这种宁静，与她从前在一片树林、一块高山草地上的寂静环境里或是在其他一人独处的孤寂状态中心情愉悦地感受到的安详平静不同，是另一种更加深沉的静谧气氛。而现在，当她下意识地交叉着双手坐在教堂里一张椅子上时，朦胧中在自己面前出现的不仅是她最后一次见到母亲时老人的身影，同时还出现了其他已经溘然长逝、对她有过一定影响的人们的身影，这些人好像并非已经死去，而是凤凰涅槃一般复活之后得到了永生；沃尔申也在这批人中间，他此刻第一次不是以意外突然死亡、躯体逐渐腐烂的形象，而是以一个活生生的人的形象出现在她眼前，并且从高高的天上面带宽厚的微笑俯视着她。相反，那些还活着的人们，此刻在她心中的形象是那么遥远、那么不纯洁，简直就该下地狱。这批人当中，不仅有那些曾经给她带来过痛苦、即便活着她也可以把他们想象为该下地狱的人，如她哥哥、她儿子，和那个既可怜又可悲的卡西米尔·托比什，这里还有那些从来没有对她使过坏的人；甚至像悌尔达那样一个人，此时此刻她也觉得比那些死去的人离自己更远、更不可亲近，此刻在她心里竟是那样陌生、那样可怜，唔，简直应该遭受万劫不复的诅咒！

一百

又是一个秋天来到，学校开学，教学活动又开始了。去年她教过的女学生中只有很少几个来报名，不过苔莉丝居然——她认为这纯属侥幸——也找到了一个下午做的工作，那便是给市郊一个百货商场老板的两个女儿上课和陪她们散步。这位父亲本人只受过中等教育，家境也并非十分富裕，又由于他妻子也忙于商场的工作，于是就特别重视为两个女儿请一位比较稳定的家庭女教师。两个姑娘性格随和可爱，只是有些懒于动脑筋。有时，苔莉丝在阳光明媚的秋日午后陪她们到附近一个很不起眼的小公园去散步，她一边走着一边力图同她们进行一场对话互相沟通——这种努力更多的是出自惯性和责任感而很少出于内心需要，但每次总是白费力气。在这种时候，疲惫感便悄然向她袭来；这种疲惫感，过去她兴许也曾有过，但现在它却是那么沉重、那么令人窒息地压在她身上，以致有时简直令她坠入到一种万念俱灰的心态之中。这样一来，不久前那次短暂的乡下逗留对她的心情产生的舒缓作用，便快得令人心寒地消失净尽了。

于是，当有一天晚上弗兰茨又突然出现并且——这一回不那么横蛮无理、咄咄逼人了，而是有点怯生生的和少言寡语——要求住宿时，她就没有按原先的决心行事断然拒绝他。在住下来后的头两天，他也确实很少打搅苔莉丝。白天他一概外出，没有什么人到家里来找他；晚上在家时也跟往常一样很少说话，表现得相当压抑，以致苔莉丝几乎想问问他是不是得什么病了。到了第三天晚上，苔莉丝已经躺下睡觉后他才从外面回来，样子非常着急，说他终于找到了一个小房间，但必须今天晚上就过去住，而且必须先付十古尔顿的房钱，要苔莉丝马上拿出钱来给他。苔莉丝拒绝了，她的解释是：她现在根本就没有多少钱——这话其实与实际情况也相差无几。弗兰茨不相信她说的，接着马上摆出一副要动手在住宅里开搜的架势。因为他态度越来越蛮横，看那样子不闹它个天翻地覆决不罢休，所以苔莉丝觉得最明智的办法就是自己打开大柜子，当着他的面把保存在几件衣服之间的几个古尔顿翻了出来。但对于这几个钱就是苔莉丝藏起来的全部现金弗兰茨表示怀疑。于是苔莉丝对他起誓，说这已经是她现有的最后几块钱，现在全部都给他。弗兰茨听了这话才住手不再继续四处搜寻。他拿起这些钱，慌慌张张急急忙忙扬长而去。苔莉丝这才如释重负地松了一口气。

到第二天早上她才明白过来为什么弗兰茨昨天那么急了：

一大清早六点钟来了一个刑警将她从睡梦中叫醒，问起弗兰茨并向她打听弗兰茨的新住处。不过这位刑警也很客气地告诉她说，她有权拒绝提供任何信息。"我们反正也很快就能抓到他的。"他很和气地说，然后带着公事公办的人常有的那种遗憾表情看了苔莉丝一眼便走了。

到了这个时候，苔莉丝觉得自己心中仍残留着的那一点点对儿子的感情已经荡然无存了。现在，一切能把她和儿子联系起来的只有恐惧，即怕他再回来。昨晚她在柜子里翻找那几个古尔顿时，弗兰茨两眼紧紧盯着她，那凶神恶煞的目光，使她心里充满了不祥的预感，恐怕下一次定会出现更糟糕的情况。于是她又一次下决心：从此再不让他进门，无论他怎样威逼恫吓都不能放他进来，不然也许不得不叫警察了。

苔莉丝越来越忧心如焚坐卧不宁了。到目前为止她这辈子还从未拉下脸去求过任何人，她对自己坦言，在她目前的这种情况下去求人帮助，无异于是一种可怜巴巴的乞讨。而她又能希望从谁那里得到帮助呢？艾弗雷自然是不会拒绝她的，悌尔达也必定会伸出手来帮她摆脱困境。可是，只要一想到写信给这两人中随便哪一个求助，她便立即羞红了脸。现在，靠上课怎么说也还能挣够钱使自己不至于挨饿，添置新东西看来目前暂时还没有必要，过经济拮据的日子她早就习以为常了。于是，她自此便过着一种与世隔绝的清贫生活，而由于弗兰茨再次失踪音信杳无，她也就能过上一段还算清静平安的日子。

一个冬日的早晨，她甚至还体验到了一次小小的、真正的惊喜。那便是她接到了悌尔达的一封信，那信纸散发出十分熟悉的诱人的清香，因为这种牌子的香水，从她自己还是个年轻姑娘起就一直使用着。"我亲爱的苔莉丝·法比安尼老师，"她这样写道，"我是多么想念您啊，想您和想我那可怜的爸爸的次数几乎一样多。我能不能劳您驾，亲爱的老师，在您下次去墓地时也帮我在他墓前献上一束鲜花？如果您能再写封信给我，告诉我您现在的生活和身体状况，那我就真是太高兴了。我们那个补习班现在还在上课吗？小格蕾特学得怎么样了？她是不是还老是不会正确拼写呢？我们这里入冬以来这些日子总是雾蒙蒙的，因为离大海很近。雪是几乎一点也没有下过。我先生向您致最亲切的问候。他经常出差，所以我这里到晚上有时就觉得有点寂寞无聊，不过您是知道的呀，我根本就不是那种一点不喜欢独处的人，所以说我绝对不会为这发牢骚的。衷心问候您，亲爱的苔莉丝老师。但愿我们能再次见面。感激您的悌尔达。又及：随信附上购花款。"

苔莉丝久久凝视着这封信。"但愿我们能再次见面"这样的说辞，听起来像是常有的客套话，并不是什么特别值得期待的事。唔，这封信会不会仅仅是为了让人替她给父亲的墓上献花才写的？再说，"购花款"也并没有附上啊。这情况，若不是悌尔达忘记把钱放进信中，就是有人把钱从信里偷走了。哎呀好了，这不过就是一束翠菊嘛，要不了多少钱的，必要时自己替她买也就是了。"在您下次去墓地时。"圣灵降临节周日以后，苔莉丝就再也没有出过门，现在她打算在圣诞节假日的某一天再次外出。因为，如果为此近日专程去那里一趟，那将要耽误她整整一小时的时间，加上还要去买花什么的，这就超出她的经济能力了。这封信她准备等到事后再回复。悌尔达·费卡德太太不也让她等了那么久吗？

第九章

一百零一

不多几天后的一个晚上，时间已经比较晚了，门铃竟叮叮铃铃响了起来。苔莉丝猛地一惊，紧张得心跳都快停止了。她轻手轻脚地挪步到门边，从门镜往外看去。来人并不是她儿子，一个还很年轻的女人站在门外，苔莉丝一时认不出是谁。"谁，谁呀？"她迟疑地问。一个响亮而稍带嘶哑的声音答道："一个老熟人哪，苔莉丝小姐，您只管开门好了，我是阿格内丝呀，阿格内丝·劳伊特纳呀。"

阿格内丝？她来做什么？她会给她带什么来了呢？大概是关于弗兰茨的消息吧。她把门打开了。

阿格内丝满身是雪走了进来，在前厅里把身上的雪片抖了个干净。"晚上好，苔莉丝小姐。"

"您是想再去散一会步吗？"

"哎哟，您还是用'你'称呼我吧，苔莉丝小姐，就跟从前一样好啦。"

说完这话她便径直跟在苔莉丝身后走进屋来。一进来，就眼珠乱转东张西望，桌子上包着蓝色书皮的练习本和书特别吸引她的注意。苔莉丝从一旁冷眼观察她。哦，无需有片刻迟疑，便可知道站在自己面前的是个什么档次的女人了。她的脸是化了妆的，简直就是涂抹了厚厚的一层脂粉，紫红色的宽沿毡帽上插着一根不值几文钱的鸵鸟羽毛，帽子下面，染成金黄色的、烫出来的卷发垂下来遮挡着前额，左右耳各戴着一颗假钻石，身上穿着一件仿造的、已经一缕缕散线的长毛绒上衣，两只手伸进一个也是长毛绒缝制的手笼里——她就这样站在那里，样子显得既厚颜无耻又粗俗猥琐。

"您请坐吧，阿格内丝小姐。"

阿格内丝大概注意到了苔莉丝那审视而又鄙夷的目光，于是她以略带几分自嘲的语气道歉说："哎呀，要不是我给您带个信来——我当然不会这么晚来打搅您呐。"

"是——弗兰茨的消息吗？"

"啊哟，我就不客气啦。"她一面说着便坐了下来，"事情是这样，他现在住进监狱医院去了。"

"看在老天爷分上！"苔莉丝叫道，现在她突然意识到躺在医院里的是自己的亲儿子，他也许病得快要死了。

阿格内丝安慰她："不过倒没什么危险，苔莉丝小姐，还不用等到法院开庭，他的病就一定好利索了。现在不都还在调查着嘛。还有一条，恰好这案子事发那会儿他不在现场，这一次他们没法证明他干过什么。警察一多半是抓错人了。"

"他得的是什么病？"

"哎呀，没什么特别的，就那么一点儿小毛病。"她又哼哼哈哈地说下去，"唉，这不全都因为爱嘛。"说到这里她放肆地哈哈怪笑了几声。"哎，这事怎么着也得要一段时间才行啊。以后得注意点就是了。你就是替别人想想也应该注意点嘛！唉，倒好像是别人应该注意似的！看看我吧，我不也好了吗？不过我可是受了罪了！在医院里躺了整整六个星期呢！"

苔莉丝气得脸上白一阵红一阵。在这个娘儿们面前她此刻竟觉得自己像个小姑娘一样。现在她只有一个愿望，就是赶快让这家伙走人完事。她于是后退几大步，在离阿格内丝老远的地方问道："您到底有什么关于弗兰茨的事情要转告我？"

阿格内丝显然受到这话的刺激，于是模仿标准德语的腔调说道："有什么关于他的事情要转告您吗？这您恐怕不难猜到吧。难道苔莉丝小姐您以为他们真的给医院里的病人吃饱饭吗？你必须得了肺痨那样要命的病，他们才会给你点像样的东西吃！怎么说他也需要点钱来改善改善伙食，您这位当妈的不会连这点也不明白吧。"

"为什么他不给我写信？要是他病了的话，如果写信告诉我，那么我总是会想点办法帮他的。"

"他当然知道他为什么不写信。"

"只要我自己有……我以前总是每次都帮了他的。"说到这里苔莉丝戛然打住了。她心想，自己好像在这样一个人面前使劲为自己辩白，这不是太寒碜、太丢人了吗？

"嘻，您别在意，我能想到的，您也不是特别富裕，苔莉丝小姐。过日子嘛，总是一会儿好过点儿，一会儿又不大好对付。不过您的气色看起来还是挺不错的。一定有人时不时来接济接济您嘛。"

苔莉丝又一次气得满脸通红。这个贱货——听她说话那语气，不正是要让人觉得她们两个完全是同一类人吗？自己的儿子跟这个阿格内丝，还有跟别的人谈起她苔莉丝来，肯定也是这副腔调了。唉，儿子就是这样谈论他的母亲！他一定把她看成这种人了。事情为什么竟成了这样！她力求寻出答案，然而任何答案也找不到。最后，她无助地、几乎是结结巴巴地说道：

"我，我——还在教着课。"

"当然啦，"阿格内丝应答道，同时朝桌上摆着的那堆书和笔记本投去轻蔑的一瞥，"这点我能看出来。上过学、念过书、有文化，本来就是福气嘛。有可能的话我倒也挺想挑选挑选我的先生呢，那就最好啦。"

苔莉丝站起身来。"您走吧。弗兰茨需要什么我会自己给他送去的。"

阿格内丝也慢条斯理地站了起来，样子好像有些感到憋屈。不过看来她自己也觉得她今天在这里说话的语气不对头，或者就是，她也许很在乎像这样劳而无功空着手回去见弗兰茨太没面子。于是她说："唔，那么好吧，要是您想自己到医院去看看他，也好——不过他大概并不指望您去，您自己也根本没想去那儿看看他吧。"

"我一直不知道他住院了。"

"我也不知道啊。这事全是碰巧啊。那天我是上那儿去看一个老朋友，带点吃的给他。唉，我们这样的人，可不就得什么都攒着点儿，我们这号人想挣点钱，这您得相信我，苔莉丝小姐，那叫一个难，比教书可是难多了哟。您能想到的，苔莉丝小姐，我看见弗兰茨躺在医院里，就在我那朋友正对面的病床上，真是好意外哟。他见了我也挺高兴，老相好到啥时候都变不了嘛。我们俩你一句我一句聊得挺热乎，我就问他是不是需要从外边带点什么东西来给他，他就说，要是你能顺便到我妈那里去一趟，从她那儿给我捎几个古尔顿来改善改善伙食也好。我马上就对他说干嘛不行呢，你妈也一定还记得我的。再者说，让我捎东西给你，不用她自己到监狱医院来，兴许她还更乐意些呢。不习惯上这种地方来的人，来了会觉着很别扭的嘛。"

苔莉丝钱包里碰巧还有几个古尔顿。

"好吧，那您就把这点钱给他带去吧，可惜我没有更多的了。"说完这话，她发现阿格内丝朝橱柜那边瞟了一眼。哼，连这个弗兰茨也都告诉她了，苔莉丝心想。于是她撇了撇嘴补充道："那柜子里我也一点钱都没有了，也许到圣诞节我再——不过那时候我会自己去的。"

"到圣诞节，那时候他恐怕都已经出来了。我不是跟您说过嘛，苔莉丝小姐，这一次他们一点证据也拿不出来证明他有罪。好了，我这儿代他好好谢谢您啦。唔——我们不又都互相理解了嘛，您说是不是？唔，还有，您兴许还有点烟卷儿让我带给他吧？"

她刚想说，我没有什么烟卷，但随即忽然想起家里还有一包沃尔申在她家时留下的已经开了封的香烟，于是她起身到隔壁屋里去，几秒钟后便取来了一把香烟。

"啊，有这玩意儿弗兰茨会特别高兴的。"阿格内丝说，一边将这些香烟塞进她的手笼。"哟，我这会儿也抽上一支，行不？"苔莉丝没有回答，而是向她伸出手去以表示告别。 此刻，她突然不再生来人的气了，也丝毫不再感觉自己有比这女人更优越、更高出一筹的傲气。真的，她和这个阿格内丝之间，确实没有多了不起的区别呀。难道她自己最后不也是把自己出卖给了沃尔申吗？

"阿格内丝，请您代我问他好。"她低声细气地说。

楼道已经完全黑下来，苔莉丝送阿格内丝下楼去；在住宅管理员来开大门之前，阿格内丝将她的外衣衣领翻起来遮住脸，苔莉丝觉出她这个动作是出于对她这个主人的考虑。

这天晚上她毫无睡意久久坐着。是啊，她现在又碰上了、经历了这样的一桩事。但是说到底，这究竟有什么值得大惊小怪的呢？她就是有了这么个儿子，一个废物，成天价同一伙男女流氓无赖厮混在一起，经常被警察搜捕，也被抓住过多次，现在又得了一身脏病躺在监狱医院里。到了今天，她大概可以完全认命了吧。是的，那的的确确就是她的儿子！每一次只要他这儿子遇到了麻烦、吃了苦头，只要他干了什么坏事，那么不管她怎样竭力克制自己不去那样想，但内心深处总是感到对他的同情、怜悯，同时觉得自己也一样犯了罪。是的，她也同样有罪，事情就这么清楚、明白地摆着。当然，这一点很奇怪，就是说，在像今天这样的一些短暂时刻里，她总是只会想到她自己有罪，似乎只有她，只有生下了这个孩子的她，要对这孩子、对他所做的一切负完全责任，而那个让她生下了这孩子，尔后便溜之大吉、音讯杳然的男人，则与此丝毫无关！自然，对于卡西米尔·托比什来说，那次导致这孩子降生到人世间来的激情拥抱，仅仅是其他多次激情拥抱当中的一次而已；同其他那多次拥抱相比，既不是更加令人愉快，也不是更加令人难堪，害怕会有更为严重的后果。他并不知道被他弄到这世界上来的那个人是个流氓，他甚至根本就不知道他有了一个孩子。就算他碰巧知道了这个，那么这件事在他心中的分量又有多重呢？他能懂得这事对他究竟意味着什么吗？这里这个走上了邪路、此刻躺在监狱医院里的男孩子，同那里那个已经半老、在外面世上浑浑噩噩地混了阴暗的、四处行骗的二十年之后，现时在一个末流杂技剧团里拉大提琴、把弹钢琴演员的啤酒抢过来喝掉的男人之间，究竟有什么关系？怎么能要求他觉出这里有什么关联、有什么命运的安排呢？因为，就连她苔莉丝自己都很难设想这件事是真实的，是无可争议的活生生的现实——这事便是：在一个不经意的瞬间的快感之后冒出来一个人，这个人就是她的儿子！一个早已消逝得无影无踪的瞬间的共性，和今天的这种共性，恐怕根本不能用同一个词来表达吧？然而说到底，那在过去许多年里她觉得完全无所谓的事情，现在却突然具有了一种前所未有的意义和重要性；似乎一旦卡西米尔也知道了他这个儿子的存在，她自己的生活就必定会获得一种全新的形态、全新的内容和全新的意义。她现在的感觉，就像是一个女人站在一个沉睡着的男人床边；她犹豫不定，不知道是别打搅他的睡眠，只轻轻地抚摸一下他的额头就离开好呢，还是把他摇醒，让他明白自己的责任才好。而她也知道，那个卡西米尔·托比什实际上是个活在幻梦中的人，他正好对自己的生活中那些最最紧要的实质性东西浑然无知。他这辈子肯定还有过不少女人，或许还有过别的孩子并且知道其中的一个或两个；因为，他恐怕不可能每次都像这次一样，在关键时刻就抽身溜之大吉吧。可是，如果现在有个女的，一个被他遗弃了二十年、现在除了脸面和眼神之外他早已忘得一干二净的女人，突然站在他面前，对他说：卡西米尔，你和我，我们两人有一个孩子——那么，这种事他肯定是从来没有碰到过的。现在，她几乎是栩栩如生地看到了自己是如何将卡西米尔从睡梦中叫醒，拉起了他的手，领着他走过了一条条街道，这些街道同时也意味着他生活中走过的无数迷惘的道路，然后，她带着他来到一扇大门前叩门，那是监狱医院的大门，接着她又领他到了一个患重病的孩子床边，告诉他那是他的儿子。最后，她看到他怎样惊讶地瞪大了眼睛，好像逐渐明白了什么似的，一下子跌倒在他那不幸的儿子病床前，然后回头看她，抓住她的手，轻声说道：原谅我吧，苔莉丝。

一百零二

圣诞节假日的第一天，她乘车到墓地去了。那天的天气几乎让人产生错觉，以为已经到了春天。温和宜人的阵阵微风吹过墓场，脚下的泥土也被刚融化的雪滋润得柔软异常。苔莉丝带了两束翠菊来到这里，开白色花的一束以悌尔达的名义，开紫色花的一束以她自己的名义献给逝者。找到沃尔申的墓不像她原先想的那么容易。墓碑还没有立起来，只有一个编号告诉她悌尔达的父亲葬在哪里。"悌尔达的父亲"——对这个长眠在这里的人，她首先想到的是悌尔达的父亲，而不是她的情人、她的爱人。此时她突然想起来：如果不是发生了这次意外，那么我们两个现在都已经结婚大半年了啊。要真是那样的话，那么今天我就会坐在一间炉火旺旺、暖意浓浓，装饰陈设雍容华贵的房间里，像悌尔达一样，透过一扇擦得锃亮的窗户向外面大街放眼望去，悠闲地、无忧无虑地欣赏着街景了。但是想到这一层时，她心中对于事情没有终于走到这一步却几乎毫无遗憾惋惜之情。她此时此刻在这里怀念死者，心中却没有一点痛失情侣的感觉。于是她转而扪心自问：我竟然这么忘恩负义、这么冷酷无情、这么麻木不仁吗？她脑海里情不自禁地悄然浮现出她曾委身的那些男人的身影和容貌。今天她才算是明白过来了：她正是由于当时记起了其他的男人，和沃尔申共同度过的那些情爱时刻里她才获得了些许短暂的快感。

想到这里，她便猛然惊觉——其实，她隐约觉着似乎沃尔申在世时她就经常意识到这一点，她自问，是否她这位情人是因为对她这种不止一次的不忠——表面上敷衍，实则并非真正爱他——在心灵深处早有朦胧模糊的感知和察觉，后来在某个时刻，当他终于清楚地意识到了自己饰演的这种可悲角色而深感羞耻，便在精神上完全崩溃，而后就像人们常说的那样为这件事心里堵得透不过气来，从而发生心梗而猝死呢？哦，对了，这种联系是确实存在的，这一点她是实实在在地感觉到了。她现在心中涌动着的，是一种神秘莫测、隐藏极深的负罪感，它就像尚未燃尽的干柴，在她心中时而被撩拨燃起，随后又黯然熄灭。同时她还觉得，对沃尔申之死负有不可推卸的责任的这种心情，又并非唯一的、像一团埋伏在她心灵深处的暗火不时灼伤着她灵魂的负罪感。另一个更加沉重、更加压抑人的负罪感也在她的心底蛰伏着；现在，在过了很长很长一段时间之后，她又一次想起了那个距今已经非常遥远的夜晚，那时她生下了她的儿子，接着便将他扼杀了。可是这个死去的孩子如今竟然还一直在世界上幽灵般地游荡着。而现在呢，他躺在监狱医院的一张病床上，等着她的母亲，那个掐死他的杀人犯，来向他低头认罪。

她这样冥思遐想的过程中，手中两束紫色和白色的翠菊，已不知不觉地滑落到地上；而她自己，则像一个精神失常的人那样，两眼直勾勾地瞪着前方空无一物之处愣神、发呆。

但是，正是这同一个人，在同一天晚上到了商场老板家中，坐在丰盛的晚餐宴席桌旁，同商场老板夫妇以及另一对应邀前来赴宴的、家道小康的客人夫妻轻松地闲话家常，聊这几天的雨雪天气、谈市场物价，谈论中小学的教学等，而几乎一点也想不到那个逝去的人了。

一百零三

在接下去的几天中，她反复考虑是否给卡西米尔·托比什写封信。继而她又想，也许他现在已经不叫这个名字了。现在他到底给自己换了个什么名字她完全没有把握。另外，也有可

354

能他对这封来信干脆置之不理；也许，如果猜到这信是谁写的，他就更加不想看了。想来想去，最后她觉得最明智的办法，还是演出结束后到剧场外面去等他，她也可以装作是碰巧在那里遇见他的嘛。

于是，一天晚上十一点钟，她来到了宇宙剧场那被照得明晃耀目的招牌前。车辆入口处站着一个膀大腰圆的门卫，身穿一套镶有金黄纽扣的绿色旧号服，手里攥着一根饰有银色流苏的长手杖。这时演出尚未结束。苔莉丝四下里寻找那道卡西米尔·托比什离开剧场时必经的小门。这道门很容易就找到了：沿着外墙走，拐一个弯，再沿街走一段路，再转一次弯，来到另一条路灯昏暗的街道，那里有一扇玻璃仅镶了一半的小门，门上方的一块牌子上写着"演职人员通道"字样。此时恰好有一个女人从那里面走出来，这人瘦骨嶙峋、一身邋遢相，穿着一件十分单薄的雨衣，转眼便在拐角处消失了。不过别只说人家，看看她苔莉丝自己身上这件外衣吧，它同样是很难适应当天这种雨雪天气的哟。这是悌尔达送她的一件雅致美观的春秋外衣，当然啦，大衣里面倒是还穿着一件厚呢子上衣。哎呀，怎么说她的着装也比境况与她大致相同的不少女人要好一些吧。只是现在她觉得两只脚又冷又潮；她有点后悔，应该出门前把她最后一次和沃尔申一起在乡下时穿的那双厚实的鞋穿上。尽管她为了驱寒不停地来回走动，但还是感到浑身冷飕飕的。她心想，真是的，也许买张便宜票去观众厅里坐着等演出结束，不是更聪明些吗？现在她不得不在这满是积雪的街道上走来走去，又围着剧场转悠，一会儿来到大门前面，一会儿又走到了后台小门旁边。走着走着，她突然觉得这样一种愣头愣脑的等待真是又愚蠢又荒唐。她究竟想干什么，她到底在等谁呀！是在等剧场里拉大提琴的那个老乐师，还是在等那个头戴软礼帽、小胡子发出一股木犀草气味的年轻男子？那家伙说到底不是同她丝毫也不相干吗？可她又老是觉得似乎从那道镶玻璃的小门里必定会走出一个身披斗篷、手拿软礼帽的年轻男子来！而她自己呢，有一阵子觉得自己像是那位星期天出门的年轻漂亮的小姐——她，满心欢喜地等着同情人相会，然后双双一起去欢度周末。不过嘛，那时是春天。可是现在，现在她到底在干些什么啊？现在可不是春天，她也早就不再是那个年轻漂亮的小姐了。噫，难道她竟是那个施泰因鲍威尔小姐——当年那个因为没有情人而让她苔莉丝感到非常可怜的老姑娘？不，不，她不是，而他也不是那个年轻男子——那么，他们究竟看上了对方身上的什么东西呢？真是太不像话了，她这辈子还从来没有做过像这次走出家门跑到这里来这样荒唐透顶的事情！不过，要是现在干脆急流勇退，等以后兴许什么时候心情好点再来，是不是更好些呢？这样一边想着，一边她已经一步步离开剧场那座建筑了。但是，当此刻她近旁的灯光突然熄灭，她又觉得有点遗憾而回转身，这才发现原来是演出刚刚结束了。那个门卫挺直了身子，高高举起手杖，那上面的白色穗带在风中飘拂着；观剧的人们蜂拥而出，汽车一辆辆开到了大门口。苔莉丝急匆匆地穿过街心来到后台演职人员出入口处，站到了这条街对面正对出口的地方，以便紧紧盯住那道玻璃门。第一个从那里走出来的，正是他——瘦骨嶙峋、身披斗篷、手拿软礼帽、嘴里叼着烟卷，这副模样同二十年前几乎没有一点差别。千真万确，这简直就是个奇迹！他环顾一遍四周，然后抬头看了看高处，摇摇头，似乎对为什么老天要降下这般大雪感到迷惑不解，一副十分不满的表情。他戴上帽子，然后突然间，好像知道有人在等着他似的，大步流星迅速横穿街道，径直朝苔莉丝这里走了过来，但是他来到她跟前只匆匆看了她一眼就走过去了。"卡西米尔！"她从后面叫他。而他头也不回急匆匆地继续朝前走。"卡西米尔·托比什！"她再一次大声叫喊。这一回他站住了，先是回头看了看，然后转身朝苔莉丝走过来，到了近处就盯着她的脸一阵细看。苔莉丝微笑着，尽管卡西米尔现在跟从前相比已是判若两人，看上去比他的实际年龄还要老，额头上布满了皱纹，嘴角的皱纹更深。现在他终于认出她来了。"哎呀，我这两只眼睛看见了什么呀！"他大声地叫了出来。"这不是——这不是——我的老天，这不是我们尊贵的公主殿下吗？"苔莉丝仍然微笑着。啊哟，原来如此！过了二十年，他再次见到她首先想到的竟然就是这个！先来一通装模作样，好像他真把她当作是一位大公夫人或者一位公主了！唔，这挺不错的，苔莉丝心想，不管怎么说，她现在的模样总还没有如她担心的那样有太大的变化。她像是认可似的点了点头。而她的微笑，这时愈加索然无味了，她木讷地喃喃说道：

"是的，我是苔莉丝。"

"这可真正是一个天大的惊喜啊！"卡西米尔说着便伸出手来跟苔莉丝握手。唔，就算仅仅握到他那几根硬邦邦的、瘦骨嶙峋的手指，她苔莉丝也是能认出他来的。

"哟，你怎么会到这儿来了？"

"我是一次偶然的机会来看演出才见到你的。"说到这里她打住了。

"一看见就认出是我了吗？"

"当然啦，你几乎没有什么变化。"

"你的变化也不是特别大嘛。"说到这里他捏住她的下巴，失神的眼睛呆呆地看着她的脸，嘴里散发出一股酸臭的啤酒味。

"那么，唔，真正是我的苔莉丝了。真是难以置信啊，我们两个居然又一次相逢了！说说看，你这些年是怎么过的，苔莉丝？"

她一直还感觉到自己的嘴唇在微笑着，虽然这微笑几乎什么意义也没有，但她就是无法摆脱它、甩开它。"我这些年怎么过的，这不是三言两语能说得清楚的。"

"当然啦，当然啦，"他马上附和说，"我们可是差不多有半辈子都没有见面了嘛。"

她点点头："快二十年了。"

"是啊，二十年时间可是能发生很多很多的事哟。没问题，你肯定已经结婚了。有孩子吗？"

"一个。"

"哦，哦，我有四个。"

"四个？"

"是的，两个小子，两个闺女。哎哟，我们要不要还是边走边说吧，站着说话好冷啊。"

她点点头。突然间，她又一次感到双脚冰凉。

"陪你来的人在哪里等你呢？"他们走了几步，他又突然停下来这样问道。苔莉丝茫然看着他。

"你不可能是一个人到剧场来看演出吧？大概是同你的夫君先生一起来的吧？"

"不是。可惜我的夫君先生已经死了。他已经去世好久了。我是同几个熟人一起来的，他们有事早一些走了。"

"哟，这可是些不大懂礼节的熟人啊。那么，也许我可以送你到最近处的一个有轨电车站去吧。"

于是他们，苔莉丝·法比安尼和卡西米尔·托比什两人，随即沿着街道走下去，就像二十年前他们在某些街道上漫步那样，默默地走着，相互间没有太多的话要说给对方听。"哎呀，这可真正是个天大的惊喜啊。"卡西米尔又重复他先前那句话，"那么，这就是说，你已经结婚了，更确切些说，你现在是寡居了？"苔莉丝发现他一边说一边从侧面带着一点审视意味打量她身上穿的春秋大衣，而当他的目光自上而下扫视到她脚上的那双鞋时便停住不动了，那眼神显得有些怅然。她很快地打岔说道："我以前一点不知道你还会拉大提琴呢。"

"走，走啊，咱们往前走吧。"

"那时候你不是画家吗？"

"画家加乐师。现在我也一直还是'画家'，这意思就是说，更多的时候是在墙壁上涂鸦画'画'。老实说吧，我也是个粉刷工。人总需要挣点外快，添补着过日子吧。"

"这我能理解。四个孩子嘛，生活一定不那么容易。"

"其中两个已经长大成人了。老大现在给一个牙科技术员当助手。"

"他多大了？"

"这个月就满二十二了。"

"怎么？"

说话间他们已经来到了有轨电车站。

"二十二岁了吗？哟，那么当年我们认识的时候，你已经是结过婚的了？"她不禁大声笑了起来。

"哎哟，糟了，"他说，同时也笑了，"看来我这是扯来扯去说漏嘴了。"

"没关系。"她说。而事实上他这个新信息也的确没有令她的情绪有多大波动。她只是想：哦，那么当年他就已经是有老婆孩子的人了，所以才会溜之大吉，才会用假名嘛。现在她完全清楚了，他的真名实姓从来就不是什么卡西米尔·托比什。这个男人到底叫什么名字？走在她身边的这个男人究竟是什么人？这男人跟她有了一个孩子，这孩子现在躺在监狱医院里，而她竟然打算让这人去认这个孩子？此刻她完全可以问出他的真实姓名，而他甚至也完全可能对她吐露实情，但是现在这一切对她来说根本就无所谓了。他究竟叫什么，他到底是画家还是大提琴演奏家还是粉刷工，他有四个孩子还是有十个，这些对她一概一丁点儿关系都没有。说来说去，他不过就是一个混迹世间而且还不自知的可怜虫罢了。而她呢，她的境况可以说比他还好一些吧。

"瞧，那儿有一辆电车开过来了。"他说，显然如释重负般松了一口气。

"对，是有一辆开过来了。"她高兴地重复着。可是猛然间，她又对这次重逢即将过去，这个卡西米尔·托比什——或者不管他叫什么名字，又将同其他无名者一样从她的生活中消失——永远地消失——感到一阵痛心。无轨电车在他们眼前停下来了，但她并不立刻上车，虽说他的目光在亲切地示意她赶快行动。她说："我倒是很希望能同你多谈谈，你不可以什么时候到我家来坐坐吗？"

卡西米尔注视着她。啊，他一点也不想假惺惺装模作样，何必费那个劲哟。苔莉丝在他的眼神中清楚地看出来，那意思是——去看你吗？有这个必要吗？你根本不可能成为我的老婆，你在今天这样的时候还穿着春秋大衣，我可不会上你的当。不过，他似乎看出她眼神里闪烁着一丝惧怕，于是马上改口彬彬有礼地回答道："当然可以啦。去看看你，我真是很荣幸哦。"苔莉丝将她的地址给了他。"我的名字你大概总还记得吧？"她又加上这一句，同时露出一抹忧伤的微笑。然后她用几乎听不见的声音说："我叫苔莉丝。"

"当然记得的。"他说，"我记得很清楚的。但是—— 你的姓？"

"我姓什么你都忘了？"

"你想到哪里去了，可是，对不起，现在你肯定不是原先那个姓了嘛。"①

"不。我现在一直还是名苔莉丝，姓法比安尼。"

"那么你还是没有结过婚喽？"

---
① 卡西米尔心想：既然已婚，自然从夫姓了。

苔莉丝只是轻轻地摇了摇头①。

"可是你刚才不明明说你有一个孩子。"

"不错，我是有一个孩子。"

"哦，哦，原来是这么回事，瞧瞧。"

这时又开过来一辆电车。苔莉丝目不转睛地注视着卡西米尔·托比什的脸。她心想：现在恐怕是该他进一步追问的时候了，现在他可以追问，必须追问了。在他的眼里甚至闪忽着疑问的光，甚至也许就是一种朦胧的预感。唔，对了，那眼里闪忽着的肯定就是一种心灵的感应；然而正因为这样，他觉得最好别再问下去了。

电车停了，苔莉丝上了车。上车后她还从驾驶台转身很快地对他说："你也可以打电话给我的。"

"哦，你居然还有电话？你的日子过得不错啊。我要是想打电话还必须得上卖牛奶的迈伊尔那里去。那么，再见吧。"

电车起动了。卡西米尔·托比什仍在那里站了一会儿，挥手送别苔莉丝。她脸上的微笑此时突然消失了。她从电车尾部平台上注视着他，目光呆滞、沉郁而冷漠，一直看着他转身往回走才将眼光移向别处。这时密集的雪片缓缓地从空中飘落下来，大街上几乎空无一人。而那个多年来一直名叫卡西米尔·托比什的男人，她孩子的父亲，从她眼前消失了；一个无名氏，同其他无名氏一样，从她的生活中、从她的记忆里消失了，永远、永远地消失了。

——————————

① 西方习俗，凡问话中包含否定词"不"时，摇头表示同意、认可。

362

一百零四

阿格内丝·劳伊特纳来家后苔莉丝寄给弗兰茨的那一小笔钱，寄出不久即被退了回来，原因是收件人已经出院，而离开监狱医院后也不知去向，邮局无法找到这个人。这么说，他真的已经获释了？想到这一点苔莉丝心中并不怎么舒服。她再三考虑，是否换个住处更明智些。不过这样做又有什么用呢，他还是一定能找到她的。只可惜，她到底还能不能继续在现在这个寓所住下去也成了问题。因为房租不断涨价，渐渐超出了她的支付能力，二月份又该交租了，怎样去筹措这笔钱，她现在心里简直一点底都没有。她在自己家里开办的补习班也没能继续办下去，原因可能是家长们对学生的进步不如从前那样满意了。说老实话，她在教学上的成绩从来就不是非常出色，这一点她心知肚明，绝不欺骗自己。她仅仅是凭着自己在教学上那点认真负责的精神，凭着自己对待学生那种和蔼亲切的态度，才能去同那些在教学业务上比自己优秀的教师竞争。而她在最近这几个月里又是多么力不从心，这一点她自己也感觉到了。

但是交费日期快到时，她却接到了律师的通知，告诉她母亲遗产中那批家具变卖后所得钱款中有一小部分归她所有，现已为她准备停当可以去领取。这样一来，她的生活开支勉强维持到秋天便不成问题了。这一新情况令她一时情绪有所改善，便振作精神去努力求职，于是三月份在市郊找到了两份家教工作，虽然报酬相当微薄，但总算是有事做了。

不久又有了弗兰茨的消息。这一次是个已经不年轻的女人送来一封短信，信中说他弗兰茨现在很有希望得到一份工作，要求母亲再"最后一次"资助他。要多少他也明确地提出来：一百五十古尔顿！这个要求把苔莉丝吓了一跳。显然他已经得知母亲分到了一笔遗产。苔莉丝没有回信，只是把这笔钱的五分之一给儿子寄了去，第二天便急忙将剩下的钱大约五百古尔顿拿到银行去存起来。这事办完后，她如释重负般松了口气。

春天又来临了。伴随最初普降大地的几天令人倍感舒适的暖和日子而来的，是一种人人熟知的倦慵感；而在苔莉丝这里呢，同时又伴随着一种比以往任何时候都更加深沉的忧伤和失落的情愫。以前能给她带来一定的轻松和释然心情的所有活动，比如到户外去散散步，或是偶尔优待一下自己，去剧院观赏一次戏剧演出，现在都只能令她倍加伤感。而最使她伤心的，是悌尔达的一封姗姗来迟的信，这是回复苔莉丝那封告知悌尔达她已经去过墓地替她这个女儿为父亲献上了鲜花的复信。在悌尔达这封回信中，同时也婉转地让苔莉丝知道她现在怀孕了。看完这封信苔莉丝只有一种感觉：她自己现在的生活是多么空虚、多么无望啊。加之恰恰在这几天里，在蛰伏了漫长的好多个月之后，她内心深处却又悄然出现了一阵阵春意的萌动，说不上是有什么愿望，仅仅是内心一些飘忽不定、稍纵即逝的微弱悸动，但它们却异常折磨人。她做了不少性爱梦，有的十分猥琐，有的则相当美，充满情欲的释怀。而且她都是跟一些根本不相识的男人做爱，甚至全是一些没有固定长相的男人，她梦见自己被这些男人紧紧抱在怀里恣意寻欢。只有唯一的一次,梦见自己同理查德在多瑙河岸边的草地上悠闲自在地徜徉,也是在那里,她第一次成了他的情人。而这个梦恰恰一点肉欲的内容都没有,她感觉自己就像浑身沐浴在他的柔情之中——这柔情,是她一直希望从他那里得到而从未得到过的;到末了,一觉醒来,她心里剩下的,只有一种令人痛苦万状、永远无法满足的欲望,同时清醒地认识到自己已经被笼罩在无边无际的寂寞之中。

一百零五

五月里的一天晚上,时间已经很晚了,门铃又一次叮叮铃铃响了起来。苔莉丝吓了一大跳。正好在今天,为了明天能去支付一笔到期的账目,她从银行取出了相当多的一笔钱存放在家里。正因为这样,所以她毫不怀疑此刻站在门外的肯定是弗兰茨。她暗暗下决心:他这次休想从我这里拿走一个铜板!另外她把这些钱也藏得非常严实,因此有很大的把握弗兰茨怎么也找不到。窗户是开着的,如果出现最坏的情况,她还可以大声呼叫。她踮起脚尖轻轻向门走去,一边还在迟疑着,甚至不敢从门镜窥视一下外面;然而这时门被砰砰砰砰敲得震天响,她担心邻居们听见,于是开了门。

第一眼看上去,弗兰茨的穿着似乎比以前要好一些,气色却比以前任何时候都更显病态和苍白。

"晚上好,母亲。"他一面说着一面就想进来,但苔莉丝挡住了他。"咦,你这是怎么回事?"他问道,两眼发出凶光。

"你想干什么？"苔莉丝厉声反问。

弗兰茨回身关上了门。"没钱了。"他带着嘲弄的口吻哈哈一笑答道，"不过嘛，要是你今晚让我在这里睡一宿的话就好说，母亲。"

苔莉丝摇了摇头。

"就一个晚上，母亲。从明天起你就永远见不着我了。"

"这话我早就听过了。"她说。"哦，是不是已经有谁在这儿了？是不是已经有一个人在长沙发上睡着？"

他推开母亲，打开了通往起居室的门，又环顾一遍四周。

"在我的住所里你总是可以睡的。"苔莉丝说。

"就一夜，母亲。"

"你不是在别处有住的地方吗，到我这里来想干什么？"

"可今天我得腾出地儿来给别人睡，没法子的事，住旅馆嘛我又没钱。"

"住旅馆的钱我可以给你。"

听到这话，他的眼睛一亮："好，那你就拿来，赶快给我拿来！"

苔莉丝从钱包里掏出几个古尔顿递给他。

"就这么一点点吗？"

"这些钱够你在旅馆住三天了。"

"那么好吧，就听你的，我走了。"可是刚说完这话，一转眼他又站住不动。苔莉丝迷惑不解地看着他。于是他满脸讥嘲表情嘻嘻笑着说下去："对呀，我是要走的，不过你得先把该我继承的那笔钱付给我。"

"哪笔钱该你继承？你疯了吗？"

"哦，没有，哪里哪里。我说的是姥姥遗产里头我该得的那一份，我要的就只是那一份。"

"哪一份该你继承？"

弗兰茨上前几步，逼近他母亲。"好吧，母亲，你听好了。我不是跟你说了吗，今天你这是最后一次见我了。我现在有了一个工作，地点不在这儿城里，是在离这里很远的地方。我压根就不会再到这里来了。要是你现在不给我，那我怎么才能把该我得的那份遗产拿到手？"

"你这是说些什么啊？你有什么权利要求得到一笔遗产，再说连我自己也什么遗产都没有继承。"

"哎呀，母亲，你以为我天生是个傻蛋？你以为我不知道你从沃尔申先生那儿、又从你的母亲大人那儿得了不少钱？我现在急需钱用，你想叫我到处去伸手乞讨吗？一个当妈的就是这么对待自己的儿子吗？"

"我没有钱。"

"是这样吗？那我们马上就可以看清楚你是不是没钱了。"他向橱柜走去。

"你敢来横的！"苔莉丝大声叫起来，同时抓住他伸向柜门的胳膊。

"把钥匙给我！"弗兰茨也大吼一声，苔莉丝松手放开了他，向窗边迈出一步，弯下腰来，像是要往外呼叫。弗兰茨一个箭步蹿到她身旁，将她推开，随即锁上了窗户。苔莉丝急忙跑向大门。弗兰茨马上跟到她身边，将房门钥匙转了一圈锁上，装进自己兜里。然后，他抓住苔莉丝的双手。"你就发发善心，把钱给我得了，母亲。"

"我没有钱。"苔莉丝气得发抖，从咬紧的牙缝中低声挤出这几个字。

"我知道你有钱，我知道你的钱就放在家里。母亲，快点儿给我钱！"

苔莉丝气极，她没有恐惧，她恨他。"即便我现在有一千古尔顿在手头，我是一毛钱也不会给你这个家伙的！"

这时弗兰茨松开了抓住母亲的双手，看样子冷静下来一些。"母亲，我要告诉你一件事。你把你的钱给我一半，我需要钱离开这里。我在此地没有工作，我必须赶紧离开。要是这次他们逮着我，我就要蹲一年或者两年大牢。"

"那就更好。"苔莉丝咬牙切齿地说。

"什么，你居然这么想？那么，好吧。"说完这句他又一次冲向橱柜，挥动拳头使劲捶打柜门。可是这样也仍然毫无用处，于是他稍加思索，耸了耸肩，从衣兜里抽出一把榫凿，随即把柜门撬开了。苔莉丝急步上前，试图抓住他的胳膊，他一把将苔莉丝推开，然后动手在柜子里的衣物中乱翻起来，抓起一件抖开搜看，看完一件甩开一件，扔得满地一片狼藉。苔莉丝再次力图抓住他的胳膊，他猛力将她推开，以致她跌跌撞撞踉踉跄跄退到了窗户边；弗兰茨则继续在那些换洗衣服中上下左右乱翻一气，把衣服一件件往外扔。这时苔莉丝已经打开了一扇内窗，她正想去打开外窗时，弗兰茨又一个箭步蹿到她身旁把她推开了。"强盗！"她大声喊叫，"小偷！"弗兰茨急红了眼，几步跳到她面前站住，声嘶力竭地吼叫："你到底给不给钱？"

"强盗！"她再次大喊一声。这时儿子一把抓住她，另一只手捂住她的嘴，将她连推带拖，拉到了卧室中她的卧榻旁边。"钱你是不是放在这里的什么地方了？是在床垫底下吗？还是塞到弹簧里了？"问完他不得不再次放开她，以便腾出两只手来在床上那些物品中使劲翻找。苔莉丝马上又大声喊起来："小偷！强盗！"这时弗兰茨已经用一只手将苔莉丝的双臂抓住，另一只手捂住了她的嘴。苔莉丝的两只脚不住轮番朝他踢去。于是他松开了她的手臂，转而捏住她的脖子。"强盗！凶手！"她高声喊叫。他开始用力掐她的喉咙，她瘫倒在床边，他松开手，拿出一块手帕，攒成一团塞进她嘴里，又将盥洗台旁挂着的一条毛巾拽下来，捆住了她的双手。苔莉丝艰难地喘息着，瞪大了在黑暗中——此时仅有一道光线从隔壁屋子投射进卧室里来——闪着失神微光的双眼，直勾勾地盯着儿子。弗兰茨发了疯一般在床上四处搜寻，把床垫的套布撕开，又在洗脸池周边、罐子里、五斗橱中以至床前脚垫底下各处乱翻细找。但是，正在他急不可耐决心搜遍每个角落找到钱时，他竟猝然停住了，原来，这时外面响起了门铃声，同时透过关着的两道门他也听到了纷乱杂沓的人声。毫无疑问是有人听到了刚才母亲的喊叫，另外也许他自己用拳头猛捶和用凿子使劲撬门的声响也被人听到了。弗兰茨急忙解开了捆住母亲双手的毛巾，又急忙将塞在她嘴里的一团手帕抽了出来，而母亲则躺在地上呼哧呼哧喘着粗气。"什么事也没出嘛，母亲。"他突然大声说。这时苔莉丝的眼睛是睁着的，她在看，她的眼珠在转动，她在不停地看。唔，没错，她没有死。看样子没捅什么大娄子，弗兰茨想。

门铃声又响了，紧接着连响三声、连响五声，越来越急促地一声接一声响了起来。怎么办？跳窗出去？从四层楼往下跳？弗兰茨又看了母亲一眼。唔，没什么事，什么事也没有。苔莉丝睁着眼睛看他，两只胳膊在动。唔，不错，她的嘴皮也在一下一下地抖动。刺耳的门铃声不断尖叫着。没有办法，只能去开门了。开了门，总还可以冷不防从外面那些人旁边很快溜走，蹿下楼跑到街上去吧。哎呀，她可别在地上一动不动地躺着，像死了一样哦！这样想着，弗兰茨便冲他母亲弯下腰去，试着想把她扶起来。但情况好像是她在抗拒，不愿意站起来。看吧，她甚至在摇头。好吧好吧，那么，无论如何她并没有死。她绝对没有死，只是晕倒昏厥罢了！要不就是，她只是在装蒜，想要毁他一辈子！

门铃继续发出刺耳的尖叫。接着先是敲门，然后是重拳捶门砰砰砰砰一阵乱响。"开门，开门啊！"外面传来震耳欲聋的叫喊。弗兰茨猛跑几步来到前厅，只见屋门在门外重拳的敲击下瑟瑟抖动。现在是什么别的办法都没有，只得开门了。门这一打开，他便大吃一惊继而大喜过望！原来只有两个女人站在门口，万分惊愕地瞪眼看着他！他马上一把推开她们，飞快跑下楼梯。这时他听到身后在喊叫："截住他！截住他！"喊声中还夹杂着一个男人的声音。这声音来自上面。少顷，他还没有来得及跑出住宅楼的大门，双肩就被一个人从身后紧紧抓住了，无法挣脱。他不住地叫骂着。叫骂了一阵他只好住口。

完了，他想。可是母亲并没有死啊，最多不过就是晕过去了嘛。这些人到底要他干什么？他的母亲确实是一点事也没有嘛。他周围站着一些人，还有一个警察也来到了现场。

此时先前站在门口的那两个女人早已冲进里屋，看见苔莉丝·法比安尼女士直挺挺地躺在床脚头地上。紧随她们进来的还有别的一些人，另有一个女的和一个男的，这几个人一齐将苔莉丝抬到了被翻得乱七八糟的床上。苔莉丝环顾一遍四周，她说不出话。看样子她也几乎认不出陆续来到屋里的人谁是谁，这里有她的邻居，包括她平日认识的一个警官和一个警医，大概她也听不懂人们向她提出的问题。因此警官暂时不认为他们面对的是一次打架斗殴，眼前的事实很容易就可以确认下来，医生也能认定伤者看来并无生命危险。于是，本住宅官方查封，苔莉丝当晚即被送进了医院。

在医院里，经检查发现苔莉丝的一片喉头软骨已经断裂，这情况比最初的估计更糟一些，对儿子来说也是这样。根据苔莉丝住的居民楼里一些住户提供的信息，得知女教师苔莉丝·法比安尼是市议员法伯尔的妹妹，于是警方当夜就通知了议员他妹妹被犯罪分子殴打致伤一事。第二天一清早，这位兄长便和夫人一起来到了医院的一个特护病房里伤者的病床前。病人出现了低烧，医生们认为这种情况肯定多半是神经受刺激而不大可能是肉体受伤所致。显然，病人的意识因受到极度惊吓而呈恍惚迷离状，无法认出来访的人。不久，探视者便渐次离开了。

一百零六

　　中午时分，艾弗雷来了。他是从报上得知苔莉丝受伤住院一事的。这段时间病人体温已经降了下来，但神志不清，伴有幻觉。她在病床上辗转反侧，一会儿睁大眼睛，一会儿双眼紧闭，口中喃喃地咕哝一些谁也听不懂的话语断片。显然这位新来的访客她一时也仍然没有认出来。为苔莉丝主治的助理医生就伤者的病情对来访的大学讲师尼尔海姆博士作了详细的解说，然后便让他单独同病人待在一起。艾弗雷在苔莉丝床边坐下来，伸出手为她把脉，发现她的脉搏又弱又急。少顷，似乎从这只曾经被爱过的手上缓缓流出一股力量，对病人竟产生了一定的治疗效果，看来病人的烦躁不安情绪减轻了一些，而其他无关痛痒的肉体接触则毫无作用。医生回来后不经意地注视了一会儿病人的前额和眼睛，这时更加奇怪的一幕出现了：原先那双虽然睁着、但显然谁都认不出的失神的眼睛，现在居然像恢复了神志一样突然熠熠生辉了；那毫无生气、冷漠呆滞的面容也顿时明亮起来，松弛的肌肉也恢复了弹性，简直是重新获得了青春活力。当艾弗雷俯身凑近她时，她便用微弱的声音轻轻说了声："谢谢。"艾弗雷示意她不要言谢，他两手握住苔莉丝的双手，对她说着他眼见此情此景涌上心头不吐不快的、竭力安慰她的一些亲切话语。苔莉丝不住地摇头，而且越来越快，幅度越来越大，这表情和动作不仅像是表示她根本不想听什么安慰话，而且是清楚地表明她心里有什么事情想要托付他。于是他弯腰更凑近她一些，以便听清她的话。她开口说道："你必须到法庭上去说说，你答应我这事吗？"

艾弗雷想，她又开始说胡话了。于是他用手抚摸她的额头，努力安抚她、劝慰她。但她仍然不住地说下去，继续喃喃低声细语，因为她没有气力发出大一点的声音："你是医生，他们一定会相信你的话的。他是完全无辜的。我对他不好，他不过是想在我身上出出气罢了。一定不能给他太重太严的惩罚啊。"艾弗雷再一次竭力安慰她，可是她急急忙忙不停地说下去，似乎预感到上天留给自己的时间已经不多了。在那个遥远的夜晚发生的、最后没有成为事实的那件事情，那件她已经开始做而最后没有做完、未能做成的事，那件她虽有做的愿望却下不了决心去做的事，那件她一再回忆起来却没有一次有胆量敢于主动去回想的事，那个时刻——也许那只是一个瞬间、那个她做了凶手的时刻或者瞬间，此时又清清楚楚地在她身上再现复活了，以致那完全像是她此时此地正在亲身经历的情景。从她嘴里吐露出来、艾弗雷全靠凑近她微微翕动的嘴唇才能勉强听到的，都是些模糊不清、支离破碎的只言片语。但艾弗雷将她的这些自我谴责理解为她要努力为自己的儿子赎罪，这些自责应当就是这个意思。至于这层意思在上天或尘世的法官面前能否真正被考虑和采纳，这一点尚无把握；然而对于濒临死亡的苔莉丝来说——即便她也许还能再活上几十年，她的这个愿望是确实存在的，应当算数。艾弗雷觉得，既然苔莉丝现在感到她这个已然经历了或是即将经历的结局不再是没有意义，既然她意识到自己有罪,那么此一时刻对她来说就并不是一种压抑，而是一种解脱了。于是他现在并不是试图用一般的安慰话语去劝解她，这类话语在眼下恐怕也起不了什么作用；因为，他感觉到苔莉丝此时仿佛重新找回了自己那个多年来一直以为不可救药的儿子；正是在这个他成了某种永恒正义的裁判官的时刻，她找回了自己的儿子。

苔莉丝说罢这些话便沉沉倒下去。艾弗雷感到她在精神上又离他远去，而且越来越遥远，到最后竟至完全不认识他了。

接下去的几个小时里，情况在不断恶化，这也是负责为他治伤的医生们预料到的。然后，突然间，医生们始料未及，在尚未能对她施行急救手术之前，她的生命之火便猝然熄灭了。

艾弗雷同官方为弑母凶手弗兰茨指派的律师谈了话。在审讯过程中，这位十分敬业的年轻律师诚惶诚恐地力图将艾弗雷提供给他的、被告母亲临终前的那段表白提交法庭作为减轻罪责的依据。然而在法庭上他的运气并不太好。检察官带着几分宽厚的讥嘲语气表示，被告恐怕一点也不记得他来到这个世界上的头一个小时内发生过什么事情了。这位检察官在陈词中笼而统之地反对某些他认为可说是相当诡谲的倾向，法律界有人试图使用这类手段，目的之一便是为了把原本非常清楚的事实搅得扑朔迷离真伪难辨，从而——哪怕有时无疑是出于好心——对法律作出随心所欲的诠释而导致执法偏差。法庭拒绝了传唤一位专家出庭的动议，只是因为实在难以决定究竟是一位医生还是一位神父，抑或是一位哲学家，更适合担当这一负有重大责任的职务。法庭仅认可被告的私生子身份以及与此相联系的缺乏教育这两条作为减轻量刑的依据。于是，最终的判决便是：十二年劳役徒刑，无窗牢房，每年作案日禁进荤食。

至于苔莉丝·法比安尼，则还在法庭审讯此案的过程中就早已入土为安了。但是在她的墓前，人们发现，在一个朴实无华的、用干枯的松柏枝叶编成的花圈——其上的题词写的是"献给我不幸的妹妹"——旁边，又多了一束鲜花；这些在春日怒放的艳丽夺目的鲜花来自荷兰，而这时距逝者下葬的日子已经相当远了。

图书在版编目（CIP）数据

苔莉丝的一生 /（奥）阿图尔·施尼茨勒著；赵蓉恒译. —上海：华东师范大学出版社，2020
（独角兽文库）
ISBN 978-7-5760-0112-9

Ⅰ. ①苔… Ⅱ. ①阿… ②赵… Ⅲ. ①长篇小说—奥地利—现代 Ⅳ. ①I521.45

中国版本图书馆CIP数据核字(2020)第038305号

苔莉丝的一生

著　　者　（奥）阿图尔·施尼茨勒
译　　者　赵蓉恒
责任编辑　朱晓韵
审读编辑　许　静
责任校对　邱红穗　时东明
装帧设计　卢晓红
策　　划　上海七叶树文化发展有限公司

出版发行　华东师范大学出版社
社　　址　上海市中山北路3663号　邮编　200062
网　　址　www.ecnupress.com.cn
电　　话　021-60821666　行政传真　021-62572105
客服电话　021-62865537
门　　市　（邮购）电话　021-62869887
地　　址　上海市中山北路3663号华东师范大学校内先锋路口
网　　店　http://hdsdcbs.tmall.com

印 刷 者　上海中华印刷有限公司
开　　本　850×1168　32开
印　　张　12.25
字　　数　251千字
版　　次　2020年6月第1版
印　　次　2020年6月第1次
书　　号　ISBN 978-7-5760-0112-9
定　　价　78.00元（精装）

出 版 人　王　焰

（如发现本版图书有印订质量问题，请寄回本社客服中心调换或电话021-62865537联系）